I0657726

IM PRESS

ОЛЬГА ЧИЛИНА

МАЯК

КНИГА ВТОРАЯ

БОСТОН • 2021 • BOSTON

Ольга Чилина   Маяк. *Роман*

Olga Chilina   Beacon. *Novel*

ISBN 978-1950319411 (Book 1)
ISBN 978-1950319428 (Book 2)

Library of Congress Control Number: 2021934441

Published by M•Graphics | Boston, MA
🖳 www.mgraphics-books.com
✉ mgraphics.books@gmail.com

In collaboration with Bagriy & Company | Chicago, IL
🖳 www.bagriycompany.com
✉ printbookru@gmail.com

Edited by Valentyna Sholudko
Book Design and Layout by Yulia Tymoshenko
Cover Design by Larisa Studinskaya

Artworks by Olga Chilina

При подготовке издания использован модуль расстановки переносов
русского языка batov's hyphenator™ (www.batov.ru)

Printed in the United States of America

2 июня

Как упоительны эти утренние часы пробуждения! Лето в полной своей красе! Лучи восходящего солнца блещут в зелёном покрывале июньского дня. Нежная паутинка растянулась на тонких ветвях кустарника. От лёгкого дуновения ветерка она то надувалась куполом, то опускалась, словно дышала, переливалась радужным лабиринтом в утреннем солнечном свете.

Лия соскочила с крыльца и сладко потянулась. Путешествия, новые встречи… — это невероятно интересно, захватывающе, и всё же так приятно было вернуться домой. До глубины души были знакомы ей все эти места. Море эмоций переполняло её сердце. Улица пустовала, лишь несколько соседских мальчишек гоняли мяч по одинокой дороге. Радостно помахав им рукой, девушка вприпрыжку понеслась по тротуару. На ходу сорвав веточку с огромной раскидистой сосны, Лия растёрла её в ладошках и с удовольствием вдохнула запах хвои. Бодрящий и очень ею любимый аромат.

Ближе к соседней улице Лия вдруг украдкой огляделась и шмыгнула в кусты. Перемахнув через низкую изгородь, она оказалась во дворе роскошного особняка. Отреставрированный в стиле барокко дом принадлежал Витторио Бруни. Девушка подбежала к задней стеклянной двери и нетерпеливо подёргала за ручку. Заперто. Лучи солнца вместе с девушкой заглядывали внутрь богато убранной столовой. Краски старинной величественной мебели казались поблекшими в ярком утреннем свете. В комнате ни души. Лия отстранилась от стекла и быстрым шагом обогнула дом.

Парадный вход был опечатан жёлтой лентой с надписью «Coroner's seal».[1] Сердце сжалось от страшного предчувствия.

Лия бросилась обратно во двор. «Лишь бы ключ был на месте!» — думала она про себя, шаря рукой под ступенькой веранды. Все окна в доме запирались изнутри, и только одно, ведущее в прачечную, имело особый замок, который открывался снаружи сделанным на заказ ключом. Зачем это надо было хозяину, Лия не знала, но её это и не удивляло. Бруни отличался крутым нравом и неординарностью

---

[1] Коронерская печать (*англ.*).

характера. О ключе знали многие, поэтому девушка очень боялась, что кто-то успел им воспользоваться. К счастью, уже через секунду ключ оказался у неё в руках.

Прачечная находилась в подвальном помещении. Окно располагалось у самой земли. Девушка ловко повернула ключ в замке, открыла окно и, привычным движением ухватившись за раму, легко соскользнула вниз. Закрыв окно, Лия прислушалась. Тишина. Где-то тикали часы, и время от времени шумел холодильник. Обычная тишина пустого дома. Но это-то и было странно. Витторио каждое субботнее утро посвящал медитации и йоге. Его звучный голос, распевающий мантры, разносился по всему дому. Он, конечно, часто менял привычки, но его любовь к Индии заставляла относиться крайне серьёзно к познанию себя через упражнения и медитацию.

И вот теперь эта тишина… подавляющая, настораживающая. Лие стало не по себе. Выйдя из прачечной, она немного потопталась у лестницы и, наконец, решительно поднялась на первый этаж. Дома никого не было. Хотя, учитывая печать коронера на двери, удивляться тут нечему. Что же произошло? Раз пригласили коронера, стало быть, кто-то умер. Да ещё повсюду этот беловатый порошок. Медленно обходя комнату за комнатой, Лия упорно отгоняла естественно приходящие в голову мрачные мысли. Тревожило зловещее предостережение Эди, отчего на душе стало особенно тяжело.

С замирающим сердцем она вошла в кабинет Витторио. Белый порошок здесь застилал тонким слоем почти всё: и широкий рабочий стол с кучей письменных принадлежностей, колбочек и склянок; и книжные полки, забитые печатной литературой; и даже огромную статую Будды в углу. С предметов снимали отпечатки пальцев. А значит, кто-то не просто умер, а был убит. Лия чувствовала судороги во всём теле, но старалась держать себя в руках. Нелепость обуявших её подозрений сводила с ума. Кто-то убил Витторио? Что за ерунда! Лия, скорее, поверила бы, что он сам мог кого-то прикончить. С его-то властным нравом до греха недалеко. А ещё эта коллекция кинжалов в доме! Она невольно бросила взгляд на огромный индийский ковёр на стене. Его украшали ножи, сабли и другие острые артефакты, привезённые Бруни из разных уголков земли. Коллекция была нетронута, только присыпана тем же порошком.

Витторио не был блюстителем порядка и чистоты в доме. Раз в неделю на помощь Зои приходила группа горничных. Они приводили эти хоромы в некое подобие порядка, который, увы, сохранялся недолго. Повсюду валялись вещи личного и профессионального характера: от домашнего халата до маленьких мешочков для сбора трав. Они были помечены латинскими названиями весьма аккуратным почерком. Полки книжных шкафов скрипели не только под тяжестью печатных изданий, но и от многочисленных статуэток, ракушек и россыпей целебных кристаллов. Долгие годы Бруни собирал свои сокровища, пополнял после каждой поездки в экзотические края. Наверняка, среди его экспонатов были ценные экземпляры. Вот только оценить их, кроме самого Витторио, было некому. Со Стеллой он разошёлся много лет назад. Вернее, она сама от него ушла, не получая желаемого количества внимания со стороны мужа. Зато на полке в шкафу до сих пор стояла фотография Бруни в обнимку с Анитой. Одетые в красиво вышитые кимоно, они держали в руках радужный поднос с только что приготовленными сашими. Образы прошлого способны нестерпимо долго теребить душу!

Лия осторожно приоткрыла дверь боковой комнаты и заглянула в лабораторию. Совсем недавно Бруни пристроил её к своему кабинету. В комнате громоздились коробки с оборудованием. Они были лишь частично распакованы.

На втором этаже вроде бы тоже не было ничего примечательного. Знакомый беспорядок в спальнях, пропитанная благовониями читальня и идеально пустая комната для медитации — самая светлая во всём доме. Лия задержалась в этой комнате. Столько воспоминаний связано с ней. Ярких, окрыляющих. А теперь… а теперь эта комната будет для неё трагедией, кошмаром…

Лия ощутила тяжесть в ногах. Она с трудом приблизилась к ужасающему рисунку на полу. Размазанные следы мела обводили силуэт убитого. Теперь тишина не просто давила, а прямо-таки поглощала, высасывала, вытягивала всю душу из этой комнаты и из всего дома. Даже солнечный свет, казалось, померк, сдаваясь перед наступающей изнутри тьмой. И этот запах… приторный, удушающий. Неуместно пробивающиеся сладкие нотки кокоса лишь усиливали эффект угнетающего амбре. Лие вдруг страшно захотелось кричать, чтобы хоть как-то выпустить наружу переполнявший её ужас. Закрыв ладонью рот, она выскочила из комнаты.

Девушка спустилась на первый этаж и присела на ступеньку лестницы. Она пробовала собраться с мыслями. Без толку. Вдруг с улицы раздались чуть слышные шаги. Лия бросила взгляд на дверное окошко и окаменела. За дверью кто-то стоял. Через матовое стекло просматривались очертания человека. Он пытался заглянуть внутрь, но безуспешно. Затем послышался шуршащий звук клейкой ленты — снимали печать с двери. И вот заскрежетал ключ в замке. Лия подумала об убийце, непременно возвращающемся на место преступления. Со скоростью молнии она съехала по перилам в подвал и влетела в прачечную, забралась на перевёрнутую бельевую корзину и толкнула оконную раму. Рама заскрипела, но с места не сдвинулась. У Лии затряслись руки. Она со всей силой навалилась на раму, но тщетно. Окно закрыли снаружи, лишая единственного пути к отступлению.

— Не двигаться, — раздалось сзади.

Лия замерла и очень медленно повернулась. Первое, что она увидела, было дуло револьвера. Всё остальное мелкой рябью поплыло перед глазами. Она зажмурилась и плавно соскользнула с корзины на пол. «Ну всё, — пронеслось в голове. — Нашёл меня мой бесславный конец». С трудом открыв глаза, девушка посмотрела на убийцу.

Он опустил пистолет и тоже какое-то время разглядывал её.

— Кто вы такая и что тут делаете? — произнёс он металлическим голосом.

Лия поняла, что пока её убивать не собираются. Она облегчённо вздохнула и почти спокойно ответила:

— Я живу на соседней улице. Зашла навестить соседа.

— Через окно?

— Почему бы нет? — с вызовом бросила девушка.

Убийца ухмыльнулся, но промолчал.

— А вы, собственно, кто? — Лия совсем расхрабрилась, заметив, что он прячет пистолет в кобуру.

— Сержант Нейсон, детектив, — достав удостоверение, он показал его девушке.

— Детектив?!

С искренним изумлением Лия окинула взглядом детину внушительных размеров. У него была короткая стрижка, а на тыльной стороне ладони — весьма примечательная татуировка. Ни дать, ни взять, вышибала из ночного клуба. Но присмотревшись, она поняла, что первое впечатление ошибочно. Черты его лица были удивительно приятны и выразительны. Карие глаза светились умом и проницательностью. На вид ему было лет тридцать пять, но несколько глубоких морщинок успели избороздить высокий лоб и отметиться в уголках рта.

— Пол Нейсон, — прочитала она в удостоверении, — действительно, детектив. А я думала, вы — убийца.

— Убийца? — Пол вопросительно поднял бровь и, чуть помолчав, добавил:

— Могу я видеть ваши документы?

— Разумеется.

Лия достала из кармашка комбинезона водительские права и протянула сержанту.

— Лия Медисон, — прочёл он вслух.

Его глаза очень внимательно изучали карточку. Лия была готова поклясться, что он мысленно сфотографировал её права и наверняка выучил наизусть адрес, особые приметы и регистрационный номер.

— Надо же, — хмыкнул он, — да мы уже совершеннолетние!

Девушка непроизвольно сжала кулаки. Эти бесконечные шутки по поводу её возраста начинали ей надоедать. Её постоянно принимали за школьницу, а чтобы купить на праздник шампанское, приходилось доказывать подлинность своих водительских прав.

— Я давно совершеннолетняя! — процедила она сквозь зубы, — и что с того?

— Ничего, — Пол снова вытянул рот в ухмылке, — просто теперь я со спокойной совестью могу вас арестовать и отвезти в участок.

— Арестовать? За что?!

— Да сразу по нескольким статьям. За незаконное проникновение в жилище. Тем более, что сейчас это — охраняемый объект. Возможное сокрытие и уничтожение улик. А также побег при задержании.

У Лии даже дыхание перехватило. То ли от волнения, то ли от возмущения.

— Ну, во-первых, побег был до задержания! Во-вторых, никаких улик я не уничтожала, а в-третьих… — тут она замолчала не в силах найти веские контраргументы против незаконного проникновения в жилище.

— Разберёмся. Пройдёмте.

Лия неохотно поплелась к выходу. У двери она остановилась и повернулась к Нейсону.

— А может, э-э-э… мы сможем обменяться информацией и помочь друг другу?

— Это как?

— Вы меня отпускаете со строгим выговором, а я вам помогаю в поиске убийцы. Могу, скажем, поделиться ценной информацией за чашечкой кофе… Вы же сами поощряете помощь со стороны общественности!

— А с чего вы взяли, что мы ищем убийцу?

— А кого вы ищете, когда происходит убийство? Или в Торонто уже совсем разучились их раскрывать?

Хмуро сдвинув брови, Пол грубо развернул её лицом к двери и слегка подтолкнул к выходу.

— Витторио Бруни покончил с собой, — буркнул он ей в затылок.

Лия так резко остановилась, что шедший позади детектив с разбегу чуть не налетел на неё. Повернувшись, она в упор посмотрела ему в глаза.

— Этого не может быть.

Её голос дрожал, но она тут же повторила более твёрдо:

— Не может быть. Он бы никогда этого не сделал.

Лия вытаращенными глазами смотрела на собеседника. Пол с удивлением наблюдал, как в широко распахнутых сине-зелёных глазах испуг сменился сначала протестом, а потом вспышками гнева.

— Он любил жизнь! Вы не вправе заявлять о самоубийстве! Вы его совсем не знали! — Лия в сердцах ткнула ему кулаком в грудь.

— Это не моё заявление, — тихо ответил он, неожиданно проникаясь уважением к этому негодующему созданию, видимо, веря в его искренность, — к такому выводу пришло следствие.

— Когда вообще это произошло?

— Позавчера.

— Позавчера?! — Лия прямо-таки закипела изнутри, — и за каких-то неполных два дня вы провели расследование и вынесли вердикт?!

— Остались кое-какие мелочи, но в целом, да… Мы работаем быстро.

Девушке захотелось сделать саркастическое замечание по поводу качества их работы, но она вовремя удержалась от комментария.

Когда они вышли на улицу, Пол запер дверь на ключ и опечатал вход. Затем детектив открыл дверцу потрёпанного форда и попросил сесть в машину. Лия села и даже охотно. Ей всегда хотелось побывать внутри полицейской машины. А это, похоже, была машина для работы под прикрытием. Но её ждало очередное разочарование. Интерьер машины не представлял собой ничего особенного. Такой же потрёпанный и неухоженный. Ни встроенного компьютера с базой данных, ни рации, ни отслеживающих девайсов. Тут-то она и смекнула, что есть во всём этом деле что-то весьма подозрительное.

Нейсон включил зажигание и медленно тронулся с места. Лия обвела рукой салон машины и с видом прокурора смело заявила:

— Это ведь не служебный автомобиль!

Нейсон молчал.

— И в дом вы зашли не по долгу службы, — продолжала она свою обвинительную речь.

При повороте на соседнюю улицу он остановился, пропуская двух дам с собачками.

— Печать вы не сорвали, значит, не имели права входа! И как же вы собираетесь вносить сей нюанс в протокол?

На перекрёстке опять пришлось притормозить: мальчишки гоняли мяч по траве вдоль улицы. Мяч полетел мимо ворот в сторону машины.

— И если следствие уже закончено, что вы делали на месте преступления?

Нейсон вдруг резко остановил автомобиль прямо перед её домом.

— И что я, по-вашему, там делал?

Лия пожала плечами.

— Понятия не имею, но подозреваю, что вы сами сомневаетесь в результатах следствия.

Пол ухмыльнулся и хрипло закашлялся.

— Ты, кажется, предлагала выпить чашку кофе? — перешёл он на «ты».

— Так ты подразумевал «домашний арест»? — Лия улыбнулась, — с удовольствием тебя угощу.

Она первая выскочила из машины и сразу направилась во двор к задней двери, избегая по обыкновению парадный вход. Пол с любопытством посмотрел на крыльцо уникальной конструкции, как будто специально созданное для отпугивания непрошеных гостей. Потом он прошёл во двор и поднялся на небольшую уютную веранду. Лия уже успела смахнуть пыль и ёлочные иголки с круглого стеклянного столика.

Нейсон сел за стол, положил на него небольшую записную книжку и вооружился ручкой. Быстро поставив чайник на огонь, девушка тоже вынесла блокнот, только для рисования, и демонстративно положила его рядом с собой на столе. Выжидательно уставившись на детектива, Лия сделала рукой пригласительный жест.

— Спрашивай первый, — милостиво предложила она.

— В каком смысле? Здесь вопросы буду задавать только я.

— Ошибаешься, — промурлыкала девушка, довольно щурясь на солнце, — здесь ты не имеешь полномочий вопросы задавать. Вот в участке — другое дело, но, увы, момент упущен.

От подобной наглости ручка выпала из рук Нейсона и со звоном ударилась о стеклянную поверхность стола. Насладиться полностью своим триумфом девушке не дал чайник, призывно засвиставший на кухне. Вскочив со стула, Лия помчалась заваривать кофе.

Проводив её хмурым взглядом, детектив досадливо потёр лоб. Но потом его лицо разгладилось, посветлело. «Может, оно и к лучшему», — подумал он. Привычные традиционные методы следствия до сих пор не приносили ему успеха. А с этой девчонкой, очевидно, придётся отступить от устоявшихся, а вернее, застоявшихся правил расследования. Пол был уверен в том, что может свободно говорить с Лией о фактах следствия. Дело почти закрыто, так что за разглашение тайн его вряд ли осудят, всё равно завтра уже всё просочится в прессу. А вот если этот свидетель, свалившийся ему на голову, предоставит новые сведения, то это может значительно повлиять на рост его дальнейшей карьеры.

На подносе в руках Лия принесла кофе. Аромат был искушающий. Девушка поставила на стол блюдце с творожным печеньем и села напротив детектива.

— Ладно, начнём, — вздохнул Нейсон и снова взялся за ручку, — как хорошо ты знала Витторио Бруни?

— Очень хорошо, — с готовностью ответила свидетельница, — он был близким другом моей матери.

—Насколько близким? — глаза сержанта подозрительно блеснули.

—О-очень близким, но не в общепринятом смысле. Они были духовно близки.

—Это как?

Лия неодобрительно покачала головой.

—Уверена, что физическая близость не вызвала бы подобного вопроса.

—Ну, с физической обычно всё предельно ясно, — посмеялся Пол.

—Ты так думаешь? — Лия пожала плечами и продолжила:

—У них было много общего. Оба были влюблены в Азию. Особенно Индию и Японию. Не пропускали ни одного этнического праздника, организованного культурными центрами в Торонто. Витторио был одним из самых ярых активистов в индийском центре. Мама больше тяготела к Японии. Они часто ездили по странам Востока вместе. Когда было возможно, мама брала меня с собой. Было так интересно…

Лия остановилась, задумалась, мечтательно уставилась на соседскую берёзку, низко склонившую ветви над беседкой. Пол проследил за её взглядом, но не заметив ничего примечательного, задал следующий вопрос.

—А что твой отец думал об этих… э-э-э… духовных отношениях?

—Папа? — Лия удивлённо перевела взгляд на собеседника, — даже не знаю… Сам он с Витторио мало общался. Иногда мне казалось, что его присутствие папу напрягало. Наверное, потому что папа не умел поддерживать с ним разговор. И считал, что это унижает его в глазах мамы. Мой папа — адвокат. Взвешивает каждое слово, думает на десять фраз вперёд. А Витторио любил поговорить, иногда о вещах, которые, по мнению папы, не стоили и минуты обсуждения.

—Иными словами, твой отец недолюбливал Бруни?

Заметив, что Пол начал что-то строчить в своей книжке, Лия тоже открыла блокнот и заскользила карандашом по глади бумаги.

—Нет, месье Нейсон, мой отец на кандидатуру убийцы не подходит, если вы это имели в виду.

—Отчего же?

—А какой мотив?

—Допустим, ревность.

Лия грустно посмотрела на Пола. От этого взгляда он на секунду замер, по какой-то причине почувствовав неловкость.

—Если б папа решил убить Бруни из ревности, он бы это сделал много лет назад, — пояснила девушка, — мама умерла, когда мне было шестнадцать лет.

—Прости, — смутился Нейсон.

—Ничего страшного. Уже семь лет прошло.

—И с Бруни ты поддерживала отношения всё это время?

— Разумеется. Он же парфюмер. Я заочно учусь на парфюмера. У нас много общего.

— А очно на кого учишься? — поинтересовался Пол, вглядываясь в набросок на странице блокнота. Быстрые карандашные линии искусно превращались в очертания его собственного лица.

— Дизайнер-иллюстратор, только что окончила Лондонский университет искусств, приехала домой на каникулы, — дала она исчерпывающий ответ и, вырвав лист из блокнота, протянула его собеседнику.

— Благодарю, — немного смущённо пробормотал тот, принимая сей ценный дар.

— Теперь моя очередь спрашивать! — Лия размяла руки и снова взялась за карандаш, — почему ты сам не веришь в самоубийство?

Пол не сразу ответил, тщательно обдумывая, насколько откровенным он может быть со своей собеседницей. Чтобы потянуть время, он поднёс к губам чашку кофе и сделал большой глоток. Неожиданно приятный и оригинальный вкус напитка отвлёк его от серьёзных раздумий.

— Что это?! — воскликнул он, обратив, наконец, внимание на необычную пенку на поверхности кофе, узорчато присыпанную раздробленным мускатным орехом.

— Эггног латте.

— Не может быть! — не поверил он, — я покупаю эггног в кофешопе — та ещё дрянь. Но это… это же вкусно!

Лия лишь презрительно фыркнула, не отрывая карандаша от бумаги.

Сделав ещё несколько глотков, Нейсон уже более охотно стал отвечать на её вопрос.

— Я не говорил, что не верю… Но, скажем так, сомневаюсь…

— Вы же снимали отпечатки пальцев! Значит, были причины? И там, в комнате, следы мела на полу…

— Это обычная процедура в случае насильственной смерти.

— Как он это сделал?

Задав неприятный вопрос, девушка на мгновенье замерла, пальцы надавили на карандаш, оставив глубокий графитный след на бумаге. Детектив украдкой поглядывал на неё, в свою очередь сосредоточенно рисуя ложечкой зигзаги на пышной пенке кофе.

— Бруни отравился газом, — отметив, что не удивил собеседницу, Пол с интересом посмотрел на неё, — ты догадалась об этом?

Он поймал мимолётный взгляд собеседницы. После короткого раздумья Лия кивнула.

— Комнату проветривали, но запах керосина остался.

— Он включил четыре горелки, самые обычные, продаются в любом хозяйственном магазине…

Заметив, что детектив вновь замялся, Лия решила его подстегнуть.

— И что тебя больше смущает? Сцена или декорации?

— В каком смысле? — не понял Нейсон.

— Место, где предположительно произошло самоубийство, ведь, согласись, комната для медитации — странный выбор. Или, может, было там ещё что-то… лишнее…

— А ты откуда знаешь, что что-то было? — с подозрением спросил полицейский.

— Я ощутила другой запах… Витторио всегда жёг ароматические палочки во время медитации. Я знаю всю его коллекцию. Это нечто другое.

— Какое другое?

— Странная смесь ароматов. Я различила запах соландры и гавайской розы… Он их никогда не держал дома, хоть и любил экспериментировать.

— А что в них необычного?

— Если знать, как их использовать, они превращаются в достаточно эффективный наркотик!

— Вот оно что… — как-то странно протянул Пол.

— А что? — встрепенулась Лия.

— Наш аналитик заикался о каком-то седативном эффекте, именно наркотике…

— И вы не восприняли это всерьёз?! — возмутилась девушка.

— Ну почему же… Отравление газом — не самый приятный способ, если ты в бодрствующем состоянии. Вот Бруни и намешал этих благовоний, чтобы скрасить последние минуты.

— Глупости! — вспылила Лия, — он никогда бы даже в руки не взял эту «золотую чашу», соландру то бишь.

— Почему?

— У него была на неё аллергия, моментальное раздражение дыхательных путей, начиналось удушье.

— Вот оно что… — ещё задумчивее повторил Пол.

Лия с подозрением сощурила глаза.

— Если это не входило в число сомнительных для тебя фактов, тогда что же тебя тревожит в произошедшем?

— К-хе, — смущённо кашлянул Пол, — мои аргументы попроще. Почему он отключил газовые детекторы?

— А он их отключил?

— На каждом этаже.

— Ну-у… они очень пронзительно пищат. К тому же, он часто это делал из-за своей любви к благовониям. Напустит, бывало, дыму… Он даже уговорил мастера добавить к панели общей сигнализации дома кнопку, отключающую все газовые детекторы разом. Обычно они такое не делают.

— То-то и оно, — полицейский многозначительно закивал головой, — почему он просто не воспользовался кнопкой?

— Как же он отключил детекторы?

— Выкрутил батарейки… Из каждого, а их всего семь.

— То есть так отключил бы любой, кто не знал Витторио настолько хорошо. И уж, конечно, не сам Витторио!

— Да, заставляет задуматься… — детектив придвинул стул ближе к Лие, — а где Бруни мог бы достать эту самую саламандру?

— Соландру, — поправила его девушка, — по-моему, исторической родиной является Западная Индия. Но вообще этот цветок весьма распространён по миру. В основном растёт в Южной Америке, Мексике, Пуэрто-Рико…

— Пуэрто-Рико? Вот оно что… — в который раз произнёс Нейсон и сделал несколько таинственных пометок в своей книжке.

— А если у Бруни была на этот цветок аллергия, зачем бы ещё он мог его приобрести?

— Да с чего ты взял, что это именно он его приобрёл?!

— Я мыслю в рамках версии о самоубийстве, пока не найдутся веские доказательства обратного…

Он замолчал, выжидательно уставившись на девушку. Та немного смутилась и даже оторвалась от своего очередного рисунка.

— Веских доказательств у меня нет, — грустно вздохнула она, — лишь моя личная уверенность. Ну не мог Витторио покончить собой. Характер у него не тот. Оптимист до мозга костей, фантазёр. Если б по какой-то сумасшедшей причине он решил расстаться с жизнью, то сделал бы это иначе. Превратил бы свой уход в событие века. Праздник. С оркестром и фейерверками.

— Личной уверенности мало, — покачал головой Нейсон, — подумай хорошенько. Ты всё в доме осмотрела? Может, заметила ещё что-то странное?

Задумчиво потерев карандашом носик, Лия вдруг оживилась:

— Ах да! Книга пропала.

— Какая книга?

— О-о-о, — протянула Лия, — «Духи, Косметика и Мыло» Вильяма Пучера, первое издание, 1923 года. Очень редкое. Причём, Витторио меня убеждал, что эта книга принадлежала самому Пучеру, и на полях были сделаны пометки его рукой. Книга издавалась в двух томах. Первый Витторио давно приобрёл, но там был, в основном, ознакомительный материал. Формулы и секреты парфюмерии заключались именно во втором, а личные пометки автора делали книгу прямо-таки драгоценной.

В этом месте детектив заметно воспрял духом:

— Насколько драгоценной?

— Думаю, пару тысяч Витторио за неё выложил.

— Гм-м, — недовольно промычал Пол, — из-за пары тысяч так изощрённо убивать не стали бы.

— Нет, конечно, — согласилась Лия, — но не в этом дело. Он купил её недавно. Где, не сказал, но был крайне взволнован своей находкой, весь горел от нетерпения проверить приведённые в ней формулы. О каком самоубийстве может идти речь?!! Да он ни в жизнь бы на это не пошёл, не проштудировав всю книгу до конца. А сделать это он обещал со мной. А теперь книги нет. Я специально высматривала её в доме — уж очень хотелось хотя бы глазком взглянуть. Есть более новые издания, тоже, кстати, недешёвые. Но это уже не совсем то…

— Не понимаю, какое отношение пропажа книги имеет к самоубийству Бруни? Ну и что, что её нет, одолжил кому-нибудь, спрятал, мало ли…

Лия задумчиво покачала головой:

— Не знаю, но у меня предчувствие…

Тут она выпрямилась и серьёзно посмотрела Нейсону в глаза:

— Эту книгу надо найти. Она представляет настоящую ценность только для парфюмера. Причём, влюблённого в эту науку. Таких в Торонто мало. Витторио был одним из них.

С этими словами она развернула блокнот и пододвинула детективу набросок портрета Бруни. Она нарисовала его таким, каким знала многие годы, восхищаясь им и подражая ему.

— Если кто-то забрал книгу с места преступления, значит, тому были веские причины, и я очень хочу о них знать, — закончила она.

Молча изучив рисунок, Пол медленно перевёл взгляд на девушку. Только её предчувствий ему не хватало! Своих было предостаточно. Вытащив из кармана давно вибрирующий телефон, он мельком просмотрел сообщения и встал из-за стола.

— Мне пора, Лия. Я постараюсь выяснить насчёт книги.

— Спасибо, — девушка тоже встала.

— Провожать не надо, — улыбнулся он ей, — если что узнаю, позвоню. Спасибо за кофе.

Лия проводила его взглядом и вновь окунулась глазами в свой блокнот. Верхний листок трепетал на ветру, приводя в движение карандашный набросок. Лицо Витторио словно ожило. Глаза лукаво щурились. Губы с озорной улыбкой в уголках шевелились. Казалось, ещё немного, и знакомый голос разорвёт тишину привычной фразой «Hey, Renardeau, il y a longtemps ne se voyaient pas».[1] И лишь мертвенно белый цвет бумаги напоминал о реальном положении дел. У Лии неожиданно подкосились ноги. Она снова опустилась на стул, закрыла лицо руками и разрыдалась.

---

[1] Эй, Лисёнок, давно не виделись (фр.).

Минуты казались вечностью. Внезапно, словно пробудившись ото сна, она почувствовала, что рядом кто-то стоит и наблюдает за ней. Она подняла заплаканное лицо. С нижней ступеньки крыльца на неё сочувственно смотрел Пол.

— Бруни выжил, — сказал он, — лежит в Sunnybrook Hospital. Без сознания. Врачи, как обычно, пессимистично настроены, однако не исключают благополучный исход. Очень может быть, что именно эта соландра спасла ему жизнь… Мне по дороге, могу подвезти.

Благодарно улыбнувшись, Лия вытерла слёзы и сорвалась с места.

4 июня

Понедельник начался для Лии с обхода всех ей известных и неизвестных антикварных лавок. Распечатав посланную Витторио фотографию книги, она показывала её продавцам, не особо рассчитывая на успех. День подходил к концу, и ни один из них не признал на фотографии свой товар.

Заходящее солнце ласково озолотило небольшую улочку на юге Итобики — одного из западных пригородов Торонто. Еле передвигая ноги от усталости и голода, Лия без энтузиазма отсчитывала номера домов. Совсем не так она планировала провести первую неделю каникул. Хотя чему тут удивляться? Очень редко ей удавалось следовать плану. Поэтому обычно она и не заморачивалась, позволяя мимолётным душевным порывам нести себя в неизвестном направлении, как сейчас…

Когда она дошла до нужного дома, солнце спрятало свой последний луч, уступая право освещать улицы городским фонарям. Трёхэтажное здание предстало перед девушкой во всей своей архитектурной красе, утопая в плюще и диком шиповнике. Викторианский стиль королевы Анны чётко прослеживался в застеклённых эркерах, причудливых угловых башенках и резных консолях под ажурными балкончиками. Почтенный возраст строения выдавал каждый кирпичик, каждая досточка, каждая трещинка. И всё же дом находился в весьма неплохом состоянии. Таких домов в Торонто когда-то было пруд пруди. Теперь по приказу мэра многие из них приговорили к сносу. Город обновлялся, и исторических памятников становилось всё меньше. А ведь они так гармонировали с антикварными лавками, столь уютно расположившимися внутри старинных зданий.

«Breekst's Antiques» — гласила вывеска над искомой дверью. Ничем не примечательное название, однако Лию пробрала дрожь. Она уткнулась глазами в свой список. Ancient Castle, который значился по этому адресу, исчез. Скорее всего, его перекупил нынешний хозяин лавки. Брикст… Могло ли это быть совпадением? Если не совпадение, то точно знак, решила она про себя, одновременно сетуя, что так и не выведала у Джинджи названия всех магазинов этого пресловутого Невила Брикста. Что и говорить, она весьма безответственно до сих пор относилась к расследованию. Возможно, не принимая всё так близко к сердцу. Как теперь…

До закрытия оставалось каких-то десять минут. Лия этому только обрадовалась. Длинный изнуряющий день заканчивался, и, надо признать, она уже давно мечтала о прохладном душе и зелёном чае. Однако она была человеком обязательным и старалась доводить дела до конца, поэтому решительно поднялась по ступенькам на крыльцо и вошла в магазин.

Внутренний интерьер не впечатлял. Таких антикварных лавок за сегодняшний день Лия повидала штук двадцать. Посетителей не было, что неудивительно, учитывая позднее время. За маленькой резной конторкой сидел щупленький парнишка. Строгий костюм висел на нём мешком и смотрелся нелепо. Судя по всему, парень был студентом, решившим подработать на летних каникулах.

Бросив на Лию недовольный взгляд, он встал и демонстративно загремел связкой ключей.

— Мы закрываемся.

— Лишь через десять минут, — возразила девушка.

Насупившись, парень снова сел и стал угрюмо наблюдать за девушкой.

Оглядевшись, Лия умышленно медленно подошла к конторке и положила перед продавцом распечатку.

— Я ищу вот эту книгу. У вас случайно нет?

Вытянув шею, студент взглянул на фотографию. Потом вскочил, схватил распечатку и близоруко сощурил глаза.

— Надо же! — воскликнул он, — она буквально на днях к нам поступила.

— Неужели? — у Лии чуть дыхание не перехватило от такой удачи, — можно взглянуть?

— Ну-у… — неуверенно протянул парнишка, — она на складе, её не успели зарегистрировать. Я её запомнил лишь потому, что моя тётка недавно в Интернете купила новое издание — она помешана на натуральной косметике.

— Пожалуйста! — девушка умоляюще сложила ладошки, — я так давно мечтаю именно об этом издании.

— Ладно. Пойду, поищу. Но продать сегодня не смогу, — предупредил он и по скрипучей лестнице поднялся на второй этаж, обрамлённый красивым внутренним балконом.

Лие показалось, что прошла целая вечность, прежде чем он вернулся с завёрнутой в полиэтилен книгой. Девушка протянула было руки, но продавец сделал предупреждающий знак и аккуратно положил книгу на прилавок.

— Руками не трогать. Очень ценный экземпляр.

— Почему она так упакована?

— Не знаю, — он пожал плечами, — наверное, чтобы не испортилась — у нас высокая влажность.

— Мне бы хоть одним глазком взглянуть — та ли.

Немного помявшись, парнишка бросил грустный взгляд на стрелки часов и, наконец, кивнул. Аккуратно отклеив липкую ленту, он медленно стал разворачивать пакет. Когда он взялся за последний слой обёртки, Лия почувствовала, как в воздухе разлился слабый запах ветивера — в Индии очень распространённого масла. Книга была уже почти распакована, как вдруг, словно гром среди ясного неба, раздался телефонный звонок. Они оба вздрогнули. Парнишка схватил телефонную трубку. От прозвучавшего в ней голоса он вытянулся по струнке и автоматически поправил съехавший набок галстук.

— Да, сэр, сию минуту.

Сорвавшись с места, он снова бросился на второй этаж. Лия тут же воспользовалась ситуацией, вытащила книгу из пакета и бережно раскрыла её. Запах ветивера усилился и к нему примешался другой. Она наклонилась ближе и вдохнула. Знакомый запах, почти ускользающий, но достаточно сильный, чтобы у неё на глаза навернулись слёзы и запершило в горле. Что же это такое?! Ей теперь покоя не будет, пока она не докопается до происхождения этого явного для неё аллергена!

Зажав нос рукой, Лия перевернула несколько страниц, чтобы убедиться, что пометки автора присутствуют, а значит, книга — та самая. Но как она сюда попала? Если этот мистер Брикст и Невил Брикст, владелец Antique Magnifique в Лондоне, — один и тот же человек, а Лия чувствовала, что так оно и есть, то начинает проявляться еле видимая нить, связывающая несколько преступлений воедино. «Не нить, а настоящий запутанный клубок…», — мысленно поправила она себя и вздохнула.

Сверху послышались шаги. Лия ловко сунула книгу обратно в пакет и даже успела отойти от прилавка. Чуть ли не кубарем скатившись с лестницы, парнишка подскочил к ней.

— Прошу прощения. Мне надо закрывать магазин, — немного нервно пробормотал он, вставая между Лией и книгой.

— Так я завтра приду?

— Зачем?

— Купить книгу.

— Н-нет, — промямлил он, — к сожалению, она не для продажи… то есть… вернее, её уже купили. Поступил заказ. Прошу вас… — он указал на выход.

Очень неохотно Лия отступила и направилась к двери. Прежде чем выйти, она снова обернулась. Продавца с книгой уже не было. Комната опустела и в то же время, казалось, наполнилась чьим-то присутствием. Кто-то там был. Лия скользнула взглядом по лестничному завитку и замерла, уже не сводя глаз со второго этажа.

За колонной, поддерживающей своды потолка, стоял человек. Неподвижно, словно статуя — неотъемлемая часть колонны. Стоял и смотрел на неё. И от взгляда его сверлящих глаз у Лии сжалось всё внутри. Мимолётное чувство дежавю сменилось паникой. Что-то неожиданно сдавило голову, в висках отбойными молотками застучала кровь, уши наполнились звенящим шумом. Лие почудилось, что пол под её ногами превратился в мягкий зыбучий песок, и её затягивает внутрь, в густую липкую темноту. Она начала задыхаться. Зажмурив глаза, девушка прижалась спиной к входной двери. Собравшись с силами, она толкнула локтями дверь и выскочила на свежий воздух.

По улице Лия бежала без оглядки, даже вприпрыжку. Она остановилась и перевела дыхание лишь у автобусной остановки. Её никто не преследовал, но чувство гнетущей тревоги не покидало.

Где-то вдали слышался несмолкаемый гул города. Такого привычного, успокаивающего своей суетой и бесконечным движением. А здесь, в этом неприметном жилом районе, время как будто застыло. Словно тишина, обволакивающая улицу, тормозила жизнь вокруг своей вязкостью. Тускло горели фонари, с трудом вырывая у неумолимо надвигающихся сумерек кусок дороги.

Подъехавший автобус лениво открыл двери. Лия взлетела по ступенькам автобуса и забилась в самый дальний угол. И только через пару остановок она почувствовала расслабление. На голову больше не давило, мысли прояснились, тревога сменилась удивлением. А что, собственно, произошло? Почему её охватило чувство страха и паники? Человек, прятавшийся за колонной в антикварной лавке, ничего собой не представлял. Или всё же представлял?..

Лия недовольно поморщилась. Она терпеть не могла неопределённости. Достав из сумки блокнот, она принялась делать набросок портрета хозяина магазина.

Обычное лицо… худое с впалыми щеками. Низкий лоб, наполовину прикрытый волной полуседых волос. Крупноватый нос, бросающий тень на плотно сжатые тонкие губы. Густые смоляные брови. И глаза… Вот оно! Именно глаза вызывали дрожь и непонятное желание бежать без оглядки. Глубоко посаженные, узковатые, наверное, карие, хотя на тот момент они показались Лие чёрными ямами, в которых тонул свет; штормовыми воронками, затягивающими в себя всё светлое и доброе, оставляя в душе безотрадную пугающую пустоту.

И вот сейчас, вглядываясь в творение рук своих, девушка вновь внутренне задрожала. Такого не бывает, твердила она про себя, не может человек вызывать подобные видения. Скорей всего, она перегрелась за день на солнце. Да, кивнула она своим мыслям, именно так оно и было. Но опять сомнения неприятно заскребли коготками в её душе.

Дорога до дома была долгая, водитель автобуса не спешил, позволяя редким пассажирам насладиться красотой ночного города. Но Лия ничего вокруг себя не замечала. Она отрешённо рисовала Брикста, ещё и ещё. Уже подъезжая к своей остановке, она осознала, что рисует только глаза. Даже нарисованные, они её гипнотизировали и вселяли страх.

«Наверное, они мне теперь будут сниться», — тоскливо подумала она и, засунув блокнот обратно в сумку, поплелась домой.

Отца дома не было. Он ещё не вернулся со своей затянувшейся конференции в Нью-Йорке. Поэтому взять трубку телефона, заливающегося трелью соловья, было некому. Лия быстро отперла дверь и, чуть не споткнувшись о раскиданную в прихожей обувь, кинулась к телефону. Уже столько лет каждый телефонный звонок наполнял её сердце приятным предвкушением чего-то особенного, дарил надежду, на миг придавал чёткую форму туманным девичьим мечтам. К сожалению, в девяносто девяти случаях из ста надежда себя не оправдывала, но и не пропадала, постепенно превращаясь в бесполезную досадную привычку.

—Алло!

Лия схватила трубку, с трудом пытаясь скрыть охватившее её волнение. Но напрягаться долго не пришлось — волнение прошло само собой.

—Ах, это ты Пол… — теперь приходилось скрывать нахлынувшее разочарование.

—Я не вовремя?

—Ну что ты! Рада тебя слышать.

—Твой сотовый не отвечает.

—Ах да… зарядить… э-э-э… не успела, — Лия бросила стыдливый взгляд на валяющийся в кресле с момента её возвращения из Лондона мобильник, — что нового?

—Книги в доме Бруни нет. Я обзвонил всех в его записной книжке. Никому он её не давал. Думаю, спрятал куда-нибудь.

—Я её сегодня видела, — вздохнув, сказала Лия.

—Где?!

—В Breekst's Antiques. Вам обязательно надо проверить эту конторку. У меня предчувствие — они промышляют чем-то незаконным.

Неразборчиво пробурчав что-то в ответ, наверное, мнение по поводу её предчувствий, Пол быстро закончил разговор и попрощался.

Лия положила трубку. Сев за обеденный стол, она вновь раскрыла блокнот. Внезапное чувство неудовлетворённости охватило её. Чего-то не хватало в портрете Брикста. Придвинув к себе ближайшую из палеток, которыми был заставлен весь стол, она стала быстро смешивать краски. Через минуту суровый облик антиквара очертила дымовая завеса. Воображаемый табачно-древесный дух проступил сквозь бумагу и пропитал воздух вокруг. На мгновение он забросил девушку в прошлое, в зябкие январские сумерки, когда она впервые ощутила этот терпкий дымчатый аромат. Да нет, не впервые! Когда же всё началось?!

Лия обхватила лицо измазанными краской ладонями и сквозь пальцы всматривалась в нарисованные глаза, словно хотела защитить себя от их необъяснимого влияния. Было в этих глазах нечто зловещее и одновременно… притягательное. Отняв, наконец, руки от лица, она задумалась. Потом вскочила и сбегала за своими старыми альбомами. Подобно летописи, они хранили самые дорогие и важные моменты её жизни. Пролистав один из них, она нашла старую зарисовку человека, следившего в тот памятный вечер за Джоном. Сутулый, и эти пустые глазницы…

Лия взглянула на сегодняшние наброски. В памяти она пыталась восстановить малейшие детали из прошлого, но они ускользали. Возникло странное противоречивое чувство, что человек из Лондона и был этим самым Брикстом, и, в то же время, она чуяла некую фальшивость в его облике. Словно имитацию антикварной ценности.

Подтянув к себе другой блокнот, девушка вытащила из него листок с нарисованной семиконечной геометрической фигурой, с помощью которой она когда-то пыталась продемонстрировать Джону связь между несколькими событиями и людьми. Теперь эта связь стала более явной и… тревожной.

Лия взяла карандаш, движения её рук были неторопливы, словно в замедленном кино, и под «X» вывела «Брикст». Но, вдруг передумав, стёрла и обозвала «Брикстом» восьмую вершину. Отсюда она провела линии ко всем другим точкам. Ещё немного подумав, она обвела «X» и «Брикст» жирным кругом. «Один ли это человек?» — вопрошала она себя. Утвердительный ответ напрашивался сам собой, и всё же она сомневалась. Опять сомневалась! Diable!

Лия откинулась на спинку стула. Рука потянулась к телефонной трубке. Поделиться с кем-то об этом было просто необходимо! С кем-то компетентным. Отец? Нет, это исключено. Она уже заранее видела его нахмуренные брови и слышала знакомую с детства фразу: «Неужели тебе больше всех надо, Лия?!» Но ведь, действительно, очень часто так получалось, что именно ей приходилось вмешиваться в разные обстоятельства. И единственное, о чём она каждый раз сожалела, — это то, что происходящее расстраивало отца. Это, конечно, случалось, когда ему удавалось узнать о так называемых разных обстоятельствах.

Джон?.. Лия почувствовала обволакивающее нежное тепло внутри себя. Если бы не случившееся в Арисейге, она непременно позвонила бы ему, как только узнала о неприятностях с Витторио. Джон умел её успокаивать, и главное — он слушал. Терпеливо и добросовестно. «Вот если б он сам позвонил», — подумала она. Но он не звонил. Чувства её смешались: сплелись воедино и облегчение, и грусть.

Глубоко вздохнув, Лия торопливо набрала номер Джинджи.

…Джинджи Лин когда-то был всего лишь соседским мальчишкой, сыном близкой подруги её матери. Сколько глупостей натворила бы Лия в свои юные годы, если бы не он. Спокойный, уравновешенный, способный найти выход из любой ситуации, он негласно был её ментором и оставался им по сей день. Даже несмотря на то, что теперь они общались не так часто. Лия безоговорочно поддержала его желание поступить на службу в NCA в отдел по борьбе с организованной преступностью. Она, по-видимому, надеялась, что Джинджи будет делиться с ней тайнами своей профессии. Однако делиться всем подряд была её прерогатива. Джинджи, увы, болтливым не был, а в последнее время совсем засекретился.

Вот и сейчас он не брал трубку. Но Лия так просто не сдавалась. Открыв лэптоп, она начала писать подробный отчёт о случившемся. Несмотря на свою любовь к изобразительному искусству, она любила писать, и делала это часто, посылая Кристиану электронные словесные зарисовки собственной жизни. Он отвечал на них покладисто. Кратенько, но даже пары строк хватало, чтобы поддерживать желание подруги писать ещё. Так было раньше… Сейчас она не получала ни строчки, к своему удивлению, осознавая, что почти не страдает от этого.

5 июня

Джинджи позвонил на следующее утро, безжалостно разбудив свою подопечную.

—Лия, — послышался в трубке твёрдый голос, — то, что ты мне написала о Витторио, очень серьёзно. Я хотел бы с тобой встретиться. Ты в Лондон ещё вернёшься?

—Ах, Джинджи, — сонным, но полным умиления голосом воскликнула девушка, — наверное, ты — единственный, кто воспринимает меня всерьёз. Другие только отмахиваются, как от назойливой мухи.

Джинджи сдержанно выслушал эмоциональную речь Лии и терпеливо повторил вопрос:

— Так когда мы сможем встретиться?

— Ради тебя я хоть сейчас полетела бы обратно в Лондон, но, боюсь, папа обидится. Ведь мы с ним ещё не виделись. А потом у дяди Робби на нас планы в преддверии предвыборной кампании. Так что в ближайший месяц я из Торонто не уеду.

— Хорошо. Тогда приеду я. Скоро перезвоню. Будь осторожна, — и отключился.

Лия сладко зевнула и, обняв подушку, закрыла глаза в надежде ещё полчасика понежиться в кровати. Но телефон, взявший на себя обязанности будильника, опять вырвал её из объятий Морфея. На этот раз звонил Пол.

— Лия, необходимо встретиться.

— Как приятно осознавать себя такой нужной! — пробурчала Лия, протирая глаза, — заедешь?

— Нет, лучше ты подъезжай к главному отделению на Колледж-стрит, на углу есть кофешоп, знаешь?

— Ну да, прославленный отвратительным эггног латте, — хихикнула она.

Нейсон её веселья не разделил.

— Будь там через час, — бросил он в трубку и тоже отключился.

Через час! Да он никак с ума сошёл. В разгар летних дорожных работ до центра и за два часа не добраться. Тем более, когда ты ещё в постели.

Вопреки ожидаемому, Лия вошла в кафе с опозданием на каких-то полчаса. Детектив сидел за столиком у окна. Он нетерпеливо барабанил пальцами по деревянной столешнице.

— Почему так долго? — вместо приветствия грубо проворчал он.

Не удостоив его ответом, Лия села напротив. Она упёрлась подбородком в скрещённые кисти рук и выжидательно уставилась на него. Подозвав официанта, Пол заказал ещё кофе и пододвинул к девушке Toronto Star.

— Читала?

— Ага, пока в метро ехала, — Лия брезгливо отодвинула газету обратно, — Витторио бы на них в суд подал за то, что они ему уделили всего один абзац своего драгоценного текста. К тому же там ни одного слова правды.

— Почему же? По-моему, информация передана на удивление точно.

Лия нахмурила брови.

— Так это с вашей подачи написано?

— Нам приходится держать прессу удовлетворённой.

Возмущённо схватив газету, девушка ткнула пальцем в статью.

— «По результатам предварительного расследования, полиция пришла к выводу, что известный парфюмер пытался покончить с собой вследствие денежных затрат, поставивших под удар его карьеру. В его доме были обнаружены расписки о взятых в долг деньгах. Суммы огромные…» — зачитала она. — Как это понимать? Какие ещё расписки? Зачем ему брать деньги в долг? Он богат!

— Был богат. Проигрался. В частном казино. Расплатиться не мог. Играл в долг.

— Какое ещё частное казино?!! Где? В Торонто?

— Нет, в Сан-Хуане, Пуэрто-Рико. Там полно подобных притонов. Только сомневаюсь, что кто-то придёт требовать свои деньги теперь. Бруни недавно снял довольно-таки солидную сумму со своего счёта, возможно, для оплаты этих самых расписок. Начал расплачиваться, понял, что это приведёт к разорению, к продаже любимого дела. Чем не причина для самоубийства?

Лия в отчаянии схватилась за голову.

— Витторио не был азартным игроком. Он, скорее, спустил бы деньги на организацию какого-нибудь грандиозного индийского празднества. Какие расписки! Какое казино! Какой Сан-Ху… — на этом месте девушка осеклась и быстро закрыла рот, чтобы не сболтнуть лишнее.

— Против фактов не попрёшь, — Пол, казалось, не заметил её замешательства, — все его знакомые как один утверждают, что перед инцидентом Бруни был нервным, срывался и покрикивал на служащих. А это как-то не соответствует нарисованному тобой образу добродушного весельчака. У него определённо были серьёзные проблемы. Денежные растраты прекрасно вписываются в общую картину.

— А когда он успел слетать в Сан-Хуан?

— Был там неделю назад. Недолго, дней пять.

— И за пять дней успел спустить состояние?

— Теоретически это возможно. Там на этом деле собаку съели.

— Этому есть доказательства?

— Прямых — нет, — Пол замялся и после минутного молчания добавил, — мне тоже версия о самоубийстве не нравится, Лия, но, чтобы убедить начальство в обратном, нужны веские улики. У меня их нет.

— А как же книга и подозрительная антикварная лавка?

Пол нагнулся и достал из-под стула свёрток.

— Вот эта книга.

Лия ястребом накинулась на свёрток. Через секунду книга была у неё в руках.

— Но ведь это не та, — разочарованно воскликнула девушка, — это первый том, и издание более позднее.

— Я знаю, — кивнул детектив, — но по утверждению мистера Брикста, именно этой книгой интересовалась молодая леди накануне вечером. Его продавец это подтвердил.

— Нагло врут! Магазин надо обыскать!

— Ордер на обыск требует оснований. А у меня лишь твоё слово против их. Меня у прокурора засмеют.

— Ну, так надо без ордера, — начала было Лия, но запнулась.

Нейсон выпрямился и строго глянул на неё сверху вниз.

— Не заставляй меня жалеть о том, что не задержал тебя за незаконное вторжение в частные владения. Вижу, ты помышляешь ещё об одном?

— А как же Брикст? — робко спросила девушка.

— А что он?

— Да его за одни глаза можно было бы привлечь к уголовной ответственности.

Бросив на неё тяжёлый взгляд, детектив устало покачал головой.

— Чист он, как слеза младенца. Держит несколько антикварных и букинистических магазинов. В Торонто их два. Тот, в котором побывала ты, он перекупил недавно. В бизнесе уже двадцать лет. Абсолютно ничего относящегося к делу. Хотя…

Заметив, как встрепенулась Лия, Пол невольно улыбнулся.

— Есть интересная деталь. Один из его магазинов расположен в Сан-Хуане. Но опять же всё оформлено по всей строгости закона.

— И ты это узнал за одну ночь? — восхитилась девушка.

— Я же говорил — работаем мы быстро, — довольно улыбнулся он, но тут же нахмурился, — проку только мало.

— Начальство не ценит?

— Да чтобы впечатлить моё начальство, надо из кожи вон лезть, — воскликнул он в сердцах, — мне бы хоть мало-мальски приличное убийство раскрыть! Но, как на зло, Торонто в этом году был признан одним из самых безопасных городов в Канаде!

Увидев весёлые искорки в глазах собеседницы, Пол смутился.

— Нет, я очень рад этому факту… очень рад, — он резко отодвинул от себя чашку кофе, и та со звоном ударилась о кофейник.

— Пол, а что если это — твой шанс? — Лия ближе придвинулась к детективу, — что если нам удастся доказать, что Витторио хотели убить! Ты найдёшь убийцу, и тебя непременно повысят! Я тебе помогу.

— Ты мне очень поможешь, если не будешь совать нос, куда не следует. Впрочем…

Пол откинулся на спинку стула и измерил собеседницу мечтательным взглядом.

— Если продолжишь в том же духе, рано или поздно перебежишь дорожку какому-нибудь злому гению, и одним светлым утром я обнаружу твой хладный труп где-нибудь на берегу Онтарио. И обещаю тебе, не успокоюсь, пока не найду твоего убийцу!

— Как мило с твоей стороны, — Лия отодвинулась назад и осуждающе покачала головой, — зря ты иронизируешь. Витторио действительно мог стать жертвой злого гения. Пока не знаю, кто это и зачем ему сдался Витторио, но, если я на него выйду первой, это может пагубно сказаться на твоей репутации.

Пол хотел было расхохотаться в ответ, но сдержался. А ведь эта девчонка и вправду могла его обставить. У неё руки не так связаны, как у него, умом не обделена да и дерзости хватит на отчаянный поступок.

Нейсон задумчиво поскрёб небритый подбородок и, наконец, кивнул:

— Ладно, Лия. Будем сотрудничать. Официально дело почти закрыто. А неофициально могу над ним работать, сколько мне вздумается. Находить твой труп на самом деле я не желаю. И посему очень прошу, держи меня в курсе своих похождений! — с этими словами он встал, расплатился, простился с ней и вышел.

Когда Лия вернулась домой, на крыльце её поджидала Стелла. Она сидела на ступеньке и курила.

Лия молча опустилась рядом и кивнула на стоящий у крыльца чемодан.

— Разве с вашего дома не сняли печать?

— Сняли, — ответила она и выпустила в воздух облако дыма.

Поморщившись, Лия незаметно прикрыла нос ладонью.

— Извини, — Стелла отбросила сигарету, — вредные привычки имеют тенденцию возвращаться… Можно я поживу у вас? Пока Зои не отмоет дом после нашествия этих варваров.

— Разумеется. Ты уже была у Витторио?

— Нет. Поедешь со мной? Не люблю больницы. Впрочем, какой прок! Он всё равно без сознания.

— Но может прийти в себя в любой момент!

— Оптимистка, — хмыкнула Стелла, — лучше бы ты мне позвонила. А то Зои так и сказала: помер, мол, хозяин, приезжай хоронить. Я чуть сама Богу душу не отдала.

Всхлипнув, мадам Бруни зажала рот рукой и, отмахнувшись от попытавшейся её обнять Лии, потянулась за новой сигаретой.

— Только посмотри на нас. Сидим, ревём… о том, кто толком не был ни тебе отцом, ни мне мужем.

— Если бы не был, то и не ревели бы, — сквозь проступившие слёзы улыбнулась Лия.

Поднявшись, она потянула Стеллу за собой.

— Поедем, как раз успеем к вечернему приёму посетителей.

* * *

Витторио лежал в отдельной палате, которой удостаивались лишь избранные канадцы, платившие из своего кармана за дополнительные медицинские услуги. К нему всех подряд не пускали, поэтому преданные Бруни члены сформированного им когда-то клуба йогов, расстелив шерстяные коврики вдоль стен, заняли солидную часть больничного холла. Мощный звук О-о-ом-м, от которого вибрировали не только застеклённые двери, но и барабанные перепонки медперсонала, слышался издалека. Для многочисленных посетителей известного в Торонто парфюмера этот звук стал знакомым аккордом. Вот уж не заблудишься среди больничных палат! Медработники пытались тактично намекнуть на соблюдение тишины и порядка из сострадания к другим пациентам, но их усилия оказались тщетны. Наоборот, число медитирующих с каждым днём росло. Всем хотелось поднять частоту своих вибраций, пополнить энергетический запас и познать тайны своего подсознания.

— О Боже, — поморщилась Стелла, — я, наверное, никогда не привыкну к этому «хобби» моего бывшего.

Покинув палату Витторио, они медленно, стараясь не наступить на медитирующих, пробирались к выходу.

— Это не хобби, — возразила Лия, с улыбкой отвечая поклоном на приветствие знакомой пожилой индианки, — это мировоззрение, философия, если хочешь… переоценка собственной жизни. Посмотри, какие они счастливые!

— Блаженные… — соглашаясь, закивала Стелла, — неужели они действительно верят, что эти их медитации помогут?

— Конечно! Медитации обладают волшебным целительным эффектом. Особенно групповые.

— Ты что, собираешься к ним присоединиться? — не поверила своим глазам Стелла, заметив, как её подруга под уговоры индианки усаживается на пол.

— Ненадолго, — успокоила её Лия, — ты как раз успеешь выпить чашечку кофе внизу. Я тебя найду.

Мадам Бруни была настроена явно скептически. Она нервно передёрнула плечами, затем подняла было руку, чтобы покрутить пальцем у виска, но передумала и поспешно удалилась.

Улыбнувшись в ответ на одобрительный кивок индианки, Лия закрыла глаза. Она редко медитировала, хоть и прониклась когда-то монологами мудрого учителя. Да и убеждённость Витторио в логичности и обоснованности учений его гуру вселяла веру. Не слепую, коей часто довольствуются последователи ведущих религий мира, а удовлетворяющую ненасытную натуру постоянного искателя правды. Не запугивающую, а позволяющую раскрыться, признаться самому себе в собственных страхах, освещающую путь к познанию самого себя. Это именно то, что нужно было для Лии сейчас, уйти в себя, в глубину своего подсознания, чтобы достичь, понять то, что так упорно прячется от неё, блокируется защитными установками сознания.

«Главное — не заснуть», — повторяла она про себя. Это часто с ней случалось во время медитации. Вот и сейчас ощущение приятной истомы охватило её. Она непроизвольно расслабилась и прислонилась спиной к холодной стене. По спине побежали мурашки, это заставило её выпрямиться, принять правильную осанку и сконцентрироваться на внутренних ощущениях. Потом — долгие мгновения медитации, переход в состояние духовной сосредоточенности, самосозерцания. Лия, наконец, перестала отвлекаться на посторонние шумы и мысли. Её будто обмотали толстым слоем ваты. Реалии этой жизни для неё более не существовали. В воображении возник огромный разноцветный шар — обволакивающий и всепоглощающий. Она словно оказалась в центре подвижной сферы, по поверхности которой с невероятной скоростью кружили пятна пока ещё бессмысленных образов. Постепенно они начали приобретать форму, складываться в воспоминания, картины прошлого. Её память искала нужный образ в недрах богатого хранилища воспоминаний. И вот, наконец, нашла. Раздула выбранную сцену и заполнила ею сферу. Застывшие персонажи репризы ожили. Позади них, точно клубы тумана, росли и таяли акварельными кляксами эмоции, сопряжённые с возникшей сценой. Да и персонажи выглядели, как зарисовки из блокнота.

Авансцена. Здесь была мама, ненаглядная, любимая. Лия с умилением вгляделась в родные черты прекрасного лица. Подёрнутая розово-оранжевой дымкой, она сидела за своим рабочим столом, полностью погружённая в работу. На дальнем плане грозовым облаком маячил Том, доносились его приглушённые сетования. Он отчитывал дочь за очередную проказу. Анита улыбалась, незаметно подмигивая Лие. Не добившись поддержки жены и искреннего раскаяния дочери, Том исчез со сцены. Казалось, его просто стёрли ластиком.

Какое-то время ничего не происходило. Лишь краски мизансцен сменялись с сумасшедшей скоростью. Лие почудилось, что и вся сфера начала покачиваться и растягиваться. Ещё немного, и она лопнет от напряжения. Тут-то Лию осенило, что она подсознательно удерживает этот воздушный карман. Это — спасение для неё. Она прячется там от чего-то, боится впустить в свой мир некую опасность. Девушка мысленно отчитала себя за нерешительность, взбунтовалась против давящего изнутри чувства страха. Пусть он выйдет наружу. Может, тогда она сможет его разглядеть.

В то же мгновение она вдруг ощутила присутствие того, кто спасёт её от любых кошмаров подсознания, и расслабилась. Пузырь лопнул, и краски, которые уже не помещались в нём, вырвались наружу, смешались, посерели. Единственным ярким пятном оставалась её мать. Декорации сцены начали прорисовываться вновь, на этот раз угольными штрихами мелка. За спиной Аниты возник знакомый коренастый силуэт — невзрачный, лишь намёк на колорит красок. Слегка очеловеченный, он всё же излучал тепло и энергию. Призрак? Нет. Мама! Спокойное, умиротворённое лицо её дарило приятное чувство защищённости. Страх отступил.

Силуэт приблизился к Аните, и Лия, наконец, разглядела цвет его глаз. Не карий, как она предположила изначально. Чёрный. Радужка сливалась со зрачком. Казалось, что эти расширенные зеницы заполнили собой всё пространство вокруг, неумолимо поглощая, гипнотизируя. Или, может, это был всего лишь особый эффект техники рисования углём?.. Жуткий эффект. Чёрные глаза заворожили её. Неожиданно появилась уверенность, что, сгинув в этой чёрной пропасти, она обретёт знания, не доступные никому более. Наверное, именно это привлекало её мать в незнакомце. Непознанное.

—Великие творения возникают в момент озарения, — послышался тихий голос Аниты, — а оно — ответ на правильно поставленный вопрос.

Её руки легко и быстро двигались, соединяя приготовленные на столе ингредиенты в единую формулу, прекрасный плод вдохновения.

—Верно, — одобрительно кивнул черноглазый силуэт, внимательно следя за её работой — но вопрос, найденный не за один день в потоке рутинных дел, а в процессе длительного обучения, исследования, повторения и наблюдения. Не бывает эврики без предшествующей подготовки. Не бывает прекрасного шоу без тренировок и травм. Без боли, пота и до тошноты отработанных приёмов. Достижение строится не на внезапном «озарении», а на постепенном создании того, чего хотелось бы достичь.

—Достичь великого нельзя насильно, запугиванием, — Анита с вызовом посмотрела на собеседника, — нужна свобода, беззаботный полёт души. Чтобы было, где раскрыться таланту.

—Талант — это мощнейшее оружие, дарованное нам природой, уникальное, способное созидать и с той же лёгкостью рушить творения других. Грех им не пользоваться.

—Грех — использовать свой дар для беззастенчивой эксплуатации талантов чужих.

Силуэт разразился громким смехом, от которого подёрнулись рябью серые краски мизансцены.

— Мой талант — видеть страхи. Удовольствие — наблюдать, как люди неумело пытаются их подавить. А ведь страх подавить трудно. Он вылезает наружу, прёт сквозь лопающуюся по швам иллюзию.

Силуэт наклонил голову, его губы почти коснулись уха Аниты.

— Мне известен и твой страх. Простой и вечный. Страх любой матери, страх жены и верного друга. Это — эгоистичный страх потери.

Его слова едким дымом ворвались в воображение Лии, загасив единственные тёплые краски образа матери. Лишь глаза Аниты, наполнившись вдруг слезами, испускали волшебный голубой свет. Послышался резкий стук дождя. Сцена потеряла чёткость, внезапно размазалась дождевыми каплями.

— Ma chérie, pourquoi tu pleures?[1]

Почувствовав чужое тепло на своих плечах, Лия коснулась ослабевшими пальцами век и провела ладонями по лицу, окончательно возвращаясь к реальности.

— И что же нам снилось? — весело прозвенело в заложенных ватой ушах.

— Крис… — прошептала она всё ещё с закрытыми глазами.

Её голос звучал хрипло, будто она действительно только проснулась после долгого сна. И тут же мозг пронзило острое чувство тревоги.

— Витторио тут оставаться нельзя!

— Что?! — удивился Норман, с интересом разглядывая взволнованное лицо подруги, — почему?

Наконец, Лия открыла глаза. Сквозь чистые окна больничного холла было видно, что дождь не был плодом её воображения. Его крупные капли звучно барабанили по стеклу. Теперь она окончательно пришла в себя.

— Крис? — повторила она растерянно, — как ты тут оказался?!

— Ты долго не писала. Эди рассказал о Витторио. Я решил приехать раньше, чтобы оказать тебе моральную поддержку, да и за старика беспокоюсь, не чужой же человек, — с этими словами он встал на ноги и протянул руку, чтобы помочь подняться и ей.

— Так что такого угрожает здесь Витторио?

Лия ответила не сразу, пытаясь собрать мысли в нечто целостное. Немного подумав, она сжала руку друга.

— Мне надо переговорить с Эди! Срочно! Где он?!

— На твою удачу, в Торонто. А что, он чем-то себя дискредитировал?

---

[1] Моя дорогая, почему ты плачешь? (фр.).

— Он утверждал, что Бруни угрожает опасность. Хочу знать, почему!

— Сама догадаться не можешь? — насмешливый тон Нормана подстегнул её.

— Я много о чём догадываюсь, Крис, — ответила она холодно и вырвала руку из его ладони, — мне нужны факты. Я так надеялась, что мамины дневники прояснят ситуацию. Но они пропали!

— Как пропали? — что-то в интонации Нормана привлекло внимание Лии.

— Их нет в доме Витторио, — пояснила она и замолчала, выжидательно уставившись на своего друга.

После столь эмоционального возгласа она ожидала, что он настоит на обыске, скажем, рабочего офиса Бруни или его депозитного ящика в банке. Но никаких предложений не последовало, а в его глазах она уловила секундное недоумение.

— Но я искала лишь на поверхности, — решила она всё же пояснить, — Витторио мог их припрятать.

— Мог, — согласился Крис.

Недоумения и след простыл. Может ей это померещилось? В его глазах опять горел привычный огонёк энтузиазма.

— Можем поискать их вместе. Что ты рассчитываешь в них найти?

— Не знаю. Намёк, подсказку. Что-то материальное, что указало бы на связь дымного парфюма со всем происходящим. А то ведь кроме меня в неё никто не верит. Без чего-то конкретного прокурор и пальцем не пошевелит.

— Зачем тебе прокурор?

— Нужен ордер на обыск!

— Так уж и нужен?

Лия с нежностью посмотрела было на единомышленника, но, спохватившись, грустно кивнула.

— Чтобы найденные улики имели силу в суде. Да и сигнализация там стоит, — добавила она с горечью.

— Где там-то?

— В букинистической лавке Брикста!

— А, — рассмеялся он, — Эди не убедил тебя оставить бедолагу антиквара в покое?

— Не убедил! — с вызовом бросила она, — Грина вообще не следовало подключать.

— Почему же? Он доставляет весьма любопытные и... м-м-м... пикантные сведения.

Расслышав в его голосе колкую издёвку, Лия покраснела.

— Что он тебе наговорил?

— Oh, ma chérie, — Кристиан подошёл к ней вплотную и обнял ладонью её щёку, — все мы грешны. Забудем. Раз ты вернулась, смею предположить, это было лишь мимолётным увлечением. И мы сможем возобновить наши отношения.

Лия невольно задержала дыхание.

— Напомни, какие у нас отношения? — дрогнувшим голосом спросила она.

— Напомню, — подмигнул он ей, — сегодня вечером.

— Вечером? А сейчас у нас что?

— Шесть часов — детское время. Я заеду за тобой в девять.

— Зачем?

— Ну ты даёшь, ma chérie! Поужинаем, обсудим предвыборную кампанию моего дядюшки, — сделав многозначительный знак бровями, Норман ласково поцеловал уголок её рта и, бросив многообещающее «à ce soir»,[1] ушёл.

Только тогда Лия смогла выдохнуть. Она пошла искать Стеллу. На ватных непослушных ногах

Мадам Бруни нашлась у благотворительного магазина больницы. Она стояла у широкой стеклянной витрины, задумчиво прижав сотовый телефон к губам и уставившись на абсолютно безвкусный шарф на манекене.

— Что случилось?

— Ты что-нибудь смыслишь в бухгалтерии? — в голосе Стеллы сквозило отчаяние.

— Я?! Нет.

— Со мной связался поверенный Витторио. Оказалось, мой бывший благоверный списал всё на моё имя в случае его смерти или недееспособности. И пока он не придёт в себя, от меня ожидается поддерживать его дела на плаву.

— Ну, он, наверное, хотел таким образом выразить свою благодарность за то, что ты потратила на него лучшие годы своей жизни, — хихикнула Лия.

Взгляд, коим мадам Бруни её одарила, вполне чётко сказал, что она думает о подобного рода благодарности бывшего мужа.

— А как же Эдик?

— Я его уволила.

— Когда?!

— Только что.

— Это ты поспешила.

— Сама знаю, — огрызнулась мадам Бруни, она явно была в плохом настроении.

---

[1] До вечера (фр.).

— За что?

— Я потребовала, чтобы он привёз мне всю документацию по компании. А он имел наглость заявить, что я ничего не смыслю в бухгалтерии.

Лия снова хихикнула, открыла было рот, чтобы разрядить обстановку шуткой, но испепеляющий взгляд подруги заставил её прикусить язык.

— И что мне теперь делать? Нанимать нового бухгалтера?

— Может, попросить папу помочь? — неуверенно предложила Лия.

Фыркнув, Стелла собралась было постучать пальцем по лбу, но передумала и с какой-то тоской вновь посмотрела на пёстрый шарф. Изящество витрин, слияние двух чувств — гордыни и предубеждения…

Стелла решительно протянула Лие свой телефон.

— Позвони ему.

— Он всё ещё в Нью-Йорке.

— Всё равно звони. Вдруг посоветует кого-нибудь. И поедем домой. Думаю, за вечер мы сможем найти приличного бухгалтера, — она явно не собиралась тратить больше одного вечера на эту скучную задачу.

— Я не могу сегодня вечером, — быстро вставила Лия, — Крис вернулся, я с ним встречаюсь.

— Oh là là! — захлопала в ладоши Стелла, — наконец-то! Он сам пригласил?

— Да.

— Вселяет надежду, не так ли?

— Пожалуй, — неуверенно молвила Лия, — зависит от возлагаемых надежд.

Стелла удивлённо приподняла бровь.

— Разве ты не этого добивалась?

— Этого.

— Так чем ты недовольна?

Лия смущённо пожала плечами.

— Ха-ха! — развеселилась Стелла, — ну и как потом обвинять мужчин в том, что они не понимают нашу тонкую натуру?!

Подойдя к Лие, она положила руку ей на плечо и слегка сжала его.

— Бухгалтерия подождёт. Иди на свидание и получай удовольствие.

Она отобрала у Лии телефон, которым та так и не успела воспользоваться, и строго подняла палец, предупреждая возражения подруги.

— Не смей сомневаться!.. Итак, что мы сегодня наденем?

С радостью переключившись с угнетающих мыслей на обсуждение гардероба, соответствующего такому случаю, мадам Бруни потянула Лию к выходу из больницы.

6 июня

—Он уволил продавца! — с этой фразой Лия ворвалась на следующий день в кабинет Нейсона.

Вздрогнув, детектив оторвался от приклеивания ярлычков к пакетикам с вещдоками.

—Кто?

—Брикст, разумеется! — стряхнув с зонтика воду, Лия по-хозяйски поставила его сушиться в угол кабинета, — избавился от свидетеля. Посадил на его место миловидную старушку, которая в буквальном смысле ничего не видит, ничего не слышит, следовательно, ничего не скажет! А самого Брикста нет! Наверняка, занят уничтожением важных улик.

—Когда ты это узнала?

—Только что там была.

—Не понимаю, чего ты к нему привязалась, — пробурчал Пол, вернувшись к своему делу, — летний семестр начался. Тот продавец, очевидно, студент, уволился по собственному желанию. А что книга там была… Да Бруни сам мог её туда сдать — в свете денежных растрат любая копеечка в счёт идёт.

—Копеечка?! — возмущённо воскликнула девушка и, опершись ладонями о стол, нависла над детективом, — да он скорей бы дом заложил! Не веришь мне, спроси его бывшую жену — уж она-то от него натерпелась. А Брикст…

Лия замолчала. С рукавов её дождевика стекала вода. Смущённая, она протёрла столешницу своим летним шарфом.

—Не знаю, как объяснить, но интуитивно чувствую, что он сыграл в этом деле весьма неприглядную роль.

—К сожалению, Лия, — вздохнул Пол, — твою интуицию я к делу не пришью и прокурору в суде не подсуну.

—И зря! — гордо вздёрнув носик, возразила она и закинула мокрый шарф за плечо, — помяни моё слово, настанет день, и интуиция перевесит все ваши драгоценные вещественные доказательства! — девушка презрительно махнула рукой на разложенные на столе следователя пакетики.

Заметив, что посетительница, сняв дождевик, с комфортом устраивается в кресле напротив него, Нейсон снова вздохнул.

—Чего ты от меня ждёшь, Лия?

—Мне нужна информация. Заметь, — девушка перегнулась через стол и понизила голос, — я могла бы собрать её сама, но иду официальным путём законопослушного гражданина.

—Какого рода информация?

—Где находится второй магазин Брикста?

— На Кинг-стрит. И это — первый магазин, если считать по времени открытия.

— Странно. Гугл мне его не выдал, когда я задала поиск антикварных лавок.

— Он не доступен широкой публике, — пояснил Пол, — Брикст открыл его на дому чуть более четырёх лет назад. У него был короткий список клиентов, с которыми он работал. Надо полагать, у клиентов были деньги, а у Брикста — талант отыскивать раритеты, что позволило ему позднее открыть магазин в Сан-Хуане…

Пол умолк, уловив лукавый блеск глаз слушательницы. Лия внимательно слушала его повествование.

— Прошу, продолжай, — подбодрила она его, — так приятно осознавать, что ты придал-таки моим словам значение.

— Я добросовестно отношусь к работе, — с достоинством парировал он.

— Значит, тот первый магазин, по сути, и есть место проживания антиквара?

— А ты собралась нанести ему визит? — усмехнулся Пол, но усмешка тут же сползла с его лица, — в качестве всё того же законопослушного гражданина, я надеюсь?

— Разумеется, месье, — Лия обезоруживающе ему улыбнулась, — а зачем он открыл здесь ещё один магазин?

— Наверное, решил разнообразить список клиентов. К себе в дом не хочет пускать кого попало.

— Почему в Итобике?

— Ну так в центре сейчас дом не купишь! Свой дом он получил в наследство от родителей. В нём вырос…

— А семьи у него нет?

— Нет. Замкнутый человек, малообщительный. По слухам, произошла в его жизни какая-то трагедия. То ли подружка погибла в автомобильной катастрофе, то ли бросила. Крыша его слегка поехала. А может, он и изначально не отличался стабильной психикой. Вылечился… формально. Правда, долгое время находился под наблюдением у психиатра. И, по-моему, до сих пор под его присмотром. Некоторое время жил в Лондоне. Подробности его жизни там я ещё не выяснял. Друзей у него нет, с родственниками связь не поддерживает.

— А соседи?

— Почти его не видят. Дома по соседству сдаются, поэтому соседи непостоянные.

— Пол, — Лия с нескрываемым восхищением смотрела на детектива, — я завидую твоей дотошности! Может, ты мне и про Ванса Гиссера расскажешь?

— Кто это?

— Ну как же! Тип, нанятый Брикстом для выполнения особых поручений. Он следил за Витторио в Амстердаме в День Короля. Не удивлюсь, если он же и…

Тут Лия осеклась и застыла с открытым ртом. Ведь о том, что Гиссер работает на Брикста, она узнала от Шона. Кто знает, каким путём репортёр добыл эти сведения. Ванс мог быть и внештатным работником. А если Пол проявит такое же усердие в установлении личности Гиссера, то полиция с лёгкостью выйдет на Norman Law Group. Отец ей точно не простит подрыв репутации конторы, на которую потрачено столько его сил и энергии.

— А… м-м-м… — невнятно промычала она и, медленно отодвинувшись от стола, встала, — засиделась я… спасибо за любопытные детали, не буду более отвлекать тебя от дел насущных. Я позвоню, если узнаю что-нибудь новое, — быстро затараторила она, надевая дождевик, — и, если ты не ответишь, я подумаю, что ты намеренно меня избегаешь и игнорируешь обнаруженные мною факты! И моя вера в правоохранительные органы рассыплется прахом небытия!

Лия развернулась на каблуках и быстро вышла из кабинета. Но тут же раздался лёгкий стук, и её веснушчатое личико появилось в дверном проёме.

— Pordonnez-moi, — виновато улыбнулась она, тихо скользнула в угол кабинета, сложила забытый зонтик и снова вышла.

Откинувшись на спинку кресла, Пол некоторое время задумчиво глядел на дверь, покручивая пальцами карандаш, потом отбросил его в сторону и снял трубку с рабочего телефона.

10 июня

Дождь лил, как из ведра. Вот уже пять дней с небольшими перерывами. В новостях грозили наводнением. Телефон постоянно тревожно тренькал предупреждениями о непогоде. Лие это быстро надоело. И теперь, защищая экран телефона от дождя зонтом, она пыталась найти в настройках, как обеззвучить досаждающие сообщения. Безрезультатно. Плюс ко всему сенсорный экран плохо реагировал на мокрые пальцы, вызывая раздражение своей владелицы. И только она решила надавить на кнопку отключения, как телефон залился победной трелью.

Увидев аватар, Лия на секунду замешкалась. Потом всё же приложила телефон к уху.

— Привет, Джон. Рада тебя слышать.

— Добрый вечер, Лия. У тебя всё в порядке?

— У меня? — удивилась она, — в полном. Почему спрашиваешь?

— Мне стало известно о произошедшем с Витторио.

— Понятно. Мне кажется, это было так давно, — тихо добавила она.

— Прости. Если б я узнал раньше…

— Кто тебе сообщил?

— Жаль, что не ты.

— Папа, да? Когда он успел?!

— Удивишься, когда узнаешь, как далеко продвинулась цивилизация в плане беспроводной связи, — ушёл Джон от прямого ответа.

— Вы уже вернулись из Арисейга?

— Позавчера.

— Почему звонишь так поздно? В Лондоне сейчас глубокая ночь.

— Я в Торонто. Прилетел сегодня утром.

— Как в Торонто?! Правда-правда?! — Лия чуть не подпрыгнула от волнения.

— Правда, — тепло ответил он, расслышав в её голосе неподдельную радость.

— Где ты остановился?

— Hyatt Regency Hotel на Кинг-стрит.

— Не может быть!

— А в чём дело?

— Ну… — оторвавшись от лицезрения дома Брикста, около которого она околачивалась уже минут двадцать, не решаясь зайти, Лия повернула голову в сторону центра, — я всего лишь в двух блоках от тебя.

— Как удачно! Встретимся?

— Конечно! Не поверишь, как вовремя ты позвонил, — не отнимая телефона от уха, Лия чуть ли не бегом направилась в сторону отеля.

* * *

— Что ты рассчитываешь найти в этом доме? — спросил Джон через полчаса.

Теперь они вдвоём стояли напротив неухоженного таунхауса. На улице один за другим зажигались фонари. А в объекте их внимания освещалось лишь окно первого этажа. Судя по теням, отбрасываемым на плотные шторы, свет исходил от невысокого торшера.

— Хочу взглянуть на его хозяина, — ответила Лия, — из достоверного источника стало известно, что он сейчас в Торонто.

— Ты серьёзно считаешь, что Невил Брикст как-то связан с покушением на Витторио?

Лия посмотрела на своего спутника с благодарностью.

— Спасибо, что поверил моему мнению, а не возмутительной газетной клевете. Но в данный момент я хочу лишь убедиться в том, что Брикст и следивший за тобой тип — одно и то же лицо. Мне надо поню… рассмотреть его получше!

— Постой, — опешил Джон, — хочешь сказать, это владелец антикварных лавок следил тогда за мной? Он же спровоцировал Тони на побег, и как-то связан со случившимся с Витторио или даже моим дядей?

Смутившись, Лия посмотрела ему в глаза. Для этого ей пришлось опустить свой зонтик, и дождь тут же залил ей лицо. Отобрав у неё зонт, Джон поднял его повыше.

— Только не смейся, — предупредила она его, хотя по выражению его глаз было ясно, что он и не помышлял об этом, — да, я подозреваю, что именно Невил Брикст всё это организовал!

Джон не ответил, лишь нахмурил брови и снова перевёл взгляд на тусклый свет в окне. Лия была готова поклясться, что он просчитывает вероятность её предположения и параллельно подыскивает тактичные слова, чтобы ей возразить и при этом не обидеть.

— То есть — наконец, вымолвил он, — именно Невил Брикст — злой гений, способный изощрёнными психогенными средствами манипулировать, запугивать и посылать на тот свет людей?

— Ну-у… в общем-то, да…

— В таком случае я должен с ним познакомиться, — с этими словами Джон мягко подтолкнул свою спутницу вперёд к ступенькам крыльца и поднялся сам.

На двери висела табличка «Store hours: 9am — 5pm, Mon-Fri. Customers with appointments only».[1]

— Увы, — вздохнула Лия, — мы ни по одному критерию не подходим. Воскресный вечер хозяина будет испорчен нашим нахальным вторжением.

Она весело подмигнула Локхарту и громко постучала в дверь. Никто не ответил. Тогда она нажала на дверную ручку. Дверь беззвучно открылась, выпустив на улицу застоялый дух старого дома. Девушка отважно подалась вперёд. Присутствие рядом друга придало ей уверенности в себе.

— Лия, — удержал её за руку Джон, — мы не имеем права вот так врываться в чужую собственность.

— Если верить популярным детективам, — возразила она, — то в этом не запертом на ночь доме, к тому же, весьма одиозном мы непременно наткнёмся на труп. Права, может, у нас и нет, но это

---

[1] Рабочие часы магазина: с 9 утра до 5 вечера, с понедельника по пятницу, только по предварительной договорённости (*англ.*).

наша обязанность — проверить дом на наличие трупа и рапортовать в соответствующие органы.

Высвободив свою руку, она решительно шагнула в полумрак прихожей. Покачав головой, Джон вздохнул в ответ каким-то своим мыслям и последовал за ней.

Узкая маленькая прихожая сразу же переходила в лестницу, круто поднимающуюся во тьму второго этажа. Лия прислушалась, но все звуки заглушал шум машин за их спинами.

Джон прикрыл входную дверь, и они вместе вошли в гостиную справа от лестницы. Там действительно горел торшер, демонстрируя посетителям изысканную антикварную мебель. Вряд ли она была на продажу. Её хозяин когда-то приложил много труда, чтобы отыскать эти редкие экземпляры и так гармонично и со вкусом обставить ими комнату.

— Трупа нет, — констатировала Лия, оглядываясь, — здесь нет, — добавила она и только сделала шаг в направлении столовой, как откуда-то сверху послышался скрип половиц и звук выключателя.

Неяркая лампочка осветила лестницу. Кто-то начал спускаться вниз. Лие вдруг стало не по себе. В памяти всплыли угольно-чёрные глаза недавнего видения, и закружили её собственные зарисовки. Она невольно отпрянула назад, поближе к Джону, снова про себя радуясь, что ей не пришлось наносить визит антиквару одной.

Сквозь решётку перил они разглядели сначала ноги в мягких теннисках, потом полы домашнего халата. Их владелец, уже полностью появившийся, остановился у подножия лестницы, молча их рассматривая.

Лия окинула глазами знакомую коренастую фигуру, машинально потянула носом. Внутреннее напряжение спало. Ему на смену пришло недоумение.

— Вы месье Брикст? — решила она удостовериться.

Перевязав пояс распахивающегося халата, незнакомец вошёл в круг света, отбрасываемого торшером.

— А вы, должно быть, месье и мадам Лефевр? — спросил он, близоруко прищурившись, — как вы вошли?

— Вы оставили дверь открытой. Мы подумали, вы нас ждёте.

— Чёрт, — тихо выругался хозяин дома.

Проведя рукой по нечёсаным волосам, он сделал ещё несколько шагов. Остановившись в центре комнаты, он рассеянно осмотрел её. Сфокусировав, наконец, зрение на посетителях, он с минуту их изучал.

— Я ждал вас позднее.

— Мы неверно рассчитали время. Сами понимаете, пробки, — моментально отреагировала Лия, быстро вживаясь в образ неизвестной мадам Лефевр.

— Надо было позвонить, — проворчал антиквар, — присаживайтесь, — бросил он и сам уселся за открытое старинное бюро.

Лия с Джоном переглянулись и послушно опустились в кресла с высокими спинками. Лия не удержалась и тихонько провела ладонью по мягкой велюровой обивке. Но, опомнившись, тут же перевела взгляд на хозяина дома.

«Неужели мне изменяет зрение?.. Или разум?» — вопрошала она себя, вглядываясь в индифферентные глаза человека напротив. Пустые и потухшие. Её руки так и чесались достать из сумки альбом, чтобы сравнить наброски, сделанные в понедельник, с «оригиналом». Он и не он. Та же сутулая спина, слегка опущенные плечи, волнистые седоватые волосы, крупный нос, но глаза… Всё-таки карие… Но может, угольные воронки — это плод её воображения?.. Как и всё остальное…

— Цена вас устраивает? — пробился в сознание девушки голос объекта её изучения.

— Хотелось бы сначала взглянуть, — вступил в разговор Джон, заметив, что его спутница по какой-то причине проглотила язык, — чтобы принять окончательное решение.

Не сводя глаз с посетителей, Брикст вытащил из кармана халата ключ и лениво вставил его в один из ящичков бюро. Из ящика он извлёк нечто, завёрнутое в тонкий кусок материи, развернул и на раскрытой ладони поднёс к ним.

— Всего двенадцать предметов, полный гарнитур, — с этими словами он аккуратно положил материю на журнальный столик.

Лия с Джоном нагнулись, чтобы рассмотреть красивую серебряную ложку с изображением Богородицы на черенке.

— Изумительно! — вырвалось у Лии, — апостольская ложка! Эпоха возрождения!

— Как и было указано в описании.

— Вы говорите, у вас полный гарнитур?!

— Двенадцать предметов, — повторил Брикст.

В выражении его лица появилась подозрительность.

— Прекрасный экспонат, — поспешил вставить Джон, — когда мы увидим весь гарнитур?

— При оплате, — голос антиквара стал суровым, — в банке, при свидетелях, — добавил он и, бережно завернув ложечку, спрятал её обратно в бюро.

— Вы простите меня, — постаралась исправить свою оплошность Лия, — старинные вещи волнуют меня чрезвычайно. Совсем теряю голову! А эта вещичка просто прелестна!

— Сертификат о подлинности прилагается, — проинформировал Брикст, всё ещё недоверчиво поглядывая на посетителей, — можете пригласить своего эксперта.

— Мы ни капли не сомневаемся в вашей порядочности! Нам вас порекомендовал Рональд МакНил, — решила рискнуть Лия, стараясь не смотреть при этом на Джона, — он был вашим постоянным клиентом в Antique Magnifique.

— Что вы говорите! — имя состоятельного клиента подействовало успокаивающе на хозяина дома, — очень щедрый и благодарный джентльмен… Давненько он у меня ничего не покупал.

— А Трэвиса Кларка тоже помните?

— Нет, — покачал головой антиквар после недолгого молчания, — это имя мне незнакомо.

— Может, он покупал через ваших помощников?

При упоминании «помощников» Брикст как-то неприязненно посмотрел на Лию.

— Нет, — буркнул он, — я бы знал.

Заметив, что его спутница открыла рот, чтобы задать следующий вопрос, Джон торопливо подхватил её под локоть и поднялся.

— Что ж, не смеем больше доставлять вам неудобства, — сказал он, — цена приемлемая. Мы будем на связи.

— Непременно, — поддержала Лия.

Изображая само дружелюбие, она вплотную подошла к антиквару и протянула ему руку. Она ещё раз желала убедиться, что это не тот человек, мысли о котором столь долгое время блокировало её сознание. Помешкав, он ответил на её рукопожатие.

— Не возражаете, если я загляну в ваш магазин в Итобике? Мне говорили, вы там держите уникальные книги по парфюмерии.

Лия внимательно следила за выражением его глаз. Ничего. Абсолютное ничего.

— Не возражаю. Он открыт публике, — равнодушно бросил антиквар и нетерпеливо глянул на часы, показывая тем самым, что визит окончен.

Простившись, молодые люди покинули таунхаус. Через несколько шагов от дома затормозило такси. Из него не спеша вылезла пожилая пара.

— О! Чета Лефевр пожаловала, — хихикнула Лия, провожая их взглядом, — надеюсь, он не позвонит в полицию.

— А что, ты уже примелькалась в местной полиции? — пошутил Джон.

— Пока тщетно пытаюсь их очаровать, — улыбнулась она ему, — но лучше лишний раз не нарываться, — и девушка ускорила шаг.

Пройдя всего лишь блок, она вдруг притормозила и выжидательно посмотрела на своего спутника.

— Ну? Каково твоё мнение?

— Готов поклясться своей репутацией, что это не тот злой гений, которого мы ищем, — уверенно заявил Локхарт, — насколько я могу судить, Брикст сам нуждается в помощи психолога. Признаки дистимии[1] налицо.

—Да? — подивилась его верному выводу Лия, — а ты на чём основывался?

—Он избегает яркого света — наверняка страдает мигренями. Рассеян, с трудом концентрируется, забывчив, медлителен. Его работа, к которой он когда-то относился с энтузиазмом — об этом говорит обстановка в доме, перестала приносить радость. Он работает по инерции. Думаю, это его единственный способ отвлечься от чего-то. Согласна?

—Абсолютно. Его дом пропитан запахом успокоительных… — Лия умолкла и потом со вздохом добавила, — и нет даже намёка на дымный парфюм. Он духами вообще не пользуется.

—Надо учитывать ещё и другую отличительную черту.

—Какую?

—У нашего подозреваемого дефектный палец, помнишь?

—Ох, — опять вздохнула Лия, — об этом я забыла… У Брикста с пальцами всё в порядке.

—Разочарована?

—Пожалуй… не понимаю, как я могла так ошибиться!

—Не расстраивайся. Одна неудача не означает провал.

—И всё же, что-то здесь не так, — не унималась Лия.

Уже у входа в отель, где остановился Джон, она встала под навес и, вытащив блокнот, продемонстрировала ему портрет Брикста, сделанный ею неделю назад.

—Как ты это объяснишь? — то ли с вызовом, то ли с надеждой спросила она.

Джон взял альбом сухой рукой и внимательно рассмотрел её набросок.

—Любопытно. Очень похож, — он задумчиво посмотрел на девушку, — ты много внимания уделила его глазам. Я бы сказал, они тебя пугают. Только мне неясна последовательность: страх вызван образом антиквара или же, наоборот, образ антиквара исказился под напором твоего страха…

—Хочешь сказать, я всё напридумывала?! — вспылила она.

—Нет, я не это хочу сказать, — спокойно ответил он, — мы это обсуждали с тобой. Очень часто страхи гипертрофируют опасность, искажают суть вещей. Подозреваю, и у тебя глубоко в подсознании существует некий страх, причины которого ты почему-то связала с образом Брикста. Вполне допускаю, что большую роль здесь сыграл именно запах.

---

[1] Дистимия — хроническая депрессия.

— Ага, и это мы тоже обсуждали, — грустно согласилась Лия.

— Хочешь об этом поговорить? Мы могли бы подняться в мой номер…

— В твой номер… — рассеянно повторила девушка и вдруг, словно очнувшись, встрепенулась.

— Нет! — поспешно отказалась она, — нам не следует… э-э-э… говорить об этом… в твоём номере, — еле слышно закончила она, и залилась краской.

Не сводя с неё глаз, Джон молча вернул альбом. Лия была готова провалиться сквозь землю от охватившего её чувства стыда и неловкости. С самой последней минуты, проведённой в Арисейге, она отгоняла от себя мысли о том, что произошло между ними на маяке. Отгоняла безрезультатно и, главное, неохотно. Расследование, в которое она намеренно ушла с головой, помогло отвлечься. А сейчас при мысли, что она окажется с ним наедине, воспоминания нахлынули вновь, а вместе с ними подавляемое ею желание… оказаться с ним наедине.

— Diable! — вырвалось у неё.

Резким движением она выдернула из его рук зонт и, не простившись, даже не взглянув на него, побежала по лужам к метро.

* * *

Дождь затих, словно давая городу передышку и возможность слить излишки дождевой воды в колодцы канализаций.

Лия шла по мокрому тротуару, волоча за собой зонт. Его кончик жалобно постукивал о плиты, пытаясь тщетно привлечь внимание своей хозяйки. Несколько раз их окатили водой проезжающие слишком близко автомобили. Даже это не смогло переключить мысли девушки с удручающей темы. Чего только не наговорила она себе по дороге домой. Нелестного и обидного. Часть плохого настроения досадно выплеснулась на Шона, который, полностью игнорируя её горький сарказм, продолжал посылать ей эсэмэски. Он по-прежнему уговаривал продолжить работу в его газете, теперь уже на гораздо более выгодных условиях, чем раньше, ввиду её возросшей популярности. Лия, конечно, понимала, что напористый репортёр жаждет обсудить произошедшее с Витторио, но говорить с ним она пока не была готова. На его звонки она упрямо не отвечала. Уже рядом с домом, она в последний раз проверила сообщения, намереваясь отключить, наконец, мобильник и отдохнуть. С удивлением, кроме многочисленных сообщений от Криша, она заметила одно от Пола. Он настаивал на скорой встрече. Задумавшись над тем, чего мог хотеть от неё детектив, девушка начала открывать дверь.

— Как прошёл вечер, ma chérie, без меня?

Вздрогнув, Лия всмотрелась в темноту окрестных улиц. От стены дома напротив отделилась хорошо узнаваемая тень.

— Привет, Крис! — поприветствовала она друга, — у вас же сегодня был семейный ужин… я не хотела тебя беспокоить.

— Ne dis pas de bêtises![1] Я был бы только рад оттуда сбежать. А в отличие от твоего отца, мой против тебя ничего не имеет, — усмехнулся Норман и поднялся к ней на крыльцо, — правда, тоже считает, что я тебя недостоин.

— Вот это — точно глупости! — улыбнулась она.

— То есть ты так не думаешь?

— Нет, конечно!

— Тогда почему ты меня избегаешь?

— Я не хотела, чтобы ты устал от наших свиданий. У нас же их никогда не было, а тут столько сразу подряд!

— Ты это называешь свиданиями?! В первый вечер мы обыскивали дом Витторио в поисках дневников твоей матери. Во второй и все последующие — караулили самого Витторио, потому лишь, что тебе интуиция нашептала о какой-то опасности, которая ему угрожает. А сегодня… — Крис с опаской глянул на девушку, — ты же не потащишь меня снова в больницу?

— Нет, — успокоила его Лия, — сегодня там дежурит Стелла.

— Хоть какая-то от неё польза, — съехидничал Норман.

— Ты никогда не был о ней высокого мнения.

— Да меня до сих удивляет, как ты умудряешься столько лет поддерживать с ней отношения. О чём с ней вообще можно разговаривать?

Лия опустила плечи. Норман никогда не одобрял её друзей, часто называя их бесполезными. Она его не винила, понимая, что это сказывалось влияние отца. Дейв Норман всю свою жизнь выстраивал на «полезных» знакомствах. Искренняя дружба у него была разве что с её отцом. И Дейв крепко за неё держался. Сейчас это уже казалось нелепым и абсурдным — они стали настолько разные, что даже деловое общение свели до минимума.

— А от меня тебе какая польза? — грустно поинтересовалась она.

— Ты — это другое дело.

— Почему же другое?

Прислонившись плечом к косяку, Кристиан пристально посмотрел на неё.

— С тобой я чувствую себя нужным. Для меня это важно.

---

[1] Не говори ерунду! (фр.).

—И всё?

—О, женщины! Сколько вам не давай, вы всегда требуете больше, — рассмеялся он, — хочешь услышать признание в любви?

—Было бы неплохо, — пробормотала Лия, отпирая, наконец, дверь и включая свет в прихожей, — неприятно болтаться в подвешенном состоянии и постоянно сомневаться.

—Лия, — он поймал её за руку и развернул к себе, — если ты сомневаешься, значит, не уверена в себе. Я же никогда не сомневался ни в тебе, ни в твоей верности. Да, я тянул время, хотел встать на ноги, зная, что рано или поздно начну планировать наше совместное будущее.

—Рано или поздно? Почему бы не сегодня?!

Выждав мгновение, словно размышляя над её вызовом, он произнёс еле различимым движением губ:

—Comme tu veux,[1] — и, выключив только что зажжённый ею свет, легонько втолкнул её в тёмную прихожую.

11 июня

—Чем именно страдал Брикст? Уж не раздвоением ли личности?

Оторвавшись от написания отчёта по недавнему делу, Пол враждебно глянул на посетительницу.

—Лия, не нарывайся на нецензурную лексику. Я и так был с тобой предельно терпелив.

Девушка захлопала на него удивлёнными глазами.

—Не понимаю, о чём ты, Пол. Ты же мне сам эсэмэску послал, что хочешь встретиться.

—Я писал, что сам к тебе приеду. Сегодня вечером.

—И ты верил, что я выдержу до вечера? — фыркнула Лия, привычно плюхнувшись в кресло напротив, — выкладывай, что у тебя.

Смирившись с неизбежным, Пол демонстративно громко захлопнул папку с делом, над которым работал. Открыв ящик стола, он достал оттуда перетянутые резинкой записные книжки.

—Что это?!! — Лия подскочила, как ужаленная, узнав знакомую расписную мандалу на обложке верхней книжки.

—Думаю, дневники твоей матери, — как ни в чём не бывало ответил Пол, — они не подписаны, но мы сравнили почерки…

—Так их не украли?!

—А они разве представляют ценность? — тут же ухватился за суть детектив.

---

[1] Как пожелаешь (фр.).

Прикусив язык, Лия смиренно села на место, не сводя, однако, глаз с потрёпанных журналов. Для неё они точно представляли особую ценность.

— Вы их читали? — сердито спросила она.

— Разумеется, — ухмыльнулся он, но всё же счёл нужным объясниться, — мы обязаны. Однако в расследовании они нас не продвинули. Странные дневники... На дневники не похожи. У твоей матери была необычная манера их вести...

Помолчав, он положил дневники на стол и пододвинул их к Лие.

— Прочти их. Вдруг поймёшь то, что ускользнуло от нас. Анита явно намекает в них на кого-то. Я поднял дело об инциденте, в результате которого погибла твоя мать, — продолжил Пол.

— Папа говорил, что это был несчастный случай, — неуверенно сказала Лия, — разве нет?

— Насколько я понял из дела, смерть твоей матери действительно была случайной.

— А что было неслучайным? — уловив загадочный тон в его голосе, девушка даже приподнялась в кресле.

— В заключении говорится о неком химическом соединении, которое явилось причиной возгорания. Я поговорил с ребятами в нашей лаборатории. Сульфид калия, например, воспламеняется при контакте с кислородом.

— Ну и что?

— А то, что Анита не работала с подобными соединениями. Это следует из показаний Бруни, где он описывал её обязанности в своей компании.

— Но ведь дело закрыли... — пролепетала Лия, почувствовав, как к её горлу подкатывает ком, — папа сказал, пожар произошёл вследствие халатности лаборанта. Витторио его уволил, но обвинения ему не выдвинули.

— «Неумышленный поджог неизвестным лицом или лицами» — таково официальное заключение, — огорошил её Пол, — обвинений никому действительно не выдвинули, ибо никого на месте происшествия, кроме твоей матери, не оказалось.

— А кто-то должен был быть?

— Был сделан анонимный звонок в 911, поэтому пожарные приехали быстро, и сгорела лишь одна лаборатория. К тому же... — Нейсон сделал паузу, словно раздумывая, стоит ли ему продолжать.

— Пожалуйста! — взмолилась Лия, — я должна знать!

— Кто-то пытался спасти твою мать. Её... — Пол на секунду замялся, — ...тело было найдено на выходе. А по мнению медэкспертов, она погибла моментально. Извини... — детектив умолк, заметив, как девушка быстро заморгала, чтобы сдержать слёзы.

— А кому понадобился пожар? — спросила Лия, взяв себя в руки.

— «Неизвестному лицу», — повторил Пол, — от Бруни тогда помощи особой не было. Однако напрашивается вопрос…

— Существует ли связь между тем, что произошло тогда с мамой и теперь — с ним? — закончила за него Лия.

— Именно, — кивнул детектив, — ну так что, она существует?

Он пытливо уставился на девушку. Под его пристальным взглядом Лия съёжилась. Она не готова была ещё откровенничать с полицией на личные темы.

— Вряд ли, — соврала она, — но я поразмыслю на эту тему. Может, они помогут.

Помахав в воздухе дневниками, Лия торопливо сунула их в сумку и встала.

— Постой, — остановил её Нейсон, — я ведь не из-за них хотел встретиться.

— Ты не придаёшь им значения, не так ли?! — изобразила негодование Лия.

— Иначе я бы их тебе не вернул. Посмотрим, удастся ли тебе меня переубедить, — усмехнулся детектив, но тут же посерьёзнел, — я хочу, чтобы ты кое-кого опознала.

Он снова сунул руку в ящик, извлёк фотографию и положил её перед ней на стол. При виде её у Лии подкосились ноги, и ей пришлось снова сесть. Взяв в руки фотографию, она с минуту молча изучала её, потом положила обратно на стол.

— Ты узнаёшь его, — констатировал очевидное Нейсон.

— Да, — кивнула она, почувствовав, как холодеют её руки.

С фотографии на неё остекленевшими глазами смотрел Ванс Гиссер. Даже на мёртвом лице сохранилась его самодовольная ухмылка.

Нейсон некоторое время разглядывал растерянность на лице собеседницы.

— Расследование теперь не кажется увлекательной игрой, правда?

Ответить на его сарказм у Лии не получилось — слова застряли в горле.

Удовлетворённо крякнув, он спрятал карточку обратно в стол.

— Извини, — во второй раз сказал Пол, — понимаю, неприятное зрелище, особенно для молодой девушки. Мог бы показать другую фотографию, только мне не хотелось, чтобы ты увильнула от ответа.

— Что с ним случилось? — наконец, спросила она упавшим голосом, — почему он так выглядит?

— Пал жертвой пьяного дебоша уличных бродяг… пал неудачно, в костёр… оттуда и ожоги на лице. Руки сгорели, поэтому по отпечаткам его идентифицировать не удалось.

— Когда это произошло? Где?

—В ночь с двадцать шестого на двадцать седьмое апреля в Амстердаме. Не напомнишь, где ты была в это время?

Расширенными от ужаса глазами Лия уставилась на полицейского.

—Это невероятно! Я же видела его там! Вечером двадцать шестого!

—Это тогда он следил за Витторио Бруни?

Она молча кивнула. Голова пошла кругом и наотрез отказывалась работать, зато в неё лезли страшные мысли и подозрения.

—Пол, — хрипло произнесла она, — как ты вышел на него?

—Благодаря тебе. Я навёл о нём справки. Оказалось, что он — просто знаменитость. Около двух месяцев назад исчез из поля зрения полиции.

—Разве полиция им интересовалась?

—Интересовалась, — кратко подтвердил Пол и продолжил, — тогда я послал запрос в Нидерланды, чтобы выяснить, не было ли у них инцидентов в День Короля. Инцидентов оказалось множество, но лишь один неопознанный труп. Теперь уже опознанный, — добавил он после недолгого молчания.

—Выходит, его и в самом деле списали, — прошептала Лия, припомнив слова Шона.

Пол подался вперёд и строго посмотрел на неё.

—Значит так, либо ты мне всё рассказываешь здесь и сейчас. Либо — я официально вызову тебя для допроса.

—И дело Витторио снова будет открыто?! — обрадовалась девушка.

Нейсон тяжело вздохнул.

—Не всё так просто. Даже если мы докажем, что Гиссер следил за Бруни, этого недостаточно, чтобы связать несчастный случай на другом конце света и самоубийство парфюмера воедино.

—Oh, mon Dieu! — запричитала Лия, — как непросто удовлетворить вашего упрямого прокурора! Что же должно произойти?! Ещё одно убийство? Их и так достаточно!

—По заключениям следствия, официально пока ни одного, — уточнил скрупулёзный детектив, и тут же по-солдатски расправил плечи, увидев, как девушка закусила губу, чтобы, по-видимому, сдержать рвущееся наружу возражение.

—Выкладывай! — потребовал он.

—Не могу. Это касается другого человека. А ты меня допрашиваешь неофициально, — поспешила она напомнить офицеру полиции, который, очевидно, приготовился угрожать ей наказанием по всей строгости закона.

—Хорошо, — процедил тот сквозь зубы, собирая в кулак остатки терпения, — тогда попроси этого человека связаться со мной.

—Beau! — согласно кивнула она и поторопилась проститься.

— Лия!

Остановившись в дверях, девушка вопросительно посмотрела на детектива.

— Где я могу найти мадам Бруни?

— Стеллу? Она гостила у нас, но теперь перебралась к себе домой.

— Они же с Витторио так и не развелись, правильно?

— Нет, просто разошлись, — подтвердила Лия, — они оба не приветствуют бумажную волокиту, вот и решили не заморачиваться.

— Так-так… — Пол глубокомысленно постучал пальцами по столу.

— Только попробуй включить её в список подозреваемых! — наехала на него Лия, — правду говорят, что полиция ищет лёгких путей!

— Это потому, что простое решение зачастую верное, — поучительно произнёс Нейсон.

— Ну нет! Это потому, что простое решение зачастую короткое!

— У неё был мотив.

— У Стеллы не было мотива! Витторио давал ей денег по её первому требованию.

— Однако лучше самой распоряжаться состоянием, разве не так?

— Да Стелла сейчас волосы на голове рвёт от свалившегося на неё состояния.

— Ну-ну. Проверим.

— Советую проверять при полном параде!

Лия неодобрительно окинула взглядом его мятую рубашку, а галстук, пригвождённый кнопкой к стене, был, похоже, навсегда покинут и забыт своим хозяином.

— С цветами и конфетами. Иначе Стелла тебя даже на порог не пустит. Будь ты с ордером или без!

С победной улыбкой на лице девушка покинула кабинет детектива, громко хлопнув дверью.

12 июня

«…Случайная встреча привела к новой точке отсчёта времени. К новому видению, к новой оценке вещей, к новому познанию человеческой природы. К пониманию того, что у человека со стержнем всегда найдётся и время, и силы, и правильные нужные слова даже для случайных попутчиков, в особенности для тех, кто различил в самих себе нечто особенное.

Человек со стержнем не будет диктовать свою волю, провоцировать, взывать к совести или стыдить. Он будет побуждать двигаться вперёд и вверх. Простит. Протянет руку. Стержень — это не только отражение процесса взросления. Не только сила. Стержень — это умение видеть в малом потенциал, в крушении — будущие возможности, а в сердце — тепло…

Там, где нет стержня, нет прочных моральных принципов, там образуется пустота… Пустота не терпит промедления. Ненасытная, она жаждет наполнения. Только наполнить, удовлетворить её невозможно.

Пустота кричит громче всех. Ведь ей не терпится быть услышанной, замеченной, обласканной. Пустота принуждает к обидам и порокам. Терзает. Требует объяснений. Мстит. Пустота не стремится делиться. Она поглощает…»

На этом месте Лия оторвалась от дневника матери и невидящим взором уставилась в запотевшее окно столовой. Через него листва сада смотрелась как сплошное пятно разных оттенков зелени. Словно кто-то натянул на стекло мутную плёнку, и она смягчила и частично стёрла линии стволов и ветвей.

Возобновившийся дождь теперь не бил барабанной дробью, а неприятно моросил. Его негромкое постукивание заглушали порывы сильного ветра, который ещё ночью принёс похолодание, а теперь старался вдуть холодный воздух в по-летнему незащищённые дома.

Вдруг рассеянный серый свет сада заслонила чья-то тень. Стук в окно вернул Лию из мира грёз к реальности. Неохотно встав, она открыла заднюю дверь.

— Ну и погодка! — поприветствовал её Пол, смахивая дождевую воду с плаща и брюк, — Эглинтон-авеню затопило, на шоссе не выбраться, разве что в объезд. Ты не против, если я у тебя час пик пережду?

— Пожалуйста, — Лия гостеприимно взмахнула рукой, — как ты попал на нашу улицу?

Небрежно бросив плащ на кушетку возле батареи, Нейсон пригладил ладонью влажные волосы.

Оглядев гостя с ног до головы, Лия быстро сообразила:

— Да ты никак проводил допрос с пристрастием в резиденции Бруни! И как тебя встретила Стелла?

— Более взбалмошной бабы… пардон, дамы, сроду не встречал! — эмоционально охарактеризовал её подругу Нейсон.

— Костюм не помог? — съехидничала девушка.

— Завари-ка лучше кофе, — буркнул он.

— Так Стелла тебе даже кофе не предложила? — удивилась Лия, но бросив взгляд на стрелки кухонных часов, пожала плечами, — всё ясно. Кто же допрашивает людей в семь утра? Странно, что она вообще согласилась тебя принять!

— Попробовала бы она отказать официальному лицу! — начал было Нейсон, но умолк, нахмурившись в ответ на скептическую ухмылку хозяйки.

— Я хотел успеть до рабочего дня, — раздражённо пояснил он, усаживаясь за обеденный стол, — рабочих часов на закрытые дела мне не хватает.

К счастью, его настроение моментально улучшилась, когда по кухне распространился бодрящий аромат кофе.

— А позавтракать у тебя есть чем? — с надеждой спросил гость.

— Только яйца и колбаска, — виновато ответила Лия, заглядывая в холодильник, — не было времени за продуктами съездить.

— Пойдёт! — обрадовался Пол, — я уже и не помню, когда ел горячий завтрак. Я сам могу пожарить...

— Ещё чего! — отмахнулась от него девушка, разжигая огонь под сковородой, — костюм забрызгаешь. Расскажи лучше, чего тебе Стелла наговорила.

— Если б я записывал — на роман хватило бы, — фыркнул Пол, — вдобавок она обвинила правоохранительные органы, и меня в частности, в халатности и в том, что мы позволяем преступным элементам свободно распоряжаться честно заработанным состоянием порядочных граждан...

Посмеявшись, он отпил из чашки кофе и умолк, смакуя его вкус. Через некоторое время он спросил:

— Тебе случайно неизвестно, какие такие махинации проворачивали преступные элементы с их недвижимостью во Франции?

Лия вскинула изумлённые глаза на детектива: как это ему удалось из всего наговорённого Стеллой выхватить самую суть?

— Известно, — кивнула она, — мы уже неделю со Стеллой разбираем документы Витторио. Папа обещал нам помочь, но он приезжает лишь завтра, вот мы и решили хотя бы рассортировать бумаги... на свой манер. Боюсь, папа нашу систему не одобрит, — сокрушённо вздохнула Лия.

— А в чём заключаются махинации?

— Витторио когда-то приобрёл земельный участок в нескольких километрах от Парижа. Хотел использовать находящееся там строение под лабораторию. Но потом передумал, и здание, чтобы окупить расходы, сдал в аренду. А теперь выяснилось, что контракт по сдаче в аренду испарился, будто и не было его вовсе. Оплата за аренду значится как доход от некой продаваемой продукции.

— Не понимаю, если средства поступали, в чём афера?

— А в том, что от имени Витторио закупалось сырьё, и то место во Франции кто-то действительно использовал под лабораторию для создания той самой неизвестной продукции.

— Наркотики? — оживился Пол.

— Судя по сырью, лекарственные препараты. Духи и косметика тоже не исключаются, — охладила его пыл Лия и задумалась, —

впрочем, всё может быть. Этакий дурман на любителя. Также существует вероятность, что продавали, используя брендовое имя без согласия Витторио.

— Зачем? — задал Пол логичный вопрос, — если я правильно понял, этот кто-то должен был позаботиться не только о сырье, но и о техническом оборудовании, а также о персонале. Неужели косметика Бруни настолько популярна, что подобные затраты себя оправдали бы?

— Я не знаю, — честно призналась Лия и поставила перед детективом сковородку с аппетитно скворчащими кусочками колбаски и яичницей, — если б проблема была лишь с этой недвижимостью, можно было бы наплевать, но есть ещё две: в Дели и… Сан-Хуане.

Детектив, успевший набить рот яичницей, на секунду перестал жевать. Потом торопливо проглотил и нахмурился.

— Так Бруни за этим туда поехал!

— Ну уж точно не спускать состояние в местных притонах!

— Есть документы это подтверждающие?

— Как и в случае Франции, лишь платежи частным лицом якобы за аренду помещений, но ни одного контракта мы не нашли.

— А кто оформлял сделки?

— Э-э-э, — замялась Лия, — адвокат. Это сам Витторио так утверждал.

— И у адвоката не сохранилось копий контрактов?

— Он всё отрицает. Сказал, что Витторио, скорей всего, сам дал кому-то попользоваться лабораториями, неофициально, дабы сэкономить на оплате за услуги адвоката. И пусть, дескать, теперь сам расхлёбывает. То есть теперь расхлёбывать предстоит Стелле. Это её бесит чрезвычайно.

— Я заметил, — хмыкнул Пол, — а разве у Бруни не было бухгалтера или финансового директора? Раз в документах столько изменений, бухгалтер должен был об этом знать.

— Должен был, — согласилась Лия, — только Стелла сгоряча его уволила. Он теперь не отвечает на телефонные звонки. И вообще, исчез куда-то.

— Люди просто так не исчезают, — философски изрёк детектив, — с его родными связывались?

— Стелла решила с ним больше никак не связываться. А о заявлении в полицию даже слышать не хочет, — с обидой в голосе сообщила Лия.

— Ты, надо полагать, предлагала? — усмехнулся он.

— Вы всё равно дело не открыли бы! Уехал он… отдыхать. Во всяком случае, это последнее, что слышали его коллеги. Нет, — сказала Лия, опережая вопрос Нейсона, — коллеги не в курсе, как тот вёл бухгалтерию, и помощников у него не было.

— А как Бруни…

— …нашёл его? — снова перебила она собеседника, — скорей всего, это Эдик нашёл Витторио. Как я уже говорила, Витторио терпеть не может бумажные волынки. Взял первого подвернувшегося под руку.

— Я вижу, ты и без полиции неплохо справляешься, — посмеялся детектив, — однако бухгалтеров на улице не подбирают. Уж не адвокат ли посоветовал ему этого вашего Эдика?

Лия мрачно посмотрела на Нейсона. Что уж говорить, ей и самой это приходило в голову, но так не хотелось дискредитировать контору отца.

— Не знаю, — непривычно скупой ответ насторожил полицейского.

— Говоришь, твой отец завтра возвращается? — он снова принялся за завтрак, исподлобья наблюдая за реакцией девушки.

— А ты разве ещё не наносил визит в их офис? — перешла та в наступление, — право, Пол, после гибели Гиссера это — первое, что ты должен был сделать!

— Не понял, — Нейсон даже отложил вилку в сторону от неожиданности, — причём тут Гиссер?

Лия не сводила пытливого взгляда с детектива. Специально ли он изображает неведение? Или это она сморозила глупость?

— А что ты узнал о работодателе Ванса? — спросила она осторожно.

— Ничего. Во всех формах он указывал, что он — частный предприниматель, без конкретного описания своей деятельности. Разнорабочий, одним словом.

«Ого! — поразилась про себя Лия, — Шон был прав, зачистка улик — не придерёшься…» И если б она тогда не узнала Гиссера, никто бы его не привязал к Normal Law Group. А теперь Пол, наверняка, предъявит отцу его фотографию для опознания.

— Пол, — она умоляюще сложила ладошки, — не говори с моим отцом. У нас с ним и так отношения напряжённые из-за этого дела. Он считает, что мне негоже вмешиваться.

— Как бы я тебе не симпатизировал, Лия, если я сочту нужным переговорить с твоим отцом, я с ним переговорю. Более того, я полностью поддерживаю его мнение о твоём невмешательстве, — добавил он и поднял руку, предупреждая бурные возражения собеседницы, — однако, и это не для протокола, я рад, что ты такая непослушная, — улыбнулся он ей.

Немного успокоившись, Лия вздохнула.

— А ты мог бы не акцентировать моё участие?

— Мог бы… Скажу с большей уверенностью, когда ты изложишь мне обещанное. Ты, кажется, собиралась спросить чьего-то разрешения…

— Ой, — вспомнила Лия, — из головы вылетело. Спрошу обязательно! При первой же встрече.

— И когда она состоится?

Увидев, что девушка заколебалась, Пол указал на её телефон.

— У неизвестного есть номер? Позвони ему.

Вздохнув, она взяла мобильник в руки. Однако посмотрев на аватар Джона, Лия задумалась.

— А что если… — начала было она, но умолкла, заметив, как нахмурился полицейский.

— Ты знаешь, как это называется, Пол? — воскликнула она, прикладывая телефон к уху, — шантаж! Чистой воды!.. Никто не отвечает! — обрадовалась она.

— Оставь сообщение, — настоял Нейсон.

Бросив на него испепеляющий взгляд, Лия выполнила его просьбу и, с отвращением отодвинув от себя телефон, насупилась.

Чтобы разрядить обстановку, Пол кивнул на стопку журналов по другую сторону стола.

— Как обстоят дела с уликами? — шутливо спросил он.

Лия безрадостно покачала головой.

— Пока никак. Прекрасная проза. В мамином стиле. Она даже папе записки так писала. Ему, в принципе, нравилось разгадывать мамины философские ребусы.

— Так, может, ему следует почитать её дневники? Ладно-ладно, — успокаивающе замахал руками Нейсон, — я лишь предложил. Понимаю, ты не хочешь расстраивать отца без веских причин намёками на неверность жены.

— Какими ещё намёками?!! Какая неверность?!! — взвилась Лия.

— Это же очевидно, — спокойно ответил он, — у неё кто-то был. А зачем ещё ей так вуалировать отношения с мужчиной? Бруни я исключаю. Насколько я понял, Анита с ним в открытую дружила, — изобразив пальцами кавычки над словом «дружила», Пол быстро опустил руки, заметив гневные искорки в глазах собеседницы.

— А сама-то ты поняла, кого она называла марокканским гарбеном?

— Марокканский гарбен? — удивлённо переспросила Лия.

— Да, — вытянув руку, Пол без спроса взял один из журналов и безошибочно открыл на нужной ему странице.

— «…Ворвался в мою жизнь, точно горячий воздушный поток», — зачитал он, — «ленивый ветер Африки… Обжигающий размягчённую влажным климатом душу… Приносящий с собой пыль пустыни, проливающуюся кроваво-красным дождём. Люди впитывают воду, как губки, отчаявшиеся, жаждущие…»

Они невольно посмотрели в окно, за которым шумел холодный дождь.

— Дальше она использует лишь аббревиацию, — Пол перевёл взгляд с окна на девушку, — ясно, что Анита ссылается на одного и того же человека. Кого?

— Ты неплохо ознакомился с дневниками для того, кто не придаёт им особого значения, — съехидничала Лия, — понятия не имею, про кого она пишет, и, по правде говоря, — она открыла журнал, который читала до прихода полицейского, — я начала с последнего, думала, она в нём укажет на того, кто повинен в поджоге лаборатории.

— Откуда ты знаешь, что это последний? В них же даты не проставлены.

— По цветовой гамме мандал, — девушка провела пальцами по обложке журнала, — у мамы была своя техника рисования. Она начинала всегда со светлых тёплых цветов, — Лия указала на нетронутый журнал на столе, — потом переходила к тёмным тёплым, как на том, что держишь ты. Затем шли светло-холодные, и, наконец, тёмно-холодные.

Повернув дневник обложкой к детективу, она продемонстрировала симметричный рисунок, переливающийся прохладной цветовой гаммой.

— Переход от одной интенсивности тона к другой зависел от того, насколько резко или быстро менялось её настроение.

— Значит ли это, что одного дневника не хватает? — спросил смекалистый детектив.

— Уверена в этом, — тряхнула головой Лия, — более того, в этом последнем журнале отсутствуют страницы. Это незаметно, но журналы стандартные, я пересчитала страницы, не хватает пяти.

— Анита могла сама вырвать.

— Это не в её стиле. Она никогда не удаляла написанное. Говорила, что даже ошибки и неверные в определённый момент мысли напомнят позже, где ты оступился, и помогут выбрать правильную дорогу…

Лия замолчала и прислушалась. Ей не показалось. Кто-то стучал в дверь.

— Ожидаешь ранних гостей? — полюбопытствовал Пол.

— Я мастера жду, — кивнула она и поднялась, — наш подвал затопило. Где-то полетела проводка, и в доме частично пропало электричество. Поэтому звонок и не работает. Честно говоря, я не рассчитывала на столь скорую реакцию с их стороны. Извини, я на минуту…

«Правильно, что не рассчитывала», — хмыкнула она про себя, открыв дверь.

— Bonjour, ma chérie, благодари меня — уговорил-таки его прийти! — с этими словам Крис по-дружески впихнул в дом Эдмонда.

— Благодарю… — неуверенно ответила девушка, отскочив в сторону, чтобы ей не отдавили ноги в тесной прихожей.

— Уговорил! — как всегда недовольно пробурчал Грин, — деваться было некуда. Куда ни сунься — пробки!

— Его надо срочно задобрить, — весело прокомментировал Норман, — иначе я повешусь от его занудства.

— А куда вы ехали?

— В мэрию. Дядя Роберт даёт там сегодня пресс-конференцию. Отец послал меня оказывать ему моральную поддержку, а Эди вообще-то значится в личной охране. Поедешь с нами?

— В такую погоду? Я думала, они перенесут.

— «Мы не пасуем перед трудностями», моя дорогая! Мы же вместе печатали флаеры с лозунгами дяди. Приходится демонстрировать напечатанное на деле…

— Я кофе хочу, — грубо перебил их Грин, — как вознаграждение за это.

Он потряс в воздухе листком бумаги.

— Что это?

— Транскрипт последнего разговора Бруни с нашей конторой. Предупреждаю, лексикон не для нежных женских ушек. Но ты сама просила объяснить мою заботу о Витторио.

— Ты что прослушиваешь разговоры своих работодателей?!

— Должны же у меня быть на руках козыри, если они решат избавиться от меня, — загоготал Эдмонд.

— Разве это не противозаконное действие? — спросила Лия, с опаской покосившись в сторону столовой.

Оттуда не доносилось ни звука.

— С волками жить, по-волчьи выть, — изрёк народную мудрость Эди, — где мой кофе?

Он бодро зашагал на кухню. Не зная, как его остановить, Лия побежала следом. Но она зря волновалась. Ни на кухне, ни в столовой Нейсона не оказалось. Более того, со стола пропали дневники её матери, а грязная посуда была аккуратно сложена в раковину.

— Ma chérie, очнись! — Крис помахал ладонью перед её лицом, — что-то не так?

— Нет, — Лия быстро перевела взгляд с пустого стола на гостей, — всё прекрасно. Прошу садиться. Кофе сейчас будет.

Размышляя над тем, куда подевался полицейский с ценными журналами, она принялась варить кофе, пропуская мимо ушей ворчания Грина сначала по поводу погоды, потом на тему городских пробок и, наконец, его сугубо личное мнение о дяде Криса как о кандидате в палату общин.

— У дяди хорошо подвешен язык, — возражал ему Крис, — по заявлению отца — это единственное достоинство его брата. От него прок будет лишь в политике. Роберт — марионетка. А наша нелёгкая задача — представить его лидером.

— Что ты такое говоришь! — Лия не поверила своим ушам, — дядя Робби — замечательный человек с прогрессивными взглядами.

Возможно, немного мягкий, зато искренний. Он мне рассказал о своих перспективных разработках по повышению уровня государственного образования…

— Смотри-ка, — Эди пихнул локтем Нормана, — как на неё подействовали речи нашего горячо любимого дядюшки. Возможно, твой отец прав, и эта авантюра с выборами прокатит.

Лия перевела вопросительный взгляд на Кристиана. Тот лишь рассмеялся.

— Чему ты удивляешься? Любая политика — театр. Дольше держится тот, кто лучше других играет свою роль и с правильным выражением читает заготовленный для него текст. За кулисами же прячется режиссёр-постановщик. Именно он всем правит, только зрители его не видят. Актёрам дарят цветы, их же закидывают гнилыми помидорами.

— Кто же этот режиссёр-постановщик? Дейв?

— На данном уровне, пожалуй, отец… — Кристиан задумался, — впрочем, может, уже и нет. Какой-то он нервный в последнее время.

— Думаешь, он кого-то боится?

— А то, — встрял в разговор Эди, — иначе не устроил бы эпохальную зачистку кадров.

— Вот так увольняет без причин?!

— Увольняет! — снова расхохотался Грин, — наивное дитя! Такие, как Дейв, не увольняют, а устраняют. Законным путём, разумеется. Поверь, у него на каждого работника существует досье. Он знает все их слабости. Знает, за какой нерв надо потянуть, чтобы совесть судорогой свело.

— Значит, и на тебя компромат есть? — сощурилась на него Лия.

— Я не безгрешен, — усмехнулся Эдмонд, — но и опыт имеется. Не таким рога обламывал. Законным… кхе-кхе… путём.

Лия с грустным видом уставилась на свою чашку с ещё нетронутым кофе. Норман сочувственно приобнял её за плечи.

— Не бери в голову, ma chérie. Всё меняется и всё остаётся неизменным. Так было раньше и, боюсь, продержится ещё пару веков. Прости, что пошатнули воздушные замки в твоей голове, но ты должна знать, с кем связываешься, — он лукаво подмигнул ей, — к сожалению, я свою семью поменять не могу…

— А как же Гиссер? — тихо спросила Лия.

— Гиссер? — Крис с Грином переглянулись, — а что с ним?

— От него избавились совсем уж незаконным путём.

— Что?!

Гости были шокированы. Эдмонд даже поперхнулся кофе и громко закашлялся.

— Вы не знали? — удивилась Лия.

— Нет, — мрачно ответил Грин, — я слышал от ребят, что он исчез с горизонта. Мы думали, просто залёг на дно. А ты откуда о нём узнала?

— Знакомый в полиции помог на него выйти.

— У тебя есть знакомые в полиции, о которых я не знаю? — Кристиан удивлённо приподнял бровь.

— Полагаю, у нашей Лии уже много найдётся знакомых, о которых ты не знаешь, — едко заметил Эдмонд.

— Ладно, дорогая, не красней, — Норман крепче сжал её плечи, — тайны делают жизнь увлекательнее, n'est-ce pas?

Лия посмотрела в его улыбчивые глаза. Ещё пару месяцев назад она бы согласилась с ним, но теперь… что-то покоробило её в этих словах. Тайны вообще — да, увлекают, но тайны в жизни близкого человека напрягают и настораживают. Прозрачность в отношениях, деловых или личных, — необходимая составляющая доверия между людьми. «Diable! — выругалась она про себя, — сказывается влияние Джона…» Но она не могла в этом с ним не согласиться. Если окружить себя тайнами, говорить загадками и, что ещё хуже, обманывать, о каком доверии может идти речь?! Готова ли она к отношениям без доверия — это вопрос, ответ на который она без особого результата ищет уже давно.

Мотнув головой, девушка постаралась сконцентрироваться на другом. Придвинув к себе принесённый Эдмондом лист бумаги, она развернула его. И снова покачала головой. Из написанного нельзя было извлечь абсолютно ничего. Никаких имён, никаких дат. Ничего конкретного! Лишь по смыслу и некоторым крепким выражениям можно было выделить слова Витторио. Он обвинял неизвестного оппонента, скорей всего, своего адвоката, в двойной игре, в очернении своего имени и даже воровстве. Ответные фразы оппонента, весьма сдержанные, грамотные и аккуратно продуманные разбивали выдвигаемые обвинения в пух и прах. В последних высказываниях португальца чувствовались бессильная ярость и некое истощение, похоже, к концу диалога он просто выдохся.

— Пробка на Бэйвью расчистилась, — сообщил Грин, не сводя глаз с монитора телефона.

Поднявшись, он вырвал листок с бесполезным текстом из рук девушки.

— Удовлетворена?

— Нет, — нахмурилась она, — тут нет доказательств того, что жизни Витторио угрожали.

— А с чего ты взяла, что его жизни что-то угрожает?

— Ты же сам сказал! — возмутилась она.

— Ты что-то путаешь, — как ни в чём не бывало соврал он.

— Что?! — Лия даже на ноги вскочила, — ты сказал, что, если Витторио не умерит свой пыл, это ему навредит.

— Ну да, его бизнесу.

— Это не то, что ты сказал.

— Но именно это я имел в виду. И был прав! Его бизнес пошёл ко дну. Правда, не думал, что из-за этого он решит свести счёты с жизнью.

У Лии опустились руки. Ещё немного, и она сама поверит, что так оно и было. Она в отчаянии посмотрела на Нормана. Тот чуть заметно качнул головой: не спорь, мол, бесполезно. И ещё что-то в его мимике навело её на неожиданную мысль: «Эди боится! Поэтому и отрицает!» Её сообщение о печальной судьбе Ванса очевидно произвело на частного детектива неприятное впечатление, хоть он и пытался это тщательно скрыть. «Наверняка, у него рыльце в пушку, и есть причины бояться за собственную шкурку», — догадалась она.

Взглядом дав понять Кристиану, что поняла, девушка примирительно улыбнулась.

— Наверное, так оно и было. Но вы должны понимать, как тяжело мне в это поверить.

— Мы понимаем, ma chérie, — поддержал её Норман, — так ты поедешь с нами?

— Разумеется. Дяде Робби надо помочь. Любому актёру необходимы преданные фанаты для поддержания веры в себя, не правда ли?

* * *

— Пол! Ты куда пропал?! Да ещё с дневниками мамы! — придерживая телефон плечом, Лия одной рукой сжимала зонт, а другой рыскала в карманах плаща в поисках ключа от дома.

— Никуда, — раздалось сзади.

Девушка резко обернулась. При этом дождевая вода с зонтика струёй потекла в сумки с продуктами, выставленные у порога. Туда же плюхнулся мобильник, выскользнувший из-под мокрой щеки.

Вытащив мобильник из корзинки с клубникой, Нейсон услужливо вернул его хозяйке.

— Я ждал в машине, — пояснил он, — кто ж мог подумать, что ты в такой ливень вздумаешь прошвыр... пройтись по магазинам! — он неодобрительно покосился на хозяйственные сумки.

— Извини, — смутилась Лия, — совсем потеряла счёт времени. Ты бы позвонил...

— Я звонил! — мрачно отчеканил он и безнадёжно махнул рукой на виновато ойкнувшую девушку, — ладно, проехали. Помочь?

— Да, но не с этим, — Лия остановила потянувшегося к сумкам полицейского, — ключ не могу найти. Откроешь?

— Чем?

— Используй свои навыки полицейского! Чему вас в полиции учат?!

— В первую очередь, нас учат чтить закон!

— Пол, — сказала она серьёзно, — если не откроешь, то я спрячусь от дождя в твоей машине вот с этим.

Наклонившись, она вытащила из сумки нарядный свёрток. На нём витиевато было выведено: Pont-l'Évêque.[1]

— О, Боже! — Нейсон отшатнулся в сторону и прикрыл нос ладонь, — что это такое? Сыр?! Так это из твоей сумки воняет! Я думал, у вас поблизости химический комбинат несанкционированный выхлоп произвёл!

— Pont-l'Évêque! — торжественно произнесла девушка, — один из самых демонично пахнущих деликатесов Франции! Популярен неимоверно вот уже восемь веков!

— Охотно поверю, что ему столько и есть, — Пол сделал шаг назад, — в машину не пущу!

— На улице его тоже не оставишь — размокнет же! — Лия демонстративно вытянула раскрытые ладони с сыром вслед за детективом.

Тот как-то странно посмотрел на неё и тяжело вздохнул. Потом, аккуратно обогнув простёртые к нему с деликатесом руки, подошёл к двери. Раздался щелчок, и дверь открылась.

У Лии загорелись глаза:

— Так быстро?! Как? Чем? Покажи!!!

Закинув сыр обратно в сумку, она схватилась за руки детектива. Тот спокойно позволил ей их рассмотреть. Они оказались пусты. Лия недоумённо подняла глаза на Нейсона.

— Так ты ещё и фокусник? Куда делась отмычка?

— Лия, — сказал он строго, — я — служитель закона, а не какой-то там взломщик, выбирай выражения!

Не скрывая разочарования, девушка сдалась и пригласила его войти.

Поставив сумки с продуктами возле холодильника, Нейсон щёлкнул выключателем. Тщетно. Кухню освещал лишь падающий из окон пасмурный свет.

— Теперь уже и мастер не поможет, — весело прокомментировала Лия, доставая из ящика свечи, — свет вырубили во всём районе.

— А как же продукты? — забеспокоился Пол, — не боишься, что у вас весь дом провоняет деликатесом?

---

[1] Пон-л'Эвек (фр.).

— У нас в подвале холодильник от генератора работает. До утра дотянем.

— Ну-ну, — скептически хмыкнул он и, вытащив из внутреннего кармана дневники, бережно положил их на стол.

Лия, избавившись от опасного сыра, начала разбирать сумки и вдруг остановилась и кивнула на журналы:

— Зачем ты их взял?

— Чтобы в машине нескучно было сидеть… И потом, я не привык оставлять потенциальные улики в поле досягаемости сомнительных типов.

— Это ты про кого?

— Эдмонд Грин… — медленно произнёс Нейсон, — давно его знаешь?

— С детства. Эди работает частным детективом в конторе отца, — машинально ответила Лия, удивлённая его пессимистичным тоном, — разве ты с ним знаком?

— Он числился в нашем отделении десять лет назад. Я тогда только поступил на службу…

— Эди вышел на пенсию раньше срока. Думаю, контора ему платит больше, чем государство.

— Несомненно, — сквозь зубы процедил Нейсон.

Он явно что-то не договаривал.

— Его не очень жаловали в полиции? — спросила Лия.

Впрочем, зная характер Эди, она бы не удивилась, узнав, что он вызывал неприязнь коллег.

— Не жаловали, — повторил Пол, — его попросили уйти по-хорошему.

— Он поступился законом? — предположила девушка.

— А также совестью и принципами.

— Взяточничество?

— Если б только это. Из-за него погиб офицер. Много ходило слухов, вплоть до того, что поговаривали, будто тот погиб от руки самого Грина.

Лия побледнела, но промолчала, вдруг осознав, что всегда чувствовала в Эдмонде нехорошее начало.

— Я тогда особо не вникал, но помню удивление и возмущение коллег, когда стало известно, что благодаря некоему адвокату-энтузиасту Грину не смогли инкриминировать ни одной статьи, — Пол бросил на неё вопрошающий взгляд.

— Папа тут ни при чём, — на всякий случай вставила она, — он совсем в другом отделе работает.

— Знаю, он работает с недвижимостью… — Нейсон снова многозначительно замолчал.

— Он не работал с Витторио, если ты это имел в виду.

— И это я знаю, но… интересный нюанс: адвокат, оформляющий недвижимость Витторио, тоже работает совсем в другом отделе.

— В смысле?

— Вот смысла я пока не уловил. Norman Law Group содержит несколько офисов. Есть офис, решающий иммиграционные вопросы, есть офис, работающий только с недвижимостью, и ещё несколько офисов, в основном ориентированных на гражданские иски и нотариальные услуги. А есть головной офис. Адвокаты, работающие в нём, предоставляют весьма широкий диапазон услуг — от перечисленного выше до уголовных разбирательств. Он словно существует и функционирует сам по себе…

— Ты это всё смог узнать, не покидая машины? — восхитилась Лия.

— Я умею пользоваться телефоном, — веско заявил он, — в отличие от некоторых. Впрочем, ты права, из своего офиса я узнаю больше. А ты…

Он потёр подбородок, раздумывая как бы поделикатнее и доходчивее донести до неё важное предостережение. Заметив его колебания, Лия решила ему помочь.

— А я буду осторожна с Грином. Поверь, сама пришла к такому заключению.

Он одобрительно кивнул на прощание и вышел через заднюю дверь.

* * *

Под вечер непогоду, буйствующую в городе без малого неделю, внезапно смыло волной тёплого фронта. Чистые домики расслабились в нежном свете заходящего солнца. Его лучи заполнили влажный воздух, запустив сотни крошечных радуг. Цветы, прибитые к земле тяжёлым дождём, ожили и снова потянулись к небу, такому прозрачному и недосягаемому. Лишь шум автомобильных колёс, разбрызгивающих остатки дождевой воды, напоминал о недавнем ливне.

Выйдя из душного такси, Джон с удовольствием вдохнул прохладную свежесть и запах мокрой листвы. С близлежащего парка прохладный ветерок доносил ароматы хвои и чего-то ещё, неуловимого, сладкого.

Многое изменилось в природе со дня его последнего визита. Заснеженные тогда газоны теперь ласкали глаз насыщенной зеленью, покрытой жёлтыми крапинками вездесущих одуванчиков. Аккуратный фасад дома семьи Медисонов украшали не сугробы, а цветущие кусты рододендронов. И вся улица была наполнена детскими криками да лаем собак. Оживлённая, она медленно погружалась в вечерние сумерки. Фонари не горели. Но было необыкновенно светло от вспыхивающих солнечными бликами чистых стёкол в окнах домов и дверей.

Поднявшись на крыльцо, Джон нажал на кнопку звонка. Тишина. Он оглянулся и ещё раз окинул глазами улицу. Возбуждённые ребятишки бегали с фонариками. В палисадниках повсюду стояли стулья — извечные спутники долгих бесед. Всё это говорило о том, что электричества в домах не было. Без него дома скучно и мрачно, и появляется оправданная возможность отдохнуть и поболтать о мелочах жизни.

Сделав правильное умозаключение, Джон вытянул руку, чтобы постучать, но при первом же ударе дверь беззвучно приоткрылась. Он решительно толкнул дверь. Яркие солнечные лучи тут же залили светом прихожую и дорожкой дотянулись до двери, ведущей в кухню. Молодой человек невольно вспомнил недавние слова Лии о незапертых дверях, и его охватило волнение. Когда же, войдя в гостиную, он обозрел творящийся в ней хаос, волнение переросло в острое беспокойство. Распахнутые дверцы книжных шкафов, сброшенные с секретера письменные принадлежности, раскиданные диванные подушки даже в игривом золотом свете, проникающем сквозь настежь открытые окна, наводили на определённые мысли. Рука сама потянулась к телефону, чтобы вызвать, кого подобает в таких случаях, как вдруг раздавшийся с кухни звук остановил его. Он не сразу понял, что это, но было в этом звуке что-то успокаивающее.

Осторожно переступив через разбросанные вещи, Джон заглянул в смежную с кухней столовую и облегчённо выдохнул.

Со стороны кухни уже стемнело. Сквозь окна с трудом просматривались садовые деревья на фоне тускнеющего неба. Зато на столе горели свечи, тепло и умиротворяюще. Звук, услышанный им в гостиной, исходил от маленькой газовой плитки, а вернее, от закипающего на ней чайника. Лия сидела за столом, поджав под себя ноги, и читала какие-то журналы. Взяв один из них в руки, не отрываясь от чтения, она встала, чтобы выключить плитку. Тут же на столе наготове стоял заварочный чайничек и пара чашек. Потянувшись за чайничком, девушка сообразила, что для столь деликатного дела ей понадобятся обе руки, и со вздохом отложила журнал в сторону.

Не дожидаясь, пока она возьмёт в руки кипяток, Джон постучал о косяк двери.

— Не помешал?

Она узнала его голос, хотя разглядела не сразу. На фоне яркого ещё света за его спиной, в её глазах он на мгновение слился с тёмной стеной столовой, до которой не доходило сиянье свечей.

— Я не слышала, как ты вошёл! — разулыбалась она ему, — чай пить будешь?

— Буду. Ты кого-то ждёшь? — он кивнул на вторую чашку.

— Да, друга. Но ты лишним не будешь, — торопливо добавила она, заметив, как он заколебался, — надо полагать, ты получил моё сообщение?

— Получил. Что-нибудь случилось?

— Почему сразу «случилось»? — удивилась она.

— Ну… — Джон с трудом удержался, чтобы не повернуть голову в сторону разгромленной гостиной, — ты сказала, что со мной хочет переговорить некое официальное лицо.

— Очень настойчивое официальное лицо, — кивнула Лия, — угрожает откровенным разговором с моим отцом, если не получит от тебя удовлетворяющую информацию. Извини, наверное, я сболтнула лишнего, только ведь нехорошо врать полиции.

— Конечно, врать нехорошо, — осторожно согласился он, — насчёт чего это официальное лицо хочет со мной поговорить? Это как-то связано с погромом в вашей гостиной? На вас был совершён налёт?

— Каким ещё погромом? — девушка изумлённо заморгала, — почему налёт?

— Гм-м, может, это для меня выглядит как погром, а для тебя — обычный порядок вещей? — сыронизировал Джон.

Сорвавшись с места, Лия побежала в соседнюю комнату.

— Oh, mon Dieu! — послышалось оттуда.

Солнце только зашло, и всё же света было достаточно, чтобы разглядеть очертания раскиданных предметов. По комнате, словно вихрь пронёсся. Лия в ужасе схватилась за голову.

Джон тактично молчал, ожидая, когда хозяйка сама снизойдёт до объяснений.

Подняв с пола перевёрнутый стул, та обессиленно на него опустилась.

— Нет, это не налёт. Не совсем… Это я сделала… И забыла. Так неудобно…

— Ты сделала?! — Джон не смог сдержать смех, — Лия, если б мы познакомились раньше, я, пожалуй, до сих пор не защитил бы диссертацию в попытках разобраться в столь ненаучном парадоксе.

— В каком парадоксе?

— В тебе, — пояснил он с улыбкой.

Улыбнувшись в ответ, она вздохнула.

— Мне самой разобраться в себе не удаётся… Посему давай оставим сие бесполезное занятие.

— Извини, но мне, как несостоявшемуся учёному, интересно, что здесь произошло? Искала что-то?

— Ну да… муку.

— Муку?! — опешил он, — здесь?

Она кивнула.

— Завтра папа возвращается из Нью-Йорка. Хотела его задоб… побаловать. Он очень любит фаворки. Знаешь, такие полоски теста, посыпанные сахарной пудрой. По бабушкиному рецепту нужна особая мука. Я разгружала сумки, а куда её дела, не помню…

— Разгружала здесь? — ещё раз решил уточнить Джон.

Лия растерянно обвела глазами гостиную.

— Нет, начала я на кухне, а потом… а потом позвонила Тинвэ, я отвлеклась и куда-то сунула пакет с мукой. Не нашла, стало темнеть, а со свечкой искать было бы неудобно. Я пошла к соседке за фонариком. Её детишки вызвались мне помочь. И пока я заканчивала разгружать сумки, они тут… м-м-м… искали, — Лия сконфуженно глянула на гостя снизу вверх, — ты не думай, что я всегда такая… э-э-э… неорганизованная. Только часто оно как-то само так выходит…

— Само? — снова рассмеявшись, он присел на край дивана рядом с девушкой и посмотрел на неё с умилением. — Не думаю. Я давно заметил, что ты терпеть не можешь однообразия, придумываешь новые способы решения одной и той же задачи… Домашний быт — это набор повторяющихся действий, которые увеличиваются в количестве или заменяются другими по мере изменения наших потребностей и желаемого уровня комфорта. К сожалению, бесконечный клубок одних и тех же обязанностей убивает осознание завершённости трудового процесса. Ты же изобретаешь интересные пути спасения от бытового зацикливания.

— Скажи это папе, — хмыкнула Лия, — он не в особом восторге от моей изобретательности.

— А мне кажется, Том тебя журит лишь потому, что считает это долгом отца. Будь ты покладистая и заурядная, он бы в тебе разочаровался. Почему, думаешь, он выбрал когда-то твою мать? Ты для него — её прообраз.

— Не знала, что ты настолько тесно общаешься с папочкой, что начал понимать его лучше меня! Как же вы перенесёте разрыв деловых отношений?

— Отношения я разрываю не с твоим отцом, а с Norman Law Group.

— Так это правда? Я не сразу поверила, когда мне Тинвэ об этом сообщила.

— Правда. Во время нашего пребывания в Арисейге мы с ними многое обсудили и приняли несколько неприятных решений.

Джон ненадолго умолк.

— Вы продаёте школы… — печально закончила за него Лия.

— Пока только в Торонто. Я был чересчур оптимистичен, надеясь, их сохранить.

— Мне очень жаль, — расстроилась Лия.

— Переживём. Я их отдаю в хорошие руки.

— Академия «Ричби»? Тинвэ говорила, что они хотели вас перекупить.

— Сначала и я был против. Однако мне удалось переговорить с их основателем. У Даррела открытые взгляды, совсем неплохо построена модель образования, но главное — он ищет пути её улучшения. Я не просто продаю ему школы, я делюсь нашим видением, нашими ценностями и конечными целями. Мы будем сотрудничать, и кто знает, может, откроем что-нибудь совместное.

— Этот Даррел ведь, как и ты, клиент Norman Law Group? — вкрадчиво спросила Лия.

— Как и я, бывший, — кратко уточнил он, — он тоже осознал свою несовместимость с их политикой и методами работы.

— А как же ваш проект в Чикаго? От него тоже придётся отказаться?

— Ни в коем случае! Часть денег на него мне дал Стивен. Мы обязательно откроем там школу хотя бы ради его детей. Джоанна уже подыскала для нас помещение.

— Доля акций Стивена перешла ей?

— Нет, — немного помешкав, словно подбирая слова, Джон продолжил, — в своём последнем распоряжении Стивен передал акции нашей семье.

— И у вас снова в руках контрольный пакет?! Значит ли это, что неизвестный злоумышленник от вас отстанет?

— Возможно, если он из тех, кто легко признаёт поражение…

— То есть вряд ли? — почувствовав, как он внутренне напрягся, девушка придвинула свой стул ближе, — чего ты опасаешься?

— Я опасаюсь того, как бы он не задумал применить иной способ атаки. Денежные затруднения, подрыв репутации, манипуляция акционерами — это решаемые проблемы…

— Ты боишься того, что произошло с твоим дядей и Стивеном? — догадалась она, — боишься за своих близких?

— Этого боятся многие, — почти шёпотом подтвердил он.

«Эгоистичный страх потери», — с грустью вспомнила Лия фразу из своего видения.

— Может, он всё-таки сдастся? — попыталась она его приободрить, — не бесконечны же его ресурсы!

— Подозреваю, что для нашего злоумышленника происходящее — увлекательная игра. Игра с высокими ставками. Я допускаю, что у него есть некая конечная цель, и всё же сам процесс продвижения к цели для него важнее.

— Пора бы нам уже поймать этого призрачного злоумышленника! Затянулась игра.

Услышав в её голосе отчаянную решимость, Джон забеспокоился.

—Лия, мы можем дедуцировать сколько душе угодно, а вот поимку преступников лучше предоставить полиции и другим соответствующим органам.

—То есть пустить всё на самотёк? — возмутилась девушка, — сами они его ещё долго ловить будут. Если вообще будут…

—Поверь, они делают гораздо больше, чем нам кажется со стороны. Медленно, они двигаются в нужном направлении.

—Слишком медленно, — пробормотала нетерпеливая Лия.

—С нашей помощью шансы на успех возрастут. Я обязательно переговорю с твоим официальным лицом, — казалось, теперь ему самому не терпелось с ним пообщаться, лишь бы охладить пыл собеседницы, — ничего, если я это сделаю по телефону? Я завтра лечу в Чикаго, чтобы обсудить с Джоанной процесс найма учителей.

—Завтра? — переспросила Лия, неожиданно почувствовав, как больно защемило сердце, — и в Торонто больше не вернёшься?

—Почему не вернусь?

—Ну… если ты сворачиваешь здесь бизнес, возвращаться вроде как и незачем…

—Думаю, всё-таки есть зачем, — мягко возразил он.

Удовлетворённая его ответом Лия умолкла. Некоторое время они сидели в уютном безмолвии, любуясь через окно угасающими красками дня. Силуэты могучих дубов и клёнов медленно сливались друг с другом в одну бурую тень. Время от времени в них врезались лучики детских фонариков, разрушая иллюзию сплошной массы. Ребятишки с гиканьем проносились мимо, и всё снова погружалось во тьму и временное затишье.

—Джон, — тихо позвала Лия, словно проверяя, здесь ли он.

Она чувствовала его близость, но в темноте понятие расстояния искажается. Её рука непроизвольно поднялась, пытаясь прощупать пустое пространство вокруг.

—Наверное, мне следует извиниться за то, как я повела себя… тогда, — робко сказала она, — это не оправдание, но ты ведь знаешь, как часто я совершаю поступки, поддавшись внезапным порывам, не продумывая до конца свои действия.

Джон перехватил её блуждающую руку и слегка сжал своими ладонями.

—Не спорю, твоя рассудительность иногда отступает под напором сильных чувств. Только это ни в коей мере не умаляет то, за что я тебя ценю. Наоборот, убеждает в искренности и честности наших отношений.

—Наших отношений… — тихо повторила Лия.

Она чувствовала, как её отношения с близкими людьми усложняются с каждым днём. Кристиан на её вопрос об этих самых отношениях так и не дал чёткий ответ. Ему самому всё было ясно и понятно. А вот она, похоже, совсем запуталась. Она боялась и стыдилась задавать тот же вопрос Джону, начинать разговор на щекотливую тему. Мысленно она проговаривала его много раз в разных вариантах. Но как трудно сказать вслух то, что вертится на языке уже столько времени! Но если она и дальше будет откладывать, Джон сам рано или поздно перехватит инициативу, и в этом случае у неё не будет контроля над ситуацией, на что она и так не надеялась.

Собравшись с духом, она решилась-таки спросить:

— А какие у нас отношения, Джон?

«Конечно, решать сей деликатный вопрос лучше было бы при свете и в менее интимной обстановке», — запоздало пронеслось в её голове, когда он крепче обхватил её руку и ещё больше, как ей показалось, приблизился. Она явственно различила букет ненавязчивых ароматов, свойственных только ему. Их сочетание прочно закрепилось в её памяти насыщенными морскими размывами акварельной абстракции.

— Незапланированные, — ответил он, — представь, как неловко это признавать человеку, который столько лет учился предвидеть жизнь минимум на шаг вперёд.

— И тебя это не напрягает?

— Напротив, несказанно радует и окрыляет. С тобой я никогда не знаю, что произойдёт в следующую минуту. Теоретически, это должно пошатнуть уверенность и пробить брешь в любом планировании. Я же, наоборот, резко меняя направление своего пути, благодаря твоим спонтанным высказываниям и действиям, всё больше убеждаюсь в правильности и эффективности траектории своего продвижения вперёд. В этом, пожалуй, и заключается парадокс…

— Иногда мне кажется, Джон, что ты относишься ко мне как к некоему подопытному кролику!

— Скорее уж, как к подопытному лисёнку, — шутливо поправил он.

— Меня так Витторио называл, — с нежностью сказала она и тут же встрепенулась, — а ты как узнал?

— Он при мне тебя назвал Лисёнком во время Холи, — нашёлся Джон. Признаваться, что впервые он услышал это прозвище от Джейми, ему не хотелось. Ещё не время…

— И ты запомнил?!

— Легко. На мой взгляд, очень удачное прозвище.

— Холи… — перед глазами Лии красочными пятнами пронеслись воспоминания о празднике, — как давно это было, и сколько всего случилось за каких-то три месяца!

— У времени есть удивительное свойство: ощущаемая нами длина временного отрезка прямо пропорциональна количеству помещаемых на нём событий, произошедших в нашей жизни. А скорость движения времени, опять же по нашим, сугубо личным ощущениям, наоборот, обратно пропорциональна. Чем больше значимых событий мы переживаем, тем длиннее нам кажется отрезок, но тем и быстрее мы его проживаем.

— Ну ты загнул, — рассмеялась девушка, — ещё один парадокс?

— Скорее, особенность человеческой памяти. А быть может, умение адаптироваться к разным жизненным темпам.

— Для меня время — абстрактная загадка. Полагаю, его придумали, чтобы упорядочить нашу жизнь. Этакий инструмент для присвоения порядкового номера нашим поступкам и мыслям. А я до сих пор не научилась пользоваться им разумно. И ориентироваться правильно в нём не всегда получается. Не скажу, что меня это удручает, но иногда вызывает неудобства. Вот который сейчас час?

— Около восьми.

— Уже?!!

— Твой друг опаздывает? — догадался о причине её беспокойства Джон.

— Нет, он никогда не опаздывает, — уверенно ответила Лия.

Только она это сказала, снаружи послышалась лёгкая поступь. Скрипнула половица у входной двери, и щёлкнула кнопка дверного звонка.

Лия открыла было рот, чтобы проинформировать гостя об отсутствии электричества, но тут над их головами ослепительно вспыхнула люстра.

— Что-то случилось с проводкой? — поинтересовался гость, убирая руку с выключателя, — звонок не работает. А электричество уже вернули. Вы, я вижу, этот момент благополучно пропустили.

— Джинджи! — воскликнула Лия и соскочила со стула, чтобы обнять дорогого друга.

— Привет, сестрёнка, рад нашей встрече, — как всегда тепло прозвучало его приветствие.

Он с интересом посмотрел на Локхарта.

— Джон, познакомься! Это Джи… Джинджи, мой достоверный источник информации, — с напускной таинственностью добавила она.

— Очень приятно, — Джинджи сам подал руку Джону.

Тот секунду помедлил, потом молча ответил на рукопожатие. Это удивило Лию. Сколько она его знает, Джон никогда не страдал чувством неловкости в компании незнакомых людей. Чем вызвано его замешательство сейчас? Она вдруг ощутила знакомое щекотание в области позвоночника. Оно появлялось каждый раз, когда девушка интуитивно чувствовала подвох.

Заметив на себе пристальный взгляд хозяйки, Джон словно очнулся и одарил гостя ответной улыбкой.

— Взаимно. Не буду, пожалуй, мешать вашему обмену достоверной информацией, — добавил он натянуто, как показалось Лие, шутливым тоном.

— Ну что вы, Джон! Останьтесь! — Джинджи не сводил с него смеющегося взгляда, — это в ваших же интересах. Тем более что обсуждать мы будем вас. Согласитесь, делать это за вашей спиной было бы непристойно с нашей стороны.

— К тому же, Джинджи почти всё известно, — виновато добавила Лия.

— Ключевое слово тут «почти», — хитро улыбнулся её ментор, — из точки оно может вытянуться в бесконечность.

— Не могу же я лишать тебя удовольствия домысливать мною недосказанное! — с достоинством парировала девушка.

— Спасибо, что скрашиваешь мои серые будни, сестрёнка, — засмеялся он, — пройдём в кухню? А то здесь как-то… м-м-м… неудобно.

Джинджи окинул профессиональным взглядом беспорядок в гостиной и вдруг, наклонившись, ловко извлёк из-под журнального столика пропавший пакет с мукой.

— Будешь печь фаворки? — обратился он к хозяйке дома.

Его глаза лукаво сузились.

— Собралась побаловать отца?

Выхватив у него из рук драгоценную находку, Лия любовно прижала её к груди. Закашлявшись от вырвавшегося из пакета облачка муки, хозяйка махнула рукой в сторону столовой, приглашая гостей следовать за ней.

— Собралась, — подтвердила она уже на кухне и насторожённо добавила, — надеюсь, хоть ты не планируешь общаться с папой на темы насущные? Желающих с ним поговорить по душам и так хватает. А мне потом придётся выслушивать его комментарии. Благодарю покорно! Никакие фаворки не задобрят папу до такой степени!

— С ним я переговорить не успею, — успокоил её Лин, — я прилетел ненадолго, а сделать надо много.

— Ты узнал то, о чём я просила?

— Узнал, — Джинджи уселся за стол и достал из кармана сотовый, чтобы просмотреть посланное ею письмо, — итак, первый пункт в твоём списке: Невил Брикст и его связь с Бруни. Я проверил, во время случившегося с Витторио антиквара в Торонто не было. Он вернулся из Сан-Хуана лишь в воскресенье, 3-го июня.

— Ага! Выходит, он был в Сан-Хуане в одно с Витторио время, — возликовала Лия, — бьюсь об заклад, что та книга была куплена в лавке Брикста!

— Этого подтвердить не могу, — покачал головой её друг, — подобные вещи очень трудно отследить. А проявлять чрезмерную настойчивость в её поиске пока не вижу оснований, извини. Пункт второй: Ванс Гиссер. Насколько я понял, ты подозревала, что он представляет некую опасность для Витторио?

— Можешь его вычеркнуть, — вздохнула Лия, — больше он не представляет опасности… ни для кого.

— Да, я в курсе, его устранили.

Джинджи отложил телефон в сторону и свёл пальцы рук вместе. Обычно, этот его жест означал, что за только что сказанным кроется гораздо больше, чем казалось вначале.

— Ну! — не выдержала девушка, — не тяни!

— Я ознакомился с показаниями свидетелей и заключением патологоанатома. Ванс умер мгновенно от одного лишь удара в висок. Это наводит на определённые мысли.

— То, что он погиб не вследствие потасовки, и так понятно!

— Дело не в этом… Очевидно, его убил человек недюжинной силы, человек, который делал это не в первый раз.

— Наёмный убийца?

— Возможно, — Джинджи умолк.

«Раз Джи сомневается, значит, не всё так тривиально», — подумала Лия.

— А что говорят свидетели? — Джон, который до сих пор молча подпирал стену столовой, оторвался от неё и сел напротив Джинджи.

— Вот это и любопытно, — загадочно сказал тот, — конечно, на их показания нельзя полагаться безоговорочно — в основном пьяные бродяги и не очень адекватные наркоманы. Но они все как один утверждают, что беднягу клюнул гигантский ворон.

— Что?! — хором переспросили его собеседники.

Лин развёл руками:

— Я лишь делюсь записанным. Местная полиция, похоже, рукой махнула — спьяну, мол, померещилось.

— Но ты так не считаешь? — уловила Лия нотку неудовлетворённости в повествовании друга.

— Этот случай перекликается с одним нераскрытым убийством, произошедшим здесь в Торонто накануне Хэллоуина в прошлом году. Убили довольно успешного и состоятельного бизнесмена. Как показало следствие, причиной было уличное ограбление. Злоумышленника не нашли. Но способ убийства и показания свидетелей почти идентичны тому, что случилось с Гиссером.

— Тоже убил ворон? — недоверчиво осведомилась девушка.

Вспомнив об обязанностях хозяйки, она торопливо заваривала чай. Свет включать не стали, и огоньки свечей красиво отражались в металлической поверхности только что закипевшего чайника.

—Не совсем… на убийце был птичий наряд, надо полагать, в честь Хэллоуина… получился этакий сюрреалистичный образ человека-птицы.

—Человек-птица… — как заворожённая, проговорила Лия и вместе с чайником опустилась на стул, уставившись в одну точку.

—Ты что-то вспомнила? — Джинджи не сводил с неё глаз.

Девушка не ответила, сосредоточенно изучая рисунок на своей чашке. Аккуратно вытащив из её рук горячий чайник, готовый в любой момент выплеснуть на колени своей хозяйки кипяток, Джон отставил его в сторону. Джинджи тут же его перехватил и сам взялся за проведение чайной церемонии.

—У нашей Лии такое бывает, — объяснил он Локхарту, — ассоциации вытягивают из памяти образы. И обычно требуется пара минут, чтобы она перевела запахи и акварельные иллюстрации в доступный нам словесный формат.

—Не умничай, Джи! — обиделась на него девушка.

—Извини. Признаю, это было лишним. Полагаю, Джон уже и сам в курсе твоих замечательных способностей.

Ловко поймав запущенную в него прихватку, Джинджи поставил на неё чайник и ободряюще улыбнулся своей подопечной:

—Рассказывай.

—Я видела ряженого человека в День Короля в Амстердаме. Он, действительно, напомнил мне птицу. Но не костюмом. Если честно, я не помню, во что он был одет. Наверное, в маске, ведь это была маскарадная тусовка. Там все были в масках.

—Где там?

—В Pérolas Rosa.

—В забегаловке Габриэля? — удивился Джи.

—Это уже не забегаловка! Его бизнес расцвёл!

—Неужто? — её друг задумчиво постучал ложечкой по пустой чашке.

Восприняв это как сигнал, девушка принялась разливать заварившийся чай по чашкам.

—Почему тебя это удивляет? Габриэль влюблён в своё дело! И столько сил в него вложил.

—Влюблённость — это искра, чтобы разжечь пламя. Но её недостаточно, чтобы поддерживать огонь долгое время. Нужно топливо.

—Витторио спонсировал его, — неуверенно произнесла Лия.

—Вначале, возможно, а потом?

—Не знаю, — призналась она.

Ей вдруг вспомнилось озабоченное и даже испуганное лицо Габриэля. И эта грозная тень человека-птицы…

— Джинджи, — обеспокоенно обратилась она к другу, — ты не мог бы присмотреть за Габриэлем? Или хотя бы проверить, всё ли у него хорошо…

— Обязательно, — пообещал он, причём Лие показалось, что он это сделал бы и без её просьбы, — поехали дальше. Пункт номер три: связь между Гиссером и Брикстом.

— Этого пункта в моём списке не было.

— Знаю, это мой вопрос к тебе, — спокойно пояснил Джинджи, — кто тебе сказал, что она существует?

— Шон.

— Понятно.

— Ты не доверяешь его источнику?

— Я допускаю, что это может оказаться правдой. У журналистов свои проторённые дорожки по сбору информации. Зачастую непроверенные. Они бьют наугад. Однако у Криша отменный нюх на сенсацию. Вероятно, он прав, только доказать это вряд ли удастся.

— То есть к Бриксту никак не подкопаться? — подвела итог Лия.

— Не отчаивайся, быть может, нам повезёт, — подмигнул ей Джинджи.

— Ты что-то узнал о нём?! — оживилась девушка.

— Очень любопытный биографический момент. Тебе известно о трагедии в его жизни?

— Да, Пол упомянул, что его подружка попала в автокатастрофу.

— Пол Нейсон? — Джинджи ухмыльнулся, — ты его уговорила не бросать дело? Или у нас в полиции ещё остались ретивые работники?

— Очень добросовестные работники! — встала на защиту родной полиции Лия, — и вместо того чтобы ехидничать, лучше помог бы ему. Тебя он послушает скорее, чем… м-м-м… меня.

— Если он делится с тобой фактами, значит, относится к тебе серьёзно, — успокоил её Джинджи, — только напрямую в этом вряд ли признается. Что ещё он тебе сказал о Бриксте?

— Что после произошедшего он долго лечился.

— А где, не сказал?

Лия внимательно вгляделась в лицо друга. Было что-то странное в том, как он задал свой вопрос.

— Уж не в Бродмуре ли? — опередил её молчавший доселе Джон.

— Бинго! — щёлкнул пальцем Джинджи.

— Как в Бродмуре?! — поразилась Лия, — разве Брикст родом из Англии?

— Родился он в Торонто. Потом поехал в Англию, там увлёкся антиквариатом. Влюбился, хотел жениться, но уличил подружку в измене. Не знаю точно, что им двигало, чувство мести, гнев или отчаяние, когда он намеренно направил их машину в кювет. Они оба выжили…

Она, быстро оправившись, поспешила скрыться с его глаз, а у самого Брикста помутился рассудок. Его судили и определили в Бродмур. Там он свой срок и отсидел. Потом вернулся в родительский дом, зажил жизнью затворника. Радость находил лишь в работе… какое-то время.

— Пожалуй, это подтверждает наши выводы о нём.

Лия посмотрела на Джона. Её удивляло, что тот так пассивно участвует в их беседе. Это не было на него похоже. Неужели его настолько смутило присутствие её друга детства? А Джинджи, наоборот, поражал несвойственной ему разговорчивостью. И вновь мурашки побежали вдоль её позвоночника.

Словно услышав её мысли, Джон выпрямился и кивнул:

— Подтверждает. Однако противоречит его внезапной активности. Откуда у него вдруг взялось столько энтузиазма на открытие новых магазинов? С подобным низким уровнем жизненной энергии, который мы у него наблюдали, один магазин на дому — предел его предпринимательских амбиций.

— Он вроде бы лечился уже в Торонто… и до сих пор наблюдается у психолога, — неуверенно сказала Лия и вопросительно посмотрела на Джинджи, — верно?

— Верно, — тот почему-то не сводил глаз с Джона, словно готовил сенсацию, адресованную именно ему.

— Ещё одно удивительное совпадение? — интерпретировал его взгляд Джон.

— Или звено той невидимой цепи, которую мы до сих пор тщетно пытались нащупать. Дело в том, что врач, лечащий Невила Брикста в Бродмуре, — это тот независимый эксперт, который освидетельствовал невменяемость Трэвиса Кларка в суде. Вряд ли он кому-нибудь запомнился. Его имя не афишировали, это не принято.

Лия физически ощутила, как напрягся Джон. Его пальцы судорожно вцепились в чайную чашку.

— А как его имя?

— Гарби. Гарби Эмнт.

— Как?!

Обоюдный возглас собеседников, казалось, озадачил Джинджи. Его глаза превратились в совсем узкие щёлочки.

— Вы слышали это имя раньше?

Джон не ответил. Отняв пальцы от чашки, он откинулся на спинку стула. Его глаза выражали недоумение. Лицо на мгновение посветлело, словно к нему вдруг пришло понимание того, что долгое время так терзало его и мучило.

Догадавшись, что этот собеседник временно выпал из разговора, Джи перевёл вопрошающий взгляд на Лию. Та стушевалась на мгновение, но тут же затараторила:

—Любопытное имя! Кажется, происходит от арабского… gharbi… гарбин… — южный ветер на северных берегах Средиземного моря. О-о-о… — протянула она, осенённая догадкой, — марокканский гарбен! Неужели он?! Невероятно!

Теперь уже оба собеседника смотрели на неё с интересом. Смутившись, девушка опустила глаза и начала разливать чай по второму кругу, до краёв наполнив чашки гостей.

—Что ещё за марокканский гарбен?

Джинджи нахмурился, увидев, что теперь и Лия плотно сжала губы, отказавшись делиться своим внезапным озарением. Зная по опыту, что на неё лучше не давить, он сделал глубокий вдох, смиренно кивнул и поднялся.

—Хорошо. Поразмысли сама. Когда созреешь, прошу, не откладывай и поговори со мной.

—А почему только я? — девушка с вызовом посмотрела на Джона, — ты ведь тоже догадался о чём-то! Ты отдаёшь себе отчёт, что из нас троих ты — самый скрытный?! Никогда не делишься по собственной инициативе! И получается игра в одни ворота.

Невозмутимо выслушав слова обвинения в свой адрес, британец также встал из-за стола.

—Конечно же, ты права, Лия, — ровным голосом согласился он, — почему бы нам не поговорить, когда я вернусь в Торонто?

—И когда это будет?

—Твой отец пригласил меня на их корпоративный вечер в честь победы Роберта Нормана на выборах в палату общин. Это — брат владельца их компании, верно? Правда, я не понял, как они могут быть столь убеждены в его победе?

—По предварительному сбору голосов, он лидирует, — неохотно пояснила Лия, чувствуя, что тот нарочно уводит разговор в сторону, — победа почти гарантирована. Он баллотируется от небольшого избирательного округа, другим кандидатам вряд ли хватит голосов, чтобы его обставить. А корпоратив они отмечают в День Канады, чтобы в маловероятном случае провала оправдать затраты на праздник. Беспроигрышный вариант…

—Прекрасно. Значит, увидимся через две недели.

—А почему бы не поговорить сейчас?

—Потому что уже поздно, — вступил в разговор Джинджи, — а тебе ещё печь фаворки! Передавай привет папе. И, пожалуйста, запри за нами дверь.

Лия и моргнуть не успела, как они оба скрылись в темноте прихожей. Она вскочила с намерением их проводить, но вдруг передумала и снова медленно опустилась на стул. Послышался звук захлопнувшейся двери и удаляющиеся шаги её друзей.

Лия передёрнула плечами в надежде согнать со спины не дающих ей покоя мурашек, которые, по ощущениям, уже больше походили на стадо бизонов, скачущих вдоль хребта и сотрясающих всё внутри неё.

Решив переключиться на что-то другое, девушка посмотрела на дневники, которые всё ещё лежали рядом. Она взяла в руки последний из них и открыла его на странице, где была сделана последняя запись рукой её матери.

«…Он вселяет в меня страх, он же пробуждает в моей душе чувства, о существовании которых я не знала. Он рождает в моей голове образы, на которые мне не хватало силы воображения. Он показал мне простое решение тех задач, к которым мне раньше было не подступиться. И за это я ему благодарна. Он — тот яркий свет, луч, что указывает дорогу людям, доселе идущим наощупь, не осознавая этого. Как я…»

Луч света? Лия посмотрела на огонёк свечи. Неужели маяк? В жизни её матери появился маяк. И это не отец, и не Витторио… неизвестный ей человек-маяк.

«Марокканский гарбен», — пробормотала она себе под нос и, вздохнув, задула свечу.

30 июня

Огромная незастроенная территория — непозволительная роскошь для быстро разрастающегося мегаполиса. А здесь, всего в каких-то двадцати километрах от центра Торонто, воздушный вихрь свободно гонял по пустой парковке выхваченный из мусорного бака целлофановый пакет. На самом её краю ослепительно блистало стеклянное офисное здание. На фоне бескрайнего пустыря позади оно выглядело, точно иллюстрация к научно-фантастическому рассказу.

Заслонив ладонью глаза от солнечных лучей, Лия некоторое время рассматривала новостройку. Посередине безлюдной площади, простирающейся чуть ли не на километр в любом направлении, девушка почувствовала себя страшно одинокой. В ушах гудел ветер. Его сильные порывы грубо толкали её вперёд. Она не сопротивлялась, тем более что изолированное здание впереди и было её конечной целью.

Войдя внутрь, Лия оглядела мощные турникеты, вставшие у неё на пути. Через такие званый гость не пройдёт. Приблизившись к одному из них, девушка вынула из кармашка сумки пластиковую карту и поднесла её к цифровой панельке. Та дружелюбно пискнула и подмигнула посетительнице зелёным огоньком, разрешая пройти сквозь открывшиеся створки турникета.

Дальше следовал пустой, залитый солнечным светом холл. Шумели кондиционеры, и это было единственным звуком, опровергающим изначальное ощущение заброшенности здания.

Лия поднялась по лестнице на третий этаж. Её взору открылся вытянутый коридор со стеклянными стенами. Сквозь них просматривались ультрасовременные лаборатории. Очень светлые и просторные.

Войдя в одну из комнат, девушка окинула профессиональным взглядом дизайнера стильную лабораторную мебель. Здесь стояли тяжёлые закрытые шкафы для реактивов с надёжными кодовыми замками, подкатные и стационарные тумбы, длинные титровальные столы с прочными керамогранитными столешницами. На них сверкали в солнечном свете чистым стеклом пробирки и колбы. Каждый элемент обстановки и оборудования был продуман до мелочей, чтобы проводимые здесь эксперименты проходили гладко и успешно.

За ближайшим столом на высоком круглом табурете спиной к ней сидел человек в белом халате. Он внимательно смотрел на подвешенный к потолку монитор компьютера и время от времени записывал с него показания в рабочий блокнот.

Лия бесшумно подкралась сзади и заглянула в записи лаборанта. Столбик ничего не значащих для неё чисел.

— Крис, — позвала она.

Человек в халате обернулся на её голос.

— Как ты вошла сюда? — неожиданно резко и даже раздражённо спросил он.

— По пропуску… Я сначала поехала в ваше главное отделение в Маркхаме. И встретила там мистера Фитчелла. Очень удивилась, узнав, что он ушёл из конторы отца, чтобы наняться на работу к вам в секьюрити. Ввиду его бескрайнего расположения ко мне, он без лишних вопросов дал мне пропуск сюда.

— Вот мерзавец, — шутливо выругался Норман.

Казалось, к нему вернулось хорошее расположение духа.

— Ты тут один?

— Ну да, все слиняли за город на праздники. Я надеялся поработать без постоянного вмешательства этих назойливых мух.

— Это ты о своих коллегах? — уточнила Лия.

— Нет, это я о своём горячо любимом начальстве, — усмехнулся Крис и снова придвинулся к столу.

— Над чем работаешь? И почему в маске? — Лия настороженно принюхалась.

— Твой хвалёный нюх тебе вряд ли поможет, — ухмыльнулся он.

Стянув с лица маску, он отбросил её в сторону.

— Я тестирую одно летучее соединение. Если эксперимент удастся, то разработанное нами обезболивающее можно будет вдыхать как аромат цветов без негативного воздействия на желудок.

— Тестируешь на бедных мышках?

Вытянув шею, Лия с состраданием заглянула в стеклянную коробку на столе. В ней сидела белая мышь и еле заметно шевелила усиками. На её голове был зафиксирован металлический ободок, проводками присоединённый к панели на стенке коробки. С другой стороны в коробку тянулись гибкие трубки с маленькими краниками.

— Не волнуйся, ma chérie. Судя по её жизненным показателям, мышка чувствует себя вполне комфортно, — успокоил её Норман, — да и концентрация пока низкая.

— А как это работает?

— Я научился менять плотность наших препаратов и расщеплять их на такие мелкие частицы, что они теперь способны отрываться вместе с молекулами несущего газа. При этом они не теряют свои свойства и действуют так же, как если бы человек принял лекарство через рот. Действие может быть самым различным. Сужение или расширение сосудов, влияние на некоторые функции головного мозга и нервную систему.

— Разве это не опасно?

— Знающему человеку — нет. Конечно, для применения нужна будет точная диагностика причин и источника боли. Только это уже не моя забота, а врачей.

— Как давно ты над этим работаешь?

— Чуть более двух лет.

— Тогда «Агавы» ведь ещё не было, кому будут принадлежать права на владение формулой?

— Уж точно не «Агаве», — пробормотал себе под нос Кристиан.

— А-а-а, — с пониманием протянула Лия, — так вот почему тебе не нужны лишние свидетели.

— Это моё детище. Не позволю таким, как Ллойд, наложить на него лапу...

Норман на мгновение задумался.

— Если удастся идею запатентовать, я смогу себе позволить послать его и ему подобных к чёртовой матери, — довольно закончил он.

— Ты же делаешь это не ради денег, — уверенно сказала Лия.

— Разумеется, нет. Однако денежная компенсация — это положительный побочный эффект и дополнительный катализатор.

— Как же ты проводишь тестирование, если это не относится к компании? Ты не можешь пользоваться их средствами. Кто оплачивает? Не из своего же кармана.

— Кое-что из своего, а кое-что получаю от заинтересованных лиц, — добавил он таинственно.

— Это ведь законно? — встревожилась Лия

Он рассмеялся.

— Не поверишь, насколько. Впрочем, зависит от законов страны проживания. Я ориентируюсь на Штаты.

— Это как-то связанно с той государственной работой, которую ты делал во Фредерике?

— Косвенно, — уклончиво ответил он.

— Ты собираешься уехать, — расстроилась она, — опять?

— Ты же знаешь, я ещё со школы мечтал работать в Штатах. Ты всегда это знала. В моей области там больше перспектив, а «Агава» была временным пристанищем.

— А как же…

«…мы?» — хотела сказать она, но не закончила.

— Не драматизируй, ma chérie, — упрекнул он её, — и у меня, и у тебя наклёвываются контрактные работы. Это обязательное условие успешной карьеры. Ты же сама только что вернулась с интервью! Как, кстати, оно прошло?

— Это же Париж, — вздохнула она, — там даже провал переносится легче.

Норман с улыбкой присмотрелся к выражению её лица.

— Ты хотела скрыть свой успех, решив, что меня огорчит разлука? Я тронут. Когда начинаешь?

— В сентябре. После моей сертификации. Я пока не дала согласия. Меня пригласили ещё на два интервью: в Женеву и Лондон.

— Прекрасно! Люблю, когда мечты сбываются!

— И мы снова не будем видеться?

Закрутив краники и вынув трубки из стеклянной коробки, Норман осторожно открыл её и за хвост вытащил оттуда мышонка. Сняв с него ободок с датчиками, он сунул его девушке в ладошки.

— Не печалься, дорогая. Интернет всегда с нами.

Погладив мышонка, Лия легонько сжала ладонями пушистый комочек.

— Через Интернет это не то…

— Да ну? Я разницы не заметил, — Крис довольно ухмыльнулся, убедившись, что его «тонкий» намёк достиг цели.

Лия стыдливо сжала губы.

— Мне нужно время, чтобы привыкнуть к нашему… э-э-э… новому качеству, — пробормотала она.

— Oh, ma chérie! Ни у кого нет столько времени! — снова рассмеялся он.

Выключив монитор рабочего компьютера, Норман аккуратно запер свои записи и реактивы в шкафу и снял рабочий халат. Затем он повернулся к своей подруге. Та старалась на него не смотреть и с чрезмерным усердием гладила мышонка.

— Так зачем я тебе понадобился столь срочно? Я думал, раз мы завтра весь вечер будем вместе, ты захочешь от меня отдохнуть.

Обрадовавшись щедро предоставленной возможности сменить тему, девушка достала из кармана жакета сложенный лист бумаги и протянула его другу.

Крис развернул листок и зачитал:

— Сальвия, эфедра, питури, кооба… Ого, мандрагора! Что это? — он поднял на Лию удивлённые глаза, — список ингредиентов для приворотного зелья? Не знал, что ты увлекаешься оккультизмом.

— Этот список нашла полиция в кабинете Витторио, — пояснила Лия, — был спрятан под пресс-папье. Они тогда не придали ему значения, хорошо хоть сохранили…

— Тогда не придали? А почему заинтересовались им теперь?

— Я поделилась с ними некоторыми соображениями, и они вдруг вспомнили о найденной ими улике, — уклонилась от прямого ответа Лия.

Ей не хотелось пересказывать разговор с Полом. Её до сих пор трясло от возмущения. Грубиян посмел расхохотаться ей в лицо, когда она попыталась объяснить этому невежде-полицейскому влияние запахов на поведение людей. Конечно, он потом извинился в письменной форме и прислал ей копию найденного ими списка, на который после их беседы соизволил обратить особое внимание. Она, ясное дело, не ответила на его письмо и даже не взглянула на вложенный файл до своего возвращения из Парижа. А когда взглянула, то ужаснулась. И побежала искать совета у специалиста.

— В самом начале идут достаточно известные представители флоры, а дальше по списку уже начинаются редкие и весьма экзотические. Мне даже пришлось воспользоваться справочником. Правда, некоторые названия были написаны на санскрите, я ещё не успела их перевести, поэтому их тут нет… Ты же знаешь, что это за растения, Крис, не так ли?

— В малых дозах — безобидные наркотики, которыми вот уже многие века балуются аборигены стран третьего мира, — Норман смотрел на неё с любопытством, — а вот зачем они понадобились Витторио — это уже интересно.

— Они ему и не понадобились. Он выписал названия из перечня сырья, купленного на его имя и отправленного по адресам его несуществующих лабораторий! Преимущественно из Азии и Южной Америки. Я это не сразу поняла. В перечне названия на латыни, в малом количестве, в глаза не бросаются, но если просуммировать, сколько их поступило за всё время существования этих подпольных лабораторий, то получится доза, способная отправить в мир иллюзий целую армию. Это же сильные галлюциногены!

— Большинство из них — да, — её друг снова взглянул на список, — а многие даже использовались раньше в разведке для подавления воли военнопленных.

— А то сейчас не используются! — фыркнула Лия.

Норман снисходительно улыбнулся:

— Существуют средства и посовременней, и… помощней.

— О, прошу тебя, не вдавайся в подробности! — взмолилась его подруга, — не хочу об этом знать!

— А о чём ты хочешь знать?

Лия задумчиво уставилась на мышонка в своих руках. От неожиданно возникшей мысли неприятно засвербело в мозгу.

— Крис, а это твоё летучее соединение только в медицинских целях можно использовать? — осторожно спросила она.

— Ma chérie, ты меня разочаровываешь, — он осуждающе покачал головой, — как ты сама считаешь, учитывая то, что мы обсуждали пять минут назад?

— Значит, не только, — выдохнула она, почувствовав на душе неимоверную тяжесть, — и тебя не коробит, что твоё изобретение могут использовать во вред людям?

— Сейчас почти любое изобретение можно использовать во вред людям, — резонно заметил он, — и потом, если не изобрету я, изобретёт кто-нибудь другой. Дело времени…

— Как тебе вообще пришла в голову эта идея?

— Идея-то не новая. Ещё древние майя и ацтеки практиковали её примитивный вариант, бросая коренья и стебли лечебных и, да, галлюциногенных растений в огонь и вдыхая дым от костра.

— Я знаю, — кивнула Лия, — во время своих мистических ритуалов. Они верили, что тем самым им становятся доступны интуитивные способы познания мира. Может, и правда, имеющиеся в растениях психотропные вещества способствовали стимуляции соответствующих областей головного мозга?

Крис скептически приподнял бровь.

— Ерунда! Возьмём те же галлюциногенные грибы, содержащие псилобицин. Они легко вызывают у человека бред, затем у него меняется понятие пространства, возникает ощущение перемещения во времени. И он, типа, видит будущность. Все их предсказатели были заядлыми наркоманами! А ты видела изображения их богов и демонов?! Это ж высшая степень одурманивания! Да они и не скрывали источники своего вдохновения. Вспомни обычную водяную лилию! Или, что одно и то же, лотос в твоём возлюбленном буддизме. А ведь он содержит алкалоиды, по своим свойствам напоминающие опиум.

— Скажи, Крис, а подобными средствами можно подтолкнуть человека, скажем, на убийство или самоубийство?

— Легко! Это, так сказать, негативный эффект чудо-растений. Если опять же сослаться на древних майя, то, как ты, наверняка, знаешь, их религия имеет характерную дуалистическую направленность.

— Вечная борьба между добром и злом, — пробормотала Лия.

— Верно. Но, на мой взгляд, реальной причиной этого дуализма являются возникающие под действием галлюциногенов экстремальные состояния: эйфория и дисфория. В случае дисфории наркоман становится агрессивным, в том числе и по отношению к самому себе. Испытывает сильное беспокойство, панику. В таком состоянии и случаются попытки самоубийства. Если же наркоман, под влиянием галлюциногенов, испытывает депрессию или манию преследования, он может стать агрессивным и опасным по отношению к окружающим. Такие люди часто заканчивают свои дни в психиатрических лечебницах с острыми психозами.

Как Трэвис Кларк, подумала Лия и вздохнула.

— Так ты думаешь, Витторио хотели убрать из-за этого? — Крис помахал в воздухе списком.

— Сомневаюсь, — она вдруг нахмурилась, — чем больше я думаю о том, что с ним произошло, тем меньше смысла вижу в его убийстве. Если б убили из-за странных махинаций с недвижимостью, то, наверняка, они перерыли бы весь дом. Забрали бы и список, и дневники мамы. А вот книгу по парфюмерии, наоборот, оставили бы!

— Почему? Она бы связала происшедшее с антикварными лавками. А дневники твоей матери, возможно, не имеют ничего общего с теми махинациями.

Лия покачала головой.

— Отнюдь, если б книгу не забрали, я бы не попёрлась на её поиски и вообще не уделила бы ей столько внимания! Да и дневники словно подкинуты кем-то. Причём этот кто-то очень тщательно отобрал, что следует читать постороннему глазу, а что стоит скрыть.

— Браво! — Норман театрально захлопал в ладоши, — ты, я вижу, досконально проштудировала детективную литературу. Может, уже знаешь, кто этот неуловимый убийца?

— Увы, если следовать тем же литературным произведениям, личность преступника становится известна лишь под конец.

— Ага, — усмехнулся он и многозначительно ей подмигнул, — и обычно им оказывается тот, к кому ты сильнее всего привязываешься во время чтения.

— Терпеть не могу такие концовки!

Лия неприязненно передёрнула плечами. Вернув мышонка Норману, она подняла брошенную у входа сумку.

— Пообедаешь со мной?

— С удовольствием, а заодно расскажу тебе, как ещё применялись галлюциногены в некоторых шаманских утехах, — Норман игриво задвигал бровями, — тебе, как любителю экспериментировать с ароматами, понравится.

— И откуда ты всё это знаешь? — она шутливо всплеснула руками, изображая недоумение.

— У меня была бурная юность, — расхохотался он, и они вместе покинули лабораторию.

1 июля

Где-то далеко внизу недавно посаженные деревца беспомощно гнулись под напором безжалостного урагана. Вытянувшиеся к небу небоскрёбы загораживали солнце, но не спасали от ветра. А вот людям, с комфортом работающим и проживающим внутри этих бетонных исполинов, было всё нипочём. Даже завывание ветра не проникало внутрь. Поэтому многие через неоткрывающиеся окна с удивлением наблюдали за кружившими в вихре прошлогодними листьями и городским мусором, со смехом тыкали пальцем в далёких прохожих, тщетно пытающихся поймать то сорванные ветром кепки, то вырванные из рук газеты.

С двадцать второго этажа, где находился офис Тома Медисона, нельзя было разглядеть даже этого. С трудом верилось, что в распластавшемся внизу спокойном, на первый взгляд, городе свирепствует антициклон.

Джон стоял у окна, засунув одну руку в карман брюк, а другой держа у уха сотовый. Его глаза были устремлены вдаль, туда, где озеро, точно мятая фольга, отражало солнечные лучи во все стороны света. Из-за постоянной смены направления ветра, вода то темнела, то слепила солнечными бликами. Само солнце, яркое до боли в глазах, висело высоко в небе и, казалось, не двигалось вовсе, обрекая торонтовцев на долгий ветреный день.

Не в силах больше выносить вспышки солнечного света в многочисленных водных и стеклянных поверхностях города, Джон зажмурил глаза. Пейзаж за окном сменился сюрреалистическими круговыми абстракциями. Голос в трубке, к которому молодой человек прислушивался особенно внимательно, на мгновение заглушил неожиданно возникший в ушах шум. Тряхнув головой, он отогнал наваждение и отошёл от окна, чтобы не потерять концентрацию. Монолог оппонента взволновал его чрезвычайно, и он тщательно сдерживал шквал возникающих в голове вопросов, боясь сбить гладкое повествование собеседника.

Когда голос в трубке затих, Джон вытащил руку из кармана и провёл пальцами по глазам к переносице, будто этот жест мог собрать разбегающиеся мысли воедино.

— Слушай, Джейми, ты не мог бы выслать мне краткое изложение всех событий и фактов, о которых ты мне сейчас рассказал? Желательно в хронологическом порядке. Если честно, у меня голова идёт кругом от их количества. А из-за того, что некоторые из них, мягко говоря, тревожные, я мог пропустить что-то важное.

— Я лучше ещё раз перескажу, так надёжнее, — посмеялся его друг, — в твоей жизни сейчас слишком много отвлекающих факторов.

— В моей жизни их всегда хватало. Разве меня это когда-нибудь тормозило?

— Невозможно объять необъятное, Джон. Когда ты возвращаешься в Лондон?

— Учитывая тобою изложенное, мне следует вылететь немедленно. Но, боюсь, ближайший самолёт отбывает лишь сегодня вечером. Если, конечно, погода позволит.

— Не беда. В любом случае, я смогу встретиться с тобой лишь во вторник.

— Джейми…

Локхарт вновь коснулся пальцами переносицы в надежде ослабить давление невидимого обруча, стянувшего вдруг голову.

— Посоветуй, что я могу сделать, чтобы свести… гм-м… неучтённые обстоятельства к минимуму? Я не могу сидеть сложа руки и ждать, непонятно чего и непонятно сколько!

— Ты ничего не можешь и не должен делать, Джон, — строго предостерёг его друг, — не вздумай вмешиваться. Даже у меня руки связаны. Я передал информацию в соответствующие инстанции. Остальное — вне моей юрисдикции. Нам остаётся лишь наблюдать со стороны.

— Наблюдать… — с оттенком сарказма повторил Джон и покачал головой.

Что-то подсказывало ему, что остаться в стороне не получится. Только он открыл рот, чтобы выразить свои сомнения, как Джейми опередил его.

— Знаю, о чём ты подумал, — ухмыльнулся он, — не беспокойся, у Лии сейчас пора интервью. Если повезёт, она ближайший месяц проведёт в Европе. Но раз тебя тревожит её детективная деятельность, есть способ отслеживать все её передвижения. Однако если Лия просечёт, что за ней следят, разразится скандал вселенского масштаба.

— Нет, — твёрдо отклонил Локхарт предложение друга, — я и так в достаточной мере злоупотребил её доверием.

— Рассчитываешь, она будет держать тебя в курсе своих намерений? Напрасно. Проблема в том, что Лия зачастую сама не ведает, что сделает в следующую минуту. К тому же, у неё голова в данный момент занята другим…

Слово «другим» было сказано явно двусмысленно.

— Не уверен, правда, радует тебя это или нет, а по мне так… чем бы дитя не тешилось, главное, чтобы держалось подальше от места действий.

— Ты сам-то знаешь, где это место? — усмехнулся Джон.

Джейми ответить не успел. В приёмной послышались голоса. Быстро свернув разговор, Джон убрал телефон в карман и повернулся к появившемуся в дверях Тому.

— Надеюсь, моё присутствие не вызовет недовольство ваших коллег, — пожав руку адвокату, Локхарт, наконец, позволил себе расслабиться и сесть.

— Их недовольство мне уже не навредит.

Бросив папку, которую он держал в руках, на стол, Том тоже опустился в кресло и расслабленно вытянул руки вдоль подлокотников. Его лицо выражало высшую степень удовлетворения.

— Я решил последовать вашему примеру и разорвать с ними отношения. Это пока неофициально, но, не поверите, какое облегчение я испытываю.

— Хотите начать своё дело?

— Почему бы нет? Я в том возрасте, когда снова могу позволить себе рискованные поступки, — рассмеялся Том, — дочь по-своему самостоятельная, язык не поворачивается сказать, что взрослая, но постоять за себя и обеспечить себя сможет.

— А как же ваша дружба с Дейвом Норманом?

— Она закончилась семь лет назад, — оборвал его Том, — извините, Джон, я не хотел бы это обсуждать.

— Уверены? Семь лет — долгий срок, чтобы держать всё в себе.

Медисон, прищурившись, внимательно пригляделся к собеседнику. Тот стойко выдержал его пристальный взгляд.

— Вы знаете? — черты лица адвоката непривычно напряглись.

— Кто повинен в смерти вашей жены? Да. Как и то, что именно Дейв приложил все усилия, чтобы дело замяли. Он надавил на вас, и вы поддались. И до сих пор вините себя в этом.

Том долгую минуту смотрел на него, не моргая. Джону начало казаться, что тот видит не его, а некие сцены из прошлого, тщательно запрятанные им в подсознание, а теперь всплывшие вновь, всё ещё яркие и болезненные.

Наконец, он пошевелился, вздохнул и провёл ладонью по лицу, надеясь, придать ему выражение прежней непринуждённости.

— Это был несчастный случай, Джон, — его голос снова приобрёл твёрдость, — будьте уверены, я проверил каждую изложенную и упущенную полицией деталь. А остальное… уже не имело для меня значения.

— А для Лии? — Том удивлённо посмотрел на собеседника, расслышав в его тональности суровые нотки.

— Ясное дело, я ей ничего тогда не сказал. Она была совсем ребёнком.

— Ребёнком?.. А чем взрослые и дети отличаются друг от друга? Ростом, опытом, но не чувствами!

— Именно! Я не хотел ранить её ещё больше. Очень важно — правильно дозировать и грамотно преподносить информацию. А после смерти матери с Лией случилось нечто странное, словно произошедшее не сразу дошло до её сознания. Она ходила, точно зомби, всё делала по инерции, а когда через пару недель очнулась, дала волю слезам, и такой запоздалой бурной реакцией страшно напугала меня. Я даже думал обратиться к специалисту, но, к счастью, она быстро взяла себя в руки, и больше подобных инцидентов я у неё не наблюдал.

— Любопытно, — пробормотал себе под нос Джон и чуть громче спросил, — а где была Лия во время случившегося с Анитой?

— Не знаю, — пожал плечами Том, — в суматохе я не спросил, а потом появились другие заботы. Знаете, Джон, какое неприятное открытие я тогда сделал для себя, как родителя? Что я абсолютно ничего не могу контролировать в жизни своего ребёнка.

— И вопреки этому вы стали, наоборот, прилагать усилия, чтобы быть в курсе всего, что происходит с вашей дочерью?

— Звучит парадоксально, согласен. Но если вам известно, что произошло с Анитой, вас не должно это удивлять. Хотя было ещё кое-что. Незадолго до гибели Анита изменилась. Была расстроена, напряжена. Начала прикрикивать на дочь, чего с ней никогда не бывало раньше. Вдруг восстала против её невинного, на мой взгляд, хобби — характеристики людей по их запахам.

— Вы поэтому не поддержали дочь в её желании стать парфюмером после смерти Аниты?

— Наверное, да. Была причина, почему она так этому противилась, а жена редко ошибалась. Реже меня. Но прошло столько лет… Несмотря на мои, надо сказать, не слишком настойчивые запреты, Лия преуспела в желанной области. Беды ей это не принесло. Напротив, я вижу одни плюсы. Надо полагать, я поспешил с выводами…

— Вы признались в этом дочери?

— Да, у нас с ней был долгий разговор после моего возвращения. Пожалуй, мы оба помудрели за последний год, — улыбнулся Том, —

у меня впервые появилась уверенность, что дочь знает, что делает... м-м-м... в большинстве случаев. Посмотрим, как долго эта уверенность продержится, — добавил он с иронией и хлопнул ладонью по папке на столе, — а теперь, позвольте показать вам то, ради чего я вас позвал. Кстати, по вашей просьбе, я проверил архивы. Наша контора не участвовала в закупке недвижимости, о которой вы мне написали. С чего вы взяли, что сделки оформлялись через нас?

— Наверняка я этого не знаю, — Джон выдержал паузу, подбирая правильные слова, — мне дядя оставил письмо с очень странной, бессвязной, на первый взгляд, информацией. Насколько я понял из написанного, Hearts Education планировала открыть школы в неблагополучных районах Центральной и Южной Америки в качестве благотворительной акции. Были приобретены земельные участки, и даже началась застройка. По записям дяди, на это была выделена немалая сумма денег, гораздо большая, чем мы могли бы потратить на благотворительность. К сожалению, я не смог найти ни одного контракта, подтверждающего сделки. Средства просто канули в бездну. Есть лишь сертификаты, подтверждающие наши права на собственность и квитанции по выплаченным налогам.

— Гм-м, — Том задумчиво потёр щёку, — где-то я такое уже слышал и видел...

— В документации компании Витторио Бруни, — подсказал Джон, — тот же сценарий: закупка недвижимости, использование средств, имени и самой недвижимости.

— Сколько у вас набралось подобных липовых сделок?

— Я выявил две, есть ещё одна подозрительная, но пока не удалось связаться с местными властями, чтобы кто-нибудь съездил и проверил на месте, что там вообще находится. Подозреваю, мне самому придётся ехать. Самое интересное, что эта недвижимость, наиболее для нас дорогостоящая, находится в Пуэрто-Рико. А Витторио перед случившимся с ним туда летал, наверняка, чтобы проверить своё «удачное» капиталовложение. Согласитесь, такое совпадение настораживает.

Адвокат свёл пальцы рук вместе и откинулся на спинку кресла.

— Считаете, у них есть свои люди среди местных чиновников?

— Должны быть!

— Вы понимаете, Джон, что это уже не совсем мой уровень экспертизы? — вкрадчиво заметил Том.

— Я понимаю, — улыбнулся его собеседник, — и не собираюсь вас компрометировать. Только если у них есть там подставные люди, то они могут быть и здесь...

Джон бросил красноречивый взгляд на флаеры с недавней предвыборной кампании, веером выложенные на боковой тумбе у стола.

— Не слишком ли вы подозрительны? Это же вам не преступный синдикат!

— Назовём это одной из форм управления крупным концерном, — жёстко ухмыльнулся Локхарт.

— И кто, по-вашему, стоит во главе концерна? — глаза Тома хитро сузились.

— Сначала я выбрал очевидного кандидата.

— Дейв Норман на эту роль не подходит, — категорично заявил Медисон, — и это не потому, что он мой друг… м-м-м… бывший. Да, его амбиции порой игнорируют простые человеческие принципы. Он может пойти на сделку с совестью, сыграв на недальновидности и наивности клиентов, но преступить закон… Это идёт вразрез с его собственным мировоззрением. Вы согласитесь со мной, когда познакомитесь с ним сегодня вечером. Вы же не передумали прийти на наш скромный праздник?

— Ненадолго. Не хочу лишний раз мозолить глаза вашим коллегам.

— Пусть это вас не волнует.

Том открыл лежащую перед ним папку.

— Мои дражайшие коллеги уже оформили вам прощальный подарок. Здесь копии документов, которые они попросят подписать, прежде чем отпустить вас на волю. Не спрашивайте, откуда они у меня. Скажем так, окупилось моё увлечение поэзией, — рассмеялся адвокат, — оригиналы вышлют почтой на адрес вашей компании. Но я хочу помочь вам избежать юридических ловушек. Видите ли, не в правилах нашей конторы позволять клиентам самим разрывать с нами отношения. Поэтому мы ещё при заключении первичного контракта предусматриваем достойные пути отступления без риска для репутации. К сожалению, совсем безболезненно вам отделаться от нас не удастся. Но есть способ свести потери к минимуму.

Том вытащил из папки толстую стопку распечаток и жестом пригласил Джона придвинуться ближе.

* * *

Утихший было утром ветер к полудню задул с новой силой. Лия обеспокоенно наблюдала, как официанты закусочных и кафетериев затаскивали столы с открытых веранд внутрь, то хватаясь за вздымающуюся на столе скатерть, то ловя порхающие в воздухе салфетки. Если ветер продержится до вечера, придётся отменить заготовленную в честь праздника развлекательную программу, а салют гости будут вынуждены смотреть из тесной крытой террасы. Вряд ли приглашённые почтенные дамы захотят рисковать своими причёсками и вечерним туалетом ради десятиминутного зрелища.

Поймав пёструю панамку, сорванную очередным порывом ветра с головы маленькой девочки, Лия на секунду залюбовалась её цветочным узором и милыми кружавчиками на полях. В День Канады, несмотря на хулиганские выходки непогоды, мамы надели на своих малышей самые нарядные платьица и костюмы. Прохожие размахивали миниатюрными флажками, а на груди у всех блестели значки с красным кленовым листочком. Детишки несли флажки с особой гордостью и чувством собственной значимости. И теперь девчушка, чтобы взять протянутую ей панамку, пыталась удержать в одной руке, помимо флажка, сладкую вату, леденец и вертушку. Леденец удалось засунуть в рот, а вот сдавливать пышную вату флажком и вертушкой, девочке явно было жалко. Сжав губы, чтобы не рассмеяться, Лия присела перед ней, придержала вываливающиеся из ручонок праздничные атрибуты и аккуратно надела на взлохмаченную ветром головку панамку, для верности завязав её кружевные ленты в красивый бант под подбородком. Пробулькав сквозь леденец «спасибо», девчушка побежала догонять родителей, а Лия, проводив её улыбкой, свернула в сторону «Маленькой Италии».

Изначально у Витторио не было в планах строить здание под главный офис своей компании в этом этническом районе Торонто. Он выбирал место по необходимой площади и расстоянию до центра. Ну и, наверное, по расположению любимых ресторанов. «Маленькая Италия» сама со временем подтянулась к нему. Не столько из-за очень уж итальянского названия парфюмерной компании Odore Del Vento, сколько из-за оригинальной архитектуры воздвигнутого португальцем здания. Теперь оно было главной достопримечательностью когда-то немноголюдного района города.

Витторио долго подыскивал себе архитектора, такого же выдумщика, как и он, с такими же сумасшедшими идеями, а главное — с сильным желанием и настойчивостью воплотить их в жизнь. Мама Лии однажды пошутила, сказав, что, когда она входит в Odore Del Vento, она чувствует себя бунтовщиком-повстанцем в движении против утверждённых обществом стандартов.

И теперь, остановившись перед зданием компании, Лия тотчас вспомнила её слова. Витторио претил заезженный современный стиль. Ему захотелось вместить в одной задумке всё разнообразие и романтику итальянской культуры. Об этом говорили и подъезды с арочными проёмами; и декоративные кронштейны, поддерживающие широкие нависающие карнизы крыш в несколько уровней; и классические белые колонны на фоне оштукатуренных весёлыми цветами стен, и особенно — внутренний дворик с фонтаном.

При этом развешенные повсюду цветочные корзины и некоторые элементы старинного декора напоминали живописные сельские пейзажи Тосканской провинции. Если бы не шум города за спиной, можно было бы представить себя где-нибудь в пригороде Флоренции в окружении горных хребтов Апеннин.

Интерьер здания повторял приятный провинциальный мотив в просто оформленных картинах уличных художников и прославленной керамической мозаике, выложенной там, где сквозь стеклянные крыши проникало больше всего света.

Кабинет Бруни высотой в два этажа находился в боковой пристройке. Витторио всегда нравились высокие потолки. Впрочем, их отсутствие привлекало его ещё больше. Поэтому крыши не выделялись красной черепицей, как ожидалось бы от выдержанного стиля, а были вылиты из оргстекла, создавая иллюзию открытого неба над головой.

Стелла сидела за широченным столом бывшего мужа. Его рабочая поверхность была непривычно пустой и чистой. И весь кабинет, выскобленный недавно уборщицами, казалось, тосковал по своему нерадивому хозяину.

—Я пришла вернуть документы по закупке сырья, — Лия вытащила из сумки папку и придвинула её к мадам Бруни.

—А ты их брала? — рассеянно спросила Стелла, не отрывая взгляда от монитора компьютера.

—Ты мне сама разрешила!

—Н-да?.. Ну положи где-нибудь… там, — она неопределённо махнула рукой себе за спину.

Неодобрительно хмыкнув, Лия сунула папку в шкаф с файлами и села напротив Стеллы. Та продолжала вяло тыкать пальцем в клавиатуру.

—Удивлена, что застала тебя здесь сегодня. И что мы так серьёзно изучаем? Неужто бухгалтерию?!

Мрачно скосив глаза на подругу, мадам Бруни скривила рот в подобие усмешки.

—Не женское это дело дебит с кредитом сводить. Есть проблемы более насущные. Весы надо купить, — и она снова уткнулась в монитор.

—У тебя же весы в каждой ванной комнате!

—Они сломались.

—Сразу все?

—Показывают то же число уже неделю.

—Надо полагать, число неудовлетворительное.

—Неудовлетворительное, — скорчив гримасу, передразнила её Стелла и вздохнула, — хочу обратно в Лондон! Мне тут скучно! А когда скучно, я начинаю налегать на сладкое.

— Ты не поэтому ешь сладкое, — успокоила её Лия, — а потому что штруделя и пончики — это способ Зои задобрить и развеселить хозяина. Думаешь, почему Витторио так раздобрел за последние годы?

— Вот, змеюка подколодная! Уверена, она это для того делает, чтобы он меньше двигался, а значит, меньше мусорил!

— У каждого свои методы борьбы за чистоту, — улыбнулась Лия и замолчала.

Почувствовав грустное настроение подруги, Стелла соизволила отвлечься от самой важной из своих насущных проблем.

— Ну а у тебя что стряслось? Выкладывай, а то противно осознавать, что это у меня только мир в тартарары катится!

Скрестив кисти рук, Лия уткнулась в них подбородком и расстроенно пожала плечами.

— Да в том-то и дело, что не знаю. Вроде бы всё хорошо, только по мелочам накапливаются странности и досадные недоразумения.

— Например?

— Например, я сообщила папе, что подумываю принять работу в Париже, а он, вместо того чтобы по своему обыкновению начать читать нотации, вдруг меня обнял и сказал, что ужасно мною гордится. Как это понимать?! А когда обнимал, мне в нос ударил запах духов…

— Женских? — оживилась её подруга.

— Этой их Вивьен, одной из секретарш, — Лия недовольно наморщила нос.

— Ага! Ну тогда понятно, почему папенька хочет поскорей выставить тебя из отчего дома, — расхохоталась мадам Бруни.

— Если бы! — Лия снова горестно вздохнула, — отчего дома у меня скоро не будет. Папа открывает свою собственную адвокатскую контору, но не в Торонто. В Монреале, поближе к родственникам. Сказал, раз я уезжаю, то ему весь этот пустой дом ни к чему. А мне, видишь ли, без разницы, куда в гости летать… Такое ощущение, что вся моя жизнь затрещала по швам.

— Ты же любишь перемены!

— Люблю, — насупившись, Лия сосредоточенно пыталась стереть пальцем несуществующее пятно с гладкой столешницы, — во всяком случае, я так раньше думала. Боюсь, от папочки мне досталось больше консерватизма, чем я хотела бы.

— Это же не всё? — Стелла прозорливо сощурилась и подалась вперёд.

Перестав оттирать стол, Лия нервно забарабанила пальцами по его поверхности.

— Есть ещё кое-что, и, пожалуй, мне нужна твоя помощь.

— Наконец-то! — воскликнула мадам Бруни и довольно хлопнула ладонями по столу, — созрела-таки! А я тебе говорила, что с этими мужчинами надо всегда держать себя в тонусе!

Бросив взгляд на рекламу весов в мониторе, мадам Бруни брезгливо отодвинула лэптоп в сторону.

— Что ты отколола на этот раз? Рассказывай, не тяни! — затеребила она притихшую подругу.

Та лишь передёрнула поникшими плечами.

— По-моему, я не то говорю... и делаю не то. В самые неподходящие моменты.

— Ах, дорогая! Неподходящих моментов не бывает. Бывают неподходящие моменту мужчины! — поучительно изрекла Стелла и придвинула стул ближе, — я так понимаю, ваши обоюдные попытки соблазна ни к чему не привели. Твои — до него не доходят, потому что ты, наверняка, начинаешь слишком издалека, так и не приступив к сути. А на его — у тебя срабатывает непонятная мне защитная реакция. Я виню в этом твоего папочку, который тебя в конец застращал и превратил в недотрогу.

— Думаешь, дело в этом?

— А ты поэкспериментируй... не с Норманом, с другим.

Лия выразительно постучала пальцем по лбу.

— И что это докажет?

— Н-да, прости. В твоём случае абсолютно ничего, — беззаботно захихикала Стелла.

— Нет, — с печалью в голосе сказала Лия, — папа здесь ни при чём. Это не он выставляет блокады, а я!.. Я всегда считала Криса самым близким мне человеком. Почему же теперь ловлю себя на мысли, что я его совсем не знаю?

— Ты его и не знаешь, — фыркнула мадам Бруни, — вы же расстались, когда тебе было сколько? Шестнадцать? Семнадцать? А потом ваше общение ограничивалось Интернетом и редкими спонтанными встречами. Ты слишком долгое время провела в фантазиях о нём. Большая часть того, что ты знаешь о Кристиане, — твои собственные домыслы. Вспомни! Он хоть раз писал тебе, чем занимается, как проводит выходные, кто его друзья?

— Ну конечно!.. — начала было Лия и умолкла.

Она вдруг осознала, что все эти годы, проведённые в разлуке, обо всём и обо всех в своей жизни писала она. А Крис... Он любезно проявлял заинтересованность в её делах, спрашивал о новостях в её же жизни, а сам при этом словно оставался в тени. Наверное, именно поэтому после их нечастых разговоров она чувствовала образовавшуюся внутри неё пустоту.

— Что же мне делать? — растерянно спросила она, — как восполнить все эти пробелы, если он сам не спешит делиться сокровенным?

— Ой, Лия! Мужчины не столь глубоки, — ухмыльнулась Стелла, — может, там и восполнять-то нечего. Или же, наоборот, лучше оставить пробелы белыми, а то от красочных подробностей у тебя крыша поедет.

—Я так не могу, — мотнула головой Лия, — мне необходимо доверять человеку. Знать, что я могу расслабиться в его присутствии, а не сидеть, как на иголках, в догадках, что у него на уме. Хочу быть уверенной, что наши встречи желанны, а не являются некой досадной обязанностью. Чтобы можно было говорить о чём угодно, непринуждённо, без напряжения. Не бояться сказать глупость или поделиться неразумной затеей, от которой нет никакой пользы, лишь короткая запоминающаяся радость от вместе проведённого времени… — девушка сконфуженно умолкла, заметив лукавое сияние глаз подруги.

—Это ты о ком сейчас говоришь? Ясно, что не о Нормане. Разговоры о чём угодно — не его стихия.

—Знаю, — понуро ответила Лия.

—М-м-м… — мадам Бруни в предвкушении потёрла руки, — выходит, я зря боялась, что сегодняшний вечер будет нудным.

—Ты это о чём?

—Да так…

Закинув ногу на ногу, её подруга с удовольствием принялась разглядывать высоченную шпильку своей туфельки.

—Когда в одном месте собирается столько интересного народа, это… м-м-м… интригует, — глубокомысленно замолчав, Стелла перевела глаза на Лию, — ты ведь в курсе, что Джон там тоже будет?

—Кто тебе сказал?!

—Тинвэ.

—Вот как… — покраснела Лия, — а что ещё она сказала?

—Много чего! — мадам Бруни не сводила с неё хитрого взгляда, — призналась, что без моей помощи пыталась вас двоих свести и, естественно, потерпела фиаско. А знаешь, интересный вариант!

—Стелла, не вздумай!

—Да ладно, шучу. Откровенно говоря, Джон для меня — тёмная лошадка. Никогда не знаю, о чём он думает.

—А с Кристианом, значит, тебе всё ясно?

—О да, его тип мне хорошо знаком. Поэтому и удивлена, что его безрезультатные знаки внимания к твоей персоне ещё себя не исчерпали. Не в его стиле нянчиться.

—Нянчиться?!

—Ну, долго ухаживать.

—Разве это не естественное развитие отношений?

—Ох, дорогая, — вздохнула Стелла с укором, — как бы это доходчиво до тебя донести… Ну вот скажи, зачем Крису утруждать себя готовкой изысканного ужина, если он способен заказать его в дорогом ресторане? Готовить будет либо тот, кто не может себе позволить ресторан такого уровня. Впрочем, такие обычно довольствуются блюдами попроще… Либо те редкие особи, которые получают удовольствие от кулинарного процесса и не доверяют ресторанной кухне.

— Ты так просто сравнила меня с ужином? — возмутилась Лия.

— С изысканным ужином, — уточнила мадам Бруни, — сравнение, согласна, примитивное, но ты удивишься, насколько оно точное.

— Ладно-ладно! — замахала руками её собеседница, — пусть будет ужин.

— Так вот, — продолжила Стелла, — допустим, он решил себя побаловать экзотическим деликатесом, который в магазине не купишь, в ресторане не закажешь. Учти, это всё комплименты в твой адрес, — на всякий случай пояснила она, — если он не гурман, то поспешит съесть ужин горячим и к готовке в скором времени не вернётся.

— А если ужин не удастся? — забеспокоилась Лия.

— Вряд ли он будет заморачиваться второй попыткой, — раздался за её спиной знакомый смешок.

— Шон?!! — не поверила своим ушам Лия и обернулась.

Поставив на стол поднос со стаканчиками кофе, выдувающими сквозь отверстия в крышечках чарующие струйки пара, журналист подмигнул Стелле.

— Лично я предпочитаю рестораны, где тебя обслужат, обласкают, и потом не придётся мыть посуду.

— Хам! — мадам Бруни обольстительно улыбнулась ему в ответ и торопливо захлопнула крышку своего лэптопа.

Галантно преподнеся Стелле любимый ею латте, Криш обратил своё внимание на Лию.

— Привет, симпатяшка! Тебя я тоже рад видеть.

Наклонившись к девушке, он бесцеремонно чмокнул её в щёку.

— Готов говорить с тобой о чём угодно и выслушивать любые твои глупости! — добавил он и уселся на край стола, позволив ей полюбоваться своей загорелой физиономией.

— Ты что, подслушивал? — сердито нахмурилась Лия.

С наигранным сожалением Криш развёл руками.

— Издержки профессии, не обессудь.

— Что ты вообще тут делаешь?! Произошедшее с Витторио вряд ли найдёт отклик в сердцах твоих читателей в Лондоне.

— Мы выходим на мировой уровень, — самодовольно парировал он, — не поверишь, как охотно люди читают о катаклизмах и трагедиях, происходящих не в их стране. И потом, меня заинтриговала твоя просьба. Чем интересен Гарби Эмнт? И почему ты вдруг обратилась ко мне? А как же твой незаменимый Джинджи?

— Он молчит, — мрачно ответила Лия, — как будто специально меня избегает в последнее время. Я погуглила это имя, ведь сейчас всё и обо всех можно прочитать в Интернете… Нашла лишь его прошлые публикации. Фотография тоже есть, только старая и нечёткая. А мне бы его лицо разглядеть. Тебе удалось о нём что-нибудь узнать? — девушка с надеждой посмотрела на репортёра.

— Мало. Помогло упоминание о том, что он работал в Бродмуре. Ты права, он давно не публиковался, хотя лет десять назад был весьма известен. Его статьи одну за другой печатали в американском журнале по психологии. Если честно, я не особо въехал, о чём он писал. Сесть и разобраться времени не было.

— У меня тоже, — с досадой кивнула Лия, — а ведь его последняя статья перекликается с моей навязчивой идеей.

— «Страх: происхождение и первопричина», — зачитал Шон со своего телефона, — за неё я даже не брался.

Он с интересом посмотрел на девушку.

— Ты всё ещё считаешь, что в случае Кларков страх был вызван искусственно?

— Боюсь, не только в случае Кларков, — Лия взяла телефон Шона и открыла ссылку на статью, — вот здесь он очень подробно пишет о рецидиве психозов, вызванных разными видами страха. Я это тоже знала, а многие не обращают внимания на повторяющиеся незначительные события в своей жизни, которые могут стать причиной, скажем, повторной панической атаки. Гарби приводит хороший пример: человек испытывает невроз вследствие стресса и гормонального дисбаланса, который по времени совпадает с обычной простудой. Больной лечится от простуды мазью на основе эвкалипта. А потом даже год спустя запах безобидного эвкалипта вызывает приступы вылеченного вроде бы невроза. Наш рассудок слишком уязвим. Нервная система — хрупкий инструмент. Если знать, за какую струну потянуть, можно вконец её расстроить.

— Нет, симпатяшка, не поверю, что запахом эвкалипта или даже более сильным и неприятным амбре можно толкнуть человека на отчаянный поступок, — Криш покачал головой, — он уже должен находиться в состоянии крайней психологической нестабильности.

— Именно это я вчера обсуждала с Крисом, — снова кивнула девушка, — подобная психологическая нестабильность может быть вызвана наркотиками. Причём существует средство доставить их в организм человека без его разрешения или даже ведома.

— Это как?

— С помощью некоторых летучих элементов наркотики или галлюциногенные препараты способны проникнуть в нас при обычном вдохе. Это удобно можно совместить с депрессивными ароматами, чтобы усилить эффект. Да Гарби сам пишет о такой возможности, — Лия пролистала электронный журнал, чтобы зачитать нужный абзац.

Обхватив ладонью подбородок и опустив веки, Шон слушал её не перебивая. Когда она замолчала, он приоткрыл один глаз.

— Симпатяшка, ты — гений. Наши читатели проглотят эту историю и потребуют продолжения. Тираж взлетит до потолка. Надо бы взять интервью у этого Гарби. Это его прославит.

— С ума сошёл! — Лия даже вскочила на ноги, — не смей ни писать об этом, ни встречаться с ним! Это опасно!

— Почему? — удивился репортёр, — ты же не думаешь, что это Эмнт решил проверить свою теорию на практике?

Он ухмыльнулся, но потом серьёзнее пригляделся к выражению лица собеседницы.

— Ого! Ты на самом деле так думаешь!

— Я не знаю, что и думать уже! — Лия в отчаянии опустилась обратно в кресло, — сначала я полагала, что это Невил Брикст всем заправляет, но познакомившись с ним, поняла, что, скорее, это им кто-то управляет. И этот кто-то не даёт мне покоя.

— Знаешь, Лия, твои измышления не лишены смысла. Гарби Эмнт до сих пор является председателем международной ассоциации психологов. Он же её и основал пятнадцать лет назад для обмена опытом. Врач, лечащий Невила теперь, входит в эту ассоциацию, как и многие другие уважаемые психологи. Известно, что ввиду врачебной этики, они не будут делиться с простыми смертными любопытными нюансами из историй болезней своих пациентов, однако это не значит, что они не обсуждают их между собой.

— А ведь семейный психолог — явление сейчас обычное. И кому ещё, как не ему, известны все тайны семьи.

— Правильно мыслишь, симпатяшка, — похвалил Шон и с усмешкой добавил, — вон даже у Стеллы есть свой такой сердцевед-сердцеед. Впрочем, в её случае ясно, что ей он нужен не для врачевания души. Правда, Стелла?

Мадам Бруни, которая, заскучав, вернулась к поиску весов, отпрянула от лэптопа и снова его громко захлопнула.

— Правда! — быстро согласилась она и посмотрела на Лию, — о чём он спросил?

— Он пригласил тебя отобедать с ним, — улыбнулась ей Лия и поспешно встала.

Шон ловко удержал её за локоть.

— Не надейся, что отделалась от меня, — он обнажил жемчужины зубов в обаятельной улыбке, — договорим вечером.

— Когда вечером? — Лия с опаской покосилась на Стеллу.

— Я же говорю, сегодня у нас соберётся отличная компания, — весело рассмеялась та.

Нахмурившись, Лия перекинула сумку через плечо и направилась к выходу.

— Эй, симпатяшка, — бросил ей на прощанье Шон, — не забудь подписать контракт, который я тебе выслал.

— Какой ещё контракт?!

— Лия, — Криш с преувеличенной суровостью сдвинул брови, — нельзя так безответственно относиться к деловым предложениям. На твоё счастье, я всегда во всеоружии.

Жестом фокусника репортёр достал из внутреннего кармана пиджака неровно сложенный лист бумаги.

— Выглядит неэстетично, но мы же свои люди, а это — чистая формальность!

Не сводя с него недоумённого взгляда, Лия взяла протянутый ей «документ».

— Начать можешь в любое время! — бодро заявил ей Шон, — запас твоих иллюстраций на исходе. Нужны новые. Я сказал Айзику, чтобы он с тобой созвонился.

— Но я не вернусь в Лондон, — попыталась возразить Лия.

— С современными технологиями это не проблема! Работай хоть в Антарктиде! Главное, чтобы была связь с остальным миром.

— Он тебя измором возьмёт, — захихикала Стелла.

Не найдя, что ответить, Лия смяла контракт в кулаке и молча вышла.

* * *

Ресторан, удостоенный чести представить сегодня публике новоиспечённого члена палаты общин, занимал значительную часть набережной. Его громкое название Palace Royal было видно издалека, чтобы потенциальные посетители не пропустили нужный выезд со скоростного шоссе.

Перед рестораном всё ещё торчали вкопанные в землю агитационные знаки недавней предвыборной кампании. Несколько дней как неактуальные и покорёженные ветром, они превратились в экстравагантный декор лужайки. Двигаясь, словно в танце, Лия легко их обошла и со вздохом предстала перед высокими застеклёнными дверями.

Вечер только начинался, а она чувствовала себя измотанной и измождённой. С самого утра внутри что-то давило и не давало покоя. То ли предчувствие, то ли нежелание мириться со столь внезапными переменами в её жизни, и это нежелание, казалось, угнетало её больше самих перемен.

Ветер, к счастью, присмирел. Не утих, но и не безумствовал чрезмерно. Он заманчиво шелестел листьями ивовых деревьев на берегу озера, словно звал куда-то…

Неохотно оторвав взгляд от покачивающихся гибких стволов, Лия мужественно поднялась по ступенькам. Выдрессированные швейцары в безупречных ливреях, словно по безмолвному приказу, распахнули перед ней двери и замерли с отрепетированной улыбкой на лице. Одобрительно улыбнувшись им в ответ, девушка вошла внутрь и с волнением огляделась: всё ли готово к великому торжеству, которому никто не придавал особого значения, но на который не пожалели огромной суммы денег.

Последние две недели превратились для Лии в настоящее испытание. Испытание её терпения, выдержки и выносливости. Когда Роберт Норман как бы мимоходом попросил её взять на себя художественное оформление зала и организовать маленькое шоу для его «капризной», как он выразился, аудитории, он, наверняка, поленился прикинуть объём той работы, которую он возложил на её плечи. «Запоминающаяся обстановка с атмосферой праздника», — бросил он небрежно, — «подчёркивающая мой патриотизм и скромность, ха-ха-ха, и, в то же время, доводящая до простых умов необходимость существенных вкладов в наши блестящие идеи». Эта его «скромная» просьба обрекла Лию на часы каторжной работы и долгие, доводящие её до белого каления переговоры с теми, образно говоря, винтиками и шестерёнками, которые так сложно раскрутить, но без которых не запустишь этот сложный механизм планирования и реализации важного мероприятия. Удивительно, что со всеми препятствиями и неурядицами, связанными с доверенным заданием, ей удалось слетать в Париж и не провалить интервью, подробности которого она уже и не помнила. Но знала наверняка, что эти часы, проведённые в культурной столице мира, зарядили её достаточным количеством положительной энергии, чтобы справиться с организацией ещё десятка подобных корпоративов.

Встав посреди обеденной комнаты, Лия подняла голову вверх и обвела взглядом сводчатый потолок. С его массивных балок свисали мастерски подсвеченные угловыми прожекторами полотна с гербами провинции. Низкие люстры были просты и изящны. Они ненавязчиво подчёркивали великолепие опорных колонн, которые, пожалуй, и делали комнату похожей на бальный зал настоящего королевского дворца восемнадцатого века, оправдывая название ресторана. Вдоль обтянутых дорогой материей стен были выставлены стенды с разработками Роберта Нормана и его боевой команды по совершенствованию экономики страны и всего прочего. Обеденные столы на почтенном расстоянии от важных стендов стягивали пространство вокруг Лии, оставленное для праздничного представления. Танцам и общению гостей друг с другом были отведены специально предусмотренные для этого комнаты вместительного ресторана, а также крытая терраса и пирс.

Раздвинув стеклянные дверные панели, Лия вышла на террасу. Она была небольшой, но с весомым преимуществом: в случае сильного ветра или дождя похожие раздвижные панели становились надёжным укрытием от непогоды, позволяя гостям в тепле и уюте любоваться видом на озеро, а позднее — салютом.

На один лестничный пролёт ниже в озеро выдавалась широкая открытая всему миру платформа. Человеку, вставшему на самый её край, казалось, что он балансирует на зыбкой водной поверхности. Глубокое небо над головой и отражение его под ногами. А высотные здания в центре города вдалеке — иллюзия, мираж.

По мнению Лии, эта конструкция была самой привлекательной достопримечательностью Palace Royal. Изначально именно на ней планировалась развлекательная часть вечера. Но в последний момент ввиду пессимистичного прогноза погоды пришлось всё переиграть и перенести зрелище внутрь. И теперь, подойдя к той самой дальней притягательной точке на краю, Лия ругала про себя синоптиков. Вечер был ласковым, а солнце светило ещё ласковее. Но менять что-либо было уже поздно.

Взявшись за перила, чтобы не потерять равновесие, девушка прикрыла глаза и сквозь опущенные ресницы любовалась искорками света на глади озера и тёмными силуэтами далёких парусников. Озорной бриз раздувал полы длинного платья, и тонкая ткань трепетно билась о её ноги. Лия плотнее сжала веки, дав волю своему воображению. Оно мгновенно закинуло её на берег более сурового водного пространства. В сознании выросли песчаные дюны, и редкие ракушки притягивали внимание на удивление детальным рисунком своих швов и выпуклых колец спирали. Нос защекотал тот самый уникальный морской аромат. Не рыбный запах, как его поверхностно и бездумно нарекают обыватели. Нет, это был тонкий сложный чудесный аромат безбрежной свежести и бездонной глубины. Он наполнил лёгкие волшебной пустотой, раздул голову, как воздушный шар, даря особое ощущение расслабленности…

Глубоко вдохнув, Лия открыла глаза. Неповторимый запах океана усилился. И она услышала тихие шаги за спиной.

Приобняв девушку сзади, Кристиан склонился к ней и нежно поцеловал в щёку.

— Добрый вечер, ma chérie! — он шумно втянул в себя прохладный приозёрный воздух, — похоже, нас здорово надули с погодой! Но нет худа без добра — пробок в городе гораздо меньше.

Несмотря на полную дискредитацию синоптиков, люди продолжают им верить.

Слегка повернув к нему лицо, Лия прижалась своей щекой к его.

— Ты поменял парфюм? — тихо спросила она.

— Нравится?

— Необычно для тебя... Ты всегда предпочитал пряные ноты.

— Если что-то меняешь, то меняй это кардинально! Вот мой девиз, — ответил он с улыбкой.

Опершись о поручень рядом с ней, Норман перегнулся вниз и всмотрелся в мутную прибрежную воду.

— Не впечатляет, — поморщился он и вдруг, резко вскинув голову, повернулся к Лие, — ma chérie, а как ты смотришь на романтическое путешествие? Ривьера Майя, быть может? Или Карибские острова?

— Положительно смотрю! — просияла Лия, — я так давно не была на море! С тобой...

— Поедем?

— Хоть завтра!

— У тебя же интервью в конце недели, — прислонившись спиной к загородке и скрестив на груди руки, Кристиан глянул на девушку с вызовом, — рискнёшь будущим во имя скоротечного счастья?

— А то ты меня не знаешь.

— Знаю, и всегда рассчитывал на эту твою необдуманную решимость.

— Когда-то и ты был таким... м-м-м... лёгким на подъём.

— Ты хотела сказать, ветрогоном? — рассмеялся он и снова повернулся к озеру, — да, хорошие были времена... беззаботные.

Лия удивлённо подняла на него глаза. Слово «беззаботные» прозвучало так, словно к нему подвесили непосильную ношу, и девушка неожиданно ощутила острую тревогу, которая усугубила мучительное, непонятно откуда появившееся предчувствие беды.

— Тебя что-то обременяет сейчас?

Норман ответил не сразу. Прищуренным взором он некоторое время изучал очертания островов вдали.

— Я иначе отношусь к бремени, Лия, нежели большинство людей, — наконец, ответил Кристиан, — чем сложнее путь, чем опаснее противники, тем приятнее осознание конечной победы.

— А ты уверен, что одержишь её?

— Конечно, — твёрдости его голоса можно было позавидовать, — когда есть цель и проработан маршрут к её достижению, победа неизбежна.

— А если не повезёт? Если что-то пойдёт не так?

— Ma chérie, невезение — это миф, придуманный лентяями, на который ссылаются дураки. Не будем им уподобляться.

— Не будем, — покладисто согласилась Лия и легонько коснулась его руки, — но ты же скажешь мне, если тебе понадобится помощь… вдруг.

— Непременно… — он ласково потрепал её ладонь, — я освобождаюсь через две недели. А потом… обещаю, дней на десять позволю тебе убедить меня в многообразии «если» и преимуществе «вдруг».

— Куда же мы поедем? — его подруга с радостью переключилась на мысли о скором путешествии.

— Морские побережья тянутся на тысячи километров, — Норман провёл рукой по линии горизонта, — выбор широк. А я знаю, как ты любишь импровизировать. Удиви меня.

— Не пожалей о предоставленной мне свободе выбора, — пошутила она и, вздохнув, посмотрела на верхнюю террасу ресторана. Из её окон выглядывали первые приглашённые.

Проследив за её взглядом, Кристиан с притворным состраданием сжал её руку.

— Пара часов светской приветливости, и всё закончится. На твоём месте я бы не подходил к дяде Робби на пушечный выстрел — запряжёт очередным банкетом в его честь. Волнуешься?

— Есть немного. Вдруг что-то… — начала она, но запнулась, виновато улыбнувшись. — Всё продумано и, значит, пойдёт гладко. А в случае любого «вдруг», я буду делать то, что у меня получается лучше всего — импровизировать.

— Умница! — похвалил Норман.

Церемонно откланявшись, как в театре, он протянул ей руку. Она, в ответ присев в изящном реверансе, её приняла, и, рассмеявшись, они пошли приветствовать гостей.

* * *

Даже маленькие торжества редко следуют чёткому плану. Что-то всегда приходится менять, заменять, отменять. Что уж говорить о вечере на три сотни персон? Тут одного обслуживающего персонала потребуется несколько десятков людей. Несколько десятков хорошо подготовленных, чётко знающих и выполняющих свои обязанности людей. А ещё нужны те, кто будет этими десятками управлять и направлять, а также быстро соображать в случае, если какой-нибудь элемент непредвиденно выпадет из общей конструкции сложного мероприятия…

Лия стояла рядом с дверным проёмом, соединяющим обеденный зал и лоджию, где подавали чай и кофе насытившимся гостям. Она мысленно радовалась, что ей пришлось взять на себя ничтожно мало, по сравнению с теми, кто сейчас с микрофоном у рта и наушниками в ушах бегал, как ошалелый, из комнаты в комнату и отдавал указания многочисленным официантам, поварам, горничным, уборщикам, секьюрити и прочим. Хорошо, что дядя Робби вращался в кругах, где подобные вечера — обычное дело, и у них всегда есть наготове штат профессиональных организаторов. Лию удивляло, что тот обратился к ней. «Старик хотел сделать тебе приятное», — с хохотом пояснил Крис. Она не стала спорить и заморачиваться бесполезными догадками тоже не стала. Сейчас ей просто хотелось, чтобы та часть вечера, за которую отвечала она, осталась позади, и она сама смогла бы, наконец, насладиться праздником. Внутреннее напряжение, которое, казалось, росло с каждой минутой и с каждым появляющимся в дверях гостем, начинало её раздражать. Вдобавок ещё и Стелла накаляла обстановку неуместными шутками и намёками во время их коротких диалогов. Лию утешало лишь то, что в общем гаме голосов Кристиан вряд ли мог их расслышать. А ведь причина её беспокойства, как она сама себя убеждала, была надумана. Даже если Джон появится, это ни в коей мере не может испортить её отношения с ним... или с Крисом. При этом девушка каждый раз, когда ей казалось, что она видит знакомое лицо, нервно отстранялась от обнимающего её Нормана. На самую малость, сантиметр или меньше, и никто, кроме её самой, этого не замечал. Или делал вид, что не замечает...

В любом случае Лия испытала неимоверное облегчение, когда настала пора заготовленного ею сюрприза, и в зале потушили свет. Тихая музыка, игравшая до этого момента, приостановилась. Голоса перешли в шёпот. Прожектора направили в самый центр цилиндрического потолка. Оттуда, словно по мановению волшебной палочки, развернулись длинные полосы яркой ткани. Точно разноцветные струи воды, они устремились к полу. Свет прожекторов следовал за ними. Когда их лучи пронзили открытое пространство меж столами, они осветили группу циркачей в таких же ярких искристых костюмах. Они ловко поймали широкие полотна и, удерживая их, поклонились публике, при этом полосы ткани своими пересечениями образовали любопытный линейный рисунок. Когда же циркачи с полотнами в руках медленно двинулись по кругу, линейность образа сменилась сложной трёхмерной композицией.

С замирающим сердцем Лия следила за их раскованными движениями. И волновалась... Как будто это ей предстояло взлететь под свод потолка, повиснув на куске тянущейся материи, с виду такой хрупкой, тонкой, пропускающей сквозь себя свет прожекторов...

Воцарившуюся на миг тишину оборвали звуки динамичной музыки. Представление началось. Тщательно подобранный музыкальный и световой фон менялся с каждой новой составляющей воздушного танца. От дикой барабанной дроби до трепетных классических интерлюдий.

Головокружительные трюки, изящные пируэты, необычные раскрутки и обрывы потрясли воображение Лии, несмотря на то, что она присутствовала на репетициях цирковой труппы. Казалось, что каждый раз они добавляли новую захватывающую деталь, оригинальный элемент к своему выступлению. Не повторяясь, не ошибаясь… Лия мысленно позавидовала уверенности и силе артистов, их пластике и грации. Если б и в жизни можно было вот так безошибочно и чётко придерживаться написанной программы. К сожалению, вопреки частому сравнению нашей жизни с цирком, она редко отводит нам необходимое для репетиций время, обрекая нас на неизбежные падения и ошибки.

Полчаса фееричного шоу пролетело, как одна минута. Под гром аплодисментов циркачи выбежали из зала. Лампы, загоревшись тусклым светом, медленно набирали интенсивность, высвечивая ликующие лица зрителей.

— Я удивлена, — призналась стоявшая рядом Стелла, — ты же собиралась пригласить китайских танцоров из Shen Yun Ballet.

— Ну что ты! — с улыбкой отмахнулась от неё Лия, — они же — мировая знаменитость! Я лишь хотела использовать один из их номеров. Меня выручил мой бывший одноклассник. Он раньше работал в Cirque Du Soleil, а теперь открыл свою танцевальную студию в Торонто. Из него вышел талантливый хореограф. Изначально планировался танец в лучших традициях древнего Китая. Он требует много места, а из-за обещанной непогоды платформу решили не использовать, и мне предложили заменить балет воздушной гимнастикой. Честно говоря, я не верила, что за столь короткое время они успеют привезти и установить необходимые для номера крепления.

— Не понимаю, — повторила мадам Бруни, но теперь с оттенком сарказма, — как ты умудряешься держать всё под контролем без сотового?

— Почему без сотового? — удивилась девушка, — он у меня тут… или тут.

Лия обеспокоенно закружилась, пытаясь нащупать телефон, который она спрятала в специально продуманном для этой цели широком поясе платья.

— Симпатяшка, тебе ещё долго придётся вырабатывать привычку держать необходимую в наш век технику под рукой, — Шон потряс перед носом девушки потерянным мобильником.

— Ты нашёл его! — обрадовалась Лия и вздохнула с облегчением.

— Нашёл! — прыснула было Стелла, но быстро прикусила язык под строгим взглядом экс-ухажёра.

— Ты украл его?!

— Эй-эй, симпатяшка! — Криш протестующе поднял руки, — осторожней с выражениями. Это ты забывчивая, не я! Это ты оставила его на кухне. Скажи спасибо, что его не сварили вместе с крабами.

— Почему же ты сразу мне не вернул?

— Потому что ты носилась, как угорелая по всему ресторану. Попробуй, поймай тебя.

— Он и не пробовал, — опять встряла Стелла, — он пытался взломать твой пароль.

— Чего там ломать! У неё пароля-то нет.

— Шон!

— Очень безответственно, — покачал головой журналист, — я тебе посылаю конфиденциальную информацию, а ты её не бережёшь.

— У меня там ничего важного не хранится. Я его использую только как телефон.

— Это я понял, — с сожалением вздохнул Шон и вернул ей сотовый, — послушай, Лия, если ты закончила развлекаться, удели мне немного времени.

— Закончила?! — взбунтовалась Лия, — да я ещё не начинала!

— Долго ж ты раскачиваешься, — буркнул бесчувственный газетчик, — времени нет, а дел много.

— Это какие у тебя здесь дела? — навострила уши девушка.

— Ну ты даёшь! Оглянись! Тут непочатый край работы для любого уважающего себя репортёра. Столько завсегдатаев скандальных рубрик в одном месте я ещё не видел.

— О, милый, — Стелла обвила руками локоть Шона и бросила смешливый взгляд в сторону подруги, — скандалы в светском обществе — это сфера моих интересов. Лия живёт в ином измерении. А я тебе поведаю любую сплетню о любом здесь находящемся.

Мадам Бруни потянула кавалера в дальний угол зала, где бариста-виртуоз жонглировал коктейльными шейкерами.

— Лови момент, — шепнула она Лие на прощание, сделав глазами дугу в направлении приближающегося к ним Кристиана с двумя бокалами шампанского, — в твоём отчаянном положении дорога каждая минута.

— Ты можешь позволить себе двадцать дорогих минут, — успел вставить надоедливый журналист, прежде чем его засосал поток гостей, хлынувший в соседнюю комнату на звук живого оркестра.

Там в слабом свете ламп уже покачивались в танце первые пары.

— Ma chérie, ты превзошла саму себя, воздушные эквилибристы — сногсшибательная идея!

Оторвав взгляд от блистающей модными аксессуарами элиты, Лия повернулась к подошедшему другу и приняла бокал с пенящимся напитком. Кристиан обвил рукой плечи девушки и в знак одобрения приложился губами к её виску.

— Валери Гарэ визжала от восторга, а значит, самый искушённый дядюшкин спонсор у нас в кармане. С остальными будет намного проще.

— Если честно, о спонсорах дядюшки я совсем не думала.

— Напрасно. Наличие правильных спонсоров — злободневный вопрос нашего времени. Ты пока ещё это не прочувствовала. Вот загоришься каким-нибудь блестящим проектом, требующим непосильных тебе затрат, припомнишь мои слова.

— Пожалуй.

Лие не хотелось спорить. Финансовые вопросы наводили на неё скуку. До сих пор ей благополучно удавалось их избегать. «В силу удивительно несерьёзного подхода к жизни», как говорил её отец. Причём, говорил таким тоном, что она никогда до конца не была уверена, говорит он это с осуждением или же с восхищением.

— Потанцуем? — предложила она, хватаясь за последнюю возможность добавить оттенок романтики к холодно-деловым краскам торжества.

Яркий танец на воздушных полотнах разрядил политический накал страстей, который, несмотря на доброжелательность конкурирующих партий, всё же витал в воздухе ресторана. Однако он не смог полностью нейтрализовать внутреннюю напряжённость девушки. В её душе продолжали множиться сомнения, питаемые загостившейся в сердце неопределённостью.

— В этой толчее?

Поморщившись, Норман бросил короткий взгляд сквозь дверной проём в противоположном конце зала.

— Нет, на улице. Там вряд ли много народа, а музыку слышно.

— Вряд ли много — это правда. Я видел, как рабочие закрывали панели на террасе. Ветер крепчает. Не боишься, что нас унесёт?

— Нас обоих ветру не поднять, — с мечтательной улыбкой возразила Лия, — зато там так красиво шумят деревья!

— Ты серьёзно хочешь провести остатки вечера, вцепившись друг в друга в попытках удержать равновесие и перекричать ветер и… м-м-м… красивый шум деревьев?

— После столь непривлекательного описания желание ослабло, — насупилась его подруга.

— Я описал, как есть. Нафантазировать можно многое, а в реальности получим воспаление уха.

— А как же предложенное тобою романтическое путешествие? Романтика — та же игра воображения.

— Я бы сказал, это — красивая обёртка обычного человеческого чувства и желания. Неприкрытые, они почему-то вызывают осуждение, —

он говорил насмешливо и смотрел не ей в глаза, а куда-то поверх головы, будто заметил кого-то в толпе, — а их отличие от морального клише принимается в штыки. Типичное общественное лицемерие.

— Ты действительно так думаешь?

Расслышав в голосе подруги несвойственную ей меланхолию, он соизволил перевести на неё взгляд.

— Увы, ma chérie, так думает большинство, — рассмеялся он и, обняв девушку, легонько щёлкнул её по курносому носику, — а тебе пора бы уже перестать смотреть на мир сквозь розовые очки. Иначе неприемлемый тобой людской цинизм разобьёт твоё сердце.

Лия машинально прикрыла нос ладошкой, чтобы играючи защититься от второго щелчка. Но его не последовало. Норман снова смотрел мимо неё.

— Привет, Крис, — раздался за её спиной знакомый бархатистый голос.

Девушка медленно отняла руку от носа и с отчаянием втянула вызывающие тропические ноты женских духов. Медленно повернувшись, Лия коротко выдохнула и задержала дыхание — её проверенный способ быстро вернуть себе самообладание.

Прислонив бокал с холодным шампанским к щеке, Летиция одарила Нормана пленительной улыбкой и окинула оценивающим взглядом его спутницу.

— Летиция, — Норман поднял свой бокал в знак приветствия, — Лия, познакомься, Летиция Калм. Её отец — самый преданный субсидатор отцовского бизнеса.

— Не остри, — кокетливо погрозила ему пальчиком Тиша.

— Остроты в адрес друг друга — единственное, на чём ещё держатся мои отношения с отцом, — ухмыльнулся Крис.

Ещё минут десять они обменивались шутками, обсуждая общих знакомых, которых оказалось на удивление много. Лия молча слушала, не решаясь прервать их гладкий диалог. Кристиан всегда отличался обаянием, а сейчас он, казалось, хотел превзойти самого себя. Летиция тоже была на высоте своего женского очарования. Уверенная в себе, умная, с хорошо подвешенным языком, она моментально привлекала к себе интерес мужчин, разговаривающих с ней или просто проходящих мимо.

— Ярчайший пример главного блюда из меню фешенебельного ресторана, — язвительно шепнула Стелла Лие на ухо, проплывая мимо с коктейлем в руке.

Бросить ей в ответ достойную реплику девушке не удалось. Летиция, наконец, удостоила внимания и её скромную персону.

— А мы не встречались? — обратилась она к Лие, — уверена, я видела вас раньше.

— Может, и встречались, — осторожно ответила Лия, — мой отец работает в той же адвокатской конторе, я там часто бывала.

— Ясно, — утратив интерес к собеседнице, Тиша снова обратилась к её спутнику.

Заметив краем глаза, что к ним опять направляется Стелла с уже пустым бокалом, но с написанным у неё на лице намерением выдать очередную колкость, Лия мягко сбросила руку Нормана со своей талии и попятилась назад.

— Скоро салют, — ответила она на его вопросительный взгляд, — надо напомнить персоналу, чтобы сделали объявление и выключили свет на террасе. Встретимся там. Excusez-moi…

С большим трудом она повернулась к ним спиной. Двадцать метров до дверей из зала дались ей ещё труднее. Она усиленно сдерживала желание поднять полы платья и перейти на бег, лишь бы поскорей покинуть эту комнату, переполненную людьми, пропитанную запахом еды, насыщенную броским дорогим парфюмом, пронзённую тонким сигаретным дымком. Эта тяжёлая смесь ароматов вдруг начала её душить.

У выхода она с облегчением поймала струю свежего воздуха и ускорила шаг. На террасе уже всё было готово. Панели задвинуты, свет потушен. Запущенный механизм крутился исправно, и не было больше нужды его контролировать. Остановившись на краю лестницы, что вела вниз, девушка с замирающим сердцем всмотрелась в ивовый парк, меняющий под напором ветра свои тёмные формы. Он всё ещё звал её.

Лия сделала шаг вперёд и вздрогнула, когда нечто похожее на чёрный шлагбаум преградило ей дорогу. Нога уже скользнула по ступеньке вниз, но вмиг изогнувшийся шлагбаум удержал её от падения.

Повиснув на смуглой руке, девушка взмолилась.

— Шон, не сейчас! Поговорим после салюта. А ещё лучше — завтра.

— После не могу, а завтра — тем более. Лечу в Лондон. Самолёт в полночь.

— Почему так срочно?

— Есть причины, — загадочно ответил Криш.

Его крупный профиль уже стал различим на фоне облачного неба.

— Дело серьёзное, симпатяшка. Ты должна кое-кого опознать.

— Живого? — вздрогнула девушка.

— Ну да, — в голосе Шона слышалось недоумение, — а что, есть трупы, о которых я не знаю?

— Надеюсь, что нет.

— А, понял. Это ты про Ванса!

— Слышал, что с ним произошло?

— Ещё бы! — Криш умолк и поврашал головой, — тут найдётся укромное место?

Устало опустив плечи, Лия кивком указала на внутреннюю лестницу, которая вела в подвальные помещения. В первой же комнате стоял удобный диван, а на журнальном столике горели крошечные светильники, создавая приятную расслабляющую атмосферу для тех, кто желал уединиться, спрятаться от шумных гостей.

С комфортом плюхнувшись на диванные подушки, Шон похлопал ладонью по сиденью. Лия покорно села рядом, про себя мечтая поскорее отделаться от назойливого газетчика.

— Ванс конкретно потрепал нервы полиции, — сказал Криш, — да нет, — предугадал он вопрос девушки, — обычной полиции на него наплевать, а вот интернациональной…

— Серьёзно?! — встрепенулась его собеседница, — им увлёкся Интерпол? Почему?

— Это я и хотел узнать у тебя. У меня там знакомых нет. Потормоши Джинджи.

— Попробую, — она взялась за телефон.

— Симпатяшка, я тебя люблю, — Криш по-дружески шлёпнул её по плечу, — от слова сразу к делу! Уважаю!

Лия, отмахнувшись от него, прижала к уху сотовый.

— Джинджи, привет. Ничего не случилось. Разбудила? Так тебе и надо!

Приложив палец к губам, девушка попыталась угомонить хрюкающего от смеха журналиста.

— Почему Интерпол следил за Гиссером? Отвечай, не задумываясь! Включив громкую связь, Лия положила мобильник к себе на колени.

— …с ума сведёшь, — раздался хриплый голос её друга.

Потом он вздохнул и после короткой паузы продолжил:

— Ванс Гиссер выступал случайным свидетелем в нескольких уголовных делах, причём, в разных точках мира, тем самым связав пять нераскрытых убийств, произошедших с некоторым интервалом за последние пять лет. Можно сказать, он — единственное звено, их соединяющее, помимо того факта, что убитые были преуспевающими бизнесменами, а заключения предварительных следствий написаны по одному сценарию: убит вследствие уличного нападения, грабежа или пьяной драки. Такие убийства редко раскрываются и быстро забываются.

— А почему Интерпол вдруг ими заинтересовался?

На том конце провода образовалась многозначительная тишина.

— Постой, — Лия на секунду замерла в попытке собраться с мыслями, — уж не является ли убийство Рональда МакНила одним из тех пяти?

— Нет.

— Постой, постой, — девушка замахала руками, словно оппонент мог её видеть, — конечно, нет. В этом случае сценарий иной! Но Гиссеру была отведена роль и в нём, так?

— Так, — одобрительно прозвучал голос Джинджи, — роль тоже иная.

— Получается, именно после того инцидента в Бродмуре Интерпол обратил внимание на Ванса? — прочитала Лия с яркого экрана сотового вопрос Шона.

— Он не обратил на него внимания, — и снова пронзительная тишина.

— Ой, Джинджи, — разозлилась Лия, — скажи спасибо, что руки мои до тебя не дотягиваются!

Девушка притихла, сосредоточенно думая о молчаливом намёке друга. Наконец, она сдалась.

— Единственное логичное объяснение, которое приходит мне в голову, — это то, что кто-то услужливо указал Интерполу на Ванса, и только потом они заметили его участие в похожих убийствах и взяли на заметку.

— Единственное логичное — синоним верного, — похвалил Джинджи, — а теперь, Лия, я настоятельно тебя прошу отдохнуть от расследования и позволить заняться им квалифицированным лицам. Ты уже оказала им неоценимую услугу. Поезжай куда-нибудь, развейся.

— Давно об этом мечтаю, — буркнула Лия, бросив хмурый взгляд в сторону Криша, — не дают.

— Не узнаю тебя, сестрёнка, — голос её друга стал вкрадчивым, — куда подевалась необузданная тяга к путешествиям? Ещё прошлым летом твой отец рвал на себе волосы, пытаясь отследить твои передвижения по земному шару. Изменяешь традициям?

— Ты пытаешься отделаться от меня, Джи?!

— Не отделаться, а отвлечь. Тебя что-то тревожит, не отрицай. Я это слышу в твоём голосе. Подозреваю, нечто личное, иначе ты бы мне поведала. Почему бы для начала тебе не разобраться в себе, чтобы приобрести внутреннее спокойствие?

— Да потому что искать убийцу — гораздо легче! — с грустью призналась девушка, — au revoir, Джинджи!

Положив телефон на столик перед с собой, она с минуту молча на него смотрела, пока не потух экран. Потом повернулась к ухмыляющемуся журналисту.

— Ты слышал его, — сказала она ему с претензией в голосе, — мне надо отвлечься!

— С удовольствием тебя отвлеку! — живо отреагировал тот и сунул ей под нос свой сотовый, — кто это?

— Сухарь!

— Кто?

— Ты — сухарь! — Лия не сводила с него недовольного взгляда, — чёрствый и равнодушный эгоист!

— Я?! — искренне изумился Шон и даже опустил руку с телефоном, — симпатяшка, да ради твоего внутреннего спокойствия я готов хоть сейчас отправиться с тобой в путешествие. Хотя нет, не сейчас, — он кликнул по календарю в телефоне, — о! На следующей неделе… м-м-м… в пятницу… я лечу в Дели. Хочешь со мной?

— Да не хочу я с тобой! — вышла было из себя Лия, но быстро остыла и задумалась, — Дели, говоришь? С какой целью ты туда летишь?

— У меня там родственники.

— Да ну? Если мне не изменяет память, ты родился и вырос в Лондоне, и все твои ближайшие сородичи давно иммигрировали из Индии.

— Есть ещё дальние сородичи — сородичи сородичей…

— Ты рылся в документах Витторио, не так ли?

— А также знакомые и друзья сородичей, — как ни в чём не бывало продолжал перечислять Криш.

— Шон!

— Ну ладно, признаю. Глянул мельком. От Стеллы толку было мало… А о родственниках я тебе не врал.

— Хочешь посмотреть, что находится по адресу приобретённой Витторио недвижимости?

— Во благо нашего общего дела!

— Дели…

Невидящим взором Лия уставилась в окно, через которое уже всё равно ничего нельзя было разглядеть. Ей вспомнились поездки с мамой в Индию: экзотические экскурсии по оторванным от цивилизации деревушкам, экстремальные кемпинги в джунглях… нахлынула ностальгия по необыкновенным приключениям.

— А ведь это — неплохой вариант, — вымолвила она, наконец, — правда, для романтического путешествия Индийский океан — не лучший в мире. Иначе поехала бы, не задумываясь… не с тобой, разумеется.

— Ты ранила меня, симпатяшка, в самый чувствительный орган, — хлопнув себя по груди широкой пятернёй, Криш комично изобразил уязвлённую гордость, — искупи свою бессердечность, — и он снова поднёс к её носу телефон, — кто это?

Лия отодвинула его руку чуть подальше, чтобы лучше разглядеть фотографию на экране. Снимал явный профессионал, причём, дотошный. Несмотря на невыгодное освещение, композиция была продумана, атмосфера — удачно передана. И именно атмосфера заставила девушку содрогнуться. Мрачный закоулок, подёрнутый дымной завесой. И на его фоне человек в полуразвороте, контуры смазаны, лишь профиль чёткий, словно вырезанный ножницами.

— Ну, узнаёшь? — Криш, не мигая, смотрел на девушку.

— Резкость плохая, — пробормотала та.

— Там другие есть. Правда, ракурс тоже так себе. Генри старался, как мог.

Лия пальцем кликнула на следующую фотографию, ещё и ещё. Запечатлённые образы сменялись, как слайды. Один и тот же человек. Анфас, профиль, спина и снова профиль.

— На заднем фоне — здание королевского суда в Лондоне, — пояснил Шон, — да, не похоже. Потому что снимали с чёрного хода. Им пользуются, чтобы избежать столкновений с прессой. Поэтому и вышло плохо. Генри не хотел рисковать своей лицензией. Папарацци — не его специализация.

— Это Гарби Эмнт? — решила удостовериться Лия.

— Да. Его часто приглашают выступать независимым экспертом в суде. Он участвует лишь в закрытых слушаниях. Очевидно, не хочет светиться.

— Это не преступление, — пожала плечами девушка.

Её палец замер над последней фотографией, сделанной перед тем, видимо, как наблюдаемый скрылся в боковой арке судебного здания. Фотографу относительно удачно удалось запечатлеть его анфас. Изогнутые полукольцом плечи приподняли ворот плаща и закрыли половину лица мужчины. В серых, по-лондонски туманных сумерках невозможно было разглядеть его глаз, но Лия была готова поклясться, что Гарби смотрит прямо в камеру. Её воображение художника в мгновение ока дорисовало спрятанные в тени черты его лица.

— Ты что-то заметила? — оживился журналист, увидев, как она напряглась и поджала губы.

— Н-нет, — выдавила она из себя, — показалось…

Криш разочарованно вытащил телефон из её рук и, глянув на часы, поднялся.

— Мне пора. Не пропусти салют.

Остановившись на выходе, он обернулся. Девушка сидела в той же позе с раскрытыми пустыми ладонями, словно читала невидимую книгу. Подавшись назад к ней, Шон щёлкнул пальцами. Лия пошевелилась и опустила руки.

— Эй, симпатяшка, — позвал Криш, словно проверяя, закончила ли та витать в облаках, — если решишь поделиться тем, что показалось, звони.

— Ага, — коротко выдохнула она и, тоже поднявшись, медленно, словно во сне, поплелась обратно к лестнице.

Спустившись на платформу, Лия вгляделась в озеро. Кажущееся бесконечным и непроницаемо чёрным, оно сливалось с таким же чёрным парком справа. К парку вела выложенная досками дорожка, на которую падали симметричные треугольники света от маленьких вкопанных по бокам фонариков. Работающие на солнечных батарейках, они оказались совершенно беспомощными под натиском массы теней, отбрасываемых старыми ивовыми деревьями, чьи длинные ветви, точно занавеси в театре, колыхались и вздыхали, скрывая таинственные декорации в глубине парка. Лия напрягла глаза, безуспешно пытаясь рассмотреть в густой листве конец дорожки. Эйфория, которую она испытала после успешного выступления циркачей, улетучилась. Её место заняло щемящее чувство тоски. Может, Джинджи прав, и ей действительно пора отвлечься, сменить обстановку? Только какой в этом прок, если в каждой тени и неясном силуэте ей будет мерещиться призрак из её видения?! А ведь именно он возник в её воображении, когда Шон показал ей первую фотографию. Более того, на последнем снимке сутулая фигура ясно напомнила ей антиквара. В её сознании словно взорвалась маленькая бомба, перевернув, перемешав все предыдущие её домыслы и догадки. Появилось острое желание или даже необходимость перечеркнуть их жирным крестом и начать всё заново, с самого начала. Только вот где это начало?..

Прикрыв глаза ладонью, девушка некоторое время стояла, не двигаясь, насколько ей позволяли порывы неугомонного ветра. То стихая, то возобновляясь с новой силой, он дул с запада, донося шелест листьев и волн. Отвернувшись от ресторана, Лия подставила лицо мощному воздушному потоку, лишившему её на миг дыхания. Когда он ослаб, она сбросила неудобные босоножки и, зажав в руке их тонкие ремешки, босиком кинулась к парку.

Вскоре дощатая тропинка перешла в каменную, а потом и вовсе затерялась в озёрном песке. Казавшиеся сплошными, как стена, ветви ив разошлись в стороны, обнажив узенький пляж. Обрамлённый частыми деревьями и запущенным кустарником, он оказался защищён от ветра, и поэтому тих. Уже совсем стемнело, но от облаков отражались огни ночного города, рассеивая вокруг чудный розоватый свет. Лия подбежала к кромке воды в предвкушении блаженства. Не по-летнему прохладная, она заглотила ступни её ног, и они стали проваливаться всё глубже и глубже в размываемый волнами песок. Длинная юбка тут же намокла, отяжелела и прилипла к ногам. Отступив, девушка вернулась на берег. Присев на выброшенное волнами бревно, она поскребла пальцами ног шершавый песок и с удовлетворением отметила, что к ней частично вернулось потерянное чувство лёгкости и беспечности. Будучи безотказным успокоительным средством, вода всегда действовала на неё умиротворяюще. А стало быть, даже пара километров морского побережья просто обязаны помочь ей справиться с беспорядком в голове. Нет, на порядок она не рассчитывала,

но если ей удастся хотя бы притормозить разбегающиеся в разные стороны мысли, то есть шанс, что она сможет сложить из них нечто осмысленное.

Словно в ответ на её безмолвный зов, в ушах загудел воображаемый океан. Прижав к груди босоножки одной рукой, другой она потянулась к поясу, чтобы в телефоне поискать то заманчивое далёкое место на Земле и на один клик приблизить желанное. Беспрепятственно пробежав пальцами по талии, Лия вскочила на ноги и вновь прощупала пояс платья. Чуть слышный стон сорвался с её губ, когда рядом с ней в чьей-то вытянутой вперёд ладони блеснул экраном её сотовый.

—Шон, какого дьявола! — Лия грубо выхватила телефон из руки и круто развернулась, готовая обрушить на голову наглого репортёра весь гнев богов.

—Трудный выдался день?

Джон окинул девушку внимательным взглядом и кивнул головой самому себе, как бы подтверждая правильность собственного вывода.

—Сожалею, что нарушил твоё уединение. Если я не к месту, можешь попробовать отделаться от меня, — и он удобно уселся на бревно подле неё.

—А получится?

—Зависит от модуля разности наших желаний. Предупреждаю, моё желание остаться с тобой очень сильное…

Внезапная дрожь в коленях заставила девушку опуститься рядом с ним. Она невольно поёжилась, ощутив приятное щекотание вдоль позвоночника.

—Я тоже рада тебя видеть.

Джон с трудом расслышал её шёпот.

—Устала? — сочувственно улыбнулся он, отметив, как судорожно девушка сжимает пальцами сотовый.

Сразу расслабив ладонь, Лия выпрямилась и энергично мотнула головой. При этом из её видоизменённой коварным ветром причёски выскочило несколько прядей. Девушка попыталась вернуть волосам прежний аккуратный вид. Не получилось. Непослушные локоны пружинками выпрыгивали из-под заколки и выскальзывали из пальцев. Безнадёжно вздохнув, Лия снова тряхнула головой.

—Нисколько! — соврала она, — это Шон передал тебе телефон?

—Да.

—И назвал меня растяпой?

—Нет.

—Зря. Именно так я себя и чувствую.

—Почему? — Джон с интересом изучал её профиль, — забытый телефон — не причина, ведь так?

Девушка не ответила. Она сосредоточенно обводила взором горизонт. От востока к западу и с запада на восток. В контрасте с тёмной водой затянутое облаками небо начало приобретать неестественный оранжевый оттенок. Это резало Лие глаз. Мысленно она взяла огромную кисть и одним мазком избавилась от искусственного грязного цвета, заменив его переливающимся перламутром северного сияния. Пусть неправдоподобного в этих широтах, но такого прекрасного и сказочного!

Удовлетворённая мимолётной, немного детской фантазией, девушка повернула лицо к собеседнику.

— Ты прав, телефон — лишь намёк на некую более весомую потерю, — Лия красноречиво постучала пальцем по голове, — вот здесь.

Она старалась говорить шутливым тоном, но выходило неубедительно.

— Ты не можешь чего-то вспомнить? — голос её друга, наоборот, звучал необычайно серьёзно.

— Да! — обрадовалась она, — именно. Но самое неприятное заключается не в том, что я не могу это вспомнить, а в том, что…

Лия умолкла, не способная сама озвучить мучительную дилемму. Её пальцы снова впились в телефон, точно в спасательный круг.

— Ты не хочешь или, вернее, боишься это вспоминать, — закончил за неё Джон.

Спрятав сотовый за пояс, с глаз долой, Лия подняла босоножки и стукнула ими друг о друга, чтобы стряхнуть песок.

— Почему ты пришёл так поздно? — сорвался с её губ неожиданный вопрос.

Он прозвучал как обвинение, что удивило её, ведь на самом деле она была рада, что Джон появился именно здесь и сейчас. И тут же сама вслух объяснила свой не очень вежливый тон.

— Если б мы больше общались, Джон, быть может, я уже разделалась бы с половиной не дающих мне покоя загадок…

— Прости.

Он неотрывно смотрел на неё, подмечая каждое движение: обычное для неё или, напротив, вымученное, скованное, по какой-то причине сдерживаемое ею.

— Знаю, что обещал поговорить с тобой. Мы ещё можем наверстать упущенное.

— Ты здесь встречался с Дейвом Норманом?

— Нет, с Тедом Калмом, чтобы подвести итог нашей совместной работы и поставить точку в отношениях…

Неожиданно Джон посмотрел на собеседницу так, будто видел её впервые. Наконец, не найдя ответа на некий заданный самому себе вопрос, он произнёс:

— С Дейвом я тоже встречался. Чуть ранее. Как ты узнала?

— Твой пиджак пропитался дымом его сигарет. Они весьма специфичны. Он их выписывает из какой-то маленькой южноамериканской деревушки, забыла название… — придвинувшись к нему ближе, девушка потянула носом, — и с папой ты виделся…

Продолжив изучение многообразия накопленных за день его пиджаком запахов, она неожиданно поймала себя на мысли, что пытается уловить аромат конкретных женских духов. Лия поспешно отстранилась, пока молодой человек не заметил её смятения.

— И каково твоё мнение о Дейве? — спросила она.

— По правде сказать, я удивлён. Он оказался не таким, каким я его себе представлял. Да, амбициозен и не слишком щепетилен, когда дело касается чувств и мнения других. Но, в целом, интересный и неплохой человек. Я теперь понимаю, почему твой отец так долго поддерживал с ним дружбу, несмотря на разные жизненные позиции, почему неоднократно прощал и заступался за него. А с твоим отцом я ещё не виделся. Мы хотели пересечься после салюта.

— Виделся, — уверенно повторила Лия.

— Лишь утром… Неужели ты и это можешь унюхать? — не поверил он.

— Это нетрудно. Его туалетная вода не имеет сильного запаха, но запах устойчив. Может держаться пару дней, если специально не выветривать.

— Туалетная вода твоего творения?

— Ну да.

— Скажи, ты смогла бы воспроизвести духи другого автора?

— Пожалуй. Без формулы это непросто, но можно. Методом подбора. Духи на общего потребителя достаточно тривиальны и стандартны. Но ты говоришь о парфюме на заказ, так?

— Так.

Лия повернула к нему лицо. Она вдруг открыла для себя удивительную вещь: его пристальный взгляд перестал её смущать. Теперь ей даже нравилось, когда он вот так подолгу смотрел на неё, словно пытался проникнуть в самую глубину её души и подсознания. Каким-то образом это притупило острое чувство внутреннего одиночества и изоляции, которое с недавнего времени поселилось в ней.

— Не бойся меня ранить, Джон. Я крепче, чем кажусь… что бы ни говорил тебе мой отец.

Он улыбнулся.

— Наверное, как и ему, мне трудно подавить в себе потребность постоянно в этом убеждаться.

— Ты спрашиваешь о парфюме следившего за тобой человека? Мог ли кто-то воспроизвести формулу мамы?

— Ты до сих пор полагаешь, что автор — твоя мать?

— Я в этом уверена.

— Почему?

— Мне кажется, они были знакомы… мама и тот тип. И я не знаю, кто воспроизводит формулу.

— А как ты думаешь, почему этот человек до сих пор носит созданные твоей мамой духи?

Лия хотела было ответить, но не произнесла ни слова. Она посмотрела на Джона и поняла, что ему ответ очевиден. Он напрашивался сам собой, единственный логичный, а значит — верный.

— Да, — кивнула она, — подозреваю, это именно то, о чём ты сам догадался.

Её голос стал тише и как будто слабее, поэтому Джон поспешил переключить внимание собеседницы на её излюбленную тему:

— Извини меня, Лия, за скептицизм. Я могу поверить, что ты, сидя здесь рядом со мной, могла уловить определённые ароматы и даже разложить их на составляющие. Но если у тебя была лишь секунда? Запах, вряд ли сильный, появился и исчез. Он мог напомнить что-то, допускаю. Но как ты можешь с уверенностью говорить не об одном ингредиенте, а о целой формуле?

— Даже доли секунды достаточно!

— Докажешь?

Изумлённая, Лия кивнула в ответ на необычный вызов. Джон вытащил из внутреннего кармана пиджака нечто завёрнутое в полиэтилен.

— Ты что, готовился меня экзаменовать? — рассмеялась она.

— Не поверишь, как ответственно я подхожу к нашему общению, — полушутливо, полусерьёзно ответил он, — закрой глаза.

Девушка охотно выполнила его просьбу. Прикрыла веки и напрягла слух. Раздался короткий шелест обёртки, и чем-то резко взмахнули в сантиметрах двадцати от её лица. Воздух пришёл в движение, и в нос просочилась деликатная цветочная симфония. Богатый аромат ландыша, шарм фиалки, элегантность розы и намёк бергамота. По мнению Лии, не самая удачная комбинация: слишком много мощных запахов, собранных в один букет. Свойственно для ретродухов прошлого столетия.

— М-м-м… Muguet du Bonheur, — подвела она итог и открыла глаза.

— М-м-м… переведи, — усмехнулся Джон.

— Французские духи, созданные, кажется, в пятидесятые годы. Сейчас вновь становятся популярными лишь в силу своей винтажности.

— Это всё?

— Джон, — с укором молвила она, — ты меня так мало знаешь?!

— Мало?

— Ну неглубоко… недалеко… Не духи интересны, а ассоциации, которые они вызывают.

— И с чем они у тебя ассоциируются?

В ответ на необычайную нежность, с которой был задан вопрос, сердце девушки забилось быстрее, и кровь прилила к лицу. Он не сомневался в её способностях, он просто по-доброму играл с ней. И за это она была ему благодарна.

— С Арисейгом, — выдохнула она, — этими духами пахло в доме у тётушки Бет… Понятное дело, их перебивал доминирующий запах жареной картошки, — со смешком вставила она, — но и духи достаточно сильные. Мадам сама ими не пользуется, возможно, считая их вульгарными. Думаю, это её тайна. Она наслаждается ими наедине с собой.

— Этого я не знал, — признал Джон, — ты меня удивила.

— Тебе и не положено об этом знать, — улыбнулась она, — а что это было?

Он протянул ей прямоугольник плотной бумаги.

— Приглашение. Тут не видно…

— Приглашение куда?

— В Арисейг. Тётушка Бет очень настаивает, чтобы ты приехала к ним на Рождество.

— Рождество?! Не рановато ли для приглашения?

— Официально Рождество в Шотландии мало кто справляет. Особое значение приобрело празднование Нового года. Этот день жители Арисейга стремятся провести, штурмуя стены Эдинбургского замка, в факельном шествии. Это — местная традиция, оставшаяся после древнего языческого праздника, — пояснил Джон, — поэтому тётушка Бет взяла на себя обязанности хранителя семейных традиций, собирая раз в год всех близких людей у себя дома. Рождество ей показалось самым подходящим временем для столь важного мероприятия. А так как событие достаточно трудоёмкое, она предпочитает знать заранее, сколько народа нагрянет к ней на огонёк. Ну ты понимаешь, чтобы прикинуть, сколько картошки жарить…

Они оба рассмеялись.

— И вы каждый год к ней ездите?

— Нет, уже несколько лет не получалось. В этом году, боюсь, придётся. Иначе с нами не будут разговаривать до следующего приглашения, — молодой человек повернул голову к Лие, — поедем вместе?

Девушка растерялась. Несмотря на то, что ей страсть как хотелось оказаться ещё раз в этой дивной шотландской деревне и провести зимний праздник в кругу дорогих и интересных ей людей, несмотря на всё это, она не могла ответить согласием… и отказать язык не поворачивался. Поэтому она с облегчением перевела дух, когда со стороны ресторана послышались оживлённые голоса, прерываемые стреляющими звуками вылетающих из бутылок пробок.

— Oh, mon Dieu! Салют! — Лия подпрыгнула на бревне и вскочила на ноги, и тут же нагнулась, чтобы подобрать выпавшие из рук босоножки, — совсем забыла… Сейчас начнётся.

— Хочешь посмотреть вместе со всеми или… останемся здесь? — тон его голоса чётко ограничивал варианты ответа.

— Нет, — твёрдо сказала девушка и улыбнулась, заметив, как опустились его плечи, — не здесь.

Лия схватила его за руку и потянула внутрь ивовой аллеи.

— Недалеко есть заброшенный пирс, — говорила она уже на ходу, — старый, но, думаю, двоих выдержит. Он выдаётся в озеро. С него лучше будет виден салют.

На мгновение они окунулись во тьму и монотонный шум листвы. Вдруг яркие разноцветные вспышки разорвали небо, осветив всё вокруг: и аллею, и появившийся в просвете пирс. Скрипучие, но на вид устойчивые мостки привели их к небольшой смотровой площадке, выходящей метров на пятнадцать от берега в открытое озеро. Ухватившись рукой за погнутую и проржавевшую перегородку, Лия махнула босоножками в сторону центра города:

— Сейчас начнётся. Это только фейерверки, запущенные с островов и плавающих поблизости яхт…

Договорить она не успела. Шипение и грохот заглушили все прочие звуки. Огромные шары переливающихся искр заполонили всё открытое пространство над городом. Даже огни CN Tower померкли в сиянии разбушевавшегося салюта.

Когда десять минут оглушительного безумства — апогея Дня рождения Канады — истекли, в глазах всё ещё рябило от разноцветных звёздочек и молний, в ушах стоял гром взрывов, а душа ликовала в такт бьющемуся сердцу.

— Здорово! — воскликнула Лия. — Такой короткий, но такой впечатляющий! Ах, Джон, почему яркие моменты в нашей жизни столь мимолётны? — вздохнула она с сожалением.

— К долгим мы привыкаем и воспринимаем их как должные, будничные. Не они утрачивают яркость, это мы забываем их ценить. Мимолётные часто служат напоминанием того, что мы должны любить и беречь каждое мгновение.

— Пожалуй, такой красочный салют сделает любое прожитое мгновение запоминающимся.

— Возможно, но помнить мы будем не салют, — странная интонация в его голосе заставила Лию обернуться к нему.

— А что?

— Мы запоминаем не событие, а послевкусие, что оно оставляет. Как ассоциации вызываются запахами, так и чувства, испытываемые нами во время события, нахлынут вновь вместе с воспоминанием о самом событии. Именно их мы будем хранить в сердце и лелеять.

— Какие чувства? — как заворожённая откликнулась она на последнюю реплику, не в силах оторвать взгляд от лица своего спутника.

Вместо ответа Джон подошёл к ней вплотную. Его рука опустилась на её ладонь, ещё сжимающую поручень пирса. Другой рукой он обнял её за талию и притянул к себе. Она не сопротивлялась, подчиняясь каждому его движению. Теперь он стоял так близко, что она слышала его дыхание. Всё вокруг замерло, даже ветер. Время замедлилось. Они становились ближе и ближе друг к другу. Вскоре между ними остались лишь босоножки, которые девушка прижимала к груди.

Он провёл тёплой ладонью от кисти её руки к локтю и сжал его. Громко вдохнув, словно укололась об иголку и очнулась, Лия сделала попытку отступить назад. Он её удержал.

— Прошу тебя, Джон, — тихо произнесла она, — это неправильно…

— Было бы неправильно, мы бы не испытывали постоянную потребность быть вместе.

— Я люблю другого, уже давно! — отчаявшись, выпалила она.

Судя по выражению его глаз, её признание его не ошеломило, и, казалось, вообще не возымело никакого действия.

— Ты пытаешься убедить в этом меня или себя?

— Почему ты воображаешь, что лучше меня знаешь, что и как я чувствую?! — рассердилась Лия.

— Я не знаю, но умею наблюдать и анализировать поступки.

— Ах да, как я могла забыть! Ты же у нас специалист по человеческому поведению…

Тут до неё дошло им сказанное.

— Это когда ты успел понаблюдать? Сегодня?!

Он не ответил. Что-то привлекло его внимание. Какой-то звук. Джон крепче схватил девушку и прижал одной рукой к себе. Другой — вцепился в хлипкое ограждение. В тот же момент старые доски под ногами истошно затрещали, раздался хруст ломающегося дерева и скрежет метала. Подпорки площадки, на которой они стояли, сложились, и площадка осела на воду. Не утонула, покорёженный заборчик ещё держал её на плаву, но подозрительно поскрипывал. Площадку, а также ноги молодых людей по щиколотку накрыла озёрная вода.

Лия звонко расхохоталась.

— Этот салют мы теперь точно не забудем, Джон. Вот только не уверена насчёт связанных с ним чувств…

— Те же чувства, — поддержал он её весёлый тон, — лишь стали ярче выражены.

Поплескав босой лодыжкой в воде, девушка всмотрелась в невозмутимое лицо друга и ласково погладила ладонью лацкан его пиджака.

— Я иногда думаю, Джон, могу ли я совершить что-нибудь этакое, чтобы вывести тебя, наконец, из равновесия?

— Честно? Ты постоянно выводишь меня из равновесия. И с каждой минутой, проведённой с тобой, мне всё трудней и трудней это скрывать, — говорил он тихо, спокойно, как обычно, и всё же что-то в его голосе выдавало волнение.

— Ну, раз ты столько времени так умело это скрывал, надо полагать, тебе сей процесс приносит некое удовлетворение: либо ты таким образом решил оттачивать свою выдержку и терпение, либо…

Девушка не договорила. Иной вариант ясно отразился в его глазах. Продолжать разговор было опасно. Точка невозврата стала слишком близка.

— «…Вырывая любимое «я» из зоны мнимого комфорта и погружая себя снова и снова в неуютную атмосферу нестабильности, ты закаляешь свой рассудок с высокой, однако, вероятностью потерять его навсегда», — закончила-таки она запомнившейся фразой из научной статьи Гарби Эмнта.

Её спутник промолчал, лишь на мгновение сощурил глаза — вот и вся реакция. Со стороны могло показаться, что произнесённые ею слова ничего для него не значили. И если б она стояла чуть дальше, то тоже ничего не заметила бы. Однако он сам напросился на близость, и чувствительная девушка сразу уловила секундное напряжение в его руках.

— Ага! — она легонько шлёпнула ладошкой по его груди, — ты тоже читал его последнюю статью! И бьюсь об заклад, понял больше, чем я.

— Ты хочешь обсуждать психологические ловушки здесь и сейчас? — прозвучал насмешливый вопрос.

Это могло означать лишь одно: если она ответит утвердительно, то сама попадёт в подобную ловушку. Конечно, она этого не хотела.

Замотав головой, Лия вновь поводила ступнёй по воде и обхватила руками не прикрытые платьем плечи. Холод воды начал её пробирать. Джон поспешно поднял свою спутницу и помог ей забраться на сохранившуюся часть пирса. Пока она натягивала на ноги босоножки, он поднялся сам. Поёживаясь от свежего порыва уже ночного ветра, Лия с радостью приняла предложенный ей пиджак.

— Наверное, мне следует снимать его с тебя сразу же при встрече, — хихикнула она.

— Снимай сразу, — разрешил он.

Поймав её сжатые в кулачки ладони, он обхватил их своими, чтобы согреть.

— В большинстве случаев он всё равно оказывается на тебе.

— А потом в химчистке, — чуть тише закончила Лия, сосредоточенно разглядывая их руки.

И вдруг, нечаянно для самой себя, влекомая неким бесконтрольным чувственным желанием, она прижалась к его груди. Он этого не ожидал, но отреагировал сразу же, обняв её за плечи. Когда он коснулся губами её волос, она задержала дыхание и зажмурилась, боясь спугнуть приятное мгновение. Внутри возникло ни с чем не сравнимое ощущение целостности… Ощущение, будто он и она — два осколка, сложившиеся в единый сосуд, а внутри — согревающий благословенный покой. Возникло и тут же треснуло под напором не вовремя возвратившегося предчувствия каких-то критических или даже фатальных перемен, а вибрация смартфона в кармане пиджака дрожью передалась ей. Почувствовав и то и другое, Джон ловко вытащил телефон и одновременно придвинул её ближе к себе.

— Твой отец тебя ищет, — сообщил он, — не может дозвониться. Забыла включить звук?

— Забыла, — она попыталась дотянуться до своего сотового, но потом, махнув рукой, вновь прильнула щекой к его груди, там, где особенно чётко слышались удары его сердца.

— Он ждёт в нижней гостиной. Знаешь, где это? Я тоже хотел бы с ним увидеться до отлёта.

— До отлёта… — пробормотала себе под нос Лия, чуя, как холод мокрой юбки поднялся выше и покрыл неприятными мурашками всё тело, — Джон, а что если мы больше не увидимся?

— Что?! — оторопел он и даже ненадолго отстранился от неё, чтобы проверить, серьёзно ли она говорит, — о чём ты?

Девушка вздохнула и грустно посмотрела ему в глаза.

— Боюсь, мне начал изменять мой оптимизм. Воображаю какие-то трагедии. Словно кто-то полоснул ножом красивый пейзаж, и сквозь рваное полотно проступила безрадостная глухая стена. Через которую никак не пробиться!

— Лия, — голос молодого человека звучал ровно, и всё же чувствовалось, что её высказывание его встревожило, — нам необязательно расставаться. Я могу остаться. А ещё лучше — полетели со мной! Ночной рейс обычно полупустой. Поживёшь у нас. Тинвэ обрадуется.

— У вас…

Девушка опустила ресницы, представляя милую обстановку их дома, его тёплый уютный запах.

— Спасибо, Джон. Я обязательно к вам приеду как-нибудь, но не сейчас… И тебе не надо оставаться, — поспешно вставила она, заметив, что её спутник собрался привести свой веский контраргумент, который она не сможет оспорить, и в итоге придётся с ним согласиться.

Вырвавшись из его объятий, Лия бросила прощальный взгляд на рухнувшую смотровую площадку. Несмотря на её абсолютную теперь непригодность, покидать её не хотелось.

— Когда ты улетаешь?

— В полночь.

— Как в полночь?! — ещё больше расстроилась она, — это ж… через пару часов… и ты, подобно Золушке, покинешь бал? Так нечестно, Джон! Это — привилегия барышень!

— Не обижайся…

— Гм-м… говоришь, твой самолёт в двенадцать?.. Ха!

Немного поразмыслив, Лия решила не лишать его сюрприза. Вряд ли приятного… Несмотря на то, что Шон бывал весьма обходителен в общении и настоятельно этого общения добивался, Джон старался держать между ними дистанцию, а это в замкнутой кабине самолёта будет крайне затруднительно.

— Хорошего тебе полёта! — закончила она вслух, — содержательного и не слишком утомительного. Пойдём, а то папа ждать устанет.

С неохотой повернувшись спиной к пирсу, она торопливо зашагала обратно.

* * *

В нижней гостиной Тома не было.

— Не дождался, — недовольно хмыкнула его дочь, — но я догадываюсь, где его искать. Останься здесь, — настойчиво пресекла она намерение Локхарта следовать за ней.

Объяснять причину, по которой она не хотела появляться наверху в его компании, ей было неловко. И не нужно. Джону причина была ясна. Однако виду он не показал, а просто послушно замер на месте. Благодарно ему улыбнувшись, Лия выбежала в коридор, ведущий к лестнице. И только когда девушка скрылась за дверью, Джон позволил себе нахмуриться. Он соединил пальцы рук, потёр ладони друг о друга, затем поднёс их к губам. Если б Лия была в комнате, она моментально определила бы, что означает этот жест, потому что часто наблюдала его у Джона, когда тот играл в шахматы с Сэтом. Ей нравилось следить за их эмоциями и мимикой во время этой, казалось бы, скучной игры. Она сразу усекла, что Джон складывал так ладони, если ему приходилось быстро менять тактику, чтобы избежать потери важной фигуры. Но здесь и сейчас подобный жест её удивил бы и заставил задуматься. Особенно её поразило бы долгое время, которое её друг пребывал в этой позе. В шахматах на раздумье у него уходило не больше минуты. А тут разработка некой стратегии затянулась. И, быть может, продлилась бы до её возвращения, если б размышления молодого человека не были прерваны.

Крадущейся кошачьей походки он не услышал, лишь спиной почувствовал чьё-то присутствие в комнате.

— Добрый вечер, Джон, — промурлыкала ему на ухо Летиция, — какую задачу решаешь на этот раз? Я думала, ты вздохнёшь с облегчением, послав папочку к чёрту.

Опустив руки, Локхарт нахмурился ещё больше. Однако когда он повернулся к своей бывшей возлюбленной, на его лице играла приветливая улыбка.

— Здравствуй, Летиция. Одним смелым решением все проблемы не покроешь.

— У тебя всё ещё проблемы с Алистером? Какая участь уготована ему?

— Это не мне решать... Мы с ним переговорили и пришли к заключению, что оба выиграем, если расстанемся по-хорошему.

— О, Джон, твоя манера убеждать людей в своей правоте меня всегда очаровывала, — Летиция завлекающе провела ладонями по своим обнажённым предплечьям, — как говорит отец, если б не эта твоя гипертрофированная порядочность, ты добился бы невероятного успеха в бизнесе. Не поверишь, но он тобой искренне восхищается.

— Как мило с его стороны, — иронично усмехнулся Локхарт.

— Я слышала, как ловко ты обставил дело с Клейтоном. Папочка рвал и метал, узнав, какой у тебя теперь перевес в акциях. Браво!

Джон нахмурился. Ему была знакома эта игривая интонация Летиции, с которой она произнесла слово «папочка». На миг у него перехватило дыхание от внезапной догадки. О боже, каким идиотом он был! Быстро взяв себя в руки, он решил не строить из себя умника теперь и не поддаваться на явную провокацию.

— Всё сделано в строгих рамках закона, — медленно выдавил он из себя.

— Это-то и взбесило папочку больше всего! Даже Дейв не смог найти лазейку для аннуляции условий завещания. Скажи честно, какой адвокат тебя консультировал? — голос Тиши источал мёд.

— Уверен, ты знаешь.

— Тимоти Дювино? Этот мальчишка?! Не верю. Тут попахивает опытом.

Глаза Джона непроизвольно повернулись в сторону двери, в которую в любой момент мог войти Том Медисон. Его содействие владельцам Hearts Education в ущерб конторе может быть расценено коллегами как предательство. Джон не знал, на что они способны и насколько опасны, и рисковать благополучием и карьерой Тома не желал.

— Опыт — дело наживное, — ответил он осторожно, — или ты будешь сомневаться в моих способностях?

— В твоих способностях? Боже упаси! — расхохоталась Летиция, — особенно после того, как ты обработал отца! Он до сих пор под впечатлением от вашего сегодняшнего разговора. Даже посылая людей к чёрту, ты успеваешь заполучить от них нужное тебе.

— Разве тебе известно, что мне нужно?

Джон лихорадочно соображал, как бы уйти от щекотливой темы, а ещё лучше — выпроводить Летицию из комнаты. «Будет непросто», — мысленно посетовал он, почувствовав её ладони у себя на плечах.

— Мне известно о твоих методах, дорогой! Сама сколько раз попадалась на закинутую тобой удочку! Пожалуй, это именно то, что так сильно возбуждало меня в наших отношениях, — Летиция цепко ухватилась за ворот его рубашки и, надавив большими пальцами на подбородок, наклонила его голову к себе, — зря ты изображаешь равнодушие ко мне. У нас больше общего, чем кажется со стороны. Ты, как и я, привык добиваться своего. Быстрота достижения цели зависит лишь от твоей заинтересованности. Отец уже готов плюнуть на всё и отдать тебе свои акции. Если, конечно, конкурирующая сторона не перетянет его обратно.

— И насколько хорошо ты знаешь конкурирующую сторону? — Джон не сводил с неё напряжённого взгляда и даже позволил ей обвить руками свою шею.

— Полагаю, ты знаешь побольше моего. Не поделишься? Я сгораю… от любопытства.

При слове «сгораю» Летиция жарко скользнула губами по его щеке.

— С чего ты взяла, что я знаю?

— Зачем же ты прощупывал нашего семейного психолога? Он — друг семьи, и у него от меня секретов нет.

— Да, я в курсе, как ты вытягиваешь секреты.

Джон уклонился от её поцелуя и снова, не удержавшись, бросил быстрый взгляд в сторону двери. На этот раз это не осталось незамеченным.

— Ты кого-то ждёшь? — Летиция подозрительно сощурилась, а её острые ногти ощутимо надавили на ткань рубашки.

— Нет.

Нарочито медленно Джон перевёл глаза с двери на настенные часы и обратно на молодую женщину.

— Извини, опаздываю на самолёт, — он попытался отцепить от себя её коготки.

— А может, я уговорю тебя задержаться?.. На одну ночь, — она обворожительно ему улыбнулась, — я соскучилась, Джон. Почему бы нам не начать всё сначала?

— Тиша, — почти ласково ответил он и взялся ладонями за её талию, — почему бы нам не оставить всё как есть?

Твёрдым движением он отодвинул её от себя и отступил.

— Второй раз предлагать не стану!

— Правильно. Унижение тебе не к лицу.

— Да ладно тебе, Джон, разве я не заслужила помилования?

— А ты пыталась его заслужить? Сомневаюсь, что ты считала себя виноватой.

— Я виновата перед тобой не более, чем ты передо мной. Скажешь, у тебя не было интрижек на стороне?!

— Эта тема более не актуальна, — сухо пресёк он её инсинуации.

— Ну почему же, — голос Летиции снова стал медовым, — это как раз в тему. Использование и манипулирование. Всё во благо конечной цели. Я флиртую, чтобы добывать информацию. Ты — заводишь связь с дочкой адвоката, дабы тот помог тебе вылезти из подстроенной его же конторой западни.

Она зорко следила за мимикой собеседника и, удостоверившись, что попала в яблочко, ухмыльнулась. Снова приблизившись, она намотала на руку его галстук.

— Вот видишь, дорогой, мы друг друга стоим.

Потянув за галстук, Летиция вынудила его склониться к ней.

— Это — твой последний шанс исправить ситуацию, — сладостно пропела она ему на ухо.

— Согласен, — шепнул он в ответ, — не премину им воспользоваться.

Вежливо высвободив галстук, он взял молодую женщину за руку и ловким танцевальным движением раскрутил её так, что она оказалась в двух метрах от него. С видом удовлетворённого стратега, который точно рассчитал время решающего шага и в аккурат в него уложился, Джон снова бросил взгляд на дверной проём.

* * *

Вырвать отца из компании приставучей Вивьен Лие не удалось. Но он обещал скоро прийти. Машинально отыскав в толпе знакомую фигуру друга детства, девушка шагнула в его сторону, но нащупав на плечах пиджак Джона, который забыла вернуть, передумала, развернулась и опрометью бросилась обратно, по дороге тщетно пытаясь оправдать своё поведение.

Духи Летиции она почуяла ещё в коридоре, это заставило её замедлить шаг. Остановившись у двери, она прислушалась к разговору в гостиной. Несколько раз она отрывала ногу от пола и направляла её то вперёд, чтобы заявить о своём присутствии, то назад, чтобы, внимая зову морали, прекратить подслушивание. В итоге, она так и не сдвинулась с места. Но теперь, когда личный разговор коснулся её, что-то щёлкнуло в её голове. «Что ж, достойное окончание сумасшедшего дня», — невесело рассмеялась она про себя и вошла в гостиную.

Джон увидел её сразу. Он будто знал, что она стоит за дверью. А вот Летицию её появление не обрадовало.

— Ах, это вы! — раздражённо бросила она, — эта комната занята.

— En effet.[1]

Лия подивилась тому, насколько спокойно прозвучал её голос. Приблизившись к молодой женщине, она бесстрашно заглянула той в глаза, чтобы лучше разглядеть реакцию на её следующие слова.

— Раз вы были столь любезны это заметить, не могли бы вы поскорее освободить помещение? — с этими словами Лия неспешным или даже ленивым движением скинула с плеч пиджак Джона и с улыбкой протянула его молодому человеку, — спасибо, мне стало гораздо теплее.

Потом девушка с вызовом глянула на Летицию, прекрасно понимая, что подобным поведением разогревает «главное блюдо» до опасной точки кипения.

Тиша, недоумённо хлопая длинными ресницами, переводила взор с Джона на Лию и обратно.

— Не может быть! — наконец, воскликнула она, — это же ты!

В конце слова «ты» выстрелила стервозная нотка. Летиция в упор уставилась на Джона. Её глаза гневно сверкали.

— Это же она! — теперь она говорила, точно прокурор в суде, — это ты с ней умотал тогда в горы! Променял меня на эту сопливую девчонку? Тебя что, потянуло на несовершеннолетних?!

Летиция враждебно смерила Лию глазами. Та героически выдержала её уничижающий взгляд.

— Смею вас заверить, мадемуазель, в плане возрастной категории все приличия были соблюдены.

Голос девушки почти не дрожал. Летиция была ей никем, и в будущем она с ней пересекаться не собиралась. Однако не хотелось чересчур раскалять и без того пикантную ситуацию, и Лия прикусила язык.

На секунду лишившись дара речи, мадемуазель снова посмотрела на Джона. Тот с трудом сдержал одобрительную ухмылку. Видимо, это задело Летицию сильнее, нежели язвительное замечание соперницы, так как, неистово выдохнув, словно выпустив пар, она вновь обратилась к Лие с маской временного перемирия на лице. Величавой

---

[1] В самом деле (фр.).

поступью, словно пава, она подошла к девушке и надменно оглядела её с ног до головы.

— Что ж, юность и внешняя наивность — это твоё преимущество.

Поднеся ладонь к лицу Лии, Тиша накрутила непослушный локон себе на палец и с напускной заботливостью заправила его ей за ухо.

— Полагаю, мужчины заводятся с полуоборота. Однако сомневаюсь, что своей благовидностью ты сможешь их всех удержать, — злорадно продолжила она, — Кристиана, например, не смущает твоё тесное общение с не самым покладистым клиентом его отца? Или он об этом не знает… пока?

— Пока не знает. Пожалуй, это добавит остроты нашим отношениям. Советуете сообщить? Я полностью полагаюсь на ваш богатый многолетний опыт.

Лия намеренно растянула слово «многолетний», наплевав на своё первичное решение не подливать масла в огонь.

Уголок рта молодой женщины дёрнулся. То ли в мимолётной усмешке, то ли просто нервно. Лия не взялась определить, но физически ощутила исходящую от неё горячую волну недоброжелательности.

Отдёрнув руку от её лица, Тиша отступила. Теперь она смотрела на соперницу снисходительно и даже с состраданием.

— Позволь мне тебя успокоить, девочка. У Криса открытые взгляды на полиаморию.[1] Это я тебе говорю, исходя из своего многолетнего знакомства с ним.

Аналогично растянув слово «многолетнего», но уже с иным оттенком, Летиция заговорщически подмигнула Лие. Отметив появившуюся в выражении лица девушки растерянность, Тиша триумфально глянула на Джона и невольно вздрогнула. В его глазах она прочла невиданную ею раньше холодную неприязнь. Она вдруг стушевалась и пошла на попятную.

Подобрав оставленную на столе сумочку, Летиция, словно модель на подиуме, прижала её к бедру, чуть выставив стройную ногу вперёд, и застыла прекрасным изваянием, позволив присутствующим полюбоваться ею. Потом плавно двинулась к выходу. На пороге она остановилась и картинно повернулась к Локхарту. Последнее слово должно было остаться за ней.

— Я полагаю, ты, как обычно, знаешь, что делаешь, Джон. Хотя… использовать это дитя, чтобы отделаться от меня?.. Это так низко, — прикрыв ладонью красивый вырез на груди, с видом оскорблённой примадонны Летиция демонстративно вздохнула, — я разочарована…

---

[1] Полиамо́рия — система этических взглядов на любовь, допускающая возможность существования любовных отношений у одного человека с несколькими людьми одновременно.

Одарив Лию на прощание жалостливой улыбкой, она неторопливо выплыла из комнаты.

Проводив её взглядом, Лия некоторое время изучала опустевший дверной проём, возможно, желая удостовериться, что покинувшая их мадемуазель действительно ушла. Затем она взглянула на Джона. Тот смотрел на неё.

— Ну что? Понравилось представление? Где же заслуженные овации?! — съехидничала она и подошла ближе. И только тогда обратила внимание на то, как он напряжён, а ведь ещё мгновение назад это невозможно было определить.

— Извини, — его скулы едва заметно расслабились, и как будто стало глубже контролируемое им до этого момента дыхание, — ты не должна была этого всего слышать.

— Да ну? — девушка не смогла сдержать нервный смешок, — чего именно я не должна была слышать, Джон? Того, что я — сопливая девчонка, или всё-таки того, что мы с тобой, оказывается, состоим в связи? Я осознаю, что это была моя ложь, но я никак не предполагала, что ты воспользуешься моей байкой, чтобы втереться в доверие к отцу!

— Втереться в доверие... — с горькой иронией повторил он, — в самом деле, Лия? Ты так плохо знаешь своего отца?

— Я думала, я знаю тебя, но, судя по всему, я непозволительно сильно тебя недооценила. И ты ещё смел философствовать со мной на тему манипуляций?! Или это тоже был спектакль? И это мне следует с опозданием аплодировать?

Лия захлопала в ладоши. Не для театрального эффекта, а чтобы заглушить появившуюся в голосе дрожь. Она пыталась держать себя в руках, но было так трудно скрыть охватившее её чувство обиды.

Джон не прерывал её, решив для начала предоставить подруге возможность высказаться. Вряд ли она в столь возбуждённом состоянии будет внимать доводам разума. Поэтому он внутренне собрался, чтобы стойко перенести надвигающуюся эмоциональную бурю.

Лие тем временем удалось успешно изобразить на лице относительное спокойствие.

— Я давно заметила, что направление моей жизни часто меняется из-за маленьких стрелочек-обстоятельств, внезапно возникающих на пути. Без слов они чётко указывают, в каком направлении мне двигаться. Их количество, кажется, утроилось в последнее время... Скажи честно, Джон, — девушка открыто смотрела ему в глаза, — ты имеешь какое-нибудь отношение ко всем этим случайным обстоятельствам в моей жизни?

Молодой человек недоумённо приподнял бровь.

— К каким конкретно?

— То есть к каким-то точно имеешь? — вспыхнула Лия.

— Разумеется, — ответил он сдержанно, — мы оба с тобой, замечая это или нет, влияем на события в нашей жизни. И, да, иногда манипулируем обстоятельствами, используя это как способ продвижения вперёд или как средство защиты. Это не всегда плохо. Это помогает бесконфликтно уберечь близких людей от необдуманных поступков.

— Постой-ка!

Осенённая некой догадкой, девушка иначе взглянула на собеседника. От блеснувшей в её глазах подозрительности тот выпрямился, приготовившись достойно принять удар.

— Уж не сговорились ли вы с моим папочкой оберегать меня от этих «необдуманных поступков»?! Ты прав, я знаю отца, и это было бы как раз в его духе — выдвинуть тебе подобное условие в обмен на свой профессионализм.

Вслушиваясь в образовавшуюся после высказанного ею обвинения тишину, Лия почувствовала, как у неё внутри всё заклокотало от ярости.

— А как же воспетое тобой абсолютное доверие, Джон? — процедила она сквозь зубы, — разве подобное соглашение за моей спиной не перечёркивает доверие между нами?! Как, впрочем, и всё остальное!

— Нет, — его ответ прозвучал тихо, но твёрдо, — не перечёркивает, если определить доверие как веру в преданность человека.

— Преданность? — переспросила Лия, — и что же ты понимаешь под преданностью?

— Действие в интересах партнёра, считаясь с его принципами и идеями. Звучит по-деловому, согласен. Зато без закрученных литературных оборотов объясняет смысл.

— В интересах партнёра... ага, — саркастически усмехнулась она, — напомни мне, Джон, в каком таком деле мы партнёры? В расследовании преступлений? Сомневаюсь. Разве что утаивание от меня... м-м-м... абсолютно всех фактов также определяется как действие в моих интересах.

— Ты права, я намеренно сдерживаю твою ретивость, только не для того, чтобы досадить тебе, а чтобы защитить!

Джон впервые за весь вечер повысил голос. Но тут же совладал с собой и продолжил уже на тон ниже.

— Одни люди лучше ориентируются в жизни и могут вернее оценить ситуацию, чем другие. Поэтому им приходится брать на себя ответственность за некоторые решения, чтобы минимизировать неосознанный другими риск.

— О, как это благородно с твоей стороны! Наверное, ожидается, что я преисполнюсь бесконечной благодарностью за то, что ты взвалил на свои плечи тяжкий груз ответственности за мою беспокойную натуру.

Игнорируя её насмешливый тон, Джон продолжил:

— В тебе достаточно здравомыслия, Лия, чтобы видеть разницу между целенаправленными толчками в определённую сторону и ненавязчивой коррекцией траектории твоего собственного пути. И то и другое будет продолжаться до тех пор, пока ты и только ты не решишь взять в свои руки контроль над каждой мелочью в своей жизни. Поверь, из своего опыта знаю, как это невыносимо сложно. Подумай хорошенько, твоё лёгкое, по-детски непосредственное отношение к происходящему держалось за счёт того, что с тобой всегда рядом находились любящие тебя люди, готовые взять на себя часть ответственности. И ты им благодарна за это. Ты можешь отрицать свою благодарность, но я сужу не по твоим словам, а по твоим поступкам, по твоей заботе о близких тебе людях. И мне бы очень хотелось, чтобы вместо того, чтобы обвинять их в чрезмерной заботливости к своей персоне, ты чаще прислушивалась к их словам, прежде чем снова и снова нырять в омут опасных, но столь привлекающих тебя приключений.

— Омут… — пробормотала Лия.

Её разрывало желание возразить этому умнику, возомнившему, что ему ясны мотивы её поведения, зачастую скрытые от неё самой. Но, в то же время, умом она понимала, что он прав, так как, наверняка, потратил гораздо больше времени, чем она, анализируя и раскладывая на составляющие её действия, подобно тому, как она расслаивает запахи, досконально исследуя каждый ингредиент и причину его присутствия в определённом аромате.

— А что если мне необходимо нырять в этот омут?

Тон девушки изменился, Джон уловил это моментально. Она теперь не издевалась, а искала ответ, возможно, на давно мучающий её вопрос.

— Нырять, чтобы, наконец, достигнуть дна, чтобы прощупать то, что скрывается под этой толщей накопившихся тайн и сомнений. В своей статье Гарби Эмнт писал именно об этом: «От множественных прыжков в омут своих опасений и страхов ты быстро сойдёшь с ума, если только не прозреешь и не осознаешь, что ты и есть этот омут… С пониманием этого обретаешь свободу», — процитировала она и взглянула на собеседника.

Судя по образовавшейся складке у него на лбу, его не очень-то вдохновляли её ссылки на статью психолога.

— Я хочу понять, что он имел в виду. Зацикливание на собственных страхах? Или же непостижимую глубину одного единственного страха? Который сводит с ума и душит вот тут, — скрестив ладони, девушка поднесла их к сердцу, — и как тогда расширить своё сознание настолько, чтобы эту глубину постичь?

Отняв ладони от груди, она сложила их вместе, словно в мольбе.

— Хочу понять, чтобы освободиться!

Увидев, что её собеседник колеблется и не спешит с ответом, словно боясь затронуть некую деликатную тему, Лия вздохнула, и её руки безвольно упали.

— Я всё равно доберусь до дна, Джон! — с непоколебимым упрямством заявила она, — несмотря на ваши общие потуги «уберечь» меня.

— Вопрос не в том, доберёшься ты до дна или нет, — медленно и с расстановкой произнёс молодой человек, — а в том, хватит ли у тебя сил, чтобы самой всплыть на поверхность…

Снова бросив взгляд на часы, Джон надел пиджак, который до этого чересчур уж крепко стиснул в ладонях, и протянул девушке руку.

— Полетели со мной, Лия, — настоятельно попросил он, — если не хочешь, чтобы остался я, полетели со мной! И я отвечу на все твои вопросы.

— Полететь с тобой, чтобы ты учтиво отговорил меня от прыжка?

— Я могу помочь прощупать дно без особого ущерба для здоровья, твоего и окружающих.

— Ну нет! Момент упущен. С тобой я в этот омут теперь точно прыгать не стану!

Джон сжал в кулак протянутую руку, затем медленно опустил её.

— Тогда советую аккуратно оценить надёжность человека, с которым ты собиралась броситься в омут с головой, — с прохладцей в голосе подытожил он.

— Ты на что намекаешь? — Лия даже покраснела от возмущения, — что я не могу доверять Крису?! Ты отдаёшь себе отчёт, что в данный момент к нему у меня доверия больше, чем к тебе?!

— Значит, совсем недавно было наоборот? — подловил он её, — и как, по-твоему, долго этот момент продлится?

Он говорил с издёвкой, и это рассердило Лию ещё больше.

— Может, Крис и не стремится выглядеть столь идеальным, как некоторые, но он хотя бы не использует меня!

— Уверена?

— Абсолютно!

Девушка умолкла в хмуром ожидании. Судя по тону заданного вопроса, её собеседник знал больше о её отношениях, чем она могла предположить.

— Ты всегда хвалилась своей интуицией, Лия. Так задай себе простой вопрос: как давно в твоём воображении начали возникать трагические картины?

— Что? — удивилась она, — как это связано с Крисом?

— Подозреваю, именно с момента ваших… гм-м… более близких отношений у тебя в подсознании зародилось ощущение некой опасности.

— Глупости! — воскликнула Лия, не сумев, однако, опровергнуть его предположение.

— Если человек неожиданно начинает вести себя иначе, изменяет своим привычкам, это… настораживает. И потом, признайся, разве ты не ловила себя на мысли, что ты меньше других знаешь, что и как происходит в жизни твоего… гм-м… друга.

Лия, не мигая, смотрела на него. Его слова или, вернее, тон, которым они были сказаны, обидная ей смесь убеждённости и сочувствия, мгновенно вызвали бурный протест.

— Да как… да ты… — взорвалась она, не находя способа корректно выразить свой гнев, — я Криса с детства знаю. А ты? Как у тебя язык повернулся его критиковать и намекать на его причастность к моим страхам?! — непривычная резкость и суровость зазвучали в её голосе.

Расправив плечи, девушка отвернулась от Локхрата и прошествовала к двери. Однако сделав несколько шагов, она остановилась, как будто что-то серьёзно обдумывая. Когда она вновь к нему повернулась, в её глазах читалась тоскливая решимость.

— Ты только что установил свою самую убедительную указательную стрелку на моём пути, Джон. И самую последнюю. Adieu.

Эффектную паузу выдержать не удалось. Лия почувствовала, как к горлу подкатывают слёзы. Расплакаться перед бывшим теперь другом было непозволительно, поэтому, подобрав подол путающейся в ногах юбки, она пулей вылетела из комнаты, чтобы быстрее скрыться с его глаз, раствориться, исчезнуть, а лучше вообще провалиться сквозь землю. На пороге она столкнулась с отцом. Судя по всему, тот стоял там уже не одну минуту. Лия набрала в лёгкие воздух, чтобы и ему сказать пару ласковых слов, но сдержалась, гордо вздёрнула носик, и, отвернувшись от них обоих, удалилась.

Том перевёл взгляд на Джона. Тот виновато мотнул головой.

— Простите…

— Что вы! Я в восторге. Даже у меня не получается так ставить её на место.

— Пожалуй, пойду извинюсь перед ней.

— Ни в коем случае! — остановил его Том, — ни к чему извиняться. Вы были правы. Она это поймёт и сама вернётся. Либо…

Медисон замолчал и задумался, словно что-то вспомнил.

— Либо что? — встревожился Джон.

— Либо сначала выкинет что-нибудь этакое… в её духе. Н-да, — Том с досадой провёл ладонью по затылку, — придётся быть настороже. Мне. Вы возвращайтесь в Лондон. Я за ней присмотрю, не в первый раз…

* * *

Наверху в ресторане всё ещё шумели гости. Спорящие, смеющиеся толпы незнакомого народу, обсуждающие политику, отпускающие шутки и полушёпотом повторяющие неприличные анекдоты. Сейчас Лия чувствовала себя особенно чужой в их окружении. Отвернувшись от энергично махающей ей руками Стеллы, девушка ловко уклонилась от подноса, заставленного бокалами с белым и красным вином, и юркнула в узкую щель между отрядом официантов и тяжёлыми гардинами, прикрывающими вход в кухню. Оттуда, через пожарный выход, она выскочила наружу. Ждать отца, чтобы тот отвёз её домой, Лия, понятное дело, не собиралась. Поэтому, наверное, в десятый раз за этот вечер подняв полы невыносимо длинного платья, она побежала через палисадник ресторана к подъездной дорожке, где одного за другим подбирали подвыпивших гостей таксисты.

Заприметив свободное такси, девушка на бегу взмахнула рукой, радуясь, что тяжёлый день, наконец, закончился. Вдруг боковым зрением она уловила параллельное движение в кустах. Кто-то пытался её догнать.

— Лия, — позвал неизвестный.

— Что?! — рявкнула она в темноту.

Неохотно перейдя на шаг, девушка быстрым взглядом окинула присоединившуюся к ней тень. В праздничной офицерской форме она не сразу признала в ней Пола Нейсона.

— У вас был парад? — уже вежливее спросила она.

— Нет, людей не хватило на патрулирование улиц, — мрачно пояснил полицейский, — ты не могла бы остановиться? Я весь день на ногах, сжалься!

Резко затормозив, Лия нетерпеливо повернулась к своему спутнику.

— Давай коротко. Не хочу, чтобы такси увели, — она кивнула на подруливающую к обочине чёрную машину.

— Постараюсь… Ты не знаешь, у Витторио есть другие родственники, помимо его бывшей жены?

— Зачем тебе? — насторожилась Лия, почувствовав вдруг, как холодок прошёлся по спине, — что случилось?

Пол не ответил, лишь молча всматривался в побледневшее лицо девушки, словно проверяя, насколько искренни её чувства. Вроде бы удовлетворённый, он пожал плечами.

— Пока ничего криминального, — сказал он с еле заметной претензией в голосе, — Бруни пришёл в себя.

— Правда?! — Лия чуть не задохнулась от радости, — едем к нему!

Она снова дёрнулась в сторону такси.

— Куда к нему?

— Как куда? — озадаченная его вопросом девушка остановилась. — В больницу.

— Его там нет, — Нейсон внимательно следил за её реакцией.

— Как это нет? А кто там есть?

— Никого! Целый день вокруг его палаты толкалась куча странного
народу, это так главврач сказал, а когда его выписали, сразу стало
тихо и пусто. Тогда-то все и спохватились.

— Бр-р-р, — замотала головой Лия, — что за нелепица!

— Вот и я так подумал.

— Кто его выписал?! Как они могли? Даже если он пришёл в себя!

— Кто и как выписал, непонятно. Но все документы о выписке
в полном порядке.

— Так ведь там на каждом бланке ставится подпись медсестры
и врача. Без них не выпишут!

— Все подписи на месте, — холодно прокомментировал Пол, —
не придерёшься. Врач в недоумении, но не отрицает, что в запарке
мог и подписать — у них сегодня выдался богатый на события
денёк.

— И где же Витторио? — растерянно спросила Лия.

— Это-то я и надеялся выяснить у тебя. Вот, — вытащив из кармана какой-то бумажный огрызок, он протянул его девушке, — нашли
на его больничной тумбе.

Лия взяла записку и развернула её.

— «Кто владеет запахом, тот владеет сердцами людей», — прочитала она, — почерк Витторио…

— Что это значит?

— Это цитата из романа Патрика Зюскинда «Парфюмер». Я очень
любила этот детектив, когда училась в школе.

— Не читал, — Нейсон начал проявлять нетерпение, — что ещё
можешь сказать?

— Бумага непростая. Её вырвали из записной книжки производства компании Moleskine. Витторио их использует, чтобы записывать
интересные рецепты, мысли…

— Цитаты?

— Цитаты тоже.

— Значит, кто-то мог вырвать эту запись из его блокнота и под-
бросить? Зачем?

Его собеседница молча пожала плечами. Пол некоторое время
изучал выражение её лица.

— Это как-то связано с тем, что ты мне говорила? — спросил он,
наконец, — о запахах?

— Это напрямую с этим связано, — Лия снова умолкла, раздумывая, стоит ли продолжать.

— Я же извинился! — догадался о причине её медлительности детектив, — признал, что был неправ. Что тебе ещё нужно?!

— Хорошо, — девушка примирительно улыбнулась, — дело в том, что Патрик Зюскинд очень красиво описал влияние ароматов на отношение людей друг к другу, на их настроение и настрой. «Люди могут закрыть глаза», — писал он, — «и не видеть величия, ужаса, красоты, и заткнуть уши, и не слышать людей или слов. Но они не могут не поддаться аромату. Ибо аромат — это брат дыхания…»

Лия поднесла обрывок с цитатой к носу.

— Можно защититься от увиденного, закрыв глаза. Можно заткнуть уши, чтобы не слышать ненавистный тебе звук. Но если хочешь жить, ты обязан дышать… Поэтому это так трудно — уберечься от влияния, которое оказывают на нас запахи…

Девушка глубоко вздохнула.

— Ветивер…

— Что? — удивился Пол, — что ещё за ветивер?

— Его глубокий и благородный аромат ни с чем не спутаешь. Сухой тёплый запах с лесным и песочно-пыльным оттенком, — как скороговорку пробормотала Лия, с грустью провожая взглядом не дождавшееся её такси с более проворными пассажирами, — верхние горькие ноты и сладковатые нижние. Держится очень долго…

Снова вздохнув, она вернула записку полицейскому.

— Спокойной ночи, Пол. Я не знаю, где Витторио, но, чувствую, с ним всё в порядке.

— Ты куда? Домой? Давай подвезу.

— Нет. Пожалуй, домой мне ещё рано… Я пройдусь… и подумаю.

Уже не спеша она пошла туда, где пешеходная дорожка упиралась в горбатый мост через шоссе. За мостом ничего не было, лишь пустошь, которая тянулась до следующего шоссе.

Детектив хотел было её окликнуть, но передумал. В этот вечер чуть ли не за каждым километровым столбом стояла полицейская машина, так что за безопасность граждан можно было не волноваться. И всё же он ещё долго смотрел вслед удаляющейся девушке, пока та не исчезла за мостом. Нейсон снова взглянул на добытый им клочок бумаги и поднёс его к лицу. Едва различимый пряный аромат тёплой волной проник с дыханием в лёгкие. В голове на короткое мгновение возникли ассоциации с давно забытым событием, промелькнули лица коллег, всплыли их шутки. В ушах зазвенел весёлый мотив, и сердце смычком скрипки полоснуло острое чувство ностальгии. Тряхнув головой, прогоняя странное видение, Нейсон поспешно убрал улику в карман и широким шагом направился к своей машине.

* * *

Набродившись вдоволь, Лия вернулась домой после полуночи. Отца дома не было, и девушка даже не стала портить себе нервы измышлениями, где и с кем он сейчас, лишь послала ему короткий ответ на его, однако, строгий вопрос о её местопребывании.

В телефоне, помимо многочисленных эсэмэсок от Стеллы, мигало два пропущенных звонка от Нормана, и впервые в жизни Лия не горела желанием ему перезванивать.

Когда она снимала платье, из-за пояса выпало переданное Джоном приглашение. При свете Лия смогла рассмотреть его получше. Это была ориентированная на туристов открытка с изображением главной достопримечательности Арисейга — маяка. Нарисованный, наверное, местным художником-кубистом, он выглядел иначе. Погружённый в пучину развёрнутого океана, маяк цеплялся жёлтыми лоскутами света за высеченные из скал квадратные ступени. Совсем не похоже на традиционную рождественскую открытку. Да и в самом приглашении на обратной стороне ничего, кроме даты, на Рождество не указывало. И всё равно от него веяло теплом праздника, то ли из-за торжественной формы изложения, то ли из-за излюбленных тётушкой Бет устаревших оборотов речи. Выведенный рукою текст был так прост и понятен Лие, что у неё сразу же возникло желание написать ответ и с благодарностью принять приглашение. Вернее, отказаться… Конечно, отказаться!

Закрыв глаза и сделав глубокий вдох, Лия засунула открытку в ящик стола и со стуком его задвинула. В надежде отвлечься, она занялась платьем. Аккуратно повесила его на вешалку и, раскрыв дверцы шифоньера, начала сдвигать одежду, чтобы освободить место. Рука углубилась в недра шкафа, пытаясь дотянуться до застрявшей и не дающей двигаться другим вешалке. Наброшенное на неё сари намоталось на штангу и намертво к ней привязалось. Подхватив свободный конец паллы, Лия потянула её на себя, но услышав, как затрещала ткань, остановилась и с нежностью провела ладонью по материи, наслаждаясь насыщенностью её цвета и лёгким ароматом индийской кухни, выветрить который было непросто. И вдруг, словно из ниоткуда, опять возник запах ветивера. Выпустив из рук сари, девушка сделала пару шагов назад и снова приблизилась к шкафу. Она знала наверняка, что в нём ничего так пахнуть не может. Однако став уже навязчивым, тёплый аромат явно исходил откуда-то сверху.

Встав на цыпочки, Лия сунула руку под стопку постельного белья, сложенного на верхней полке шкафа, и нащупала твёрдый чужеродный предмет. Она очень медленно потянула его на себя. Наконец, из-под оборочки простыни показался корешок старой книги.

Прочитав название на переплёте, девушка одёрнула руку, будто книга превратилась в смертельно ядовитую змею, и отступила. От резкого движения, книга свалилась с полки и с глухим шлепком упала на пол. Опустившись на колени рядом с ней, Лия протянула руку и дрожащими пальцами провела по обложке, проверяя, не игра ли это её воображения? Увы, название «Perfumes, Cosmetics and Soaps by W. A. Poucher», напечатанное выпуклым шрифтом, потёртое временем, но чёткое, не исчезло и не растаяло от её прикосновения.

Обратив глаза к потолку, девушка вздохнула, покорно принимая вызов судьбы или того, кто решил выступить в её роли. Она взяла в руки книгу и открыла её. И чихнула. Запомнившийся ей почти неуловимый сладковатый аромат потряс её обоняние, точно предупреждающий об опасности знак. Как ещё одна защитная реакция организма, на глаза мгновенно навернулись слёзы. Плотно сжав веки, Лия терпела. Она хотела вспомнить этот запах! Где и при каких обстоятельствах она его вдыхала? У Клейтона в библиотеке, да, но это был не первый раз. Она вдыхала его раньше, гораздо раньше! Сжав волю в кулак, девушка поднесла книгу ближе к лицу и быстрым движением большого пальца пролистала её. Сильный запах ветивера доминировал, но она постаралась абстрагироваться от него и сконцентрироваться на других, менее интенсивных ингредиентах аромата. Их названия моментально всплыли в голове и заняли своё место в списке, который она только вчера показывала Кристиану. Все, кроме одного… со сладковатой нотой шампанского. Что же это?!! Девушка с раздражением захлопнула букинистический раритет. При этом из книги вылетел и плавно приземлился на пол кусочек белого картона.

Подобную закладку Лия уже видела. Только на этой вместо Antique Magnifique было иное название. Ещё одна лавка древностей с романтическим именем «Эдельвейс». Рука Лии невольно потянулась к кулончику, подаренному ей мамой. «Нет, столько совпадений сразу быть не может!» — убеждала она себя. Но добил её не самый любимый Анитой горный цветок, а то, что было написано на обратной стороне закладки. Всё те же слова Патрика Зюскинда: «В аромате есть убедительность, которая сильнее слов, очевидности, чувства и воли. Убедительность аромата неопровержима, непоборима… Против неё нет средств…» — напечатанные на цветном принтере, но написанные почерком её матери. Словно отсканированные со страницы её записной книжки.

У Лии закружилась голова. Эта закладка предназначалась ей и только ей. Кто-то играл с ней, как с котёнком, играл на её чувствах и впечатлительности. Зачем? Кому это надо? Ответить мог лишь тот, кто подбросил ей эту книгу.

Повернув закладку, девушка снова посмотрела на адрес антикварной лавки. Ослабив пальцы, она выронила закладку и снова сжала их в кулак, рассчитывая, что этот жест придаст ей мужества. Это действительно помогло. Встав на ноги, Лия переступила через книгу и вновь подошла к шкафу. Из его глубины она извлекла своего бессменного спутника в путешествиях — поношенный и насквозь пропитанный запахом дорог, костра и живицы рюкзак.

— Джинджи прав, — тепло улыбнулась она ему, — традиции надо чтить.

Со знанием дела Лия за каких-то полчаса собрала самое необходимое и, написав коротенькую записку отцу, положила её под кофейник на обеденном столе. Потом аккуратно потушила свет в доме и тихо, словно боясь кого-то разбудить, выскользнула за дверь.

10 июля

Чем измеряется наша жизнь? Мгновениями. А как измерить мгновение? Секундой? Долей секунды? Нет, мгновение — это и есть сама жизнь. Только оно, текущее мгновение, имеет значение, лишь оно ощутимо. Одно мгновение — одно полное дыхание, вдох и выдох. Со вдоха начинается жизнь, с выдохом мы с ней прощаемся. Дыша, мы проживаем тысячи жизней, наполненных особым смыслом, понять который и запомнить могут лишь избранные люди. Люди, умеющие дышать правильно. Ведь именно со вдохом к нам приходит решение проблемы, а с выдохом мы её уже решаем. Мы вдыхаем, чтобы собраться с духом, и выдыхаем, чтобы избавиться от непосильного груза. Если научиться дышать глубоко и долго, можно продлить жизнь и успеть за короткое мгновение постичь её тайну, с каждым вдохом расширяя своё сознание до размеров вселенной.

Так говорил мудрый гуру… убедительно и проникновенно. Сердцем, разумом и душой ты внимал его словам, представлял и чувствовал своё долгое дыхание, легко контролировал его. Но потом, оказавшись наедине с самим собой, осознавал, что без помощи учителя держать дыхание ровным и глубоким ты можешь недолго. Оно сбивалось от любой тревожной мысли, учащалось и обрывалось. И теперь, зная, что значит для тебя дыхание, ты видел вред, наносимый твоей жизни постоянными переживаниями и страхами. А ведь они не переводятся. Их бесконечная вереница сопровождает каждое наше дыхание. Одни приходят на смену другим. Остаётся лишь одно: научиться преобразовывать негативную разрушительную энергию страха в позитивную созидательную энергию опыта. А это требует времени: много-много вдохов и выдохов. Но с каждым правильным вдохом мы поднимаемся выше и оказываемся ближе к состоянию полной гармонии со своим внутренним «я». С каждым выдохом мы прощаем и отпускаем обиды. Это делает нас легче, а значит, ускоряет подъём.

Лёгкость и умиротворение — вот, что чувствовала Лия сейчас. В какой-то момент ей удалось, наконец, достичь того уровня спокойствия, который позволял как бы со стороны посмотреть на сбивающие дыхание проблемы. Нет, не со стороны… с высоты! Вдох и выдох…

Неделя у неё ушла на то, чтобы начать дышать полной грудью. Без коротких выдохов, чтобы унять дрожь в ладонях, без коротких вдохов, когда казалось, что не хватает воздуха. Она долго не могла понять, что с ней происходит, но потом… когда её состояние изменилось, и она смогла расслабиться и рассуждать здраво, она догадалась, что причиной было то жуткое сочетание ароматов, которыми пропиталась найденная ею книга по парфюмерии. Несущие их газы проникли в каждую клетку лёгких, а потом — мозга. И теперь она задавалась вопросом: если Витторио провёл много времени над этой книгой, могло ли это столь же пагубно сказаться на его здоровье? Нет, на самоубийство не подтолкнуло бы, но это объяснило бы его нервозное состояние перед случившимся, о котором говорил Пол.

Осознав опасность книги, Лия пожалела, что взяла её с собой, и поспешила отослать обратно в Торонто с первого же почтамта.

Вдох и выдох… Сейчас события в Торонто поблекли и уже не так сильно ранили. И потом… океан… Он спасал, утешал, убаюкивал.

Ещё вдох, ещё выдох. Девушка приподняла ресницы и блаженно вгляделась в сверкающее на солнце водное пространство. Мягкая трава щекотала её ступни. Огромный валун, пропитанный жаром тропического солнца, приятно грел спину. Жужжание мошкары и порхание бабочек вносили разнообразие в застывший от духоты пейзаж, напоённый полуденным зноем.

Лия сидела в самом центре зелёного пустыря, словно в центре вселенной. Обхватив руками колено, она каждой клеточкой своего тела наслаждалась теплом и свежестью периодически прорывающегося океанского бриза. Она была счастлива. Волны восторга, одна за другой, захлёстывали её. Всё вокруг казалось идеальным. Всё: и лёгкий почти незаметный ветерок, который трепал её волосы; и растущая как попало трава; и в беспорядке раскиданные булыжники, когда-то составляющие крепостную стену форта Сан-Фелипе дель Морро; и шум океана… О этот шум! Упоительный, ни с чем не сравнимый… Наполняющий сердце покоем и волнением одновременно. Как долго она мечтала о нём. Казалось, недавние сердечные и прочие передряги — всего лишь незначительное тёмное пятнышко в мозаике воспоминаний. Но что такое маленькое пятнышко прошлого по сравнению с настоящим, воплотившимся в безбрежной глади океана?!

Маленькое пятнышко… маленькое, назойливое… посылающее импульсы в мозг.

Медленно подтянув к себе рюкзак, Лия достала всюду сопровождающий её блокнот и карандаш. В век технического прогресса эти две вещи было особенно приятно держать в руках. Подложив под блокнот путеводитель Lonely Planet Puerto Rico, Лия начала писать черновик письма, как делала это много раз. Этот процесс всегда доставлял ей небывалую радость. Даже если она заранее знала, что на длинный подробный ответ рассчитывать не придётся.

«Mon cher Chris,
Прости, что так долго не посылала о себе весточку. Знаю, о чём ты подумал, и ты прав. Я просто сбежала… В который раз я поступила легкомысленно, необдуманно и, пожалуй, эгоистично. Подозреваю, однако, что тебя я этим не удивила…

Почему Сан-Хуан? Наверное, ты сам догадываешься… Сработало то, что я называю шестым чувством, или интуицией, а ты — плодом моего буйного воображения. Что-то подсказывает мне, что именно здесь я найду то, чего мне не хватает в жизни. Мудрости ли? Приключения? А может, ответы на бесконечные вопросы, заполнившие в последнее время моё существование?.. Это неважно, я вся в предвкушении!

Я приехала сюда, не забронировав номер в отеле. Как всегда… Однако начала я не с поисков отеля, а с обхода букинистических и антикварных лавок. Ты же знаешь, как я их люблю! В одной из них я увидела потрясающей красоты ароматницу — давно такую искала. Семнадцатого века! Конечно, я не смогла её купить, но всё о ней расспросила у владельца магазинчика, сеньора Ортеги. Узнала, что они с женой сдают мансарду над их магазином. Я им так приглянулась, что они предложили мне её снять за смешную цену. Комната потрясающая! С махонькой кухней и выходом на крышу. Ни телефона, ни телевизора! Зато с крыши виден кусочек залива, а ночное небо буквально взрывается мириадами мерцающих и падающих звёзд. Хочется замереть на миг и таки задуматься о вечном. Вот она — романтика простой жизни!..

Первые несколько дней моего пребывания здесь представляли собой безумное сплетение восторга со страстным желанием впитать в себя все прелести мимолётной беззаботности. Это было сумасшедшее время, праздник для моей ненасытной души. Я перемерила все аутентичные наряды сеньоры Ортеги — от пышных мексиканских сарафанов до строгих испанский костюмов. В Сан-Хуане удивительно переплелись культуры и традиции народов соседствующих материков. На улице можно встретить улыбающихся мексиканцев, отплясывающих под прищёлкивание собственных пальцев. В ресторанах страстно танцуют фламенко испанки. А вчера в маленьком парке я видела полинезиек. Пропитанные ароматами франжипани и увешанные венками, они плясали в ритме хулы, каждой клеточкой своего тела отдаваясь божественному танцу. Понятное дело, я не прошла мимо… присоединилась…

Крис, я не прошу тебя отвечать на моё письмо. Пожалуй, я виновата перед тобой, и пойму, если ответом мне будет молчание… Говорят, с письмом передаётся частичка того, что чувствует пишущий его. А я сейчас счастлива… и верю, письмо моё сохранит для тебя хотя бы крупицу этого счастья.

Твоя Лия

P. S. С Интернетом тут большие проблемы, но всё-таки он есть, и писать я смогу регулярно, что, надеюсь, не будет тебе в тягость. А если наберусь храбрости, то, может, даже позвоню…»

Через час текст был набран и отправлен из маленького портового кафе, где на удивление хорошо ловился Интернет. Немного помешкав, Лия опять придвинулась на барном стульчике к лэптопу и принялась за новое письмо.

«Привет Джинджи,
Ты просил держать тебя в курсе моего дилетантского расследования. Нет, не так… ты просил меня отвлечься от него. Извини, не получилось. Да, я опять взялась за старое. Причём не совсем намеренно. Наверное, папочка уже попросил тебя отследить моё местонахождение, правда? И ты, наверняка, сделал собственные выводы по поводу выбранного мной места отдыха.

Ты говорил, что у меня есть чутьё. Так вот именно оно меня сюда привело. Первым делом я обошла все антикварные лавки. Почему? Да потому что, несмотря на твой скептицизм относительно найденных мной улик, я верю, что тот магазинчик в Торонто напрямую связан со случившимся с Витторио. И опять же ведомая чутьём, на этот раз настоящим, я набрела на лавку, пропитанную запахом ветивера. Можешь проверить, но я знаю наверняка, что «Эдельвейс» принадлежит Бриксту, и что пропавшую книгу Витторио купил именно здесь. Хозяин, некий Элиос Тэрси, весьма приятный джентльмен…

Тут целая улица подобных магазинов для любителей предметов старины. Владельцы часто сдают комнаты на верхних этажах, чтобы легче было платить за ренту всего здания. Я обосновалась в одном из них, с прекрасным видом не только на залив, но и на вышеупомянутую лавку. Осталось лишь набраться терпения, чего мне так часто не хватает. Пожелай мне удачи! Подозреваю, в скорости опять потребую у тебя профессионального совета.

До связи,

Лия»

Перечитав письмо, Лия неодобрительно поморщилась — слишком мало информации она собрала. А если быть точной — никакой вовсе. Пора бы более ответственно отнестись к своей детективной деятельности. Кликнув по иконке скайпа, она открыла видеочат и ткнула пальцем в фамилию единственного человека, который значился у неё в «коллегах».

Длинные гудки растянулись в вечность. Долгие, нудные, безответные. Уткнувшись подбородком в ладошку, Лия скучающе изучала прохожих за окном кафе. Карандаш в её руке сам рисовал на салфетке палочки, словно вёл счёт бесконечным гудкам. Когда они неожиданно прервались, карандаш испуганно дёрнулся, оставив в нежном бумажном квадратике рваную рану.

— Алло, — прохрипел недовольный голос.

— Привет, Пол! — жизнерадостно поприветствовала девушка сонную физиономию полицейского.

— Кто это? — протерев кулаком глаза, Нейсон выпучил их в камеру, — Лия?! Какого хре… чего тебе надо?! В это время суток!

— Сейчас три часа дня, — спокойно проинформировала его собеседница.

— Да? — пробурчал он и сощурился в монитор своего телефона, пытаясь разглядеть время, — прости… ночное дежурство…

— Ах, опять «повышал квалификацию» за своего супервайзера? Он не ответил, лишь сердито нахмурился.

— Сдаётся мне, он намеренно тебя гоняет, чтобы у его добросовестного подчинённого не хватало времени на что-то стоящее! — и девушка многозначительно сделала знак бровями.

— О нет, — простонал Пол, — не начинай заново, Лия. Бруни пришёл в себя, в полицию не заявился и ни на кого не заявил. Всё! Конец истории.

— Но он же пропал!

— Не пропал. А уехал отдыхать. Он — совершеннолетний, имеет право. А вот у нас права нет докучать ему слежкой и лишними вопросами. Дело закрыто!.. Должно произойти что-то из ряда вон выходящее, чтобы… — блеск в глазах девушки заставил его запнуться, — что-то случилось? Ты вообще где?

Он снова прищурился, на этот раз, чтобы понять, что происходит за спиной его мучительницы.

— В Сан-Хуане.

— Где?! Что-то я такого кафе не знаю…

— Это не кафе.

Детектив глубокомысленно поскрёб небритую щёку. И вдруг его помятое лицо разгладилось.

— Так тебя нет в Торонто?! А я-то диву давался, куда ты запропала. Даже понадеялся, что ты решила оставить меня в покое и…

Он осёкся. Привычная подозрительность напрягла его черты.

— Сан-Хуан? Ты опять за старое?

— О да, Пол! Покой нам только снится! — лучезарно улыбнулась она ему и, терпеливо выслушав чертыханья оппонента, закончила:

— И мне нужна информация…

11 июля

Старый Сан-Хуан, древний Сан-Хуан… словно замер в своём первозданном виде, опутанный, как паутиной, мощёными булыжником мостовыми. Вдоль них тянулись коренастые домики — экзотические представители испанского колониального стиля. От простоватых, примитивных до неистово экстравагантных. Весёлое разноцветье штукатурки. Миниатюрные, уставленные цветочными горшками балкончики. Тяжёлые деревянные двери, скрывающие за собой заманчивые тенистые внутренние дворики. Завораживающее сочетание старинных строений и ультрасовременных нарядов состоятельных туристов…

Лия вприпрыжку неслась вдоль красочных улиц, часто останавливаясь, чтобы в который раз полюбоваться архитектурными диковинками. Морской бриз раздувал свободную мексиканскую блузку и оборки длинной тюлевой юбки, придавая девушке ощущение лёгкости и воздушности, а прекрасное настроение, подобно солнышку, играло радужным светом в её глазах. В это благословенное утро произошло два радостных события. Во-первых, Пол подтвердил, что описанная ею лавка действительно принадлежала Бриксту. Элиос Тэрси был лишь управляющим, что-то вроде коммерческого директора. «Странный тип… м-м-м…» — пробормотал напоследок детектив и отключился. Она хотела было перезвонить и выяснить, что он имел в виду, но не успела. Входящий видеозвонок от Криса вытеснил из её головы Нейсона, Брикста и прочих.

— Ну и номер ты отколола! Многого ожидал от тебя, но чтоб такое! — с выражением бесконечного умиления на лице слушала она его голос.

— Ты злишься на меня?

— Oh, ma chérie! Ты же знаешь, я не умею на тебя злиться, — обаятельно улыбнулся он, — а ты стала ещё краше, родная. Я знал, что тропический климат пойдёт тебе на пользу. Жаль, меня рядом нет.

— Так приезжай, — робко попросила Лия.

— Серьёзно? Разве ты сбежала не от меня? — лукаво подмигнул он.

— Нет, Крис, — вздохнула она, — не от тебя. Хотя расстояние тоже пошло мне на пользу, многое переосмыслила. И поняла, что скучаю… очень!

— Взаимно, ma chérie. В ближайшее время я занят — появилась срочная работа. Постараюсь покончить с ней в кратчайшие сроки. А пока — умоляю! Будь хорошей девочкой, не впутайся в историю до моего прибытия…

«Не впутайся в историю! Легко сказать…» Лия резко затормозила перед магазином Брикста и задумчиво потёрла веснушчатый носик. С минуту покачавшись на пятках, разглядывая красивое название на вывеске, она поправила перекрутившуюся от ветра юбку и решительно дёрнула на себя дверь лавки.

— О! Мадемуазель вернулась! — расплылся в улыбке продавец, — Лия, не так ли?

— Bonjour, месье Тэрси.

— К чему такая официальность? Элиос.

— Элиос, — послушно повторила Лия и с любопытством огляделась, — какие-нибудь новинки?

— Со вчерашнего дня? — рассмеялся он, — мои поставщики не такие энтузиасты. И всё же кое-что у меня есть.

Он щёлкнул пальцами и нырнул под прилавок.

— Обменял пару месяцев назад у одного матроса на фляжку первой мировой. На мой взгляд, выгодная сделка, оцени.

Он бережно положил перед девушкой книгу в роскошном переплёте — из ткани с золотым тиснением на корешке.

— Ты упоминала, что увлекаешься искусством. В этой книге сохранились прекрасные французские гравюры восемнадцатого века.

Лия открыла антикварное сокровище и трепетно провела рукой по цветной иллюстрации.

— C'est magnifique![1] — с благоговением шептала она, переворачивая страницу за страницей.

---

[1] Это великолепно! (фр.).

Скрестив руки на груди, Тэрси внимательно следил за плавным движением её кисти. Для мужчины средних лет он сохранил весьма привлекательную моложавую внешность. Даже частые морщины на лбу и вокруг рта, постоянная улыбка и, в то же время, острый взгляд придавали ему некий шарм и наверняка приводили в смятение женские сердца. Очевидно, он неоднократно этим пользовался.

— Это замечательная книга, Элиос, — сказала Лия, — жаль, что сейчас такие не печатают.

— На этом наш бизнес и держится, — ухмыльнулся Тэрси.

— А можно задать вопрос?

— Хоть тысячу, миледи!

— Почему у вас в магазине пахнет ветивером? Даже книги пропахли.

Она аккуратно приподняла предоставленную ей книгу и протянула управляющему. Тот принюхался к глубокому тёплому аромату с горчинкой.

— Ты права. Chrysopogon zizanioides.[1] Это Тришта, моя помощница. Немного помешана на благовониях. А этой «травой умиротворения» особенно злоупотребляет. Даже циновки из неё плетёт и с завидным усердием увлажняет их каждый вечер. Своеобразная ароматерапия. Я уже привык, даже не замечаю запаха.

— Он приятный, — согласилась Лия и тише добавила, — и весьма характерный...

Пропустив последнее замечание мимо ушей, Элиос кивнул на громко тикающие напольные часы:

— Скоро ланч. Может, пообедаем вместе?

— С удовольствием. Я могу подождать вас в каком-нибудь кафе.

— Есть прекрасное место на улице Кристо. Бар-ресторан «Виктория». Не была там? Кухня отменная, персонал отборный, музыка качественная. Необычные декорации, думаю, тебя, как художника, заинтересует.

— Уже заинтересовал! Значит, там через час?

— Там через час, — подмигнул он и проводил девушку до дверей, через которые взглядом проследил за ней до угла, пока волан воздушной юбки не затерялся за поворотом.

Отмеряв нужное количество времени, Лия выглянула из-за угла и, удостоверившись, что противник исчез в своих владениях, сама скрылась в доме напротив. Пробравшись в снимаемую ею мансарду, она с биноклем Сэта в руках застыла у окна. Когда через полчаса объект её слежки покинул лавку и удалился в сторону упомянутого им ресторана, она словно пёрышко вылетела на улицу.

---

[1] Ветивер (*лат.*).

* * *

С помощницей Тэрси Лия уже имела честь познакомиться. Она замещала хозяина в часы его отсутствия, поэтому магазин не закрывался даже в обеденный перерыв. Молодая индианка Тришта являлась воплощением жизнелюбия и женского очарования. Энергия била из неё ключом, а новые идеи не переводились. В антикварной лавке для неё всегда находились неотложные дела — от разных способов реставрации мебели до борьбы с вездесущими грызунами. И на этот раз Лия застала её полирующей восьмиугольную столешницу столетней тумбочки.

— Как же, как же, помню, — затараторила она на чистом английском языке, проворно орудуя полировальным кругом, обтянутым войлоком, — господин Бруни… Очень импозантный мужчина. Это была моя первая рабочая неделя, и господин Тэрси тестировал меня на обхождение с клиентами. Поэтому Витторио мне хорошо запомнился. На хинди со мной пытался говорить — звонко расхохоталась Тришта, обнажив жемчужные зубы, — а я сама ни бэ, ни мэ. Даже как-то неловко было. На кофе пригласил. Я сдуру согласилась. Потом только дошло, что с клиентами нельзя, — беспечно пожав плечами, индианка переключилась на натирание тряпочкой серебряного портсигара, — думала, всё, моя первая неделя станет последней. Да нет, обошлось.

— Элиос не уволил?

— Даже наоборот, проявил интерес. Спросил, о чём говорили, что заказывали.

— Странно…

— Сначала я тоже так думала, — кивнула Тришта, сменив занятие на штопанье маленькой подушки-думки, — а потом поняла, что тот пытался богатого клиента в силки заманить — товар дорогой подсунуть. Вот о вкусах и выспрашивал.

— И как, подсунул?

— Ещё бы! Хозяин своего не упустит, ха-ха! — совсем развеселилась молодая женщина, посасывая уколотый палец, но потом словно опомнилась и добавила:

— Только это между нами. У меня ещё испытательный срок не кончился.

— Разумеется, — кивнула Лия.

Ей о многом хотелось расспросить Тришту, но время подходило к ланчу. Не следует давать Тэрси повод для подозрений. Распростившись с его неутомимой помощницей, девушка побежала к улице Кристо.

«Викторию» она нашла не сразу. Ничем не примечательная вывеска на сливающемся с рядом похожих домов здании. Открытая терраса конспиративно пряталась во внутреннем дворе под абажуром огромного хлопкового дерева — символа Пуэрто-Рико, окружённого декоративными магнолиями в кадках. Проигнорировав парадный вход, Лия протиснулась сквозь приоткрытую калитку, обошла вокруг мощного ствола и осторожно провела пальчиками по покрывающим его острым шипам. Клыкастый гигант в центре цветущих магнолий смотрелся неестественно и чудно. Странное чувство тревоги закралось в душу девушки и только усилилось, когда она через стеклянную дверь веранды зашла внутрь ресторана.

Несуразная планировка помещения одновременно притягивала и озадачивала. Главный зал выглядел так, словно когда-то его шаровым тараном выломали из двух этажей многоквартирного дома. На прикреплённых к рельефному потолку лесках болтались фужеры из дешёвого стекла. Покачиваясь под потоками охлаждённого кондиционерами воздуха, они гулко стучали друг о друга. Выцарапанные на стенах граффити, броские и смелые, перемежёвывались с автографами знаменитостей. Центральная барная стойка в орнаменте покорёженной решётки осаждалась плотным кольцом посетителей. Да и столики вокруг не пустовали. «Виктория» пользовалась необыкновенным успехом. Вышколенные официанты в полосатых рубашках, от которых слегка рябило в глазах, в изящном танце разносили заказы, ловко держа подносы на веере пальцев рук.

Лия внимательно оглядела присутствующих. Элиос занял одну из кабинок у дальней стены. Обломки подпиленных решёток однозначно превращали их в миниатюрные камеры. Да и во всём ресторане прослеживался тюремный мотив, ненавязчиво и даже элегантно. Как ей после рассказал Тэрси, в этом не было ничего удивительного. Ресторан открыли на месте недействующей тюрьмы. Сначала из неё хотели сделать музей, однако идея не окупилась, и землю вместе с разваливающейся темницей продали частному лицу. Удачно сохранив атмосферу, владелец мастерски превратил место заключения в преуспевающий бизнес.

Девушка сделала шаг в сторону кабинок и остановилась. Тэрси был не один. С ним за столом сидел грузный мужчина, по-хозяйски развалившись на кожаном сиденье. Глянцевая лысина в нимбе сальных кудряшек отражала приглушённый матовыми плафонами свет люстр. Расстёгнутые пуговицы рубашки подчёркивали крупные формы и полное безразличие к собственному внешнему виду. Элиос смотрел на мужчину с тщательно скрываемой неприязнью. Не гнал, однако нетерпеливо поглядывал то на часы, то на дверь ресторана, откуда должна была бы появиться Лия. Наконец, незнакомый мужчина встал, отсалютовал Тэрси и удалился. Выскочив обратно на террасу, Лия выбежала на улицу и проследила за удаляющимся вразвалку посетителем. Поборов желание следовать за ним, она выждала минуту и вошла в ресторан.

12 июля

—Ах, Крис, я совсем запуталась, — плакалась она перед монитором своего лэптопа на следующий день, — мне в каждом прохожем мерещится преступник, а может, я действительно себе всё напридумывала, не было никакого убийства… а Брикст… Брикст… — она замялась, не находя объяснения своей предубеждённости против антиквара.

—Успокойся, ma chérie. Я подозревал, что ты там не только хулу отплясываешь. Могла бы быть со мной откровеннее. Я думал, ты мне доверяешь…

—Конечно, доверяю! Просто не хотелось, чтобы ты высмеял меня… м-м-м… раньше времени.

Норман осуждающе покачал головой.

—Давай начистоту, Лия. Чего ты добиваешься?

—Не знаю, — растерянно пробормотала она, — наверное, хочу доказать самой себе, что моя интуиция меня не подвела… Что Брикст — некий злой ум, симулирующий депрессию, по каким-то причинам и каким-то зловещим образом хотел избавиться от Витторио. Что его подручный Тэрси подсунул Витторио книгу, пропитанную наркотическими благовониями. И не поверю, что Элиос сделал это во имя процветания антикварного бизнеса. Бывший актёр, не нашедший признания публики и изображающий нервное расстройство, чтобы вытягивать из страховой компании средства на лечение, пойдёт на любую авантюру, особенно если ему хорошо за неё заплатят. Он, кстати, окончил театральный факультет Бостонского колледжа…

—Подожди, — остановил её на полном скаку Крис, — откуда тебе всё это известно?

—Э-э-э, — смутилась Лия, вдруг вспомнив, что о Поле она ведь тоже ничего ему не говорила.

Именно Нейсон по её просьбе раздобыл весьма детальную информацию о личности Тэрси. Выдавать своего личного осведомителя ей не хотелось.

—У местных расспросила, — туманно ответила она, радуясь, что плохая связь смазала следы замешательства на её лице.

Обмануть Криса было непросто, он же знал её как облупленную. Вот и сейчас он не мигая всматривался в изображение на экране, озабоченно нахмурившись.

—Я на днях принял решение, Лия. И теперь вижу, что оно правильное. Тебе нужна помощь профессионала. Я попросил Эди вновь вмешаться в твоё любительское расследование. Подожди с упрёками, ma chérie, — он поднял руку, предупреждая возражения подруги, — я уже выслушал порцию от этого ворчуна. Он хорошо делает свою работу, доверься ему. Существуют дела, которые лучше предоставить мастеру.

— Но Крис… — хотела было возразить Лия, но он её снова прервал.

— Поздно, ma chérie. Он уже вылетел. В общем-то, поэтому я тебе и позвонил. Через три часа будет в вашем аэропорту. Прошу, встреть его и введи в курс дела. Я скоро свяжусь с тобой снова.

* * *

Багажная карусель описывала очередной круг. Повязанные абсурдными ленточками чемоданы, рюкзаки, сложенные коляски, оклеенные скотчем коробки бесконечным потоком выплывали из недр багажного отделения и самозабвенно кружились в ожидании своих владельцев.

Джон устало потёр глаза, в которых уже рябило от ярких пятен на конвейере, и вздохнул. Не надо было вообще сдавать сумку в багаж. Его смутила трёхчасовая высадка в Нью-Йорке. Да и весь полёт из Лондона оказался на удивление долгим и изнурительным.

Как и следовало ожидать, его сумка появилась одной из последних. Подхватив её, Локхарт направился к выходу. Он не спешил. Не хотелось локтями пробивать себе дорогу через толпу пассажиров и встречающих их друзей, родственников и прочих. Сейчас суета спадёт до следующего прибывающего самолёта. Главное — не упустить момент и, воспользовавшись временным затишьем, пройти через таможенников.

Глаза слипались, а голова тянула вниз от тяжести роящихся в ней мыслей. Неимоверное количество подозрений, сомнений, предчувствий и череда разочарований. Как они его утомили! И верхом всего стало внезапное исчезновение Лии. Нешуточное беспокойство её отца передалось и Джону. Когда же Джейми сообщил ему о месте её пребывания, секундное облегчение сменилось очередной волной тревожных догадок. Какого чёрта её понесло в Сан-Хуан?!!

И всё же воспоминание об этом рыжем зеленоглазом недоразумении вызвало у него улыбку. Сердце забилось в упоительном ожидании встречи. Только вот где её искать? Джейми весьма туманно описал место, где она остановилась. Старый Сан-Хуан небольшой, но так не хотелось тратить драгоценное время на поиски, которые могли затянуться. Прервав размышления, Джон вышел из терминала и осмотрелся в поисках выхода. Поредевшие, но всё ещё внушительные скопища встречающих мерно шумели и размахивали разноцветными табличками. Однако в этом пёстром море Локхарт сумел выловить взглядом знакомую фигуру. Он изумлённо уставился на Лию, стоявшую всего в десяти метрах от него. «И как после этого не верить в материализацию идей?» — пронеслось в голове.

Девушка подпирала спиной колонну, которая, в свою очередь, удерживала высокий куполообразный потолок зала ожидания. Обхватив одной рукой блокнот, она делала какие-то наброски, судя по всему, колоритной группы хиппи, усевшихся в кружок неподалёку. Иногда она загадочно улыбалась своим мыслям, тут же передавая их бумаге.

Джон очень медленно подошёл к Лие. Непонятная неловкость овладела им. Он вдруг засомневался, стоит ли вообще к ней подходить. Не лучше ли понаблюдать со стороны, проследить? Их последняя встреча окончилась ссорой. Она не ответила на его письмо, игнорировала видеозвонки. Он не желал вновь увидеть печаль и досаду в её глазах. Но ноги сами несли его вперёд.

Джон остановился в шаге от девушки, загородив собой хиппи, и нерешительно провёл рукой по щеке. «Надо было побриться» — последнее, о чём он успел подумать.

Оторвавшись от блокнота в поисках упущенных деталей композиции, Лия посмотрела сквозь молодого человека. Не сразу сообразив, что именно поменялось в пейзаже, девушка подняла рассеянный взгляд на Джона.

Локхарт внутренне собрался и приготовился к вулкану, изливающему лаву упрёков и недовольства. Каково же было его удивление, когда веснушчатое личико посветлело и буквально расцвело радостью.

— Джон! — воскликнула Лия и, выронив из рук блокнот с карандашом, преодолела шаг, разделяющий их. Похоже, она собиралась его обнять, только в последний момент передумала, видимо, что-то вспомнив, смутилась и вернулась на полшажка обратно.

Локхарт поднял оброненное и, возвращая, словно невзначай поймал за руку и тепло пожал её.

— Здравствуй, Лия. Не ожидал тебя здесь увидеть.

Он не врал — увидеть её в аэропорту действительно не ожидал.

— Что ты здесь делаешь?

— Встречаю… э-э-э… знакомого, — девушка на секунду замялась и поспешно перевела разговор на него, — какими судьбами ты тут оказался? Только прошу, не ссылайся на случайные обстоятельства. Я в них больше не верю.

Улыбнувшись, Джон качнул головой.

— Конечно, я тут неслучайно. В Пуэрто-Рико открылась школа на наши вложения. Мы давно не получали от них отчётности. Я хотел проверить, как идут дела.

— Ага, ревизия, — рассмеялась Лия.

— Иногда приходится этим заниматься.

Они оба притихли. Держась за руки, они с теплотой смотрели в глаза друг другу. Именно глаза вели между собой диалог, не требующий словесной поддержки.

—Уже поздно, — нарушил, наконец, молчание Джон, — мне ещё надо найти место для ночлега. Ты где остановилась?

—На улице Сан-Хосе, снимаю мансарду над антикварным магазином Ortega's Jewelry and Antiques. В это время суток тебе будет проще занять номер в гостинице. Рядом со мной есть несколько живописных отелей. Спроси у таксистов, они всегда в курсе.

—Почти стемнело. Может, мне тебя подождать? Поедем вместе.

—Не стоит, — быстро ответила Лия, — ты устал, а я тут могу надолго застрять. Кажется, рейс задержали.

—Хорошо, тогда… до завтра?

—До завтра? — переспросила она и неуверенно добавила, — пожалуй…

По лицу девушки Джон понял, что она ищет повод возразить.

—Я за тобой зайду, пообедаем вместе, — быстро заполнил он паузу, не дав ей времени опомниться, прощально кивнул и исчез в толпе.

Проводив его взглядом, Лия продолжала стоять, совсем не двигаясь, даже не заметив появления Эди. Она вяло поприветствовала детектива и затем вполуха слушала его ворчания по поводу задержки самолёта, качества подаваемой закуски и запрета курить в туалете.

Когда они вышли из здания аэропорта и встали в очередь за такси, Лия увидела Джона, садящегося в кабриолет Chevrolet Corvette, очевидно взятого на прокат. Он смотрел в их сторону. Она хотела было махнуть ему рукой, но что-то во взгляде молодого человека насторожило её. Девушка опустила руку, отвернулась от Джона и поволокла Эди в противоположную сторону, уверяя его на ходу, что они поймают такси гораздо быстрее у соседнего терминала.

13 июля

На следующее утро Лия с биноклем в руках зависла у окна. С крыши обзор был лучше, но жаркие солнечные лучи настолько её раскалили, что ни о какой слежке оттуда и речи быть не могло. К тому же, настроение девушки совсем не располагало к детективной деятельности.

На кровати лежала коробка, из которой виднелся бирюзовый кусочек вечернего платья — подарок Кристиана. Эди весьма небрежно сунул ей его в руки прошлым вечером перед тем, как скрыться в своём отеле, даже не соизволил помочь донести коробку. А Лия не стала настаивать. Прижав подарок к груди, девушка вряд ли согласилась бы с ним расстаться. Отель для Эди выбирался ею очень тщательно. В итоге она остановила свой выбор на «Касабланке». До улицы Сан-Хосе было метров триста. Не так далеко, чтобы вызвать подозрение, не так близко, чтобы бояться частых случайных встреч. И эти триста метров она пролетела со скоростью ветра в обнимку с драгоценной коробкой.

На платье приятные сюрпризы не закончились. Около полуночи ей на скайп позвонил сам Крис и пообещал, что скоро приедет. Из-за отвратительной связи разговор получился коротким, но Лия услышала достаточно, чтобы уснуть в сладком уповании на встречу.

Да и сейчас девушка могла думать лишь об интимных деталях их близкого свидания, насколько ей позволяли фантазия и дерзость. Она смотрела через бинокль на улицу, а видела красивую пару, самозабвенно вальсирующую на берегу моря. Она, облачённая в это прекрасное платье в стиле фэнтези, и он, в белой рубашке под жилеткой песочного цвета. И только под конец танца до неё стало доходить, что танцующий с ней партнёр вовсе не Норман…

Вздрогнув, Лия затрясла головой, изгоняя из неё образ Джона. Рука затекла в подвешенном состоянии. Она опустила бинокль и собралась было наплевать на всё и пойти на пляж, как вдруг улица внизу оживилась появлением объекта её наблюдений. Тэрси бодрым шагом приближался к своей лавке. Он опаздывал на десять минут с её открытием. Что-то его сегодня задержало. В высоко поднятой руке он нёс завёрнутый в чехол костюм. Возможно, только что забрал из чистки.

— Интересно, по какому случаю… — пробормотала Лия и, отбросив бинокль на кровать, помчалась вниз по лестнице.

Прогулочным шагом она приблизилась к конкурирующему антикварному магазину. Табличку «Открыто» ещё не повесили, но дверь оказалась незапертой. Оглядевшись, девушка легонько нажала на ручку и беззвучно проникла внутрь. Элиоса не было видно. Тришта ещё не пришла. Где-то в дальней комнате слышался приглушённый разговор. Лия нерешительно поводила пальчиком по кругленькому звонку на прилавке. Стоит ли давать знать о своём присутствии? Решила, что не стоит, и на цыпочках пошла на звук голоса.

— Да, бумаги получил… вчера.

Тэрси говорил нормально, не шептал, полагаясь на прикрытую дверь своего офиса. Слушая собеседника на другом конце провода, он постукивал пальцами по столу и время от времени закатывал глаза к потолку.

— Как-нибудь справимся. Не в первый раз, — в его голосе слышалось раздражение.

Лия осторожно заглянула в кабинет. Элиос стоял к ней спиной и теребил рукой шнуровку красочного болеро, разложенного на его рабочем столе.

— Тут такая оказия — маскарад. Подсунуть ему будет проще простого.

Он подхватил чёрную маску костюма матадора и театрально приложил к своему лицу.

—Да что может пойти не так? В крайнем случае, Мигель прикроет.

Разговор явно шёл к концу. Лия тихо попятилась назад, ловко избегая препятствия в виде старинной мебели. Выскочив наружу, она поспешила скрыться за углом соседней улицы.

«Какие бумаги? Что и кому они собираются подсовывать? Маскарад? Где?» — вопросы пчелиным роем носились в голове озадаченной девушки.

«Стоп!» — приказала она себе, резко затормозив перед запертыми воротами Capilla del Cristo. Вокруг было на удивление пусто и тихо. Только несколько голубок ворковали под полуразрушенной аркой храма и обесцветившимся колоколом, уже третье столетие служащими домом пернатым жителям города. Задрав голову, Лия некоторое время следила за полётом птиц. В их синхронном движении чувствовались порядок и логика. Вот с кого надо брать пример, подумала она. Положить конец хаотичному брожению вокруг да около и выработать, наконец, определённую тактику.

Кивнув в знак согласия с самой собой, Лия повернулась к храму спиной и пошла в сторону центра.

* * *

Начальный план её был прост. Маскарад — событие шумное, не будничное. Наверняка где-то висят зазывающие публику афиши, объявления. Надо лишь обойти все общественные места, клубы, бары, рестораны, отели. Домой не вернётся, пока не найдёт. И это могло, кстати, сойти за своеобразное оправдание для посылающей жалобные позывы совести. В обед обещал зайти Джон, и если он её застанет, то, глядя ему в глаза, она не отважится сказать «нет» на его приглашение. Поэтому во что бы ни стало застать он её не должен! Общение с ним следовало сократить до минимума, потому что в последнее время в его присутствии она теряла контроль над чувствами и поступками, что сильно её тревожило и напрягало.

Дело шло к закату, когда, еле передвигая ноги, Лия добралась, наконец, до гостеприимного дома сеньора Ортеги. Всё, о чём она была в состоянии мечтать, — это душ и постель. И всё же, несмотря на опустошающую усталость, она буквально лопалась от гордости за саму себя. После долгих блужданий по городу девушка наткнулась-таки на объявление о маскараде, в свою очередь, замаскированное под азартную вечеринку в казино отеля Sheraton. Она прошла бы мимо, если бы не её намётанный глаз художника, уловивший витиеватые маски в непозволительно большом количестве восьмёрок на колесе нарисованной рулетки. Владельцы казино приглашали посетителей совместить приятное с приятным, окунуться в порочный омут азарта в самых дерзких, незабываемых карнавальных нарядах. Азарт не был чужд девушке, поэтому она загорелась огнём предвкушения. Маскарад намечался на завтрашний вечер. У неё оставался целый день, чтобы продумать свой собственный дерзкий и незабываемый наряд. Лишь бы ей никто не помешал. И когда она об этом подумала, над ухом раздалось знакомое:

— Какого дьявола, Лия! Целый день тебя ищу. Где тебя носит?!

— Привет, Эди! Я тоже рада тебя видеть, — устало пробурчала она.

— Ты ужинала?

— Ещё нет.

— Составишь мне компанию?

Лия бросила короткий взгляд на свои запылённые ноги. В тряпичных туфельках ощутимо скрипел песок, а блузка неприятно липла к телу.

— Дай мне десять минут. Можешь подождать в кафе в конце улицы.

— Кафе? — Эди недовольно поморщился, — ресторана поблизости нет?

Девушка задумалась. По ресторанам она тут не ходила. Благодаря Элиосу знала только один.

— Есть неплохой бар-ресторан «Виктория» на улице Кристо недалеко от собора Сан-Хуана Батиста. Что-то вроде ночного клуба.

Детектив расправил плечи. Ничего не значащий жест… для других. А вот Лия давно заметила, что он означал полную боевую готовность бывшего полицейского. Эди слышал об этом заведении ранее. От кого? Крису она название не упоминала. Неужели Эдмонд докопался до чего-то в своём расследовании?! И как теперь это что-то из него вытянуть? Он болтлив, только когда разговор не касается сферы его деятельности.

— Хорошо, буду ждать тебя там, — кивнул он и отстал от неё.

Открывая дверь на мансарду, Лия чуть не наступила на хрупкий букетик фиалок, повязанный шёлковой ленточкой и ненавязчиво оставленный у порога поверх небольшой коробочки. Её любимые цветы. Она осторожно взяла их в ладошки, поднесла к лицу и вдохнула самый сладкий и нежный аромат. Её любимый аромат.

— Ах, Джон, — с благодарностью прошептала Лия.

В коробочке оказался её сотовый телефон, естественно, забытый ею дома. Предусмотрительно заряженный. За ленточку букетика была вставлена записка с названием отеля, где остановился Локхарт. El Convento. Всего в одном блоке от неё. А может, наплевать на всё и провести этот вечер с Джоном? Несмотря на его возмутительное поведение, она так скучала по их долгим увлекательным беседам…

Бережно поставив фиалки в стакан с водой, девушка села рядышком и минуту не сводила с них глаз, упиваясь их обволакивающим благоуханием. Вдруг она резко встала и решительно хлопнула дверью ванной комнаты.

***

Вечером клуб пользовался ещё большей популярностью и был забит до отказа. Однако Эди умудрился найти свободный столик на террасе у раскидистого куста магнолии. К тому времени, когда Лия села рядом, детектив успел заказать и съесть фаршированные грибочки, лососёвые кростини, суп и потирал руки в ожидании горячего. Он всегда любил поесть.

Заказав себе салат, Лия заняла свою любимую позу, упёршись подбородком в кисти рук, и смотрела, как Грин скрупулёзно изучает меню десертов.

— Какие новости, Эди? — сладко пропела она.

— Новости? — детектив оторвался от увлекательного чтива и удивлённо посмотрел на девушку, — я за ними и приехал. Это ты у нас теперь детектив.

В его взгляде читалось явное неодобрение.

— И в деле Бруни ты не продвинулся?

— Послушай, Лия, — отодвинув меню, Эди подался в сторону собеседницы, — предоставь это дело полиции. Поверь мне, они знают, что делают. Я варился в этом котле достаточно долго.

— Не забывай, полиция закрыла дело, — возразила Лия, — и проигнорировала мои аргументы.

— Какие аргументы? — отмахнулся он от неё, — книга-фантом, которую никто, кроме тебя, не видел? Или твоя уверенность в том, что Бруни, этакий рубаха-парень, не мог совершить суицид? Глупости!

Наморщив нос, девушка промолчала и подвинула к себе меню спиртного. Если он добровольно не расскажет, придётся из него вытягивать информацию доступными средствами.

— Надо же! — в притворном умилении воскликнула она, — они тут подают «Альберту премиум». Эди! Мы просто обязаны выпить за Канаду!

Грин равнодушно пожал плечами.

— Что ж, — протянул он, — если не на голодный желудок и один глоток…

«Как же, обойдёшься ты одним глотком», — коварно усмехнулась про себя Лия и подозвала официанта.

Заказав два виски, девушка незаметным жестом указала официанту на коктейль «Зомби». Только однажды ей посчастливилось сделать глоток этого чуда, и до сих пор при одном воспоминании у неё начинает болеть голова. Коктейль смешивался из трёх разных сортов рома, абрикосового бренди и ананасного сока. Вкус был приятный. Если не знаешь, что ты пьёшь, можно увлечься и опрокинуть в себя весь бокал. Лию тогда спас её отменный нюх, который сразу уловил букет намешанных градусов.

При виде знакомой янтарной жидкости, соблазнительно омывающей кубики льда в стакане, глаза детектива загорелись ностальгическим огоньком. Короткий тост за родину увенчался задорным звоном стекла.

— Вынужден признать, наше виски самое лучшее, — опустошив стакан, Эди откинулся на спинку стула.

— Наверное, хотя я не спец, — невинно улыбнулась девушка, поворачивая в ладошках свою порцию.

Очень медленно она поднесла стакан к губам, но в самый последний момент его отставила и радостно поприветствовала принесённые официантом салат и коктейль.

Наблюдая, как воодушевлённо детектив набросился на горячее, Лия вздохнула. Только виски ситуацию не спасёт. А коктейль подсовывать ему ещё рано. Мнимо рассеянным взглядом она окинула забитую посетителями террасу. Недалеко от входа в ресторан несколько девиц сдвинули два столика и на темпераментном испанском обсуждали меню. Молодые, возможно, даже моложе самой Лии, но по латиноамериканским меркам — зрелые.

Лия решительно встала.

— Я на минутку, — бросила она в ответ на вопросительный взгляд Эди.

Зайдя в ресторан, девушка протолкнулась через шумную толпу к стойке бара. Заказав две бутылки шампанского, она глазами поманила к себе официанта. Горячим мексиканским парнишкам много не надо. Обольстительная улыбка, двадцатидолларовая купюра, и они выполнят любое твоё поручение.

Первая бутылка шампанского на подносе, словно в танце, вылетела на террасу. Лия с интересом наблюдала за происходящим из-за решётчатой перегородки, обвитой плотным вьюном.

Удивление на лицах девиц сменилось восторгом. Любезничающий с ними официант сделал многозначительный знак бровями в сторону столика Эди.

Этого знака Лия и ждала. Развернувшись, она преградила дорогу другому парню в униформе. Вторая бутылка и вторые двадцать долларов последовали по стопам первых.

Девушка подошла к столику в тот момент, когда официант торжественно ставил на него шампанское.

— От сеньорит с наилучшими пожеланиями, сэр, — отвесил он поклон и удалился.

Детектив удивлённо повернул голову в сторону гламурных прелестниц. Те, заливаясь звонким смехом, махали ему руками.

— Oh là là, Эди, — подмигнув Грину, Лия плавно опустилась на стул, — ты времени зря не терял. Кто они?

— Понятия не имею.

Эдмонд насупился и настороженно перевёл взгляд на шампанское, раздумывая — радоваться неожиданному дару или подозревать неладное.

— Ну и неважно. Зато как вовремя! — Лия схватила пустой фужер, выдула из него лепестки магнолии и выжидающе уставилась на Грина.

Тот откупорил бутылку, налил ей шампанское и, немного помешкав, наполнил и свой бокал, но в руки брать не спешил.

— Ты просто обязан выпить за их здоровье, — кивнула Лия на хохочущих девиц.

Эди снова посмотрел на сдвинутые столики, и очередная буря эмоциональных возгласов сеньорит заполнила террасу.

— Что ж, иногда можно и расслабиться, — пробормотал он и, приветственно подняв бокал в сторону девушек, осушил его.

Лия тут же наполнила его вновь и стукнула о свой:

— А теперь пьём за любовь!

— За любовь?

— Конечно! Шампанское же! Когда будем пить за торжество правосудия, закажем ещё «Альберты», — весело болтала его собеседница, делая знак официанту.

— Лия, — запротестовал детектив, — ты же знаешь, я не пью… столько.

— И не надо, — понимающе закивала та, — разбавь чем-нибудь.

— Да, хорошо бы… сейчас попрошу принести какой-нибудь шипучки.

— Можешь пока запить моим фруктовым коктейлем.

Как она и ожидала, коктейль был выпит на одном дыхании. Отставив высокий бокал с забавным зонтиком в сторону, Эди неожиданно обмяк. Ещё какое-то время девушка занимала его разговором, время от времени подливая то шампанское, то виски, предлагая самые неожиданные тосты. К её глубокому сожалению, он отвечал вяло и неохотно. Официант принёс ещё «фруктовые» коктейли. Грин осилил пару глотков. Его глаза как-то странно блуждали по просторам террасы, потом закатились под веки, и голова тяжело стукнулась о спинку стула.

Лия испуганно вскочила. Такое количество спиртного могло пагубно сказаться на здоровье Эди. А ведь она ему зла не желала. Подбежав к Грину, девушка легонько потрясла его за плечо. Ответом ей было громкое посапывание, срывающееся в медвежий храп. «Diable!» Как он теперь доверит ей тайны следствия?!

Немного поразмыслив, Лия вновь склонилась над детективом, и её ручки ловко скользнули сначала по карманам брюк, проигнорировали бумажник, извлекли карточку-ключ от отеля, потом поднялись выше. Нащупав кобуру пистолета, девушка вздрогнула, но обыск продолжила. Во внутреннем кармане пиджака, аккуратно застёгнутом на молнию, обнаружилась маленькая записная книжка. Окончив на этом свою противоправную деятельность, Лия сунула карточку и книжку за плотный пояс юбки и бережно разгладила лацканы пиджака жертвы спаивания и грабежа.

Заплатив за ужин — то малое, чем она могла сгладить свою вину перед Эди, — девушка быстрее ветра понеслась к «Касабланке».

* * *

Джон сидел в ресторане «Мармелад» в полном одиночестве. Весь день прошёл впустую. Уж лучше б он занялся тем, ради чего сюда приехал. Лия, как сквозь землю провалилась. На его звонки с завидным упорством отвечал автоответчик, приветливо информирующий, что абонент временно недоступен. Это «временно» давно превратилось в «постоянно». И какая разница, пылился телефон в Торонто или теперь — в снятой девушкой мансарде. Проку, что он ей его привёз? Разумеется, Джон догадывался, что Лия намеренно избегает с ним встреч. А ведь он тоже не обязан бегать за ней и отвечать за её безопасность, хоть и обещал её отцу. Да, эта чертовка способна на многое, и всё же Джейми перегнул палку, заявив, что в Сан-Хуане она пустится во все тяжкие. Наверняка, нежится сейчас где-нибудь на пляже в окружении ракушек и крабов. Какой же смысл ему переживать?..

За весь день всё, что Локхарт успел выяснить, это где остановился Эдмонд Грин и чем занимался (помимо поисков всё той же неуловимой девчонки). Под вечер он потерял его из виду и вот теперь занял удобный наблюдательный пункт в ресторане напротив «Касабланки».

Когда же вместо Эди в отель пулей влетела вышеупомянутая чертовка, молодой человек не спеша расплатился и вышел из ресторана. В отель он не зашёл, решив подождать снаружи. Он точно знал, что Грина в отеле нет, значит, Лия должна вскоре выйти, вот тогда он её и перехватит.

Ожидание затянулось. Джон начал нервничать. Что она там делает? Решила сторожить детектива под дверью? Немного помешкав, он спустился с тротуара на мостовую. Подойдя к входу в отель, он вежливо пропустил вперёд престарелую пару. Придерживая для них дверь, Локхарт бросил взгляд в конец улицы. Освещённая маломощными лампочками фонарей, она терялась в густых тенях трёхэтажных зданий. Из одной такой тени вынырнула фигура шатающегося человека. Он ковылял очень медленно, от стеночки к стеночке, иногда останавливаясь и слеповато щурясь на названия улиц. Между ним и входом в отель оставалось каких-то метров тридцать. Достаточно, чтобы Джон смог понять, кто перед ним и что именно эта неугомонная девчонка делает сейчас в отеле.

Ругнувшись про себя, молодой человек быстро вошёл в «Касабланку».

* * *

Лия стояла посередине комнаты Эди и раздумывала над тем, с чего начать поиски. Судя по всему, Грин с утра не возвращался в отель. Постель была убрана, да и вся комната блистала безукоризненной чистотой после нашествия горничных.

Итак, где герои книг ищут ценные улики? Наверное, в компьютере. Девушка обвела комнату взглядом, компьютера нигде не оказалось. Откинув крышку чемодана, она неуверенно приподняла стопку белья и тут же вернула всё на место. Чувство неловкости подкатило к горлу. Сказывалась неопытность в подобных делах. Закрыв чемодан, Лия вновь беспомощно огляделась. Её внимание привлёк компактный сейф, встроенный в стену. Ну конечно, всё самое ценное Эди, наверняка, спрятал в него. Сейф такого размера и лэптоп вместит. Тяжело вздохнув, девушка уставилась на кодовый замок. На разгадывание четырёхзначного шифра у неё жизнь уйдёт. Уже не питая больших надежд, Лия достала из-за пояса записную книжку.

Сплошные номера, даты, события в жутко сокращённой форме. Фамилий почти нет. А вот это любопытно: «E. T. Vic.» и вчерашняя дата. Несомненно, Элиос Тэрси «Виктория». Что же было вчера? Неужели она пропустила что-то интересное?! А это что такое?

Глазами Лия выловила свои собственные инициалы, мелькающие вперемешку с прочими, и указывались не только даты. Все её встречи с Полом (P. N.), все дни, когда она навещала Витторио (V. B.), её беседы с его бывшей женой (S. B.), всё было расписано поминутно, начиная с того дня, когда Крис посоветовал ей подключить к расследованию Эди. И он явно подключился на полную катушку.

В комнате вдруг стало холодно. Неприятная дрожь сотрясла тело девушки. За ней следили, так дотошно, целенаправленно! Полностью игнорируя неприкосновенность личного пространства. Лия почувствовала, как внутри просыпается бешенство. Ещё немного, и она кочергой начала бы таранить личное пространство Эди, заключённое в узких недрах сейфа. Однако излиться её гневу не дали. Тихий стук в дверь оборвал разрушительные планы Эринии,[1] превратив её снова в испуганную девочку.

Машинально сунув записную книжку обратно за пояс, Лия бросилась к окну. Решётки, не пробиться. Да и спрятаться в этой крохотной комнате было негде. Оставалось надеяться, что враг за дверью уйдёт сам. Она замерла, прислушалась. В наступившей тишине произнесённое кем-то её имя прозвучало подобно удару грома. Только через пару долгих секунд до неё дошло, что голос врага ей хорошо знаком. Подбежав к двери, она распахнула её настежь.

— Джон! — радостно выпалила она и тут же сердито добавила, — ты что же, тоже следил за мной?

— Да.

От его короткого прямолинейного ответа девушка растерялась. Она ожидала, что он как минимум попытается найти оправдание своему «случайному» пребыванию в «Касабланке». За это время, быть может, и она успела бы придумать более или менее правдоподобное объяснение своему поведению. Однако Джон даже не поинтересовался, что она искала у Эди. Схватив Лию за руку, он поволок её к пожарному выходу. Когда они приблизились к лифту, раздался характерный звон, ещё немного, и двери откроются на их этаже. Недолго думая, Локхарт втолкнул девушку в комнату, где находились продуктовые автоматы. Загнав её в угол, он сделал предупреждающий знак, чтобы она молчала.

Дверцы лифта со скрежетом раздвинулись, и в коридор вывалился Эди. Лишь слегка покачиваясь и мыча что-то неразборчивое, он прошествовал мимо них и через минуту исчез в своём номере, даже не удивившись, что дверь была открыта.

Двое беглецов расслабились, но с места не сдвинулись.

— Как это возможно? — прошептала Лия, — как он мог протрезветь так быстро?!

— У злачных заведений есть свои секреты приводить в чувства клиентов.

— Он же был пьян до чёртиков!

— И ты этому поспособствовала? — усмехнулся Локхарт.

---

[1] Эри́ния — в древнегреческой мифологии богиня мести. В римской мифологии — фурия.

Девушка насупилась и сделала попытку отстраниться от него — уж слишком близко он к ней стоял. Не получилось — она оказалась зажата между стеной и ворчащим автоматом. Джон прекрасно видел её смущение, недовольство и превосходство собственного положения.

Молодой человек придвинулся ближе. Его ладонь скользнула по её предплечью вниз к запястью, сжала изящную кисть, и он услышал чёткий пульс бешено колотящегося сердца. Потянув за руку, он привлёк девушку к себе и, обнимая её, прошёлся ладонью по поясу юбки. Наткнувшись на неожиданное препятствие, Джон замер, умело извлёк из-за пояса трофей Лии и с интересом осмотрел его.

— Что это?

Девушка ответила не сразу. От его нежных прикосновений у неё перехватило дыхание. Губы пересохли, она с трудом перевела взгляд с лица Джона на записную книжку.

— Ох, — выдохнула Лия, — это надо вернуть, а то он сразу сообразит, что к чему.

Она сделала попытку выхватить свою добычу, но Джон ей не позволил. Сделав шаг назад, он поднёс книжку к тусклому свету, льющемуся из автомата. Ухмыльнувшись, Локхарт сунул её в карман рубашки.

— Не сообразит. Предоставь это мне.

Когда они вышли из отеля, улица была совсем пуста. Звёздное небо заволокло тучами, начал моросить дождь.

Джон довёл Лию до магазина, где она снимала квартиру, и предупредил, что не уйдёт, пока она не запрёт за собой дверь. На пороге девушка обернулась и бросила печальный взгляд на рубашку Локхарта.

— Но ведь я её не дочитала…

— Поедем завтра со мной за город. И я предоставлю тебе возможность её дочитать.

Посветлевшее на секунду личико снова омрачилось.

— Завтра я не могу.

— Почему? — нахмурился Джон.

Лия замялась. Врать ему она не умела.

— Планы у меня, — пробормотала она себе под нос и скрылась за дверью.

Похоже, и завтра поездку в школу придётся отложить, сокрушённо подумал Локхарт. Удостоверившись, что в мансарде включился свет, молодой человек неохотно побрёл к себе. «Она пустится во все тяжкие», — опять припомнил он слова Джейми. И теперь Джон был готов признать, что в который раз его друг оказался прав.

14 июля

Проснувшись, Лия первым делом позвонила Крису и высказала ему всё, что думает по поводу Эдмонда и его слежки. Вылила на него поток возмущений, не давая вставить и слово. По-видимому, её друг немного оторопел от такого напора, ибо даже не поинтересовался, откуда она знает о слежке.

— Послушай, родная, — попытался он успокоить бушующий ураган, — ты же сама хотела докопаться до правды, а у Эди свои методы. Да и я просил его присмотреть за тобой. Я же волнуюсь.

Последняя фраза сработала лучше ведра холодной воды. Лия сразу стихла, и губы расплылись в счастливой улыбке.

— Волнуешься… — эхом повторила она и, довольная, отключилась.

Результат был достигнут. Во-первых, прояснила насчёт заинтересованности Эди в её скромной особе и, во-вторых, хотя бы временно заглушила навязчивые мысли о Джоне, которые преследовали её всю ночь напролёт. Но только девушка взялась за крышку лэптопа, чтобы его закрыть и уже не прикасаться к нему… м-м-м… неопределённое количество времени, как раздался входящий звонок. Увидев иконку звонившего, Лия быстро ответила.

— Привет, Пол! Вижу, ты получил, наконец, мою посылку!

Детектив держал в руках «Духи, Косметика и Мыло» Вильяма Пучера и озадаченно пялился в монитор.

— Как это книга оказалась у тебя? — в его интонации улавливалось подозрение.

— Я не вламывалась в магазин, если ты это имеешь в виду, — обиделась на него Лия, — мне её подкинули?

— Кто?

— Возможно, тот, кто подбросил записку в палату Витторио.

— Зачем?!

— Наверное, как намёк на что-то. И там, и там присутствует запах ветивера. В книге ещё была закладка с адресом магазина в Сан-Хуане. Я её вытащила, — добавила она, увидев, что Нейсон начал листать книгу, — полагаю, некто таким образом пытался меня сюда выманить.

— Постой-постой, — замотал головой детектив, — некий злоумышленник заманивает тебя зачем-то в чужую страну. И первое, что ты делаешь, — садишься в самолёт и летишь туда?!

— Ну да, — ответила Лия, удивлённая его осуждающим тоном, — а как ещё узнать, с какой целью этот злоумышленник меня сюда поманил?

— О боже! — простонал Пол, — тебе слова «предосторожность» или «предусмотрительность» знакомы?

— Я очень осторожна! — надулась Лия, — никто не знал, что я здесь… до недавнего времени.

— Понятно, что никто… кроме злоумышленника, — Нейсон пожевал губы и снова поднял книгу со стола, — так зачем ты её мне прислала? Дело всё равно не возобновят.

— Ты её нюхал?

— Нюхал? — удивился он, — нет.

Он поднёс книгу к лицу.

— И что я должен унюхать?

— Неужели ничего не чувствуешь?!

— Пахнет, как все старые залежавшиеся книги. Ну, ещё чем-то… сладким.

— Если подышишь подольше, почувствуешь спёртость дыхания, сердцебиение и острое желание послать всех окружающих по определённому адресу.

— Почему это?

— Подозреваю, что страницы пропитаны галлюциногенным веществом. Достаточно сложным.

Отбросив книгу в сторону, Нейсон приподнялся в кресле, но, осознав, что так не полностью будет виден, опустился обратно.

— Что за шутки!

— Ну что ты! Какие шутки! Наоборот, всё очень серьёзно. Отдай своим ребятам в лабораторию для анализа. Только пусть они обращаются с книгой осторожно. Раритет, всё-таки. Я тебе послала список растений, которые были использованы. Но меня больше интересует несущее эфирное масло. Я чувствую его запах, но не могу определить, что это. Боюсь, однако, будет слишком поздно, и ваши химики уже ничего не найдут.

— Если бы ты сразу пришла в участок, а не посылала важную улику почтой через всю Америку, может, и нашли бы, — сердито проворчал Пол и отключился.

Беспечно пожав плечами потухшему монитору, Лия поспешно его опустила и всецело занялась планами на сегодняшний вечер.

Вытащив из коробки подаренное ей платье, девушка бережно положила его на кровать и, сделав пару шагов назад, залюбовалась. Чтобы попасть на кричащую вечеринку в Sheraton, надо облачиться во что-нибудь подобающее, дорогое и броское и надеяться, что это поможет ей слиться с присутствующей там элитой. Элегантное платье на кровати как нельзя годилось для этого. Оставалось лишь раздобыть под него маску.

Планирование не было её коньком, и всё же Лия подошла весьма серьёзно к вечернему мероприятию.

Выйдя из дома, она не спеша двинулась в противоположную от Sheraton сторону. Девушка преследовала две цели. Одна — это найти маску. И вторая — избавиться от возможного хвоста. Их как минимум могло быть два. Однако после двухчасового кружения по городу хвоста замечено не было, как, впрочем, и приличной маски. Проходя по улице Форталеза, она натолкнулась на Эди. Хмуро пробурчав себе что-то под нос, он кивнул ей и, тут же схватившись за голову, скрылся в охлаждённом раю угловой закусочной. Никаких претензий по поводу пропавшей записной книжки он не высказал. Неужели Джон действительно исправил положение? Как? Подкинул улику обратно? Решив не забивать себе этим сейчас голову, Лия чуть ли не бегом помчалась на место предстоящих событий.

* * *

Многоэтажное здание отеля Sheraton по размеру вполне конкурировало с прибывающими в порт круизными лайнерами. Куча туристов снаружи, куча туристов внутри. Ошалевшие портье, нагруженные багажом, сновали взад-вперёд, профессионально лавируя между постояльцами. Крики, смех, звон колокольчиков, гудки машин. Табачный дым, дорогой парфюм, аромат изысканной кухни вперемешку с примитивным запахом фастфуда. Всё смешалось и заполнило собой округу.

В такой суматохе Лия беспрепятственно прошла в вестибюль отеля. Миновав длинную административную стойку, к которой очередью выстраивались приезжие, она остановилась перед входом в казино. Пока ещё закрытое, оно уже завлекало людей своим богатым фойе, баром и плакатом с изображением простого обывателя, поймавшего удачу за хвост и выходящего из казино обеспеченным на всю жизнь счастливчиком. Здесь же в ореоле мигающих огоньков висело приглашение на маскарад. Очередная рекламная акция, направленная на обогащение за счёт состоятельных гостей, желающих рискнуть своим состоянием. А ведь в масках рисковать легче. Может, именно на это и рассчитывали владельцы казино?

Покачав головой, Лия с трудом оторвалась от созерцания врат азарта и подошла к маленькой конторке, где можно было получить ключ от камеры хранения. Сами ячейки находились в подвальном помещении, если так можно было назвать сложное сплетение выложенных натуральным камнем коридоров, вдоль которых тянулись комнаты. Все они предназначались для удовлетворения предпочтений постояльцев. Сквозь стеклянные панельки девушка разглядела бильярдную, помещение для боулинга, сауну, всевозможные салоны и клубы и даже мини-поле для гольфа. Двери были заперты, только постояльцы имели к ним доступ. Холл пустовал.

Вопреки роскоши и гламурности дворцовых палат, туристы приезжали в Сан-Хуан не для того, чтобы проводить драгоценные часы под землёй.

Найдя свою ячейку и проверив ключ, Лия побродила ещё по подвальным коридорам. К своему удовлетворению она вскоре обнаружила второй вход в казино. Сейчас он тоже был закрыт, но вечером именно через эту дверь она, подобно Золушке, впорхнёт в бальный зал. У входа стоял парнишка в форме уборщика и натирал мраморный пол. Не спеша продвигаясь вперёд, он тащил за собой огромную тележку, заваленную моющими средствами, губками, тряпками, насадками для швабры, резиновыми перчатками и одним вместительным ведром с водой. Очевидно, парнишка только начинал свою карьеру уборщика. Двигался он крайне неторопливо, долго размышляя над тем, какую баночку открыть следующей и которую насадку надеть на швабру.

—Энрике! — раздался строгий окрик, — ты опять забыл закрыть подсобку!

Вздрогнув, юный уборщик отбросил швабру и рванул на звук голоса. Швабра со стуком упала, оставив след на свежевымытой плите.

—Ну, закрывай… — нетерпеливое молчание, — где ключ?

Опять суетливые шаги. Парнишка подлетел к своей тележке и стал в ней рыться. Выхватив из её недр ключ на длинной цепочке, он громко перевёл дыхание и бросился обратно.

—Сколько раз можно тебе повторять! Носи его на шее. Если потеряешь мастер-ключ, тебя уволят, и меня вместе с тобой.

Осторожно обогнув воду, лужей растекающуюся от брошенной швабры, Лия завернула за угол. Незамеченная, она прошла мимо подсобки, которую запирал Энрике под строгим контролем нависшей над ним упитанной мексиканки в форме горничной. Улыбнувшись им на прощание, Лия проворно поднялась по лестнице на первый этаж.

Покинув отель, девушка отправилась домой. Она неторопливо шла по улице Круз, всматриваясь в витрины магазинов. Деньги делать здесь умели. После того как разошёлся слух о маскараде, повсюду появились ряды с карнавальными нарядами и масками. Но не было ничего, что подошло бы к её платью. Чрезвычайно разочарованная Лия вошла в Ortega's Jewelry and Antiques. Сеньора Ортега щёточкой чистила старинный мужской камзол. Рядом с ней на столе стояла огромная шляпная коробка.

Заметив девушку, хозяйка весело махнула ей рукой.

—Погляди, что мне досталось в наследство от прадеда! — воскликнула она, — правда, он был элегантен?

—Ага, а это что? — Лия кивнула на коробку.

— Надо полагать, шляпки моей бабушки, — пожала она плечами, — я ещё не разбирала.

— О-о-о, шляпки! — в девушке проснулся инстинкт кокетки, — можно взглянуть? И… примерить…

— Разумеется.

В трепетном волнении Лия сняла крышку с коробки и заглянула внутрь. Оправдались её самые смелые предположения и ожидания. В коробке хранилась замечательная коллекция шляпок начала двадцатого столетия — её любимый период женской моды. Соломенные летние шляпки, обтянутые кружевами; шляпки бархатные, отделанные лентами, украшенные блёстками и страусиными перьями; широкополые шляпы, покрытые прекрасными шёлковыми цветами. В глазах девушки читался неподдельный восторг. Неповторимость форм, разнообразие материала, оригинальность фасонов — праздник для её творческой натуры. Очень аккуратно, чтобы не повредить редкие экземпляры, она примеряла шляпку за шляпкой, вертясь во все стороны перед гигантским антикварным зеркалом восемнадцатого века. Вскоре сеньора Ортега не выдержала и присоединилась. Время в окружении завораживающей старины летело незаметно. Когда сумерки заглянули в окно магазина, модницы достигли, наконец, дна сокровищницы. В благоговейном волнении хозяйка достала связку старых писем и, надев на нос очки, стала вчитываться в мысли и чувства своих предков. Лию же привлёк иной предмет, частично выглядывающий из-под стопки вышитых платочков. Неописуемой красоты маска, расшитая небесно-голубым бисером с тёмно-бирюзовым узором. Такими же бирюзовыми застёжками-ободками она крепилась к волосам. Именно то, что она искала. Нет, гораздо лучше!

Подняв маску на раскрытых ладонях, она с мольбой посмотрела на сеньору.

— Можно у вас одолжить её, — попросила девушка, — всего на один вечер.

— Ах, маскарад, — догадалась хозяйка.

Она взяла маску и повертела её в руках.

— Можешь совсем забрать. Работа неплохая, но особой ценности она не представляет.

Поблагодарив за щедрость, Лия вне себя от счастья помчалась к себе — пора было начинать готовиться к своему маленькому приключению.

Ровно в десять вечера девушка покинула своды антикварной лавки с сумкой внушительных размеров. В отеле Sheraton, протолкавшись через толпы ряженых, она спустилась на этаж ниже и юркнула в дамский туалет. К её вящей радости, там никого не оказалось. Закончив обряд облачения, Лия глянула на себя в зеркало. Наверное, это было самое шикарное платье, когда-либо касавшееся её тела. Весьма оригинальное, можно сказать, сказочное… Металлические пряжки, замысловатым узором обрамляя плечи, змейкой сползали к лифу глубокого синего цвета с бирюзовым отливом. Дорогая искрящаяся ткань, собранная чешуйками, облегала хрупкую фигурку девушки от груди и уходила под металлический пояс, стягивающий тонкую талию. Шёлковая юбка такого же бирюзового цвета с нежными бледно-голубыми вставками струилась из-под пояса мягкими складками. Укороченная длина спереди позволяла видеть изящные ножки в хорошеньких туфельках на небольшом каблуке.

Глубоко вздохнув, Лия довольно долго разглядывала себя в зеркало. Так роскошно выглядеть у неё получалось нечасто. В подобном одеянии хотелось отправиться на настоящий бал, а не гоняться за преступниками в обители порока.

И всё же чего-то не хватало… Достав из сумки бархатный мешочек, она осторожно его развязала и бережно достала ожерелье и серьги из лабрадорита. Самого таинственного для неё камня. Невзрачный на вид, он таил в себе скрытую силу, воплощённую в огне, рвущемся наружу из потаённых недр горной породы. Лабрадорит же в руках Лии, обрамлённый в золото, был особенно уникальным. Тусклый, голубовато-зелёного цвета, при ярком освещении он разгорался синим пламенем. Лия подолгу могла смотреть на это пламя, воображая живую энергию, заключённую в каменной темнице. Эти камни её успокаивали, дарили уверенность в себе. Как и Джон… подаривший ей это украшение. Она всегда брала их с собой, хотя повод, чтобы надеть их, представлялся крайне редко. И в этот раз она взяла их машинально, забыв совсем, что сгоряча обязалась разорвать всё, что связывало её с Локхартом. Сейчас она уже об этом не помнила и радовалась, что лабрадориты оказались при ней.

Какое странное сочетание, подумалось ей. Платье от Криса и камни от Джона… Два по-разному дорогих подарка. Какой же ей дороже?.. Кто же ей дороже?.. Осуждающе покачав головой своему отражению, девушка взбила руками копну рыжих локонов, вставила в них ободок маски и звонко щёлкнула застёжками.

Сложив одежду, в которой она пришла, в сумку, Лия положила всё в снятую ею ячейку. Ключ сунула в кошелёчек, элегантным браслетом закреплённый на запястье, и нерешительно подошла к широко распахнутым дверям казино. Краем глаза она уловила движение знакомой тележки. Энрике, протирая наружные панельки закрытого салона красоты, старательно вытягивал шею, пытаясь заглянуть в игровой зал, чтобы хотя бы зрительно соприкоснуться с иной жизнью. Эта картина насмешила девушку и прибавила ей храбрости. Улыбаясь, она вошла в неоновое царство грешных страстей.

* * *

Казино было трёхъярусным. На первом этаже подвального помещения расположились игровые автоматы. Выстроившись ровными рядами, они перемигивались друг с другом, соблазнительными трелями обнадёживая наивных пенсионеров. Главный ярус представляли рулетки, покерные столы. Здесь была среда обитания для более искушённой публики. Разнокалиберные бизнесмены, успех которых измерялся количеством и качеством бриллиантов, сверкающих на шеях их жён и любовниц; юристы, на вечер позабывшие о благодетеле-законе; чиновники, прожигающие заработанные на бюрократии средства, и прочие достойнейшие представители высшего общества. Сколько им подобных Джон перевидал за свою жизнь. Научился видеть их слабости и достоинства. Некоторых даже уважал. За их выдержку, уверенность в себе, умение противостоять внешним, тормозящим продвижение факторам, способность выживать. Только вряд ли он пригласил бы этих людей на семейный праздник, вряд ли смог бы расслабиться в их присутствии. И сейчас ему было неприятно смотреть в эти лица, прикрытые масками. Что они скрывали? Да такие же маски! Повседневные маски лживой честности, притворной искренности и псевдонравственности.

Отойдя в дальний угол, Локхарт наблюдал за этой разношёрстной толпой. От рулетки к рулетке, глазами следовал за разносящими шампанское официантами, следил за невозмутимыми крупье. По винтовой лестнице взглядом поднялся выше, на верхний ярус бара-ресторана — обиталища иного порока. На какое-то мгновение Джону стало тошно, захотелось выйти на свежий воздух, вырваться из душной залы. Но он продолжал искать глазами ту, ради которой ему снова и снова приходилось пренебрегать своими делами.

Он видел, как она покинула антикварную лавку. Видел, как обходными путями дошла до отеля. Смешалась с толпой и исчезла из его поля зрения. Однако Джон ни на секунду не сомневался, что найдёт её здесь. Лия не смогла бы пройти мимо такого искушения, как маскарад, да ещё в казино. В большой сумке наверняка несла карнавальный костюм. Но он её узнает, каким бы оригинальным ни был её наряд.

Да вот же она!.. Или всё же не она… Молодой человек оттолкнулся от холодной стены, которую подпирал уже полчаса, и шагнул в сторону появившейся с нижнего этажа девушки. Она и не она. Божественно прекрасна в этом волшебном платье, делающем её похожей на хрупкую фею. Заметив знакомое ожерелье у неё на шее, Джон улыбнулся. Тёплое чувство нежности обволокло его сердце. Ему захотелось приблизиться к ней, взять за руку и увести подальше от всех этих людей. Он даже сделал ещё один шаг, когда что-то в поведении Лии его остановило. Да, сначала она увлечённо следила за движением чудо-колеса рулетки и манипуляциями крупье. Однако ставки делать не спешила. Она кого-то искала. Пару раз её взгляд проникал в его угол, что заставило Локхарта снова прижаться к стене. Вскоре она целенаправленно подошла к одной из рулеток. Делала вид, что наблюдает за игрой, сама же поглядывала на человека в костюме матадора. Кто это? Почему она так пристально следит за ним?

Британец переключился на предмет особого внимания подруги. Матадор ставок не делал, он подзуживал рядом стоящего игрока в экзотическом наряде пуэрториканского амазона. Иногда тот отмахивался от него своими зелёными рукавами крыльями. Матадор оставлял его в покое, а через минуту принимался за старое. Понаблюдав за ними, Джон вновь сконцентрировался на Лие. Что ещё она выкинет?

Долго ждать не пришлось. Девушка заметно напряглась и отошла от стола. Казалось, она о чём-то сосредоточенно думает. И вдруг стремительно развернувшись, она, как пушинка, полетела вниз по лестнице. Немного помедлив, Локхарт последовал за ней.

* * *

«Это уж слишком!» — возмущалась про себя Лия, пересекая поле автоматов. «Он же мне прохода не даёт!»

Джона она заметила случайно. Ей приглянулась одна из масок, гипнотизирующей спиралью закрученная вокруг лица. Девушка даже на секунду забыла о Тэрси, обхаживающего какого-то попугая, судя по акценту, бразильского. Когда её взгляд возвращался обратно к столу, он выхватил в углу уже хорошо узнаваемую ею фигуру. Если ей придётся всю ночь следить за Тэрси, ни в коем случае нельзя допустить, чтобы Джон при этом присутствовал. Надо его увести отсюда.

Будучи уверенной, что её преследователь пойдёт за ней, Лия покинула казино через дверь, ведущую в подвал, и скрылась в одном из многочисленных коридоров. Остановилась, подняла маску и огляделась. Первое, что она увидела, была тележка Энрике. Сам юнец где-то пропадал, наверное, любовался украдкой маскарадом. Подбежав к его профессиональному снаряжению, девушка порылась рукой между губками и радостно извлекла мастер-ключ. Наверное, бедолагу Энрике всё-таки когда-нибудь уволят.

Времени на раздумье не было. Подскочив к бильярдной, Лия отперла её и толкнула дверь внутрь. В комнате царил полумрак. Игровые столы лишь частично вырисовывались в проникающем сквозь стеклянные панели свете.

Спрятавшись за дверь, девушка замерла в ожидании. Единственная открытая дверь должна была привлечь его внимание. Действительно, послышались тихие, едва различимые шаги, и знакомая тень накрыла яркое пятно света, пробивающееся сквозь дверной проём. Лёгкий щелчок выключателя — и над бильярдными столами зажглись круглые лампы. Ярко освещались лишь столы, контуры остального хоть и стали видимы, размывались в рассеянном свете.

Джон осторожно вошёл в комнату и стал медленно обводить её глазами. Лия не стала ждать, пока он её обнаружит. Но вместо того чтобы, как и планировала, выскочить наружу и запереть за собой дверь, она крадучись подошла к Локхарту сзади, не в силах удержаться от искушения застать его врасплох.

— Джон, — тихо позвала она его.

Он даже не вздрогнул. Впрочем, её друг уже начал привыкать к подобным сюрпризам. Не спеша повернувшись, он изучающе скользнул по ней взглядом. Казалось, его глаза видят насквозь, высвечивая самые потаённые уголки её души. Но сейчас он смотрел иначе. С восхищением, что ли…

— И ты даже не спросишь, зачем я тебя сюда заманила? — не выдержала девушка молчания.

— Ты меня сюда заманила с какой-то целью? — улыбнулся он, — я польщён. А я-то думал, ты просто хотела сбежать от меня… в который раз.

Его шутливый тон раззадорил её. Приблизившись к нему настолько, чтобы он явственно ощутил на себе влияние её духов, которые, она знала, нравились ему чрезвычайно, девушка завела левую руку с ключом за спину, а правая плавно двинулась по его рубашке. Слегка нажала на грудь, пробежалась пальчиками по ключице, нарисовала спиральку на плече. Заметив, как молодой человек задержал дыхание, Лия сжала ладошкой его плечо, поднялась на носочки и шепнула на ухо:

— Я легче пёрышка, но долго меня ты не удержишь.

Эту загадку её мать говорила Тому каждый раз, когда у того перехватывало дыхание от очередной выходки жены.

Джон шумно выдохнул и, слегка повернув к ней голову, коснулся губами её щеки. Игриво увернувшись от поцелуя, девушка снова прильнула к нему и, как ласковая кошечка, потёрлась о его щёку. Однако, почувствовав руку друга у себя на талии, она поняла, что больше играть с ним не стоит. Опережая его попытку прижать её к себе, Лия резко крутанулась и вырвалась из его объятий. Когда она вставила в замок мастер-ключ, угрызения совести дали о себе знать. Бросив на Джона печально-извиняющийся взгляд, она захлопнула дверь и провернула ключ, оставив его в скважине. Подойдя к прозрачной панели стены, Лия приложила ладонь к стеклу, как бы прося прощения за своё поведение. Локхарт не двинулся с места. Он не мигая смотрел на неё, и в его глазах она прочитала грусть. Судорожно сглотнув, девушка оттолкнулась рукой от стекла, опустила на лицо маску и скрылась из виду.

* * *

Запыхавшись, Лия влетела в казино. Очень вовремя. Бразилец под озорные шуточки Элиоса обналичивал выигранные фишки. На секунду девушке показалось, что бразилец пьян. Как-то неестественно весело он посмеивался над пошлыми анекдотами Тэрси. И руки дрожали. Но когда он успел? Её же не было от силы минут двадцать.

Собрав выигранные купюры, амазон слегка пошатнулся. И снова взрыв искусственного смеха. Вторя ему, Элиос подхватил его под руку и направил к выходу из казино.

Следить за ними было проще простого. Вызывающий нефритовый костюм бразильца красочно переливался в ярких огнях набережной. К этому времени участники маскарада разбрелись по городу, поэтому маскам и несуразным нарядам уже никто не удивлялся.

Когда сладкая парочка с улицы Тетуан свернула на Кристо, Лия догадалась, куда именно они направляются. Впереди их приветствовала «Виктория». Неприметный днём, под покровом ночи ресторан преобразился, манил, притягивал, зазывал. Гипнотизировал перемигиванием неоновых ламп.

В клубе тоже тусовались маски, усыпанные блёстками, разных форм и фасонов — от классических до пугающих своей ирреальной формой и цветом. Тэрси затащил приятеля в отдельную кабинку и заказал коктейли. Девушка слилась с толпой, в танце приблизилась к ним и как бы случайно опустилась за освободившийся столик рядом.

Несколько раз бразилец порывался снять маску. Тэрси его удерживал, что-то нашёптывая на ухо. Как Лия ни старалась, как ни напрягала слух, в несмолкаемом гаме ресторана она не могла разобрать ни слова из разговора за соседним столиком. Ей оставалось лишь наблюдать. Да и это длилось недолго. Минут пятнадцать Элиос обрабатывал попугая, пока тот совсем не сник. Затем они встали и под шум грохочущей музыки скрылись в темноте внутреннего коридора. Лия неотступно следовала за ними.

Там, где лучи цветомузыки теряли свою насыщенность и смешанные с тенями проваливались, казалось, вниз, дорогу ей преградил огромный амбал, обойти которого или вразумить не представлялось возможным. Отступив, девушка растерянно огляделась. Разноцветные зайчики прожекторов наугад выхватывали из массовки самые нелепые и жуткие маски. Весёлая попса сменилась тяжёлым металлом. Закрыв уши ладонями, она шмыгнула в первую попавшуюся дверь. Стараясь не касаться грязных стен, прошла через короткий серый холл и вышла на боковую улицу. Относительно тихую. Вдохнув полной грудью, Лия тут же поморщилась — из вытяжки в стене доносились запахи кухни. Прогорклое масло, гарь, уксус образовывали весьма непривлекательное сочетание.

Теперь уже зажав нос, она бросилась на свет уличных фонарей. Непонятно откуда выскочившая тень заставила её вжаться в стену. Что-то бормоча себе под нос по-испански, скорее всего, ругательства, щупленький мексиканец, сгибаясь под тяжестью ведра с мусором, с грохотом отбросил крышку бака. Шипящие отходы зловонной струёй потекли в его пустоту. У Лии даже глаза заслезились от этого въедливого смрада. Девушка наощупь прошла дальше. Больно ударилась бедром о железную перекладину и обнаружила замызганную лестницу, ведущую в подвал. Оставленная открытой мексиканцем дверь выпускала мерклый намёк на свет. Быстро сняв туфли, чтобы стук каблуков её не выдал, девушка нырнула вниз.

Высоко задрав юбку, Лия медленно двинулась по узкому коридору, брезгливо приподнимая по очереди босые ноги, боясь наступить то на окурок, то на какие-то липкие лужицы, а где-то ей даже померещилась мышеловка. Она на секунду замерла, напряжённо вглядываясь в тёмное пятно на полу. Однако раздавшиеся позади шаги возвращающегося мексиканца подбодрили её, и она рванула к ближайшему выходу.

Кухня… Оглушающий звон посуды, шум невыключенной воды, жар от десятка конфорок и работающих в поте лица людей. Не останавливающийся механизм готовки пищи. Налаженный, отработанный. Никому нет дела до постороннего, на это нет времени. Уворачиваясь от подносов, кастрюль и ножей, Лия пересекла кухонный плацдарм и исчезла за очередной дверью.

Опять коридор, на этот раз вполне приличный. Велюровый ковролин приглушал шаги, и Лия смогла обуться. Впереди обозначился пологий подъём вверх, грохотала музыка, мелькнула размытая тень амбала. Значит, именно сюда её не пускали… и Тэрси с попугаем должны быть где-то поблизости.

Лия огляделась. Справа широкая лестница вела ещё глубже. Люминесцентные лампы сходились и терялись в длинном круглом тоннеле. Нет, не в одном. Два или даже три поворота обозначили целую сеть разветвлений. Подземная территория «Виктории» оказалась гораздо обширнее поверхностной. Всплыло смутное воспоминание о заброшенных катакомбах у старых городских ворот. Возможно, это они и были, модернизированные, отделанные, обустроенные. Почему бы и нет? Если из тюрьмы сделали ресторан, могли из катакомб сделать… А собственно, каково предназначение этого подземелья? Девушка неслышно спустилась по лестнице и вступила в таинственный лабиринт.

Ковролин сменился каменными плитами, одетыми в узорные ковровые дорожки. Длинные коридоры и редкие двери говорили о размерах спрятанных за ними помещений.

Лия робко заглянула в одну из них. Это была не комната, а целая малогабаритная квартира. Роскошная гостиная, обставленная в современном стиле, миниатюрный барный киоск, виднелся кусочек ванны с джакузи… Открытые бутылки шампанского, полупустые бокалы, белый порошок, размазанный по стеклянной поверхности столика, и запах… дорогих сигар, нечистоплотности и похоти. Подтверждением последнего были звуки, доносившиеся из-за полуприкрытых дверей спальни. Девушка, как ужаленная, выскочила обратно в коридор, чудом не хлопнув дверью. Свернула в соседний тоннель. И снова развилка. В проходах мельтешили женские фигурки в вызывающих маскарадных костюмах: от розовых кроликов до дьяволиц. Ролевые игры, в которых они участвовали, устраивались явно не для малолеток. «Боже, куда я попала?» — мысленно вопрошала своды низкого потолка Лия. Вопрос был риторический. Несмотря на свою неискушённость в данной сфере, она прекрасно понимала, куда попала. Шарахнувшись от очередного роя ночных бабочек, она прислонилась к стене. Её сердце, словно пойманная в силки птичка, испуганно трепыхалось в груди. В спину больно врезался металл ручки. Ещё одна дверь. Что там на этот раз? Она не хотела знать и не собиралась заходить. Но вдруг в конце коридора, как наваждение, замаячил затуманенный табачным дымом силуэт человека. Очередная маска, очередной жуткий образ из страшного сна. Что-то внутри дрогнуло, что-то подсказало, что от этого человека следует спрятаться. Немедленно, сию минуту.

Лия нажала на дверную ручку и спиной ввалилась внутрь. Бесшумно прикрыв дверь, она с опаской осмотрелась. Обстановка в этой комнате была иной. Электрические свечки тяжёлой люстры-канделябра хорошо её освещали, отражаясь в зеркальной обшивке над потрескивающим камином. Классическая мебель окружала покерный стол. На его зелёной матерчатой поверхности белела стопка бумаг. За широкой трёхместной софой отсвечивала каминным огнём складная ширма. Её искусная авторская роспись, выполненная вручную по сусальному золоту, привлекла внимание девушки. Благодаря необычной волнистой поверхности ширмы создавался изумительный трёхмерный эффект восприятия. Лия сделала несмелый шажок в её сторону, когда звук смываемой воды в ванной комнате чуть не разорвал ей сердце. Она снова кинулась к двери, еле слышный стук в которую громом раздался в ушах. Как затравленный зверёк, девушка заметалась по комнате, в последнюю минуту успев забиться за ширму и замереть в её тени.

На мгновение коридорный шум заполнил комнату и тут же заглох. И вновь перед ней эта пугающая маска. Без сомнения — птица, но какая разница между нелепым амазоном и этим чернокрылым хищником! Человек-птица! Это не может быть совпадением! Тот же характерный наклон головы, та же широкоплечая фигура. Нет, сомнений быть не может. Именно его Лия видела в «Розовой Жемчужине». И снова маска! Гладкая и обтягивающая, она скрывала лицо полностью, лишь плотно сжатые губы и квадратный подбородок с трудом просматривались в тени крупного клюва. Шея пряталась под белым меховым воротничком, венчающим костюм андского кондора.

Очень осторожно маска обошла вокруг покерного стола, кончиком пальца в облегающей перчатке сдвинула стопку бумаг и нетерпеливо забарабанила по столешнице. Человек стоял спиной к ширме, за которой девушка через узенький просвет меж панельками пристально разглядывала контуры опасного представителя фауны.

И вновь шум воды. Дверь ванной распахнулась, и из неё, покачиваясь, вышел амазон, сопровождаемый матадором. Они оба вздрогнули при виде тёмной фигуры напротив. Попугай со стоном опустился на стул. Тэрси перевёл дыхание и с усмешкой приветствовал незнакомца:

— Ты в своём амплуа.

— Почему не запер дверь? — глубокий, с хрипотцой тембр кондора отозвался неприятной вибрацией перепонок в ушах девушки.

— Для тебя.

— Мог посторонний войти.

— Сантьяго постороннего не пустит, — беспечно ответил Тэрси, развалившись в кресле рядом с безвольно опустившим плечи бразильцем.

— А эти девицы?

— Безобидные.

— Нам свидетели не нужны.

— Ладно, расслабься. Поверь, тут до нас нет никому дела.

Кондор сел напротив них, повернув к Лие свой хищный профиль, и кивнул на попугая:

— А с этим что?

— Перебрал маленько. И тем лучше, возни будет меньше.

— Снял бы ты с него маску — как бы дуба не дал от этих ваших зелий приворотных.

— Я лишь следую указаниям шефа, — пожал плечами Элиос и, словно фокусник, извлёк из внутреннего кармана болеро колоду фотографий и веером разложил их перед бразильцем, — эй, приятель, очнись, потом отоспишься.

Резким движением матадор сорвал зелёную маску амазона и отбросил её на софу. Знакомый приторно-сладкий запах защекотал нос Лии. Её собственное лицо под маской моментально покрылось испариной. Собрав всю силу воли в кулак, девушка сдержала неприятную дрожь и не издала ни звука.

Хотя любой звук тут же заглушился бы очередным стоном, сорвавшимся с губ жертвы. С трудом, словно каждый жест стоил ему невероятных усилий, бразилец провёл рукой по отёкшим глазам и кое-как разомкнул веки. В течение долгой минуты он пытался сфокусировать зрение на цветных фотокарточках. Что только Лия ни увидела за эту минуту в его глазах. Непонимание, панику, отчаяние. Казалось, ещё немного, и его снова вырвет на дорогое сукно покерного стола.

— Ну-ну, приятель, возьми себя в руки, — Элиос по-дружески похлопал амазона по плечу и подвинул ему стакан с водой.

Жадно сделав несколько глотков, бразилец перевёл вопрошающий взор на матадора.

— Чт-т… что-о это?.. — голос не слушался, срывался в хрип.

— А это, друг мой безнравственный, последствия двух смертных грехов: чревоугодия и прелюбодеяния.

— Рассматривай это как час расплаты.

Кондор встал из-за стола и, раскинув чёрные крылья, навис над бразильцем. Лицо последнего перекосилось суеверным страхом. Он шарахнулся назад, чуть не слетев со стула. Элиос его удержал.

— Не паникуй, друг мой горемычный, попробуй откупиться от дьявола, — с этими словами он положил перед ним заготовленные документы.

— Чт-т… что-о это? — уже тише сипел бразилец.

— Назовём это щедрым даром за нашу кропотливую работу по поддержанию твоей репутации на должном уровне.

Голос Тэрси источал мёд. Он по-свойски приобнял бывшего приятеля и услужливо вложил в его дрожащие пальцы ручку.

— Эт-т-о же всё… всё, что у меня есть, — почти беззвучно выдавил из себя амазон.

— Не преувеличивай, мы оба знаем, что это далеко не всё. На «всё» нам пришлось бы заручиться подписью твоей жены, ты ловко расфасовал капиталы. Пока ограничимся малым.

Рука бразильца зависла над бумагой. Воздух накалился ожиданием. Даже Лие захотелось, чтобы он уже подписал поскорей, и все по-хорошему разошлись. Пропитавший пространство комнаты запах выворачивал её наизнанку, глаза резало, голова шла кругом, ещё немного, и она наплюёт на безопасность — лишь бы вырваться из этого вертепа и глотнуть чистого воздуха.

Однако всеобщие надежды не оправдались. Тело бразильца сотряслось непонятной дрожью. Он отбросил ручку, откинулся на спинку стула и… захохотал. Тэрси и кондор переглянулись.

— Друг мой весёлый, — Элиос говорил заискивающе, но голос выдавал недоумение, — поделись, что тебя так насмешило.

— Вв-ы… ха-ха-ха, вы — два шута гороховых, насмешили меня. Неужели вы думали, вам, мелким шантажистам, удастся напугать меня? Меня?!! Да знаете ли вы, сколько я таких, как вы, за свою жизнь перевидал?! Сколько передавил? Десятки!

Крик бразильца набирал обороты. Его щёки пылали нездоровым румянцем, а в глазах плясал огонёк безумства. Тэрси поглядывал на него удивлённо и без тени страха. Его напарник не спеша двинулся вокруг стола к камину.

— Думаете, какие-то фотографии меня испугают? Вы у меня их есть будете!

Амазон вскочил на ноги и, схватив со стола снимки, запустил ими в Элиоса. Тот ловко увернулся и, вцепившись в нефритовое крыло попугая, попытался усадить его обратно на стул. Не получилось, тот словно озверел. С рёвом набросился на Тэрси и, стиснув большими руками его горло, повалил на пол. И тут же, как чёрная тень, мелькнула в воздухе кочерга и глухо ударила буяна по затылку. Его тело обмякло и раболепно распласталось на ковре.

— Ты что?!! — прокашлял Тэрси, растирая покрасневшее горло, — он же не подписал! Ты сорвал всю операцию! Столько дней работы…

— Забудь, — спокойно прервал его кондор, — одна неудачная операция не должна ставить под угрозу всё дело. Для этого я тут. Гм-м… ваше хвалёное зелье не сработало и в этот раз.

Элиос сокрушённо покачал головой и тяжело вздохнул. Опустившись на колено подле обездвиженного тела бразильца, он приложил палец к сонной артерии.

— Он без сознания, но живой… Что будем делать?

— Свяжись с Мигелем и шефом. Об остальном позабочусь я.

Какая-то непоколебимая стальная решимость звучала в этом ровном голосе. У Лии подкосились ноги от леденящего предчувствия.

Элиос скрылся за дверью, оставив бразильца во власти напарника. Кондор собрал фотографии и бумаги и без сожаления предал их огню. Туда же последовала нефритовая маска. Кочерга и опрокинутые стулья вернулись на свои места. Немного подумав, незнакомец подошёл к бразильцу.

«Как жутко! — подумалось Лие, — хищник над распростёртым телом жертвы».

А ведь сцена действительно поражала своим сюрреализмом. Кондор присел, разметав чёрные крылья над жалким оперением побеждённого попугая. Казалось, ещё немного, и он своим клювом начнёт терзать беззащитную плоть. Девушка зажмурила глаза.

Когда она их открыла, в комнате никого не было, ни кондора, ни его добычи. Облегчённо вздохнув, Лия выскользнула из-за ширмы, бросила тоскливый взгляд на камин, в котором золой рассыпались навсегда потерянные вещественные доказательства, и покинула тошнотворную атмосферу покерной. Низко опустив голову, она пронеслась мимо разряженных девиц и пасущего посетителей Сантьяго.

Свежесть давно опустившейся ночи показалась ей даром небес. Улицы опустели, туристы разбрелись по барам и номерам. Редкие парочки всё ещё нежились в густых тенях переулков. Гостиницы сонно пялились угольными глазницами окон. В тишине, которую тревожили лишь скрипки сверчков, стук каблуков разносился особенно гулко. Лия то бежала, то сбивалась на неуверенный шаг. Голова лопалась от сверлящих мозг предположений. Что будет с этим бедолагой? Не лучше ли заявить в полицию? Но что она им скажет? Что андский кондор напал на пуэрториканского попугая? Смешно! Она даже имени этого амазона не знает.

Девушка застыла на перекрёстке в пяти шагах от своего временного пристанища и нерешительно повернулась в сторону Плаза де Армас. На площади располагалось несколько правительственных зданий, в том числе и полицейский участок. Каких-то сто пятьдесят метров по Сан-Хосе… Но что это? Ей показалось, или в сумеречной дымке действительно нарисовался силуэт матадора? Лия круто развернулась и скрылась в родном подъезде Ortega's Jewelry and Antiques.

До Криса она не дозвонилась. Джона тревожить совесть не позволила. А чтобы написать здравое письмо Джинджи, надо было сначала собраться с мыслями, а это у неё никак не получалось. Раздирающие душу опасения и догадки вконец измотали девушку. Лишь под утро она забылась подобием сна, вздрагивая и ворочаясь.

15 июля

Косые лучи полуденного солнца пробились сквозь жалюзи, отразившись полосами на лице спящей девушки. Внизу заскрежетали раздвижные решётки, защищающие ценные экспонаты в витрине магазина. Лия потянулась, но глаза упрямо не хотели раскрываться. Спрятавшись от назойливых лучей под простынёй, она невольно прислушалась к суете на первом этаже. Супруги Ортега вернулись из церкви, очевидно, воодушевлённые воскресной службой. Однако разговор внизу кипел иными страстями.

— Думаешь, Хулия правду сказала?

— Кто её знает, та ещё выдумщица.

— Может, пойдём посмотрим. Если правда, потом полиция всё перекроет — не пробьёшься.

— Тебе это надо? Мы и так с открытием задержались. Времени нет на всяких утопленников глазеть.

Лия подпрыгнула в кровати. Дрёму как рукой сняло. Одевшись на скорую руку, она скатилась с лестницы, чуть не сломав себе шею, и выскочила на улицу.

* * *

Улица Кристо бурлила туристами и местными завсегдатаями. Больше, чем обычно. Даже тихое фойе El Convento переполнилось слухами. Джон неторопливо покинул свой номер. Подойдя к машине, он открыл дверцу, но не сел. Огляделся. Что-то вокруг происходило. Прохожие возбуждённо жестикулировали, строили озабоченные мины, изображали ужас и буквально лопались от любопытства. Улочка Сан-Хуан, ведущая к старым городским воротам, была до отказа забита ротозеями. Предприимчивые торговцы тут же выставили палатки с хот-догами и холодными напитками, прилавки с дешёвой бижутерией и сувенирами. В толпе изредка мелькали голубые рубашки полицейских, тщетно пытающихся разогнать зевак.

Вздохнув, Джон грустно перевёл взгляд на свой кабриолет. Сегодня утром он дал себе слово забыть о рыжеволосой непоседе и заняться, наконец, делами. Но как на зло его опять тянуло туда, где он, наверняка, на неё наткнётся… С чувством хлопнув дверцей автомобиля, молодой человек двинулся в сторону Ла Пуэрта де Сан-Хуан.

Городские ворота более четырёхсот столетий служили порталом для грузовых судов. Сколько людей прошло под их сводами, сколько товара провезли через них! Когда-то покрашенная в сочный красный цвет арка ненавязчиво, в союзе со временем, сливалась с природой, приобретая мягкий терракотовый оттенок.

Врата величаво взирали на протекающую внизу жизнь и молчаливо наблюдали за суетностью простых смертных. Как они уязвимы, как мягкотелы… особенно по сравнению с огромными валунами, наваленными вдоль набережной, словно памятники стабильности и непоколебимости. И вот теперь их покой тревожили десятки ребят в униформе, вбивая колышки меж каменными гигантами и обклеивая их безвкусной жёлтой лентой с ничего не значащими для них словами «crime scene».[1]

Джон ближе подходить не стал. Он остановился на выходе из ворот. Пологая дорога вела вниз к Пасео-дель-Морро. За каждый её фут велась борьба между туристами и местными жителями. У подножия дюжие полицейские караулили подступ к набережной. Облокотившись о парапет, Локхарт быстро окинул глазами место событий, одновременно прислушиваясь к перешёптыванию в толпе.

— Где он? Где?

— Уже унесли, опоздал.

— Его каноисты заметили. Сначала думали, одежду чью-то смыло прибоем. А в одежде человек оказался.

— Кто?

— Турист очередной. Мертвецки пьян был…

— Мертвецки… ха-ха… выразился в точку.

— Да тут каждый год кто-нибудь тонет. Камни вон какие, навернулся лбом о булыжник, и здравствуй, Отец Небесный.

Дальше пошли воспоминания о прошлых инцидентах. Джон уже не слушал. Выделив в толчее рыжую копну волос, он приблизился к их владелице и встал за её спиной, не решаясь позвать по имени. Молодой человек чувствовал, насколько искренне она потрясена случившимся, по сравнению с прочими равнодушными зрителями. Напряжённая, как струна, она еле двигала губами, что-то нашёптывая. Локхарт наклонился ближе, чтобы расслышать, но слова неуловимо растворялись в воздухе.

Лия стояла там, где парапет обрывался корявым куском гранита. Стояла, судорожно вцепившись в шершавый поручень, не чувствуя боли в ладонях от впившихся в кожу каменных осколков. Она прибыла на место события в тот момент, когда под громкий гул пересудов, вымыслов и гипотез двое крепких парней в белых халатах несли на носилках тело, небрежно прикрытое простынёй. Крылатый рукав, яркий, как будто ещё живой, переливался зеленью в лучах солнца. Лицо скрывала простыня, за что Лия ей была крайне признательна. Скорбь и тягостное чувство вины давили на горло. Часто глотая, девушка пыталась сдержать слёзы. В порыве переживаний она бросилась к офицеру полиции, снимающему показания с группы каноистов. Тот отмахнулся от неё и перенаправил к другому капралу, менее нагруженному свидетелями. Девушка попереминалась с ноги на ногу в очереди и стала искать глазами ранг повыше. Один из услужливых полицейских указал ей на заместителя начальника полиции. Тот стоял в сторонке от всех и тоже выслушивал очевидца. Наверное, самого важного из всех, раз

---

[1] Место преступления (англ.).

его удостоили такой чести. Только подойдя ближе, Лия распознала в очевидце матадора. Вальяжно прислонившись к городской стене и скрестив руки на груди, Тэрси нараспев лгал представителю власти.

— Мы расстались около полуночи. Вместе выпили в баре. Я сам не любитель, так, чтобы компанию поддержать, да и вставать надо рано. А тот малый продолжал заливать за воротник. В казино выиграл, хотел отметить, бедняга.

— Так вы после бара домой отправились?

— Разумеется. Кстати, по дороге Мигеля встретил, он подтвердит.

— Было дело.

Мимо Лии прошёл пузатый знакомый Элиоса, тот самый, с которым она его видела в «Виктории» несколько дней назад. У девушки помутилось зрение. Пузан щеголял в офицерской форме полицейского. Заместитель вытянулся и отдал честь, стало быть, тот был выше его по рангу.

— Закругляйся, Макс, дело ясное, как день. Пара свидетелей подтвердила, что видели бедолагу на набережной после полуночи. Пьян был в стельку. Ковылял в сторону дель Морро. Отчёт напиши по-быстрому и на моём столе оставь... Вам чего, сеньорита?

Лия с широко распахнутыми глазами пялилась на Мигеля, не в силах пошевелить языком. Элиос развернулся на вопрос приятеля и удивлённо поприветствовал девушку.

— А я её знаю! Лия! Ты что тут делаешь?

В его голосе не было ни тени подозрения... или он тщательно его скрывал. Девушка облегчённо перевела дух.

— Я вас увидела, хотела поздороваться. Да и интересно ведь узнать, что здесь происходит!

— Гражданским тут не место, — недовольно буркнул Мигель, — подождите за ограждением.

Лия послушно ретировалась. Сделала пару шагов вверх в сторону ворот и опять застыла у парапета. Какая-то особенная тяжесть навалилась на душу. Она переводила взгляд с завирающего матадора на покрывающего его полицейского, а затем — на затоптанные следы на песке, где недавно покоилось тело несчастного амазона. Если б она вчера пошла-таки в участок, очень вероятно, что вместе с бразильцем выловили бы и её собственное тело. Им стоило лишь слегка подкорректировать историю: напился, подцепил в баре девочку, и оба, одурманенные спиртным, канули в водах залива.

Лия содрогнулась. «Как часто мы порою ходим по краю небытия, рискуя сорваться...» Она ещё сильнее сжала ладонями зубастые перила. «Как хрупко наше существование, как шатки возведённые опоры... Жизнь с гарантийным талоном на смерть. Только в ней мы можем быть уверены... Всё остальное — пыль и прах».

Девушка незаметно перешла на тихий шёпот:

—Океан, состоящий из капель, велик.
Из пылинок слагается материк.
Твой приход и уход не имеет значенья.
Просто муха в окно залетела на миг…[1]

—Лия, — раздалось над её ухом.

Голос Джона был полон тревоги и заботы — такой контраст с елейной речью Тэрси и топорным басом Мигеля. Она повернулась и заглянула в его серые глаза, всегда спокойные, всегда уверенные, и от сердца отлегло.

Джон, в свою очередь, внимательно пригляделся к девушке, отметил следы бессонной ночи вокруг глаз, растрёпанный вид и небрежность в одежде.

—Смерть в силу своей неизбежности страшит любого, это нормально, любая смерть, — медленно произнёс он и кивнул в сторону залива, — почему эту ты приняла столь близко к сердцу? Ты знала погибшего? Что тебя так испугало?

Лия вновь перевела взгляд на набережную.

—Наверное, именно неизбежность. И сомнение… а вдруг всё-таки можно было избежать, — и она снова дёрнулась в сторону набережной.

Джон ловко преградил ей путь, заслонив собой угнетающую сцену.

—Уйдём, пока нас не раздавило толпой.

Деликатно взяв её за руку, он потянул девушку в сторону бульвара Пасео-де-ла-Принцеса. Она смиренно поплелась за ним. Слабость и изнеможение одолели её, заглушая страх и ощущение собственной уязвимости. Однако чем дальше они удалялись от этих жутких камней, тем легче становилось у неё на душе. Погода радовала, солнце пригревало. Лия потянула за рукав по рассеянности накинутой кофточки, чтобы снять, и тут только заметила, что впопыхах надела её наизнанку. Смутившись, девушка бросила быстрый взгляд на своего спутника. Его губ коснулась улыбка. Конечно же, он заметил и сделал соответствующие выводы. Вспомнив, что выскочила из дома, даже не взглянув на себя в зеркало, она смутилась ещё больше, одним движением руки поправила взъерошенные волосы и зачем-то начала натягивать кофточку обратно, словно хотела спрятаться под ней.

Джон остановился в шаге от Лии, задумчиво наблюдая, как она, окончательно запутавшись в рукавах, пытается придать лицу невоз-

---

[1] Хайям О. «Рубаи».

мутимое выражение. Сжалившись над ней, он схватил воротничок вязаной паутинки и легонько дёрнул на себя, освобождая девушку от пленившей её одежды.

Выхватив у него из рук кофточку, Лия прижала её к груди и подозрительно глянула на своего спутника. Они уже пятнадцать минут гуляют, а он ни словом не обмолвился о её вчерашней выходке, ни одного упрёка не высказал, ни одного вопроса не задал. Хотя чему она удивляется, она же прекрасно знает, *что* он делает. Он выжидает. Девушка успела изучить своего друга, так же, как и он её. Локхарт ждёт, когда она сама ему всё выболтает. Вчера вечером она, не задумываясь, так бы и сделала, попросила бы совета, утешения. А теперь всё изменилось.

Лия отступила назад и оценивающе прищурилась. Интересно, как он отреагирует на её сенсационное сообщение о том, что она знает, как именно погиб бразилец и кто этому поспособствовал? Скорей всего, поведёт себя, как настоящий мужчина: сам возьмётся за это дело, отстранив её от него. Так бы поступил её отец, а у них с Джоном много общего. Ну уж нет, не дождётся!

—Что ж, Джон, — она притворно зевнула, — ты пришёл к правильному умозаключению — я сегодня не в форме. Пойду спать.

—По-моему, ты слишком взволнована, чтобы уснуть… Я понимаю, что ты в последнее время не в восторге от моего общества. Но, может, составишь мне компанию сегодня?

Лия открыла было рот, чтобы, как всегда, возразить, но передумала. Она представила себя одну в пустой мансарде напротив магазина Тэрси, и её передёрнуло.

—Договорились, — согласно кивнула она, — буду тебе сегодня надоедать. И какие у тебя на меня планы?

—Хочу взять тебя с собой в школу.

—Как, — удивилась она, — ты до сих пор не съездил?

Взгляд, коим он её измерил, весьма красноречиво выразил мнение об её особе, которое он до сих пор не озвучил. Девушка лишь пожала плечами и сама повлекла его в сторону El Convento.

Через час они покинули Старый Сан-Хуан и выехали на шоссе. Живописным маршрутом вдоль побережья Атлантического океана оно вело на запад страны. Лия уютненько устроилась на пассажирском сиденье двухместного спортивного автомобиля, откинувшись на опущенную спинку и обняв колени руками. Босые пальцы ног теребили нежную обивку кресла, глаза жмурились от проникающего в приоткрытую крышу солнечного света, волосы трепал озорной ветер, продувающий небольшую кабину. Она любила ездить с Джоном. Ей нравилось разглядывать его профиль на фоне природного коллажа за окном, слушать короткие, но содержательные истории о местности, мимо которой они проезжали. Впрочем, он редко говорил в машине. Обычно она болтала без умолку. Он лишь время от времени вносил порядок в сумбур многословия девушки, каким-то чудом не мешая полёту её фантазии.

Но сейчас она молчала. Во-первых, сказывалась усталость, а во-вторых, она прекрасно знала, стоит ей открыть рот и сказать слово, Джон без труда вытянет из неё всё остальное. Пока он терпеливо ждал, только раз-другой пытался ненавязчиво задать пару вопросов, но она стойко держалась, изнурённо опустив голову на облачко сложенной кофточки. Она понятия не имела, куда он её везёт и какова их конечная цель, но в данный момент ей было абсолютно на это наплевать. Приятное чувство комфорта и защищённости обволакивало её. Она не заметила, как уснула, убаюканная мерным шумом двигателя.

* * *

Очнулась Лия от пронзительного крика птицы. Пейзаж за окном изменился. Густой девственный лес навис над дорогой, слегка редея вдали под натиском горных вершин. Судя по расположению солнца, они теперь ехали на юг, в самый центр острова. Иногда они проезжали какие-то посёлки, маленькие, убогие. Они мелькали и исчезали из виду и из памяти.

Девушка потянулась, протёрла глаза и часто захлопала ресницами, пытаясь сфокусировать зрение на навигаторе.

— Мы где? — спросила она, после минутной попытки разобраться в их местонахождении, — и куда едем?

Джон глянул в её сторону. Было видно, что он рад её пробуждению.

— Только что въехали в Утвадо — муниципалитет Пуэрто-Рико. Многим известен как La Ciudad del Viví, что означает «Город на Виви». Виви — это река, пронизывающая регион. Наша конечная цель — административный центр Утвадо Пуэбло.

— Центр… — хмыкнула Лия, вглядываясь в частые заросли, — представляю себе… Каково его население? Пара тысяч?

— Общее население муниципалитета исчисляется тридцатью пятью тысячами. В центре, думаю, живёт большинство.

— Джон, а почему именно там?

Он ответил не сразу, словно собираясь с мыслями.

— Школу одобрил мой дядя Рон. Я на тот момент ещё особо не вникал в семейный бизнес. В Утвадо около двадцати государственных школ и всего две частные, да и то только до шестого класса. Раньше тут функционировала неплохая приватная школа от детского сада до двенадцатого класса, но её принудили объявить банкротство и закрыли. Дети не окончили образование, эмоциональный удар и для них, и для их родителей. Возможно, именно это побудило дядю открыть школу здесь… полностью на вложения спонсоров и свои собственные, чтобы не зависеть от местных чиновников.

— Каким образом? Он от них откупился?

— Вроде того. Для обогащения казны администраторы продают земли муниципалитета частникам. Дядя немного переплатил, но зато получил разрешение на постройку школы. В итоге выиграли все: и дети, и казначейство. Оплата за образование — формальность.

— А вам какая выгода?

— Финансовой никакой. Можешь назвать это благотворительностью. У нас несколько таких школ по всему миру.

— А что с этой не так? Зачем мы туда едем?

Джон неопределённо повёл плечами.

— Пока сам не знаю. Дядя оформлял всё через посредников. Был сформирован штат работников из молодых специалистов. Вначале отчёты приходили регулярно, потом перестали. В общем-то, от подобных заведений мы не ожидаем прилежности, но контролировать время от времени приходится. Надеюсь, это — пустые…

Он не договорил, неожиданно ударив по тормозам. Машина резко остановилась, хорошенько встряхнув своих пассажиров.

— Что случилось?

Лия удивлённо смотрела на водителя. Локхарт пренебрёг её вопросом, не сводя глаз с дорожного указателя. От шоссе ответвлялось другое, поменьше, и змейкой терялось в обозначенном на указателе заповеднике Río Abajo.

Лия беспокойно заёрзала, оглядываясь назад. Середина шоссе — не лучшее место для остановки. Но, похоже, Джона это не смутило. Открыв бардачок, он достал оттуда потрёпанный конверт. Из конверта он вытащил открытку и замер над ней.

— О! — оживилась девушка, — знакомый конверт! Так тебе дядя в нём открытки послал? Любопытно… А эта… отсюда?

Она изумлённо уставилась на витиевато выведенное на открытке название заповедника.

— Получается, Рон был здесь? Надо полагать, он уже проинспектировал ваше вложение?

Вернув конверт в бардачок и положив открытку подле себя, Джон тронулся с места. Следующие полчаса пути прошли в тишине. Лия несколько раз порывалась вызвать его на откровенность, но учитывая свою собственную вынужденную засекреченность, тут же прикусывала язык. Тем более что сдвинутые брови водителя говорили о его явном нежелании поддерживать разговор.

Вскоре они въехали в Утвадо Пуэбло: тихие, спокойные улочки; церкви, музеи с громкими названиями размером с сарай и многочисленные лавки. Несколько поворотов вывели их из центра, и на мониторе навигатора появился красный флажок их конечной цели.

Они остановились и долгую минуту изучали здание старенькой библиотеки. Она доживала свои последние дни, но всё ещё принимала посетителей.

— Может, школа внутри, — робко выразила надежду Лия, с сомнением разглядывая небольшое здание библиотеки.

Выйдя из машины, Джон знаком приказал ей оставаться на месте, а сам скрылся за обветшалой дверью. Когда он появился вновь, его лицо выражало крайнюю озабоченность.

— Нет, — хмуро ответил он на немой вопрос своей спутницы, — просто библиотека, одна из самых древних в Утвадо, в очень запущенном состоянии. Не понимаю…

Усевшись в машину, молодой человек провёл рукой по лицу и снова завертел в руках открытку. И вдруг его глаза загорелись от внезапно снизошедшего озарения.

— Я — идиот! — воскликнул он с досадой, — это же координаты!

Лия вытянула шею, чтобы рассмотреть мелкие записи на обратной стороне открытки.

— Вот на координаты это похоже меньше всего!

— Дядя использовал полиалфавитный шифр. Что-то вроде шифра Виженера, в котором используется часть самого закодированного текста. Только помимо алфавита Рон использовал определённую таблицу случайных чисел.

— То есть ты знал о коде?

— Да, дядя любил задавать мне задачки по криптографии. Этот шифр предназначался для меня, и я давно расшифровал его заметки — он кивнул на открытку, — но не мог понять, что эти числа означают.

Он снял с приборной панели навигатор и начал вводить цифры.

— Ты что, их наизусть знаешь? — поразилась Лия.

— О да! Я столько времени провёл, пытаясь решить очередную задачку дяди. К сожалению, только оказавшись на местности, я смог её разгадать. В голову лезли лишь коды банковских счетов да накладных. О координатах я даже не подумал, — молодой человек удручённо покачал головой.

— Но ведь там вон сколько написано. Часть — координаты, а остальное?

— Думаю, номера сделок, возможно, ссылки на разрешение строить школу. Надо будет выяснить в местной администрации, там ещё имя одно есть, — его пальцы быстро стучали по экранчику навигатора.

— Джон, — девушка слегка наклонилась в его сторону, — это же просто школа, к чему такая конспирация?

— Я не знаю, Лия, — тихо ответил он, возвращая прибор на панель.

«Пожалуйста, следуйте по указанному маршруту», — триумфально произнёс чёткий женский голос, и новый красный флажок вспыхнул в каких-то двадцати километрах от них.

Джон сорвался с места, словно впереди маячила разгадка тайны столетия. Скорость превысила рамки дозволенного. Лия опасливо косилась на водителя — она ещё ни разу не замечала за ним подобного лихачества. Через пять километров дорога свернула, стала вилять и набирать высоту. Из-за крутых поворотов выскакивали хлипкие лачуги, одинокие и жалкие. С каждым витком дороги Джон становился всё мрачнее и мрачнее. И сильнее давил на газ. Девушка вцепилась обеими руками в верхний поручень, с ужасом поглядывая на опасный оползень по её сторону дороги, скатывающийся мелкой галькой в речушку внизу. Визгливый скрип тормозов показался ей райской музыкой. Облегчённо выдохнув, она резво выскочила из машины, даже не обувшись.

Координаты привели их к покосившейся хибаре на самом краю оврага. Дорога впереди сделала ещё один виток и прекратила своё существование, разбившись о покрытые мхом скалы. Редкая изгородь, изъеденная муравьями, огораживала заброшенное угодье. Заросшая сорняками земля при каждом шаге незваных гостей выпускала облачко бабочек и веснянок. Лия аккуратно обошла слетевшую с колышка ржавую табличку SOLD. Краска облупилась, смешавшись с комочками грязи и прилипшими травинками. Табличка гнила и разлагалась здесь не один год.

— Это и есть купленный вами участок для постройки школы? Интересно знать, чем руководствовался твой дядя, приобретая его, — хмыкнула девушка, критично разглядывая опасно накренившийся домик в десяти шагах от них, полуразрушенный… или просто недостроенный?

Проигнорировав её слова, Джон стремительно двинулся к развалинам. Лия побежала за ним, всё ещё надеясь, что он снизойдёт до пояснения.

При ближайшем рассмотрении хижина оказалась весьма вместительной. Одна половина была почти закончена и даже когда-то обжита. Вторая так и не дождалась окончания строительных работ. Лишь частично выложенная опалубка фундамента да несколько каркасных брусьев указывали размеры дома, на который замахнулись когда-то его хозяева. Огромная лохань с засохшей глиной стояла в середине потенциального внутреннего дворика. Глинобитный дом — самое удачное и дешёвое решение для влажного климата. Немудрено, что его решили строить на возвышенности во избежание контакта с многочисленными речками и подземными водами. Однако непутёвые строители забыли взять в расчёт растворимость самих горных пород, на которых было решено возводить глиняный дворец. Подточенные временем, размытые дождями, подмытые рекой непрочные пласты известняка и гипса слой за слоем крошились и сползали вниз, увлекая за собой творение рук человека.

Очень осторожно Лия глянула за край оврага, пропастью зиявшего позади обваленной стены достроенной части дома. Где-то внизу шумела река. Удивительный вид из самого центра комнаты, служившей кому-то когда-то гостиной. Охапки соломы, ошмётки сломанной мебели, осколки посуды и прочей домашней утвари выстелили пол своеобразным ковром. Девушка поморщилась, уколовшись босой пяткой об острый черепок. Отдёрнув ногу, она наступила на ворох старых газет, и оттуда веером в разные стороны разлетелись крошечные лягушата. Улыбнувшись, Лия приподняла верхние страницы. Под ними в уютном бумажном гнёздышке квакали листовые лягушки коки. Выпрямившись, девушка внимательнее пригляделась к обрывкам газет у неё в руках. На одном из них ей удалось разглядеть дату. Весна прошлого года. «Интересно, когда продали эту землю?» — мысленно задалась она вопросом, который тут же вылетел у неё из головы. Её внимание привлёк Джон. Он стоял у складного столика возле пока ещё целой стены. Протиснувшись сквозь трещины грязного оконного стекла, лучи солнца ласкали выставленные на столе фигурки. Помимо стен, хозяева лепили из глины горшочки, свистульки и забавные статуэтки. Возможно, обжигали их и продавали потом туристам. Джон, упёршись ладонями о край столешницы, пристально смотрел на миниатюрную шахматную доску и выставленные на ней фигуры. Паутина покрывала умело слепленного короля, которому кто-то поставил мат. Оторвав взгляд от мастерски разыгранной когда-то партии, Лия недоумённо перевела его на Локхарта. Её встревожили его напряжённость и странное выражение глаз, неведомое ей. Грозное, настораживающее... Девушка никогда не видела Джона в гневе. Хотя столько раз нарочно пыталась разозлить его, вывести из себя. А сейчас она физически почувствовала приближение бури.

Взяв со стола фигурку белого ферзя, Локхарт до хруста в суставах сжал её пальцами и с глухим выкриком «Проклятье!» швырнул в окно. Музыкальный звон разбитого стекла слился с очередным ругательством. Ухватившись обеими руками за усыпанный осколками столик, Джон яростно перевернул его. Глиняные горшки с грохотом разлетелись по всей комнате. Лия успела увернуться от одного, но второй больно отрикошетил от её колена.

— Джон, Джон! — испуганно пролепетала она, не зная, как поступить: подойти ближе или, наоборот, отбежать на безопасное расстояние, тем более что Локхарт поднял с пола обезглавленную скульптурку и оценивающе подкинул её в руке.

— Джон! — чуть громче повторила она, стараясь унять дрожь в голосе.

— Что?! — рявкнул он, даже не взглянув на неё.

— По-моему, ты слишком близко принял к сердцу… неудачное… э-э-э… капиталовложение дяди. Это же… не конец света… и поправимо, а твой дядя… э-э-э… твой дядя, — Лия пыталась говорить убедительно, но слова предательски обрывались и путались.

— Мой дядя? Да что ты о нём знаешь?! Ничего!

Зажав в ладони скульптурку, молодой человек сделал шаг в сторону девушки. Та попятилась назад — уж слишком угрожающий у него был вид.

— И ничего нельзя исправить! Рона не вернуть…

Он глянул на неё, и она поёжилась от незнакомого огня в его глазах.

— «Призраки прошлого», «скелеты в шкафу», «угрызения совести», — сказали они… — доведут до отчаяния любого. Им всё было очевидно, никто не удосужился вникнуть, копнуть глубже… «Растратил средства, довёл семейный бизнес до банкротства, спровоцировал подчинённого на убийство. Сам виноват!» Как легко закрыть дело. Как трудно принять и простить… Невозможно!

Размахнувшись, он метнул скульптурку в стену. Ударившись о косяк несуществующей двери, та рассыпалась на мелкие кусочки. Лия смотрела на друга и не верила глазам. Что произошло с таким всегда спокойным, уравновешенным британцем? И что за нелепицу он несёт?!! Да и ей ли говорит? Смотрит на неё или сквозь неё?

— Я ведь почти уверовал в их примитивную версию, засомневался в Роне, в Кларке! И в себе! Какой урок от жизни!

Боль и горечь в его голосе заставили сердце девушки участливо сжаться. Она пока плохо понимала, о чём он говорит, но встрепенулась от осознания, что за всем этим скрывается нечто глубокое и значимое. Лия вдруг поняла, что её всё время озадачивало в Джоне. Что напрягало и притягивало одновременно. Скрытность! А она гадала, почему его исчерпывающие, казалось бы, ответы вводили её в состояние глубокой задумчивости. А эти его паузы, прежде чем удовлетворить её очередное любопытство! Он продумывал свои ответы! Не хотел сказать больше, чем ей полагается знать. Его искренность и способность угадывать её желания чаще других пленили её и положили фундамент абсолютному доверию. А неосознанно ловимое ею умалчивание им многих вещей воздвигло невидимую стену между ними. И вот теперь произошло нечто весомое... такое, что под его тяжестью стена дала трещину.

—Ага! — победно воскликнула Лия, — «призраки прошлого»! Так у тебя они тоже есть! Ты от меня столько утаиваешь! А я, как дурочка, выкладываю тебе всё! Это нечестно!

Её детское возмущение подействовало на молодого человека, как холодный душ.

—Нечестно? — повторил он, — я пытаюсь защитить тебя, Лия! Ты сама ещё не понимаешь, во что ввязалась. Затеяла увлекательную игру в детектива, понадеявшись на свою интуицию и удачу. Да, я многое скрываю от тебя... не потому, что не доверяю, а потому, что боюсь за тебя, потому что люблю! А ты ведёшь себя, как ребёнок! Играешь не только с уликами, но и с моими чувствами! — в сердцах Локхарт пнул пустую консервную банку и покинул развалины.

Вжатая в стену, не двигаясь, словно истукан, Лия трепетно вздохнула и закрыла глаза. Очень медленно до неё доходило сказанное Джоном. Очень медленно и очень выборочно. «Скрывает, потому что любит...» — всё остальное отсеялось её сознанием. Сколько раз она мечтала услышать признание в любви от Криса, фантазируя и продумывая до мелочей сопутствующие романтические обстоятельства. Кто бы мог вообразить, что короткое признание Джона окажется сильнее любых представляемых ею форм объяснений, искреннее, чище и богаче. Все сомнения на его фоне поблекли, а чувства девушки, спрятанные ею в укромном уголке души, распустились, словно цветы при наступлении весны. И окрылённая, она выпорхнула следом.

Джон стоял на краю обрыва и, сцепив руки на затылке, следил за полётом стайки мухоловок. Казалось, к нему возвращались его привычная невозмутимость и спокойствие. Лия подбежала к нему, едва успев затормозить на самой кромке оврага. Кусочки пористой породы посыпались из-под пальцев ног. Схватив девушку за руку, Локхарт оттащил её от края. На всякий случай он загородил собой подступ к обрыву и строго посмотрел на неё сверху вниз.

—У тебя совсем отсутствует чувство опасности, или жизнь не мила?

—Очень мила! — с пылкостью заявила Лия и, приподнявшись на носочки, чмокнула его в подбородок, неуклюже, но очень нежно. Выше без каблуков достать не получилось, тем более что босые ноги постоянно проваливались в зыбкую почву. Не растерявшись, она цепко ухватилась за ворот его рубашки и притянула к себе. Её губки, словно крылья мотылька, трепетно коснулись сначала уголка его рта, потом нижней губы.

Она отстранилась, с любопытством изучая его реакцию. Он смотрел на неё недоверчиво, но его лицо посветлело, мышцы расслабились.

— Снова дразнишь?

— Дорогой мой Джон, — мягко произнесла Лия, — ты — единственный, с кем я могу себе это позволить. Ne me prive pas du plaisir![1]

— Ma chère amie, — ответил он, — je préfère agir dans mes intérêts.[2]

Обхватив её за талию, он без труда приподнял девушку над землёй и ласково поцеловал озорные веснушки. Согревающее чувство близости охватило их. Притупился страх обидеть, спугнуть, потерять, уступив место чаянию, приятному ожиданию и предвкушению. На одно короткое мгновение их перестало волновать то, что было вчера, и тревожить, что будет завтра. Прекрасное мгновение, долгое дыхание, наполненное тем смыслом, которого добиваются от жизни миллионы ищущих…

— C'est si beau…[3] — тихо прошептала Лия, уткнувшись подбородком в его плечо.

Только сейчас она заметила удивительные карстовые воронки, образовавшиеся на противоположном берегу оврага. Такие глубокие, что свет послеобеденного солнца, добросовестно освещающего ноздреватую поверхность лощины, терялся в темноте их замысловатых пещер.

Джон быстро окинул взглядом впечатливший девушку ландшафт напротив них.

— Нам лучше уйти отсюда. Подозреваю, этот прекрасный пейзаж зеркально отражается под нами, а сгинуть в недрах известнякового плато мне не улыбается, особенно теперь…

Крепче прижав её к себе, он зарылся лицом в растрёпанные волосы девушки, с удовольствием вдыхая пьянящие цветочные нотки.

— Тогда идём штурмовать городскую ратушу? — весело спросила она, — если тут таковая имеется.

— Вряд ли, но, думаю, нечто более прозаичное отыщется.

Он неохотно выпустил её из своих объятий и пригласительным жестом указал на машину. Стряхнув со ступней прилипшие травинки, Лия заскочила в салон автомобиля и, опередив Джона, вцепилась в открытку.

— Имя! — потребовала она, с умным видом изучая мелкий почерк Рона, — ты сказал, там было имя.

— Имя? — Локхарт завёл двигатель и не торопясь начал разворачивать машину на узком куске дороги, — ах да… Альваро Бусто.

— Альваро Бусто… — чуть слышно повторила девушка, пытаясь разглядеть это имя в таинственном шифре.

---

[1] Не лишай меня удовольствия! (фр.).

[2] Моя дорогая подруга, я предпочитаю действовать в своих интересах (фр.).

[3] Как красиво (фр.).

* * *

— Кто? Альваро Бусто? Он уже здесь не работает, — ответил им низкорослый господинчик, крайне недовольный тем, что его потревожили в воскресенье.

Грязный воротничок и засаленная жилетка абсолютно не сочетались с его холёными усиками и напомаженной шевелюрой. Занимал господинчик головной офис администрации муниципального района. Её адрес подсказали им словоохотливые прохожие. «Матео Гарза» гласила табличка на двери офиса, который, как и всё здание администрации, катастрофически нуждался в ремонте. Старая побелка на потолке вздулась и разошлась паутинкой трещин. Стены вздыхали, вздымаясь лохмотьями оборванных обоев. Горшки с неухоженными растениями загромождали обшарпанные подоконники, усыпая засохшими листьями и пылью стёртый паркет. И несмотря на это, господинчик восседал в заплатанном кожаном кресле величественно, с видом прославленного завоевателя.

— А где мы можем его найти?

— Хе-хе. В родной Мексике, надо полагать. Депортировали беднягу. Грустная история. Семью его жалко, девчонки только в школу собирались идти, а их всех разом…

— За что?

— А мы так и не поняли, — пожал плечами Матео, — что-то с контрабандой наркотиков, засветился где-то… Никогда бы на него не подумал. Да и улик прямых не было, иначе местные засадили бы, а так только настучали в иммиграционные службы. Обычно такие дела годы тянутся, а тут — фьють, и нет его. Хотя могло быть и хуже. А вы, собственно, по какому делу спрашиваете? — насторожился служащий.

— Я — совладелец компании Hearts Education. Где-то года два назад мы запланировали построить здесь школу. К сожалению, в силу непредвиденных обстоятельств некоторые документы были утеряны. Очень надеюсь, что вы нам поможете их восстановить по этим номерам, — и Джон протянул ему страничку с раскодированными и аккуратно выведенными символами.

Матео взглянул на них без особого интереса.

— Ну да, похоже на номера накладных, а вот это — городской индекс…

— Можете по ним найти документы по застройке?

— Если этим занимался Альваро, то вряд ли.

— Не можете проверить по базе данных?

Господинчик снисходительно усмехнулся и покосился на устаревшую модель десктопа на его рабочем столе, издающего шум, подобно реактивному двигателю.

— А как же архивы двухлетней давности? — не сдавался Джон, — печатные копии должны были сохраниться!

— Милые мои! Какие архивы! Полиция тогда всё вверх дном перевернула. Что-то забрали, как вещдоки. Где уж теперь искать. Не-е, боюсь, без Альваро вы свои документы не восстановите, — проворковал господинчик, очень довольный, что придумал такую удобную отговорку и избавил себя от лишней суеты.

Джон обречённо опустился на скамеечку возле письменного стола. Было очевидно, что этот Гарза и пальцем не пошевелит, чтобы им помочь, а искать другого служащего в уикенд — гиблое дело. Он совсем потерял счёт времени и забыл, что сегодня выходной.

— Какой удивительный рисунок! — подала голос Лия, изучающая приклеенные скотчем к стене детские зарисовки.

— Вы находите? — оживился Матео, — это моя дочурка старается.

— У неё талант ухватывать незаметное… Вы только посмотрите, как детально она разукрасила эту завитушку на стуле, всё остальное отходит на задний план.

— Да-да-да, — пробормотал отец юной художницы, натягивая на нос очки и прищуриваясь, чтобы разглядеть завитушку, — а я думал, это она всё остальное просто забыла раскрасить. Учительница тоже говорит, что у неё способности. Только что с того? У нас тут даже кружков приличных нет, чтобы развивать.

— Грустно, — вздохнула девушка, присаживаясь рядом с Джоном, — и жаль, что документы на школу потерялись, планировались классы для одарённых детей.

— Вот как? — господинчик досадливо почесал напомаженную макушку и снова глянул на номера, протянутые Джоном, — ну-у… может, если поднять всю документацию… А где именно строить предполагали?

— На месте старой библиотеки, — уверенно ответил Локхарт, воспрянув духом.

— А-а-а… да-да-да, а чего же вы передумали? Мы так надеялись, что кто-то отремонтирует эту развалину, туда ведь ходить опасно.

— Что же вы сами не отстроите? — полюбопытствовала Лия.

— А деньги где взять? И так распродаём заповедные зоны частным лицам.

— Минутку, — прервал их Джон, — с чего вы взяли, что мы передумали?

— Ну как же, покупку земли уже оформили, обещали отреставрировать библиотеку и пристроить к ней школу на пустыре позади, со всеми атрибутами, площадкой, спортивным комплексом и даже лагерем где-то в горах. Все очень надеялись, особенно семейные с детьми. А потом дали задний ход. И денег… кхе… школы мы так и не увидели, — смутившись своей оплошности, Матео отвёл глаза в сторону и снова углубился в любование творчеством дочурки.

—И когда именно мы дали задний ход? — мрачно спросил Джон.

—Мне Альваро сообщил где-то в начале весны прошлого года. Он же всё оформлял и тоже расстраивался — две дочки подрастали, не хотел он их в местную школу отдавать, очень надеялся на эту частную, средства скопил. Хотя всё равно зря... Летом его уже... того... на родину сослали. Так почему вы передумали-то? Может, обратно передумаете? Нам сейчас не помешали бы... э-э-э... -ла бы школа.

Джон не ответил. Он сунул листок с номерами в карман и, прощально кивнув Матео, вышел из комнаты.

Как только молодые люди скрылись за дверью, Матео подскочил к окну и подозрительным взглядом проводил их до машины. Затем, выхватив из кармана сотовый телефон, он нашёл нужный номер и стукнул по нему пальцем.

—Да, это Матео из Утвадо Пуэбло. Меня просили позвонить, если кто-нибудь будет расспрашивать об Альваро... Они не похожи на бандюг, но... Ага... подожду, — насупившись, Матео застыл с трубкой в руке.

$$* * *$$

По дороге назад Лия несколько раз разочарованно оборачивалась. Ей не хотелось уезжать — так бесконечно мало им удалось узнать. Или это ей только так казалось? Может, Джон выведал гораздо больше, чем было доступно её пониманию? Она перевела взгляд на Локхарта. Тот упрямо молчал. Наконец, её терпение лопнуло.

—Если ты спросишь меня, — с вызовом произнесла она, — то всё это дело плохо пахнет.

—Да ну? — угрюмо усмехнулся её спутник и снова умолк.

«Он невыносим!» — возмутилась про себя девушка.

—Вы заплатили большие деньги, а до администрации они не дошли. Вопрос: кто их присвоил? Что он там говорил о лагере для детей? Это тот обваливающийся в овраг участок? Наверняка, купили за бесценок. Интересно, за сколько собирались купить библиотеку? Наверное, тоже недорого, но пришлось бы отвалить местным чиновникам. Зато если горный участок оформляли вместе с библиотекой, то могли сэкономить на налогах.

—Это как? — повернулся к ней Джон, но ему тут же пришлось вернуться к созерцанию дороги, на которой под вечер несколько оживилось движение.

— Точно не скажу. Спроси у моего папы — он тебя проконсультирует. Я слышала от него, как клиенты записывали недвижимость в качестве государственных учреждений, чтобы платить меньше налогов. Папина контора все лазейки знает. О! — осенила девушку идея, — ну конечно! Кто ещё мог присвоить ваши деньги, как не адвокатская контора, которая оформляла сделку! Это же они взяли у вас деньги, вложили в трастовый фонд, а до местных властей они так и не дошли. Через кого твой дядя проворачивал это дело?

Джон не ответил и так крепко сжал руль, что костяшки его пальцев побелели. Лия не сводила с него глаз.

— Это же не контора отца? — с опаской спросила она.

Молчание.

— Ох, Джон, похоже, ты скрываешь больше, чем мне думалось ранее, — вздохнула она, — а ведь сценарий этой авантюры так похож на то, что обнаружил Витторио. Связь очевидна!

— Ты разыскала приобретённую им здесь недвижимость?

— Зачем, ты думаешь, я сюда приехала? — вздёрнула она носик.

Джон вновь бросил на неё быстрый взгляд, но оставил комментарии при себе.

— Витторио приобрёл маленькую лавочку, как оказалось, в не очень благоприятном районе Сан-Хуана, — великодушно поделилась Лия информацией, предоставленной ей Джинджи и дополненной Полом, — вряд ли она стоила столько, сколько заплатил за неё Бруни. К сожалению, он абсолютно не ориентировался в местной географии. Его обвели вокруг пальца! И я очень сомневаюсь, что, обнаружив, на что была потрачена немалая сумма денег, он начал спускать их остатки в местных казино. Витторио щедрый, но не транжир!

— Надо полагать, ты заглянула в эту лавку?

— Это было несложно. Она полностью разгромлена в результате разборок местных хулиганов, окна разбиты, стены проломлены. Но, похоже, там действительно производили когда-то косметику или парфюм — я нашла несколько бутылёчков из янтарного стекла. В таких держат эфирные масла.

— Я помню, Витторио упоминал, что кто-то пользовался его именем. Зачем, как ты думаешь?

Поразмышляв с минуту, Лия пожала плечами.

— Не знаю. В парфюмерном деле имя Витторио известно. Его косметическая линия пользуется успехом. Я, конечно, слышала о мошенниках, которые подделывают продукцию и используют имена популярных брендов, чтобы оправдать завышенные цены и поднять спрос. Но обычно они это делают тихо, сбывают товар людям попроще, которые в дорогой косметике не разбираются. Здесь же я не вижу логики. Заставили Витторио приобрести негодную недвижимость, попользовались ею и бросили. На что они рассчитывали? Ведь рано или поздно Витторио начал бы подозревать и захотел бы докопаться до истины.

— Сдаётся мне, они-таки просчитывают все ходы, — горько усмехнулся Джон, — нажились на невыгодной для клиента сделке, попользовались недвижимостью ровно столько, чтобы не быть пойманными, а как только у кого-то появились подозрения… — он красноречиво взмахнул в воздухе рукой.

У Лии тут же перед глазами возникла вчерашняя сцена. Кондор над побеждённым амазоном. Девушка вздрогнула и решила сменить тему.

— Как бы там оно ни было, но ты теперь просто обязан построить здесь школу. Так обнадёжить родителей! И у дочки Матео на самом деле талант. Жалко, если пропадёт. А несчастный Альваро? Что сталось с ним? Может, удастся его разыскать? Открытка твоего дяди датирована маем прошлого года, а летом Альваро сослали в Мексику. Получается, как раз после визита Рона. Думаешь, эти обстоятельства связаны? И если уж у них бандит сидит в начальниках полиции, что уж говорить о…

Она запнулась и притихла. Ну вот, опять наболтала лишнего. Джон отреагировал мгновенно.

— Какой бандит?

— Э-э-э… начальник полиции Сан-Хуана… достаточно на его физиономию взглянуть, сразу ясно — бандит…

— Ты что-то о нём знаешь?

— Нет!

Джон покачал головой, но допрос не продолжил. И это было ещё хуже, ибо означало, что как только они вернутся в город и Локхарту не надо будет фокусировать внимание на дороге, он полностью перекинет его на неё. Лия понуро уставилась в окно. Теперь всё, что бы она ни сказала, пройдёт через частое сито его аналитического ума, подвергнется критике и разлетится вдребезги под напором каверзных вопросов. Если только ей не удастся его как-то отвлечь. Размышления на эту тему заняли у неё всё время до конца их пути.

* * *

К El Convento они подъехали глубоким вечером. Клуб «Виктория» в двух блоках от них манил разноцветными вывесками. Лие вдруг стало зябко. То ли резко сменилась погода, и похолодало, то ли воспоминания прошлой ночи ледяными щупальцами снова ухватились за неё, и оставаться одной всё ещё было боязно.

— Идём ко мне, — безапелляционным тоном заявила она и, схватив Джона за рукав рубашки, поволокла его на соседнюю улицу.

Улица Сан-Хосе тонула в сумраке. Только в окнах антикварной лавки приветливо мигали огоньками масляные лампадки.

— Лия! Как раз к ужину! — радостно защебетала сеньора Ортега, распахивая на их стук дверь.

— Почему темно? — спросила Лия.

— Так ведь ещё вчера вечером свет отключили — где-то оборвались провода, а сегодня воскресенье, никто, понятное дело, чинить не пришёл. Как ты могла не заметить? Ты когда вернулась? А это кто? — переключилась говорливая хозяйка на Джона, — твой молодой человек? Приехал? Наконец-то! Девушка бродит одна где-то по ночам — это не к добру... Сегодня ночью, к примеру...

— Вам помочь? — быстро перебила сеньору Лия, выхватывая у неё из рук блюдо с аппетитно дымящимися тефтелями, — как вкусно пахнет!

— По твоему совету я добавила прованских трав и кориандр. Благо, у нас духовка газовая. И это ещё не всё. Муж решил рискнуть и приготовить сырное фондю, которое ты расхваливала. Даже кирш[1] раздобыл.

— Та-да! — в столовую торжественно вошёл сеньор Ортега, держа на подносе огнеупорный горшочек в окружении восковых свечей.

Лия подскочила к нему и вдохнула полной грудью исходящий от горшочка аромат.

— Замечательно! — захлопала она в ладоши, — вы не забыли положить куркуму!

— Конечно нет, я же всё записал, — с достоинством ответил хозяин дома.

Водрузив поднос на обеденный стол и переставив горшочек на маленькую горелку, он пожал руку Джону.

— Очень рад. Мы как раз с женой говорили, что этой muchacha bonita[2] не помешал бы... э-э-э... — он замялся и покосился на Лию, которая уже приступила к сервировке стола и, забавно наморщив носик, поглядывала на них.

— Присмотр, — понимающе закончил Локхарт и, выдержав искрящийся недовольством взгляд девушки, принял из рук хозяина бутылку вина и честь её откупорить.

— Вот именно, — снова затараторила сеньора Ортега, — вы слышали, что у нас тут выловили труп? Какой-то бизнесмен из Бразилии. Жуть. Вчера был богатым счастливчиком, выиграл в казино, а на утро

---

[1] Кирш — вишнёвая настойка.

[2] Красавица (исп.).

стал кормом для рыб. Уверена, его ограбили и столкнули. Сан-Хуан уже не тот, что был прежде. Понаехало шпаны всякой. Слоняются без дела, лёгких денег ищут. Вот и результат.

Лия плотно сжала губы, чтобы с них вновь не сорвались обличающие её слова, и усердно принялась разламывать чиабатту.

— Погибший был вчера в казино? — спросил Джон, не сводя глаз с Лии.

— Так Хулия сказала. Она тоже думает, что его обокрали.

— Ты её больше слушай, — отмахнулся сеньор Ортега.

— Лия вчера туда ходила. Может, она его видела? — теперь уже все трое смотрели на девушку.

Та застыла, смущённо уставившись на горку крошек, в которую превратился последний кусочек чиабатты.

— Может, и видела, — пробормотала она, — там много народа было, — и, схватив шампуры, она раздала их присутствующим. — Фондю не любит ждать. Джон, вино!

После бокала Каберне-совиньон ей удалось временно перенаправить разговор в иное русло. В конце концов, существовало столько тем, помимо трупов в заливе, которые она могла поддержать и развить, не говоря уже о Джоне. К окончанию вечера для четы Ортега он превратился в mijo.[1] А когда они встали из-за стола, и Джон, подхватив одну из лампадок, предложил проводить девушку до комнаты, хозяева весьма многозначительно подмигнули друг другу и сунули им бутылочку десертного вина.

В мансарде царил полумрак. Дома напротив смазанными тенями заглядывали в окно. Они поглощали тусклый блеск уличных фонарей — единственный источник света. Рассеиваясь в ночных сумерках, он озарял лишь небольшой прямоугольничек циновки на полу. Забрав у Джона лампадку, Лия первым делом метнулась в ванную. После изматывающей ночи и такого насыщенного дня хотелось хоть немного привести себя в порядок. Переодеться, освежиться, почувствовать себя достойной называться muchacha bonita, в конце концов! И подумать… Если уж Джон оказался в её обители, выгнать его без объяснений не получится. Да ей и не хотелось этого. Впервые она открыто призналась самой себе, что жаждет его присутствия. И также впервые она умышленно скрывает от него то, чем раньше ей не терпелось бы с ним поделиться. А скрывать что-либо от Локхарта было чрезвычайно сложно. Пока они сидели за столом, он ненавязчиво и легко выведал у хозяев все подробности произошедшего у городских ворот, несмотря на вёрткие потуги Лии переключить всех троих на более приятные, а главное, безопасные для неё темы. И вот

[1] Мой сын (исп.).

сейчас, она чувствовала это, он возьмёт её в оборот и выпытает даже то, чего она сама не знает. А единственный банальный способ его отвлечь, который пришёл ей в голову по дороге обратно, абсолютно не соответствовал её квалификации. Сочувственно кивнув своему отражению в маленьком кругленьком зеркальце над раковиной, Лия развернулась на пятках и отважно вышла из ванной.

В комнате, которая служила девушке гостиной и спальней одновременно, подрагивали огоньки пяти свечей разного калибра, каким-то чудом найденные Джоном в темноте. И сердце девушки забилось им в такт. На маленьком прикроватном столике стояла уже открытая бутылка вина и два наполненных бокала. Её гость расположился у распахнутого окна на фоне приглушённой сумраком улицы. В руках он с интересом вертел её боевой бинокль. Немного поразмыслив, Джон безошибочно встал на место, откуда лучше всего проглядывалась лавка Тэрси. Казалось, ещё немного, и ему не надо будет её ни о чём расспрашивать. Он сам до всего дойдёт, и по предметам, его окружающим, выявит, что занимало его подругу в последнее время. Лия в отчаянии закусила губу. Как она могла упустить такое из виду!

Не теряя времени, девушка подскочила к своему гостю и заслонила собой обзор. Отобрав бинокль, она вручила ему бокал вина. Ловко опустив жалюзи, взяла в руку второй бокал и звонко чокнулась с Джоном.

— За новое приключение!

— Тебе их недостаточно? — улыбнулся он.

— На самом деле, приключения — это такая редкость! Сколько усилий требуется, чтобы урвать у будней хотя бы одно жалкое приключеньице!

— Странно, мне, наоборот, думалось, что в твоём случае они сами тебя находят. Знаешь, Лия, — он отставил почти нетронутый бокал в сторону, — с тобой мне кажется, что я проваливаюсь в кроличью нору вслед за кроликом. Там, где ты, что-то вечно происходит. То ли ты притягиваешь неприятности, то ли, словно мотылёк, летишь на огонь. Я бы хотел, чтобы ты была… гм-м… осторожнее…

— Неприятности? — изобразила удивление девушка, — о чём ты, Джон?

Он не ответил, а лишь выразительно поднял брови. Под пристальным взглядом молодого человека Лия совсем растерялась. Она очень хорошо знала это выражение лица. Локхарт вызывал её на откровенность.

Девушка поводила пальчиком по окружности бокала и сделала большой глоток. Лишь бы потянуть время. Приторно сладкий, но крепкий напиток тут же ударил ей в голову. Этого ещё не хватало, подумала она, однако бокал из рук не выпустила. Вино придало ей смелости, и она приняла вызов противника.

— Так ты тоже считаешь меня легкомысленной?

— О нет, дорогая, ты не легкомысленна. Ты часто идёшь на поводу вдохновения, не задумываясь над тем, куда оно тебя приведёт. Подозреваю, это намеренно выбранная тобою тактика. Тебя притягивает неизвестное. Ты, как школьница, только начинающая свой путь в школе жизни, чистая, ещё наивная, по-детски любопытная и дерзкая. Ты так сильно жаждешь разнообразия, что скука забыла к тебе дорогу. Приключения одно за другим сыплются на тебя. Ты становишься разборчивой. Простые авантюры тебя уже не прельщают. Они кажутся заурядными и неинтересными. Не хватает адреналина, азарта. И ты впустила в свою жизнь госпожу Опасность. У каждого есть свой ангел-хранитель, Лия, но не испытывай его терпение.

— Ох, Джон, — вздохнула девушка, — мне иногда трудно различить, говоришь ты с укором или восторгом. Пожалуй, и то и другое. Только непонятно… если тебя так тревожат мои опасные увлечения, почему ты никогда не пытаешься меня остановить? За всё наше знакомство, ты по-настоящему ни разу не удерживал меня от моих выходок. Даже, наоборот, участвовал в них. Зачем ты прыгаешь за кроликом в норку?

— У нас с тобой больше общего, чем кажется на первый взгляд. Меня тоже влекут приключения. Ты привнесла в мою жизнь то, чего мне катастрофически не хватало. Как я мог этому препятствовать? Но ты перешла грань, и теперь твои приключения сопряжены с риском. А я боюсь, что не смогу уберечь… особенно без понимания, что вокруг тебя происходит, и в какую историю ты ввязалась на этот раз.

Искренняя тревога в его глазах тронула девушку. Ей так захотелось сдать позиции, открыться ему и скинуть с плеч гнетущий груз засвидетельствованного убийства. Признать себя слабой и… признать себя слабой?! Лия встряхнулась. Вот на что он рассчитывает! Это же ловушка, в которую так хочется угодить. «Diable!» Её рука с вином вновь взвилась вверх. «Ещё пара глотков, и квалификация будет на должном уровне», — с какой-то отчаянной иронией рассмеялась она про себя.

Деликатным движением Джон отнял у неё бокал.

— Поиграем в «тепло-холодно», Лия… Я попробую угадать, что именно ты от меня скрываешь.

«Вот хитрец! — взбунтовалась девушка, — он не оставляет мне выбора!»

Даже если она будет врать, он это поймёт. Игра с неизбежной победой противника. В голове всплыли неуместные советы Стеллы по модификации любой игры, правила которой тебя не устраивают.

— Поиграем, — смело согласилась Лия — вино притупило осторожность, — начинай.

Джон как бы невзначай приоткрыл жалюзи, впустив в комнату порцию свежего воздуха. Прищурившись, он просканировал глазами дома на противоположной стороне улицы.

— Я не берусь определить последовательность идей и какие мотивы сподвигли тебя приехать в Сан-Хуан, скажем, это был очередной порыв. Однако, учитывая твоё долгое пребывание здесь и развитую деятельность, ты угадала с местом действий.

— Тепло, — сладко пропела Лия, плавно сделав шаг в его сторону.

— Из этой комнаты ты следила за магазином напротив. Очередная антикварная лавка. Брикста, ведь так? Думаю, именно её хозяин или управляющий заманил тебя на маскарад прошлым вечером.

Ещё один шажок.

— Под действием солнца дождинками слёз капель застучала по веткам берёз.

Пальчики Лии весело забарабанили по руке молодого человека. От запястья до закатанной до локтя рубашки.

— А в казино твоё внимание привлёк... — Локхарт запнулся, почувствовав мягкие пальчики у себя на груди, — матадор...

— Жарко, Джон, — Лия придвинулась к нему ближе, — без работающего кондиционера мы рискуем получить тепловой удар.

Молодой человек громко перевёл дыхание и, подавшись вперёд, обнял девушку. Ласково проведя ладонью по его волосам, она обвила руками его шею и, прильнув к нему, поцеловала в щёку. Отодвинулась и заглянула в серые глаза. В их глубине дрожали фитильки свечей.

— Продолжай, ты сегодня в ударе! — поощрила она его.

Он ответил не сразу, любуясь её светлым личиком в ореоле золотых локонов, наслаждаясь близостью хрупкой фигурки.

— Предполагаю, ты действительно видела в казино погибшего бразильца и, возможно, даже догадываешься, о причине его гибе... Лия!

Поймав шаловливые ручки, покусившиеся на пуговицу его рубашки, Локхарт крепко сжал тонкие пальцы и притянул их владелицу к себе. Его губы достигли её рта и нежно скользнули по щеке к мочке уха. От этого неожиданно приятного прикосновения по спине девушки пробежались мурашки, и тут же её окатила горячая волна новых, не подвластных ей чувств. Она теряла контроль над ситуацией. А хуже всего было то, что она не могла решить, что делать дальше. Она страстно желала продолжения игры, но внезапно возникшая робость ввела её в ступор. Так далеко она даже с Крисом не заходила, и несмотря на бесчисленные лекции мадам Бруни, ей явно не хватало опыта. Она добилась своего — Джон приостановил рассуждения на щекотливую тему, но вразрез её планам начал перетягивать инициативу на себя. И что-то ей подсказывало, что, в отличие от Нормана, его её робость и сомнения не остановят.

Прерывистые порывы ветра теребили огоньки свечей, заставляя тень молодой пары колыхаться и кружиться, словно в танце. И девушка сама ощутила себя свечкой, податливым воском, тающим в объятьях человека, ставшего ей настолько близким, что она была готова совершить непоправимое. Его движения становились смелее и настойчивее. Она не сопротивлялась, доверчиво приникнув к нему всем телом. Но когда тепло его ладони, проникнув под тонкую блузку, коснулось кожи спины, а пальцы, нырнув за пояс юбки, прошлись по тесьме нижнего белья, Лия вздрогнула и непроизвольно зажмурилась. Чутко следящий за её реакцией на каждое его прикосновение, Джон замер и неохотно убрал руку. Немного отстранившись, он пригляделся к выражению лица девушки и, к своему удивлению, увидел, что она улыбается.

— Неподходящих моментов не бывает. Бывают неподходящие моменту мужчины, — прошептала она сказанное когда-то Стеллой.

— Что? Что это значит?

— Точно не знаю, только подумалось о том, насколько гармонично ты вписался в текущий момент… и в мою жизнь, — она тихо посмеялась над его недоумением, — не пытайся понять, просто прими как должное.

Вернув его руку к себе на талию, она сильнее прижалась к молодому человеку. От робости не осталось и следа. Наоборот, появилась уверенность в своём желании и ощутимая радость от чувства, что желание это взаимно.

* * *

В полночь Джона разбудил тихий скрежет. Он беззвучно встал и поднял жалюзи, чтобы они не бились о раму окон. В комнату сразу проник прохладный ночной воздух. Немного постояв у окна, молодой человек аккуратно лёг на кровать, на самый её краешек, боясь потревожить спящую девушку. Осторожно погладил размётанные по подушке волосы, убрал непослушную прядь со лба и, накрыв ладонью её тонкую кисть, мягко сжал.

С улицы доносились приглушённые разговоры, ворчание ретродвигателей, далёкий шум листвы. Ветер усиливался, неся с собой прохладу и тревожное предвкушение перемен. Убаюканный музыкой звуков и мерным биением сердца девушки, к которому он прислушивался с особым упоением, молодой человек сам унёсся вслед за ней в мир сновидений. Огарок последней свечи, утомившись, залил воском свой фитиль, и комната погрузилась в спокойствие ночи.

16 июля

«Джинджи, я опять влипла в историю. Боюсь, на этот раз дело гораздо серьёзнее…»

Подробно описав события прошлой ночи, Лия закрыла лэптоп и, сладко потянувшись, откинулась на подушки. Ну вот, перебросила груз случившегося на своего ментора, и сразу стало легче. Хотя… не так уж он её теперь обременял. Особенно после вчерашнего дня, того божественного вечера и… ночи. Девушка обхватила руками подушку и уткнулась в неё лицом. Она всё ещё хранила запах Джона. Самый приятный, самый уютный запах на свете. Её друга не было каких-то полчаса, а Лия по нему уже скучала. Вскочив с кровати, она подбежала к огромному слуховому окну и, широко распахнув ставни, подставила себя нежному утреннему солнышку. Оно то пряталось за наползающими с океана тучками, то, отпихивая их лучиками, появлялось вновь. Опасно высунувшись наружу, девушка всмотрелась в пустую улочку, слегка подёрнутую уже рассеивающимся туманом. В самом её конце показалась знакомая фигура. Лёгкой походкой Джон возвращался со своей ответственной миссии. В руке у него покачивалась корзинка, накрытая салфеткой знакомого ресторана St. Germain Bistro, единственного в округе, радующего туристов изысканной французской кухней. «Как ему удаётся так верно угадывать мои предпочтения?!» — удивилась про себя Лия и с удовольствием потянула носом, будто на таком расстоянии могла уловить аромат трёхслойного омлета, ванильных блинчиков и свежих круассанов. Юркнув обратно в комнату, она суетливо начала расчищать маленький обеденный столик, чтобы Джону было, куда поставить добытый им завтрак. Покончив с приготовлениями, она опять подскочила к окну. Он уже входил в дом. Тихая трель телефонного звонка заставила его остановиться. Поднеся трубку к уху, Джон с минуту внимательно вслушивался в голос оппонента. Лия физически почувствовала, как он весь напрягся. Локхарт поставил корзиночку на подоконник по соседству с горшком герани и освободившейся рукой взъерошил волосы — верный признак, что происходит нечто серьёзное.

—Нет, я ничего не знал, — наконец, ответил он своему собеседнику.

Говорил он тихо, но в этой предутренней тишине звук его голоса легко долетал до уха девушки. Досада и озабоченность слышались в нём.

—Да, она со мной. Согласен, это многое меняет. Конечно, сообщи, кому считаешь нужным. О Лие я позабочусь. Надеюсь, она больше никому не успела наболтать. Спасибо, Джейми.

Если б рядом с ней разорвалось пушечное ядро, вылетевшее из форта Сан-Фелипе, это её шокировало бы гораздо меньше, чем подслушанный разговор. Что-то внутри оборвалось, и ладошки покрылись холодным потом. Джейми?!! Она знала это имя! Но откуда оно известно Джону?! И как именно он собирается о ней позаботиться?! О бразильце тоже позаботились, а наутро нашли его труп в заливе…

Выключив телефон, Джон секунду-другую задумчиво вглядывался в покрытую росой мостовую, потом, чертыхнувшись, подхватил корзинку и вошёл в дом.

— Две минуты, — прошептала Лия, — от силы три, — именно столько времени займёт у него, чтобы достучаться до сеньора Ортеги, ведь ключей у Джона нет.

Соображала девушка всегда быстро, особенно в критические моменты жизни. Выхватив из своего рюкзака небольшое портмоне, она сунула в него паспорт с телефоном и, пристегнув ремешок, перекинула его через шею. Включив в душе воду, она ловким движением захлопнула дверь ванной, с удовлетворением услышав щёлкнувший замок. Лия очень надеялась, что Джон не пойдёт сразу проверять, что она делает в душе, и это подарит ей несколько драгоценных минут. Бросив горестный взгляд на валяющийся на кровати лэптоп, девушка взлетела по лесенке под потолок и, отбросив чердачный люк, выбралась на крышу. Аккуратно прикрыв дверцу люка, она знакомым путём перебралась на крышу стоящего рядом дома и спустилась по пожарной лестнице на соседнюю улицу. Ещё в детстве она приучила себя заранее присматривать путь к отступлению. «Никогда не знаешь, когда он тебе пригодится», — поучал её Крис.

По улице Сан-Джуста она добежала до площади Дарсенас, а от неё до Sheraton было рукой подать. Около отеля днём и ночью пасли туристов таксисты, готовые за щедрые чаевые везти тебя хоть на другой конец Пуэрто-Рико.

Запрыгнув в первое попавшееся такси, девушка смогла перевести дух. И подумать. Двадцать минут дороги до аэропорта нужно было провести с пользой.

Итак, до выяснения обстоятельств она оставалась предоставленной самой себе. Надёжные, казалось бы, люди начали терять её доверие. Конечно, наверняка она не знала, собирается ли Джон её убивать, как нежелательного свидетеля, или просто изолировать от общества. Однако после вчерашнего приступа ярости, который так удивил её, Локхарт мог быть способен на что угодно. Сердце девушки тоскливо сжалось. А ведь она только начала надеяться, что наконец-то определилась в своих чувствах… Оставшиеся минуты в такси прошли в бесполезном сетовании на подлые повороты судьбы, которые её ничему не учили, а только заводили в тупик.

Войдя в здание аэропорта, Лия постаралась затеряться в толпе. Выбрав самый укромный автомат, она стала быстро просматривать в нём доступные в это время суток авиакомпании, летающие в Торонто. Ни одного прямого рейса. Все летели либо через Нью-Йорк, либо через Атланту. Что ж, тоже неплохой вариант. Её пальцы шустро скользили по сенсорному экрану. Зарегистрировавшись, девушка нажала на иконку «Печать» и застыла в нетерпеливом ожидании электронного билета. Её взгляд рассеянно бродил по лицам пассажиров, провожающих и встречающих, таких чужих и равнодушных. И вдруг она поймала себя на мысли, что в толпе незнакомцев она высматривает конкретного человека. Неужели в глубине души она хочет, чтобы он нашёл её и… остановил?

Встряхнувшись, Лия отвела глаза от главного входа и нарочито внимательно стала изучать табло над воротами в терминал. Надо же, прибыл самолёт из Торонто. Девушка с улыбкой встретила гурьбу разномастной публики с характерными ярлычками-листиками на багаже. Чувство ностальгии захлестнуло её, очень захотелось домой. Пусть отец ворчит, понося на чём свет стоит её безрассудство и легкомыслие. В кои веки она была готова признать его правоту.

Волна прилетевших спала, и Лия уже почти перевела взгляд на печатающийся со скоростью улитки авиабилет, как появился ещё один пассажир. Она его не сразу заприметила за плечистыми спинами группы спортсменов. Но вот они расступились, и знакомая коренастая фигура предстала перед ней во всей красе.

У Лии резко свело живот, а ноги вдруг стали ватными. Неожиданно обессилев, она прислонилась плечом к автомату и не моргая уставилась на Брикста. Тот тоже обратил на неё внимание и на мгновение замер. Неприязнь и раздражительность читались в его глазах. Антиквар насупился, опустил голову и смотрел на неё из-под нахмуренных бровей. Так смотрит удав на кролика перед тем, как стянуть последнее кольцо и задушить его. Как бы не так! Роль жертвы девушку не прельщала.

Оттолкнувшись от автомата, Лия сделала было шаг в сторону Брикста, но, передумав, стремительно развернулась и бросилась бежать к выходу. В голове пронеслось, что было бы разумнее вырвать у автомата билет и отдать себя во власть крепких ребят-таможенников — какая-никакая защита. Но разум тут же был припёрт к стенке сознания бестолково шипящей паникой, заглушающей любые логические доводы.

Снова оказавшись на улице, она шмыгнула в ближайшее такси.

— Куда едем, сеньорита? — разулыбался ей таксист-мексиканец.

Нервно поведя плечами, девушка проигнорировала его вопрос, отчаянно пытаясь угомонить хаотичный рой мыслей в голове. Где-то вдали раздался длинный зазывный гудок. Огромный лайнер, как движущийся многоэтажный дом, появился со стороны океана. Сейчас он причалит по ту сторону залива, и новый поток туристов захлестнёт Сан-Хуан.

Повернув к мексиканцу посветлевшее лицо, Лия выдохнула:

— В порт.

Высадив её у родного уже отеля Sheraton, таксист пристроился в длинном хвосте себе подобных в ожидании очередного клиента. Девушка медленно двинулась вдоль набережной в сторону пирсов. Они пестрели множеством причаленных прокатных яхт и экскурсионных паромов. Над всей этой мелкотой величественно возвышалось два круизных лайнера. Один из них только закончил выгрузку туристов, а другой, по всей видимости, наоборот, готовился к загрузке.

С минуту полюбовавшись громоздкостью этих двух великанов, Лия завертела головой в поисках туристического агентства. Несмотря на тревожные обстоятельства, её сердце сладко забилось в приятном волнении от мысли о скором морском путешествии.

Конечно, лучшим вариантом были бы электронные билеты, но при ней не было компьютера, а современные достижения техники только начинали проникать на территорию старого города. Зато весь порт был завален киосками и офисами с яркими броскими стендами, наперебой призывающими воспользоваться именно их услугами. «Азамара», «Кристалл», «Карнавал», «Принцесса» и прочие круизные линии с не менее кричащими названиями. Лия толкнула стеклянную дверь и вошла в охлаждённый кондиционерами офис «Принцессы». Выбор был вполне естественен, ведь лайнер именно этой круизной линии нетерпеливо покачивался у пирса.

«Принцессой» оказалась милая старушка в строгом костюме. Однако блузка насыщенного розового цвета с жабо и кокетливо подкрашенные губки говорили о романтичной натуре, не желающей мириться со своим возрастом. Это же подтверждала бросающаяся в глаза потрёпанная книга популярной современной писательницы, известной любовными интригами и смелыми эротическими сценами.

Ловко спрятав книгу в ящик стола, эта дама неопределённых лет радостно поприветствовала потенциальную клиентку и предложила той сесть.

— Чем могу быть полезна?

— Я хотела бы купить билет на ваш лайнер.

— Разумеется, — дама привычно застучала по клавиатуре, — на какую дату?

— На сегодня.

Старушка удивлённо глянула на девушку поверх очков.

— Вы уверены, милочка? Тот лайнер, что вы видите на пирсе, как раз на половине своего тура по Карибам. Если вы на него сядете, то пропустите большую часть развлечений. А заплатить придётся за полноценный билет. А вот завтра…

— Нет, — нетерпеливо прервала её Лия, — мне нужно сегодня. Где заканчивается тур?

— Во Флориде, Форт Лодердейл…

Старушка отвечала немного рассеянно. Её внимание привлёк новый посетитель, запустивший в открытую дверь порцию полуденного жара.

— …Прибудет туда через трое суток.

— Замечательно. Одноместную каюту, если можно.

— Не лучше ли двухкомнатную, дорогая? — раздался у неё над головой до боли знакомый голос.

Только чудом Лия не подпрыгнула в кресле и удержала на лице вежливую гримасу. Поставив подле неё её рюкзак, Джон бросил свою сумку на выстроенные вдоль стены стулья и с комфортом уселся в соседнее кресло.

Приветливо кивнув старушке, он выдернул из стиснутых ладошек Лии паспорт и вместе со своим положил на стол.

— Два билета, пожалуйста.

— Эта сеньорита ваша жена?

— Пока нет, но я полон надежд, — даже не взглянув на Лию, Локхарт одарил агентшу своей самой обаятельной улыбкой.

С пониманием кивнув, та взяла паспорта и начала быстро регистрировать новых пассажиров. Чтобы заполнить тишину, старушка скороговоркой расхваливала прелести лайнера.

— Мы лидируем по всем рейтингам круизного бизнеса. На нашем лайнере каждый найдёт себе развлечение по вкусу, — щебетала она, — там на выходе есть стенд со всевозможными брошюрами. Не забудьте ознакомиться заранее, расписание довольно напряжённое, но оно того стоит.

При этих словах Лия встрепенулась и притворно ласковым тоном воскликнула:

— Ах, дорогой, почему бы мне не присмотреть нам что-нибудь.

Она сделала попытку встать, но тут же тяжёлая рука опустилась ей на плечо и пригвоздила к креслу.

— Успеется, милая, — голос Джона звучал не менее ласково, — я не могу выбирать каюту без тебя. Не забывай, мы теперь всё делаем вместе.

Сникнув, девушка без особого энтузиазма взглянула на план имеющихся в наличии кают, предоставив выбор этому тирану, лишь вяло кивая на советы старушки.

Торжественно вручив счастливой паре билеты, «принцесса» посоветовала им не увлекаться прогулками — до отплытия оставалось каких-то два часа.

Перекинув сумку через плечо, британец сжал ладонь Лии в своей и настойчиво потащил её к лайнеру. Девушка едва поспевала за ним, с шумом волоча за собой рюкзак на колёсиках.

— Кстати, сеньора Ортега просила передать своё искреннее сожаление, что не успела с тобой проститься, — бросил он через плечо, — и благословила нас в дорогу.

— Кого благословила?

— Нас, — охотно повторил Джон.

Нет, это уже было чересчур. Лия остановилась и выдернула руку.

— Неужели ты и вправду думаешь, что я буду спать с тобой в одной каюте?!

— Можешь не спать, — пожал он плечами, — сомневаюсь, однако, что ты выдержишь трое суток бодрствования.

— К чему всё это, Джон?! Отпусти меня, — взмолилась она, — честное слово, никакие секреты тёмной стороны твоей жизни мне неизвестны.

— Тему секретов оставим на потом. Твоя жизнь в опасности, а ты дурака валяешь, — последнее он произнёс так тихо, что Лия лишь по движению губ поняла смысл.

Локхарт отвернулся от неё и уверенно направился к причалу. Попереминавшись с ноги на ногу, девушка последовала было за ним, как вдруг кто-то схватил её за локоть.

— Лия! Куда это ты намылилась?

Лоснящееся от пота лицо под тенью длинного козырька фуражки показалось ей настолько чужим, что она не сразу сообразила, кто перед ней.

— Э-э-э, привет, Эди, — девушка тянула слова, лихорадочно придумывая причину своего пребывания на пирсе.

Джон, услышав их голоса, остановился в нескольких шагах от них. Заметив его, Эдмонд подозрительно прищурился и всё же кивнул Локхарту в знак приветствия.

— Ты что, уплываешь? С ним?

Лия перевела взгляд на Джона. Тот молчал, предоставив ей разруливать создавшуюся ситуацию.

— Почему бы нет?

— Кристиану это не понравится.

При упоминании друга детства Лия поёжилась. Совесть иголочками пронзила сердце.

— Не говори ему, — попросила девушка, — я… я сама… потом.

— Одумайся, — Эди подошёл к ней вплотную, — как хорошо ты знаешь этого парня?

— Э-э-э… — замялась Лия, припоминая подробности вчерашнего вечера, — достаточно близко…

— А что если я тебя удивлю подробностями из его биографии? — громко зашептал он ей на ухо, — тебе лучше вернуться в Торонто, я тебя сопровожу.

С каждым произнесённым словом Эди, словно клещами, всё сильнее сжимал её локоть. Заметив, как Джон сделал шаг в их сторону, девушка мягко высвободила руку.

—Не переживай за меня, Эди. Это всего лишь лёгкая увеселительная поездка. Дня через четыре я буду дома.

«Что я творю?!» — пронеслось в её голове. Не разумнее ли довериться тому, кого она знает много лет? Вместо того чтобы провести три дня в одной каюте с человеком, от которого сломя голову сегодня утром сбежала! Почему же она в который раз действует вопреки здравому смыслу?.. Что-то насторожило её. Запах Эди... он курил больше обычного, выпил. И волнение... да, он явно волновался. Он всегда был равнодушен к её судьбе, откуда же сейчас такое участие? Все её подозрения сплелись в один огромный, подкативший к горлу ком. Отпрянув от детектива, Лия чуть ли не бегом бросилась к Джону.

По дороге к лайнеру они не обмолвились ни словом. Так же молча кивнули на приветствия стюардов, выслушав инструкции по безопасности и их беззаботное предупреждение о надвигающемся шторме. Молча обернулись на группу сходящих с корабля пассажиров, молча поднялись на палубу и через лабиринт внутренних коридоров прошли в свой номер.

Просторная каюта состояла из спальни и наполовину ограждённой от неё полупрозрачным стеклом гостиной. Над кроватью и диваном в стенных нишах горели миниатюрные лампочки в форме ракушек. Их неэффективность компенсировалась солнечным светом, проходящим через окно во всю стену гостиной и балконную дверь. Сквозь них же просматривался океан странного цианового цвета, точно глянцевая фотография из журнала National Geographic.

Обведя каюту быстрым взглядом, Джон швырнул свою сумку на кровать и вышел. Как только за ним закрылась дверь, Лия достала из рюкзака лэптоп и торопливо подключилась к Интернету. Джинджи часто говорил, что если ты опасаешься за свою жизнь ввиду обладания нежелательными для других знаниями, поспеши ими поделиться как можно с большим числом людей. Удобно устроившись на диване, девушка положила лэптоп на колени, открыла сразу несколько окошек электронной почты и скопировала в них посланное недавно Джинджи письмо, в котором детально изложила свои приключения. Замерев на мгновенье, Лия провела пальчиком по аватару своего ментора.

—Ах, Джинджи... — тоскливо прошептала она, но тут же закрыла его профайл и отослала письма слегка модифицированного содержания сразу трём адресатам, указав своё точное местонахождение через три дня. Потом, наморщив лоб, задумалась. Что-то она упустила. Ах да! Надо было не только поделиться информацией, но и оповестить всех и каждого о том, что теперь этой информацией обладает не она одна, а посему убивать её бессмысленно. Она снова коснулась пальцами клавиатуры, но скрип входной двери заставил её закрыть крышку лэптопа.

Джон вошёл в каюту и, одарив её хмурым взглядом, водрузил на стол батарею бутылок с питьевой водой. Усевшись в кресло напротив неё, он некоторое время изучал кончики сведённых вместе пальцев рук и, наконец, посмотрел на свою спутницу.

— Думаю, нам обоим следует объясниться, — медленно произнёс он, — не хотелось бы следующие сутки нашего вынужденного путешествия провести в бесполезном молчании.

— Почему только сутки? — удивилась Лия.

— Мы сойдём в Янтарной Бухте. Там недалеко есть международный аэропорт. Лайнер прибудет в Доминикану завтра вечером.

— Ты можешь сойти прямо сейчас! — вскипела девушка, — я еду до Флориды!

— Уверена, что доедешь? — сухо усмехнулся он, — ты связалась с опасными людьми.

— Я заметила, — съехидничала она.

— Я не имею в виду себя и Джейми, — рассердился он, — очень недальновидно с твоей стороны перестать доверять нам лишь потому, что мы скрывали факт нашей дружбы. Я не буду даже пытаться переубедить тебя. Учись сама делать выводы. Однако… — Джон выпрямил спину и навалился ею на мягкую обивку кресла, — теперь я, пожалуй, готов ответить на любые твои вопросы.

— Что так? Неужели конец света близок? — снова съязвила Лия и тут же виновато съёжилась под тяжёлым взглядом своего спутника.

— Как давно ты знаешь Джинджи? — задала она мучающий её ещё с утра вопрос, — и не ври, что впервые встретился с ним у меня.

— Я никогда тебе не врал, — мрачно заявил он.

— Ха!

Девушка хлопнула ладонью по коленке, чтобы изобразить, что оценила его «тонкий» юмор, но осеклась. Ведь он на самом деле никогда не врал. Просто убедительно и умело не договаривал.

— Хорошо, — процедила она сквозь зубы, — тогда, может, хоть раз соизволишь сказать всю правду!

— Я знаю Джей… Джинджи пять лет.

У Лии челюсть отвисла. Она полагала, что они знакомы давно, иначе Джон не знал бы профессионального псевдонима Джинджи. Он, конечно, умеет быстро располагать к себе людей, только Джинджи — иной случай. Он не простой обыватель, который покупается на обаяние собеседника. Но пять лет!!! Это оказалось для неё неожиданностью.

— Мы познакомились на конференции в Оксфорде, — продолжил Джон, — я презентовал там свою модель поведения человека, в частности, рассмотрел поведенческие особенности людей, долгое время находящихся в местах лишения свободы. Мы хотели научиться предсказывать поступки заключённых и вычислять вероятность рецидивов, опираясь на личностную характеристику человека. Джинджи незадолго до этого был взят в штат NCA и проходил курс по психологии преступников. На мою презентацию заглянул из любопытства. Я до сих пор ему за это признателен…

— Значит, всё время нашего с тобой знакомства Джинджи играл роль двойного агента? С той лишь разницей, что ты об этом знал, а я — нет! — в голосе девушки звучала обида.

— В этом мы, действительно, виноваты перед тобой. Если честно, в начале нашего с тобой знакомства я не предполагал, что мы дойдём до той степени близости, когда подобные… м-м-м… непрозрачность и недосказанность могут навредить или обидеть.

Он говорил ещё, а его собеседница бдительно прислушивалась к его интонации. Расслышав искреннее сожаление, она удовлетворённо расслабила напряжённо приподнятые до этого момента плечи. И всё же ей нелегко было сдержать прущий из неё горький сарказм.

— Я так понимаю, упомянутую степень близости нетрудно было достичь. Джинджи рассказал всё о моих вкусах и привычках? Или позволил тебе потешить себя игрой?

Она вздрогнула, услышав, как хрустнул подлокотник кресла под его ладонью. К её счастью, в этот момент у неё на коленях громко завибрировал телефон. Лия поспешно поднесла его к уху.

— Пол, — чётко произнесла она имя звонившего и с вызовом посмотрела на Джона, — поражена твоей быстрой реакцией.

— Только что прочитал твоё письмо, — громкий недоумевающий голос детектива был слышен сквозь трубку, — это у тебя юмор такой? Или ты там на солнце перегрелась?

— Стала бы я тревожить тебя подобными шутками! — с достоинством ответила она, — это всё правда.

В трубке повисла тишина.

— И ты сейчас на лайнере плывёшь во Флориду? — осторожно уточнил Нейсон.

По его тону было ясно, что он всё ещё сомневается в правдивости собеседницы.

— Одна?

— Нет, с месье Локхартом, — едко ответила Лия.

— О, Джон там?! — облегчение, прозвучавшее в голосе полицейского, разозлило девушку, — передай-ка ему трубку.

— Нет, не передам ему трубку! — яростно бросила она в телефон и нажала на иконку сброса.

И тут же возмущённо подпрыгнула на месте, услышав входящий звонок на телефон Джона.

Тот спокойно взял трубку.

— Да, Пол. Труп настоящий, насчёт остального пока не уверен… Пожалуйста, буду тебе благодарен, — коротко поговорил он и отключился.

— Да у вас тут целая мафия! — воскликнула Лия, — а он ещё насмехается: доплыву я или нет! Конечно, не доплыву! Куда мне тягаться со всеми вами!

Не сводя с неё глаз, Джон отложил телефон в сторону.

— Кто ещё знает, что ты на этом корабле? — в его голосе звенел металл.

— Скоро весь свет узнает! — собрав в кулак остатки смелости, выпалила она.

Немного подумав, уставившись на геометрический рисунок на ковре, Джон снова посмотрел на неё.

— Ты сообщила Шону? Гм-м…

Лия вдруг почувствовала угрызения совести.

— Сама знаю, что поспешила. Но я испугалась.

— Меня?

— Нет. Тебе я хотела насолить, — призналась она, — а испугалась я…

Он в ожидании приподнял брови.

— Брикста…

— Где ты его успела увидеть? В аэропорту?

— А ты как узнал, что я там была?!

После обычного недолгого молчания он кивнул на её сотовый телефон, который она всё ещё сжимала в руках.

— Джей… Джинджи подсказал мне, как определять твоё местонахождение по телефону. Извини, пришлось прибегнуть к крайним мерам.

Отбросив телефон, словно тот обжёг ей руку, Лия вскочила на ноги.

— Да как вы смеете! Это же нарушение всех прав на личную неприкосновенность! Нарушение закона, в конце концов!!!

— Лия, — Джон примирительно поднял ладони, — мы ничего не нарушали.

Подойдя к девушке, он подхватил брошенный ею сотовый.

— В телефоне уже была установлена программа для отслеживания. Мы лишь воспользовались ею. С помощью спутников она достаточно точно указывает координаты телефона с погрешностью не более пяти метров в трёхмерном пространстве.

—Как это уже была установлена?! Кто её установил?! Каким образом?!

—Твой телефон совсем не защищён. Установить мог кто угодно. Программка простая и доступная всем, — молодой человек продемонстрировал незнакомую ей иконку, — конечно, требуется пароль на разрешение её установки. Но ты о нём не позаботилась. Судя по дате загрузки, за тобой так следят уже около двух месяцев. Впрочем, учитывая, сколько времени твой телефон пребывал в разряженном состоянии или просто валялся у тебя дома, программка этим неизвестным злоумышленникам вряд ли сильно помогла.

—Значит, тому, кто её установил, известно, где я сейчас? — голос Лии испуганно оборвался.

—Так ведь всё равно весь свет скоро узнает, — с усмешкой передразнил он девушку и, покачав головой, отключил её мобильник.

—Может, тогда лучше сойти на берег? — робко спросила она.

—Может, было бы и лучше, только уже поздно.

В подтверждение его слов из динамика в потолке мужской голос скороговоркой известил об отплытии и ближайшем прогнозе погоды. Не оптимистичном, но их прекрасная программа отдыха, продуманная до мелочей, предусматривала любые неудобства. Развлечения в крытых кабинах лайнера ничем не уступали играм на свежем воздухе.

Опрометью метнувшись к двери, Лия выскочила в коридор и потом через ближайшую лестницу на центральную палубу. Пирс уже отделяла от них приличной ширины полоса морской воды. Движение великана-лайнера почти не ощущалось. У перегородки стояли другие пассажиры, радостно провожающие берег. Их было удивительно мало. Видимо, многие либо испугались непогоды, либо решили, что проводить круиз внутри кают, где качка гораздо ощутимее, не стоит потраченных денег.

Оттолкнувшись ладонями от поручня, Лия отошла от борта и внимательно оглядела людей рядом с ней. Незнакомые ей лица и фигуры. От сердца немного отлегло. Она медленно двинулась в сторону носа. Доски под её ногами были выкрашены под беговую дорожку. Только пока по ней никто не бегал. А вскоре даже редкие пассажиры исчезли. Возможно, потому что лайнер вырулил из залива и начал набирать скорость, чтобы поскорее встать на нужный курс в открытом океане. Идти стало сложнее из-за ударившего в лицо ветра. Температура воздуха резко падала, а ветер усиливал порывы и дул интенсивнее, как только солнце скрывалось за тучами. Скрывалось и тут же появлялось вновь, и всё вокруг сразу преображалось. Океан менял цвет стали на лазурный и манил своим дружелюбным мерцанием. А потом опять покрывался вдруг тёмными бирюзовыми пятнами, мрачнел, и солнечные блики на его поверхности приобретали металлический блеск.

Обхватив плечи руками, Лия шла дальше, неотрывно глядя в океан. Земли уже не было видно. Океан словно заглотил покинутый ими берег. Бесконечность морской глади с высоты водоплавающего гиганта-лайнера взволновала девушку до дрожи в коленях. Но это было приятное волнение. Несмотря на тревожные предвестники надвигающейся бури, океан непонятным образом убеждал её в своём к ней расположении и покровительстве. Только чайки в панике носились над головой, кричали, будто предупреждая о чём-то. Понаблюдав за их беспокойным полётом, девушка посмотрела вперёд. Беговая дорожка всё не кончалась. Солнце опять спряталось. Серые тучи слились со стеной аспидного цвета. Появилось ощущение, что она идёт в необъятном тоннеле, а в его конце нос корабля утыкался в просвет между тучами и растворялся в небесной синеве. Но вот стена закончилась, и огромное небо куполом опустилось на палубу. На носу тоже было безлюдно. Пара женских фигур, закутанных в шаль, и один мужской силуэт. Лия машинально продолжала идти дальше, наверное, решив достигнуть самой крайней точки корабля, чтобы с неё почувствовать себя, наконец, наедине с океаном. И она до неё дошла. Узенькая площадка, ограждённая надёжной перегородкой, словно парила в воздухе. А под ней — пустота, вплоть до тёмной с перламутровыми прожилками воды.

Лия простояла там долгие пять минут, пока просвет впереди не затянуло тонкой пеленой облаков. Солнце туманным диском висело прямо над головой, начиная опускаться вниз к горизонту.

Отвернувшись от океана, Лия посмотрела наверх. Гладкая стена с матовыми окошками тянулась в небо. Лайнер отсюда казался даже больше, чем виделся ей с берега. С самой верхней палубы высовывались головы любопытных пассажиров. Там должен был располагаться открытый бассейн. Вряд ли он сейчас работал, судя по развивающимся на шеях дам шарфикам.

Держась за поручень, девушка покинула смотровую площадку и медленно двинулась обратно. Теперь ветер дул ей в спину. Волосы послушно развивались под его порывами и закрывали лицо. Глаза внезапно застлали слёзы, придав резкость контурам корабля. Особенно чётко выделилась одинокая фигура пассажира впереди. На беговой дорожке он был единственной живой душой кроме самой Лии. И она шла прямо на него. Ноги сами несли её, несмотря на то, что она сразу узнала стоящего перед ней человека, и всё внутри похолодело от ужаса. Но ей хотелось рассмотреть его лицо. Ведь впервые она видела его без маски.

Смуглый, широкоплечий мужчина, ростом выше среднего. Голова была слегка опущена, глаза смотрели исподлобья. Крупный нос, как кусок скалы, выдавался над плотно сжатыми губами и напоминал клюв хищной птицы. Высокий лоб в обрамлении иссиня-чёрных волос. Короткая прядь, зачёсанная набок, слегка заметные бакенбарды и пробивающаяся щетина. Руки сцеплены за спиной. Плечи не спеша поворачивались вслед за головой, а она вращалась, как локатор, следила, подмечала, запоминала. Взгляд Лии устремился к глазам незнакомца. Неуловимая деформация их контура заставила приглядеться лучше. И тогда стала видна белая плёнка, затянувшая половину левого глаза. Появилось сомнение, а видит ли он вообще? О да, он видел. Он окинул её беглым взором, и кожа девушки покрылась инеем. Она хотела отвернуться и промчаться мимо, но его лик притягивал, как магнит. Несмотря на устрашающий образ хищника, мужчина был весьма привлекателен и харизматичен.

Девушка поравнялась с ним и остановилась. Ноги точно приросли к палубе. Склонив голову набок, незнакомец смотрел на неё. Лия была готова поклясться, что он её узнал. И от этой жуткой мысли волосы встали дыбом. И тут человек-птица пластичным движением высвободил руку из кармана. Если бы в ней был пистолет, Лию это напугало бы гораздо меньше. Но нет, он вытащил из кармана не пистолет, а маску, которая блестела изумрудным бисером в рассеянном свете солнца. Её маску! Как это возможно?! Неужели она обронила её на месте преступления? Сейчас она уже не могла вспомнить. Все мысли смешались в голове, и на мгновение Лие показалось, что она теряет сознание. Девушка судорожно ухватилась за бортовой поручень и попятилась в сторону от воплотившегося в реальность кошмара. Он не следовал за ней. Да и зачем? Бежать было абсолютно некуда. «Уверена, что доедешь?» — суровый сарказм Джона теперь звучал, как приговор.

А незнакомец продолжал смотреть на неё своим затуманенным глазом. Его губы подрагивали в усмешке — её ужас потешал его. Он поднёс маску к лицу и чуть слышно произнёс: «Бу!».

С усилием отвернувшись от человека-птицы, Лия ускорила шаг. У неё внутри всё дрожало от напряжения. Ей казалось, что её вот-вот поднимут в воздух и швырнут далеко в океан. Юркнув в ближайшую дверь, она нарочито долго плутала по лестницам и коридорам. То ли с намерением запутать следы, то ли просто не хотела признаться самой себе, что потерялась. А спросить о помощи не хватало решимости — ей теперь повсюду мерещились враги. Наконец, она уговорила себя остановиться и изучить план корабля.

Когда совершенно уставшая Лия вошла в каюту, в гостиной нежились солнечные зайчики. Облака истончились и разрешили лучам заходящего светила пронзить себя на прощание. Подойдя к балконной двери, Лия сдвинула её. Лицо обдал насыщенный морской воздух. Она вышла на балкон и осторожно посмотрела вниз. Их каюта располагалась на самой верхней палубе, с неё открывался сногсшибательный вид на океан, оправдывая высокую цену, которую им пришлось заплатить. Вернее, заплатил Джон, но он сам и настаивал на двухкомнатном номере. Однокомнатные были дешевле и гораздо ниже. На их уровне многие каюты пустовали. Не только из-за стоимости. Здесь, наверху, покачивания лайнера ощущались в троекратном размере. А на балконе у Лии даже закружилась голова. От высоты и мерного движения поверхности океана: вверх-вниз. Отступив в каюту, она задвинула панель обратно. К горлу подступила тошнота. Она же никогда не плавала на кораблях. И, видимо, ни с чем не сравнимое удовольствие от долгих круизов ей не грозило.

Выставив руку вперёд, чтобы удержать равновесие и не упасть, Лия прошла в спальню и рухнула на кровать. Сейчас она иначе отреагировала бы на наглое заявление Джона сойти с лайнера завтра. Была б возможность, она сделала бы это немедленно.

Вспомнив о друге, девушка оторвала голову от подушки. Джона в каюте не было. Возможно, он пошёл её искать. На лайнере такого размера поиски займут уйму времени. Она потянулась было к телефону, но вспомнив о программе отслеживания, передумала. Опустила голову и закрыла глаза. Наверное, уснула. Потому что когда открыла их вновь, комната уже погрузилась в вечерние сумерки. На короткий счастливый момент ей подумалось, что всё произошедшее с ней было сном: и убийство бразильца, и её побег, и лайнер с убийцей на борту. Поэтому когда раздался звук открывающейся двери, ей показалось, что она провалилась в глубокую яму и застыла в свободном полёте, от которого свело судорогой живот. Щёлканье замка растянулось в вечность, заглушилось звоном в ушах и внезапно оборвалось.

В комнату проник свет из коридора, ярко осветил ковёр на полу и дотянулся до кровати. Наверное, увидев на ней девушку, Джон быстро вошёл и беззвучно закрыл за собой дверь. Свет включать не стал.

Лия зажмурила глаза, решив, что будет целесообразнее притвориться спящей. Сейчас ей не хотелось объяснять своё долгое отсутствие и снова поднимать тему страхов. Она едва расслышала его шаги на мягком ковре. Он остановился у кровати, и она кожей почувствовала, как он всматривается в сумрак комнаты. Издав еле различимый вздох, как ей показалось, облегчения, её спутник прошёл в гостиную, и снова наступила тишина.

Не в состоянии больше её выносить, Лия приподнялась на локте. Вытянув шею, она осторожно заглянула за стеклянную перегородку. Джон не двигаясь стоял у окна, скрестив руки на груди и обхватив ладонями предплечья. Она видела его фигуру и беспокойное шевеление пальцев на фоне балконной двери. За её стеклом чёрное небо сменялось тёмно-серым полотном облаков. Потом взошла луна, и по каюте разлился её холодный свет. Силуэт её спутника стал чётче. По его напряжённой позе было понятно, что он ещё сердит на неё. Очевидно, его расстроил её побег, а вернее, её подозрительность. Ведь она даже не дала ему возможности объясниться. Она сама понимала теперь, что поступила опрометчиво и, пожалуй, непорядочно и даже бессердечно по отношению к нему.

Луна снова скрылась в массе туч. Сияние ракушек дальше их ниш не выходило. И в этой тьме вдруг стал особенно чётко слышен гул снаружи, распадающийся на прерывистый шум волн, их плеск о борт корабля и трепетный стук маленьких декоративных флажков о парапет балкона.

Глаза девушки вскоре адаптировались и смогли различить контуры мебели на фоне окна. Фигура её друга сместилась и слилась с тенями в гостиной. Теперь ей был виден весь балкон целиком. За ним небо колыхалось в редких пока зарницах. Сердце сжало тоскливое чувство одиночества.

Тихо скрипнул диван. И снова воцарилась удручающая тишина. Лия вздохнула. Через минуту вздохнула громче, рассчитывая на реакцию со стороны безмолвного спутника. Реакции не последовало, а мысль о том, что до утра качаться в этой кровати она будет одна со своими видениями, была невыносима.

Лия бесшумно встала и вошла в гостиную. Ракушки и здесь были бесполезны, и всё же непостоянного света снаружи ей хватило, чтобы беспрепятственно приблизиться к дивану. Джон лежал на краю, закрыв лицо рукой. При вспышках молнии его майка ярко белела на фоне тёмного чехла.

Словно почувствовав её присутствие, молодой человек закинул другую руку за голову, дотянулся до маленькой лампы на боковом столике и щёлкнул рычажком выключателя. Потом отнял руку от лица и внимательно оглядел потревожившую его девушку с головы до ног. Оценив её состояние, он так же молчаливо подвинулся. Боясь, как бы он не передумал, Лия быстро примостилась рядом на краешке узкого дивана, положив голову ему на плечо и вцепившись рукой за край расстёгнутой рубашки, чтобы не упасть. А почувствовав надёжность обнявшей за спину руки, она снова вздохнула, с благодарностью.

—Je t'en prie, pardonne-moi,[1] — шёпотом попросила она, — я больше не буду убегать… не поставив тебя в известность, — добавила она, немного подумав.

---

[1] Прошу, прости меня *(фр.)*.

Последнее высказывание вызвало у него смешок. И всё же её признание своей неправоты определённо его порадовало. В этом она убедилась, оторвав голову от его плеча и присмотревшись к выражению его глаз. Они снова смотрели по-доброму и ласково, а взгляд перестал быть суровым. Хотя в нём всё ещё чувствовался скептицизм.

— Могу поклясться в этом, если хочешь.

— Не нужно, — ответил он, — я не верю в клятвы. Человек всегда поступает в согласии со своей совестью. А понимание совести индивидуально. Клятва — это ограничение поступков, мотивы которых могут быть гораздо глубже и шире, нежели границы обещания, высказанного в убогой словесной форме и часто на горячую голову. Почему ты смеёшься?

— Вспомнила слова Тинвэ… Что ты ответ на простой вопрос превращаешь в научный трактат.

— Тебя же это не напрягает?

— Наоборот, подстёгивает желание поспорить с тобой.

— Неужели дерзнёшь? — рассмеялся он.

— Не сейчас, — её голова снова опустилась.

Он успокаивающе провёл рукой по волосам девушки, потом, обхватив её голову ладонью, мягко прижал к себе.

— Не бойся, — прошептал он, — скоро всё закончится.

— Откуда ты знаешь?

— Темп происходящих вокруг нас событий ускоряется, так обычно бывает при кульминации.

— А закончится всё хорошо?

Её детский вопрос заставил его улыбнуться.

— Хочешь услышать очередной научный трактат?

— Да, пожалуйста. Они действуют на меня лучше валерьянки.

— Тогда скажи мне, какой конец тебя бы устроил?

— Ну-у… как обычно, злой гений пойман и посажен в тюрьму со всеми своими пособниками. А добрые мирные граждане оказываются в безопасности.

— Ну-у… — он вновь состроил скептическую гримасу, — слишком поверхностное и неконкретное определение хорошего конца. Ладно, допустим. А если один из злоумышленников окажется тем, кого ты раньше считала добрым мирным гражданином?

Скинув его руку с себя, Лия вторично приподнялась на локте и серьёзно посмотрела ему в глаза.

— Это уже не очень хороший конец.

— Давай назовём его не идеальным, но всё ещё хорошим. Ведь злоумышленники обезврежены! А чтобы их обезвредить, нужно понять смысл самого преступления. Ты же этого и добиваешься — понимания! Но что если для понимания тебе придется-таки вытащить наружу то, о чём ты столько времени избегаешь говорить, что боишься затрагивать и ворошить?

—Хороший конец! — с укором повторила девушка, — ты сейчас от «хорошей» части ничего не оставишь!

—Ты — художник, Лия. Сама знаешь, что абсолютно белого и чёрного цвета в природе не существует. Однако мы можем добиться приятного для глаза сочетания, если осторожно и умело смешаем нужные краски.

—Да, только акварель милосердна, она прощает ошибки! А жизнь?

—Так же, как и акварель, прощает, пока ты ещё способен экспериментировать с цветовой гаммой. Но лишь краски сольются в серобурую массу, ты знаешь, что ситуацию уже не спасти. От грязного оттенка не отделаться. И что художник делает в этом случае?

—Есть несколько приёмов... но легче начать всё заново.

—Верно, мы начинаем заново, став более опытными и учтя прошлые ошибки. Очень важный момент здесь — это решить, что делать с неудавшейся картиной: выбросить или хранить, как напоминание.

—Выбросить, — уверенно сказала Лия, — я всегда выбрасываю. Картину выбросить легко, это — небольшая утрата.

—Это приводит нас к вопросу о потерях. Хороший конец, берёт ли он в расчёт потери?

—Конечно, нет! На то он и хороший! Никаких потерь!

—В таком случае придётся сразу исключить возможность благополучной концовки, ибо мы уже понесли некие потери.

—Но то уже в прошлом!

—Правильно. Это факт, и мы не можем его изменить. События же будущего не определены, и это даёт нам шанс свести потери к минимуму.

—А нам удастся?

—Удастся, если обстоятельно продумать ходы и верно оценить силу противника. Как в игре в шахматы.

—Да-а, — протянула Лия, — плакал мой шанс.

—Не печалься. Подозреваю, твои спонтанность и экспансивность сыграют не последнюю роль в конечной партии, — иронично заметил молодой человек.

—Хочешь сказать, я введу в смятение ряды противника и под шумок поставлю им неожиданный мат? В первую очередь, неожиданный для меня самой...

—Знаешь, Лия, что меня удивляет в тебе. Что ты совсем не знаешь себе цену. С твоим потенциалом, твоими талантами следует быть более самоуверенной. Ты достаточно образована, умна и красива, чтобы без лишней скромности это демонстрировать и этим пользоваться. При этом, не давая другим пользоваться тобой.

— Этими словами заканчивается каждая лекция Стеллы, — хмыкнула Лия.

— Значит, стоит к этим словам прислушаться. Талант — это оружие. В дрожащих неуверенных руках оно бесполезно и даже опасно. Им может завладеть и воспользоваться противник…

— Это ты о ком? — Лия удивлённо всмотрелась в его лицо, которое вдруг снова омрачилось.

— Да так, вспомнилось кое-что…

— Абсолютное доверие, Джон! — она похлопала ладошкой по его груди, потом нежно по ней погладила и заискивающе заглянула ему в глаза, — расскажи, что вспомнилось. Это как-то связано с чрезмерной для тебя эмоциональностью в горных развалинах Утвадо? Как раз в тему столь любимых тобою шахмат! Что тебя так разъярило?

— Так ты заметила там шахматный набор?

— Ну да, разыгранная партия.

— Знаешь, как называется такой мат?

— А у них есть особые имена? — Лия сконфуженно покачала головой, — я дальше детского не обучалась.

— Есть. Шахматисты тоже любят громкие названия. Это был эполетный мат. Его объявляет ферзь. Причём, матуемый король с обеих сторон ограничен собственными ладьями, так называемыми эполетами. В данной партии белый ферзь с B6 поставил мат чёрному королю на B8, а чёрные ладьи, соответственно, находились на полях A8 и C8.

— И что это значит?

— Дядя всегда играл чёрными. Он любил давать противнику преимущество первого хода. Не только в шахматах… Я уверен, что это он расставил фигуры в таком порядке. И данный мат означает предательство. Это ему поставили мат, причём двое его близких соратников заблокировали пути к отступлению: литеры A и C.

— Кларк и… м-м-м… Алистер? — предположила Лия.

Джон кивнул.

— Не совсем гладко, фамилия у одного и имя другого, но дядя именно так к ним обращался. А ведь мы с Алистером лишь недавно заключили перемирие, — сокрушённо вымолвил он через минуту, — он сумел убедить меня в том, что на него давили неизвестные ему лица, шантажировали. Я не желаю ему зла. Мне хорошо знаком страх за близких людей.

— А как же Трэвис? Почему Рональд думал, что и он его предал?

— Полагаю, из-за финансовых махинаций.

— А кто этот белый ферзь? Тоже друг твоего дяди, быть может? Он не ответил.

— Ну же, Джон! Головой ручаюсь, ты знаешь! Не поверю, что ты так взбесился из-за Алистера!

Его губ едва коснулась одобрительная улыбка, и тут же пропала, а рот вытянулся в непоколебимую прямую линию.

— Мне бы не хотелось сеять лишние подозрения, Лия. Их и так предостаточно.

Она сделала глубокий вдох, чтобы высказать очередное предположение, но одумалась, почувствовав, как его рука крепко стиснула её предплечье. Вместо этого она ласково поцеловала своего друга в щёку. Ещё и ещё… Его хватка моментально ослабла, рука скользнула вниз. Потянувшись к лампе, девушка погасила свет.

17 июля

Лия проснулась лишь поздним утром. Раскинув руки в стороны, она измерила ширину кровати, на которую её заботливо переложили. Джон стоял на балконе и о чём-то сосредоточенно размышлял, вглядываясь в чёрные тучи, догоняющие их корабль. Лайнер плыл на северо-запад, буря двигалась ему наперерез с востока. Дверь балкона молодой человек задвинул, чтобы шум ветра не разбудил её. А ветер был неслабый, судя по тому, как яростно он трепал волосы на его голове.

Лия встала и только сделала шаг в сторону балкона, как её остановил стук в дверь. Не обычный, троекратный. Нет! Некто за дверью решил соригинальничать и отбил костяшками пальцев нечто похожее на «Марш Тореадора».

«Наверное, завтрак принесли», — подумала Лия, удивлённая столь прекрасным настроением стюарда.

За дверью никого не оказалось. «Может, это у них манера такая будить заспавшихся пассажиров?» Недоумённо потерев носик, Лия чихнула. Её взгляд упал на порог, и она увидела симпатичный глиняный горшочек с изумительно красивым цветком.

Девушка опустилась на корточки, протянула руку к цветку и тут же её одёрнула. Сладкие ноты шампанского, столь долгое время не дававшие ей покоя, спровоцировали позабытый на ночь приступ страха. Нет, пожалуй не страха… Но как назвать это чувство после кошмара, увиденного во сне, когда ты не понял, проснулся ты уже или всё ещё находишься в плену ужасного сновидения? Именно это ощущение охватило Лию. И вдруг в её голове словно вспыхнула лампочка, осветив обрывки каких-то далёких, давно позабытых событий.

Дрожащими руками она взяла-таки горшочек в руки, боясь прервать аромат и вереницу воспоминаний. Поднявшись на ноги, девушка долго разглядывала преподнесённый ей неизвестным лицом дар, пока он не расплылся в подступающих слезах.

— La fleur du diable,[1] — прошептали её губы.

— Откуда это?

Лия вздрогнула от простого вопроса её друга. Она даже не слышала, как он вошёл в комнату и теперь вместе с ней хмуро рассматривал зловещую дьявольскую головку, высовывающуюся из лепестков необычного цветка.

— Не знаю, — звук её собственного голоса показался ей глухим и отчуждённым.

Её пальцы стиснули гладкую глиняную поверхность горшка и побелели от напряжения. Аккуратно вытащив горшок из её ладоней, Джон внимательнее пригляделся к цветку и поднёс его к лицу.

— Нет!

Резким движением Лия выбила его из рук молодого человека. Горшочек отлетел в сторону и, ударившись о стену каюты, разбился. Девушка упала на колени и, вытирая одной рукой слёзы, принялась другой собирать комочки чёрной земли и осколки с ковра.

— Лия! — Джон наклонился и твёрдо взял подругу за запястье. Вытряхнув землю из её ладони, он поднял её на ноги и оттащил в сторону.

— Объясни, — потребовал он, — что это за растение? И почему ты плачешь?

Ответила она лишь через минуту.

— Это — аллергия, а это — дьявольская орхидея.

Она попыталась вырвать руку, чтобы снова подойти к цветку, но Джон её не выпустил.

— Продолжай.

— Вернее, не совсем… Дьявольская орхидея — это легенда. О ней говорили, писали, а открыли лишь недавно. Сама орхидея невинна. Но есть растение, очень на неё похожее. Разница — оно не относится к семейству орхидных. Я не очень разбираюсь в ботанике, но насколько я знаю, существуют виды орхидей, которые из-за отсутствия хлорофилла питаются за счёт грибов. А эта псевдоорхидея, наоборот, питает грибы. Особое семейство ядовитых грибов, найденных в Австралии. Когда… м-м-м… кажется, девять или даже десять лет назад учёные обнаружили это растение, то подумали, что, наконец-то, столь популярный в фэнтези цветок найден. Однако почти сразу сенсация была опровергнута, и о цветке быстро забыли, занеся его в Красную книгу.

— А откуда ты о нём знаешь?

---

[1] Цветок дьявола (*фр.*).

— Как раз тогда… нет, позже, мы с мамой ездили на парфюмерную конференцию в Австралию. Маленькую, не очень популярную. Одна из сессий была посвящена недавно открытым растениям, из которых потенциально можно было бы добывать эфирные масла. Миллару, так назвали цветок в честь маленького городка, рядом с которым его нашли, представили в самом конце. Очень коротко описали, я бы его и не запомнила…

— И всё же запомнила? Почему?

Покраснев, девушка снова опустила глаза на разбитый горшок.

— Мы там были с Крисом. Мы в то время только начали… ну ты понимаешь… Помимо миллару, было обнаружено много других чудесных цветов. А он уже учился на биохимика… и интересовался лечебным потенциалом растений.

— Только лечебным? — Джон скептически повёл бровью.

— Может и не только, — раздражённо оборвала она его, — какая разница! Дело не в этом. Именно Крис обратил на миллару моё внимание. Эфирное масло, которое из него получили, обладало весьма необычными свойствами. Улетучивалось быстро, но запах его держался долго. Моментально проникало в лёгкие при вдохе. Запах быстро распространялся, при этом, не теряя интенсивности. Это было как-то связано со структурой молекул образующегося газа. В парфюмерии ему нашли бы кучу применений, если бы, во-первых, не редкость, и, во-вторых, возможная токсичность. Так как был обнаружен лишь один такой цветок, полностью его свойства изучить не получилось. Кристиан сказал тогда, что было бы неплохо создать аналог подобного эфирного масла. Быть может, именно это и послужило прототипом его идеи.

— Какой идеи?

— Особые летучие соединения. Их можно будет использовать в фармакологии и фармацевтике.

— Вот как…

— О чём это ты подумал? — забеспокоилась Лия, — идея всё ещё в разработке! И не имеет ничего общего с происходящим!

— Вижу, ты сама подумала о том же, о чём и я.

Лия смутилась.

— Конечно, подумала, — тихо подтвердила она.

— А какое отношение к происходящему имеет сам цветок?

— Его запах… сладковатый аромат, напоминающий шампанское, использовался как нижняя нота, можно сказать, как лейтмотив… в нескольких преступлениях.

— Что?!

Джон был поражён. Обхватив ладонями её плечи, он серьёзно всмотрелся в её лицо.

— В каких преступлениях?

— Я его чувствовала в библиотеке у Стивена, когда с ним случился приступ. Потом он присутствовал в книге, приобретённой Витторио в Сан-Хуане. И напоследок, им была пропитана маска погибшего бразильца. Скорее всего, его использовали как базу, несущее масло. С его помощью другие вещества с лёгкостью попадали внутрь организма.

— Другие вещества? — голос Джона чуть ли не трещал от напряжения, — то есть наркотики? Или, возможно, медикаменты, которые, могли, скажем, спровоцировать сердечный приступ? Чем не разновидность «лечебного» свойства!

— Не смей вмешивать сюда Криса! — Лия вырвалась из его рук, — это не тот цветок! Ну и что, что запах похож! И вид… На тот, в Австралии, у меня не было аллергии! Я бы запомнила.

— Быть может, иная разновидность?.. Найденная в достаточном количестве и сохранённая в тайне?

— Нет!

Девушка замотала головой, не в силах признать вероятность его предположения.

— Нет…

Её голос оборвался, когда в памяти один за другим начали всплывать фрагменты мелких, незначительных когда-то инцидентов, забытых разговоров, случайно оброненных фраз.

— Мне надо выйти! — нервно бросила она и дёрнулась в сторону двери.

Уже на бегу она кивнула на кучку чернозёма на полу.

— Пойду, поищу новый горшок. Растение необходимо сохранить!

— Лия!

В последний момент ухватившись за косяк и притормозив, девушка неохотно повернулась.

Джон поднял со столика её мобильник.

— Учись расставлять приоритеты, — и он кинул телефон ей в руки, — доверься интуиции.

На секунду задумавшись над его словами, Лия кивнула и закрыла за собой дверь.

Скрывать своё местонахождение теперь было глупо. Раз ей подкинули цветок, значит, те, от кого она бежала, не только находились с ней на одном корабле, а даже знали номер их каюты. Оставалось, действительно, правильно расставить приоритеты. А что для неё важнее в данный момент? Конечно же, остаться в живых! Это — естественное стремление любого живого существа. Однако страх смерти не был тем страхом, который Лия тщетно пыталась подавить. Да, он присутствовал, но не доминировал. На первый план выдвинулся страх потери. Только она никак не могла понять: боится ли она потерять кого-то или признаться самой себе, что уже этого кого-то потеряла. Причём, давно.

«Доверься интуиции», — повторила Лия про себя, сосредоточенно разглядывая телефон в своей ладони. Она стояла у перил широкого балкона, поверху опоясывающего обеденный зал одного из трёх ресторанов лайнера. Ресторан был полностью открыт и поэтому пуст. Шторм набирал обороты и передавал с ветром щедрые порции морских брызг. Перегородки между секциями балкона сдерживали его прыть и немного смягчали гул океана. Грозный и манящий одновременно. Лие казалось, что если она будет слушать очень внимательно, то различит в нём голоса, а потом слова, быть может, даже предназначенные ей. И всё же девушка не рискнула выйти на внешнюю палубу. Она боялась отвлечься от поставленной задачи: понять, что происходит вокруг неё.

Лия включила телефон и принялась ждать, понимая, что это — ребячество. Злоумышленник либо сразу столкнёт её с балкона, либо будет наблюдать из укрытия. Поэтому она очень удивилась и даже обрадовалась, услышав за спиной прерывистое дыхание.

—Эди! — Лия повернулась лицом к детективу, — и что же ты тут делаешь? Шпионишь?!

—Охраняю тебя, идиотку, — грубо ответил Грин и провёл тыльной стороной ладони по лбу, он явно запыхался.

Девушка повертела в руке сотовый.

—И отслеживающую программку установил тоже моей безопасности ради?

—Программка хорошая, — буркнул он, — правда, в твоём случае абсолютно бесполезная. Совести у тебя нет! Не можешь вести себя, как все нормальные люди?! Кристиан рассказал, во что ты вляпалась. Хорошо хоть тебе ума хватило сообщить нам. Радуйся, что успел билет купить.

—Прямо лопаюсь от радости.

Лия хмуро всмотрелась в пиджак детектива; сидел он нескладно, кругом топорщился. Воспоминание об огнестрельном оружии радости не прибавило.

—Послушай, Эди, — она молитвенно сложила ладони, — забудь, о чём просил тебя Крис. Оставь меня в покое.

—Думаешь, мне больше всех надо? — фыркнул он.

—Так в чём же дело?

—Мне Норман старший платит большие деньги, чтобы за отпрыском его присматривал и выполнял все его капризы. Ты — его каприз.

—Это ненадолго, — хмыкнула девушка.

—Хочешь сказать, у тебя это серьёзно? — Эди недоверчиво поднял брови, — Джон тебя использует, ты же знаешь!

— Не такая уж я важная птица, чтобы меня могли использовать столь долгое время.

— Ну-ну, — Грин скривил губы в злорадной усмешке.

— Да говори уже! — вспылила девушка, — вижу же, приготовил мне приятную новость.

— Приятную или неприятную, не знаю. Я руководствуюсь голыми фактами без подвешенных эмоциональных ярлыков. А уж выводы делай сама.

— Что за факты? — поморщилась Лия, её уже тошнило от постоянной надобности делать выводы.

— Знаешь ли ты, кто субсидировал покупку лондонского магазина Невила Брикста? Да и последнего тоже, того, что в Итобике?

— Удиви меня, — скрестив руки на груди, девушка с вызовом посмотрела на детектива.

— Твой ненаглядный Джон Локхарт!

— Врёшь!

Гордо расправив плечи, Грин пробежался пальцем по своему телефону и сунул его ей под нос. Сощурившись, она вгляделась в мелкий шрифт продемонстрированного ей документа.

— Ну и что это?

— Расписание выплат ипотеки дома. Видишь, последний взнос был сделан в апреле этого года. А вот, — Грин двинул пальцем по экрану, — справка о том, кому принадлежит счёт банка, с которого переводились средства.

— Это — конфиденциальная информация! Как ты получил к ней доступ?!

— У меня есть знакомые в банках…

— И компромат на них?

— Ты знаешь меня. Я не щепетилен в выборе средств. А вот здесь контракт по покупке дома в Лондоне, это ещё при Рональде МакНиле было. Потом он же оформил дарственную на имя Невила, этакий благотворительный взнос во имя процветания антикварного бизнеса. А магазин в Торонто официально всё ещё числится за Hearts Education. Неужели ты поверишь, что Джон не в курсе, чем владеет его компания?

У Лии опустились руки.

— Я не знаю, Эди… Но я обязательно спрошу у него.

— Ну-ну, — опять усмехнулся детектив, — спроси. Уверен, у него хватит способностей убедить тебя в неведении. В конце концов, это его профиль.

— Что ты имеешь в виду?

— Да ну, ты это брось! — расхохотался Грин, — спишь с человеком и не знаешь, чем он занимается? Ну и молодёжь пошла!

— Не понимаю, о чём ты! — покраснела Лия, — Джон занимается школами…

— А по образованию он кто?

— М-м-м… у него степень в когнитивных науках, специализировался на построении моделей человеческого поведения… — не очень уверенно пролепетала Лия, со стыдом признавая, что не уделила должного внимания образованию близкого ей человека.

— Что ж… до конца круиза куча времени! Ознакомься. И советую телефон более не выключать, — строго добавил он и, брезгливо вытирая ладонью морскую воду с лица, поспешил спрятаться в закрытом салоне ресторана по соседству.

Постояв некоторое время, отрешённо рассматривая намокшую палубу, Лия смахнула со лба влажную прядь волос и решительно шагнула вслед за Эди.

В ресторане его уже не было, скорей всего, он прошёл дальше к барной стойке. Укрывшись в уголке от прочих посетителей, девушка присела за маленький столик у окна и кликнула по иконке пропущенного звонка в телефоне.

— Салют, Шон.

— Лия! Наконец-то! Ты чего не берёшь?! После письма, которое ты прислала, это, мягко говоря, эгоистично с твоей стороны…

Криш умолк, вслушиваясь в тишину в трубке.

— А ещё я рад, что ты жива, — добавил он, — чем я могу помочь?

Это было определённо не то, что он намеревался сказать изначально. Но, наверное, почувствовав напряжённость в голосе девушки, решил изменить линию поведения.

— У меня сейчас нет доступа к Интернету, — упёршись щекой в ладошку, Лия тоскливо разглядывала струи воды, стекающие по окну салона, — ты не мог бы просмотреть научные публикации Джона. О чём они?

— Чего?! — репортёр был явно удивлён её просьбой, — прямо сейчас? Знаешь, их сколько!

— А ты откуда знаешь, что много? Уже смотрел?

— Ну да, ты меня пристыдила по поводу Эмнта. Я решил проштудировать его статьи и прощупать людей, которые на них ссылаются чаще всего. Джон Локхарт лидирует по количеству ссылок на его работы. Их области исследований во многом пересекаются. Я хотел тебе сказать, но ты пропала с горизонта. А когда получил вчера твоё письмо…

— Погоди! — перебила его Лия, почувствовав, как её ладони покрылись испариной, — хочешь сказать, Джон настолько хорошо знаком с работами Гарби Эмнта?

— Именно это я только что и сказал. Более того, уверен, он прекрасно знает его лично. Иначе не пригласил бы его к ним в школы, чтобы тот помог с психологической оценкой учеников. Видишь ли, раскрытие потенциала людей на ранней стадии их развития — конёк Эмнта. А в Бродмуре он работал, чтобы понять, что в жизни людей пошло не так и почему, вместо того чтобы двигаться вверх, они покатились по наклонной, в моральном и психологическом смысле. Я, понятное дело, объясняю примитивно. Глубже вникнуть ещё не сумел. Но согласись, тема интересная! Лия?.. Ты там?

Встряхнувшись, Лия кивнула своему мутному отражению в окне.

— Тут… куда ж мне деваться с этой лодки!

— Чего ты боишься? Что Джон причастен к убийствам?

Лия чётко представила себе, как Криш облизнул губы. Он всегда так делал, предчувствуя необычный поворот событий.

— Нет, Шон, я так не думаю, — твёрдо сказала она, — однако, уверена, он понял, кто это делает и даже почему. И это сильно его разозлило. Быть может, он даже доверился когда-то этому человеку. Джон тяжело переносит предательство. Шон, ты же веришь в интуицию?

— Конечно! Вся моя карьера на ней построена.

— Тогда, если хочешь, чтобы я успела сдержать своё обещание в предоставлении тебе захватывающей истории для твоей газеты, тебе стоит встретить наш лайнер на причале.

— Ха! Думаешь, откуда я с тобой говорю? Прибыл во Флориду сегодня утром, — тут до него дошло сказанное девушкой, — а ты опасаешься, что не успеешь? Как это понимать?!

Лия снова всмотрелась в своё отражение, словно оно было её собеседником. Внутри его контура клубились уже совсем чёрные тучи. День превратился в поздний вечер. Ресторанная музыка на мгновение прервалась, и через динамик жизнерадостный голос сообщил, что ввиду непогоды им придётся переждать несколько часов в Саманском заливе. Поэтому в Янтарную Бухту они прибудут лишь завтра утром. Далее следовали многочисленные извинения за неудобства и возможные варианты компенсации.

Лия состроила рожицу своему отражению, как бы говоря «это было столь предсказуемо, не правда ли?» Потом вздохнула в трубку.

— Моя интуиция подсказывает, что назревает какой-то катаклизм, — печально пояснила она, — и именно я являюсь его причиной! Если б я не совала свой нос, куда не надо, возможно, всё закончилось бы гораздо менее драматично!

— Ой-ой, — проговорил Шон, — ты смотри у меня! Мне нужны слова очевидца, а не заметки патологоанатома. Хочешь, я пошлю в вашу сторону полицейский катер? Вы же сейчас недалеко от берега.

— Для этого нужна веская причина!

—Придумать причину я завсегда сумею, — ухмыльнулся он, — правда, не уверен, есть ли в тех краях какие-либо правоохранительные органы. Но береговая охрана уж точно имеется.

—Нет. Лучше… приезжай в Янтарную Бухту. Мы там будем утром.

—Я уже в пути, симпатяшка. Сам это планировал. Ты дотянешь до утра-то?

—Буду стараться изо всех сил.

Лия улыбнулась своему отражению и отключилась. А через минуту снова приложила телефон к уху. Джон взял трубку сразу.

—Лия? — звук его голоса приободрил её.

—Учти! — сказала она со всей строгостью, на которую была способна, — я сама предлагаю тебе объясниться! И никуда не бегу, пока не бегу, — дополнила она, наблюдая через окно, как отчаянно на ветру бьётся американский флаг.

—Благодарю за доверие, — усмехнулся он, — ты узнала нечто, меня дискредитирующее?

—Узнала, — подтвердила она, — и не вернусь в каюту, пока не пойму, какую роль ты на самом деле играешь в этой истории.

—Хорошо, — медленно произнёс он, как будто взвешивал все за и против, — что именно тебя интересует?

—Как давно ты знаешь Гарби Эмнта?! — выпалила Лия и тут же простонала: — О боже, Джон! Я ведь задавала тебе похожий вопрос вчера. Только не говори, что знаешь его много лет…

—Без малого, семь. А впервые мы встретились ещё раньше.

—Ох.

—Прости. Я лишь недавно понял, какую, оказывается, значительную роль он играет в наших жизнях.

—Наших?

—Именно.

—Как ты с ним познакомился?

—Я тогда только окончил магистратуру и думал над темой докторской. Имя Гарби Эмнта не раз упоминалось профессорами, с которыми я беседовал. Имя показалось мне знакомым. А потом… оно стало всё чаще и чаще мелькать в моей жизни. Как красные флажки на лыжной дороге, указующие путь через сугробы. Я заинтересовался его работами. И они меня покорили. Я понял, что просто обязан с ним встретиться. А затем выяснил любопытную вещь… — на этом месте он умолк.

Лия снова застонала.

—Джон, умоляю! Убери свои излюбленные паузы! Иначе я скончаюсь на месте.

—Извини, телефон было неудобно держать, — раздалось у неё над головой.

Джон поставил на стол поднос с красиво сервированным обедом.

—Вчера мы толком не ели, а сегодня пропустили завтрак. Не знаю, как ты, я лично умираю с голоду, — и он сел напротив неё.

—Я гляжу, ты беззастенчиво продолжаешь пользоваться вражескими уловками и моей нерадивостью, — проворчала Лия, откладывая в сторону сотовый. Но тут же сменила гнев на милость, вдохнув пряные запахи и с удивлением отметив, как быстро к ней вернулся аппетит.

—Так что такого любопытного ты выяснил? — придвинув к себе тарелку с супом, она с удовольствием поймала носом струю ароматного тёплого пара.

—А то, что мы уже пересекались с Гарби ранее. В Торонто.

—Как в Торонто? — изумилась Лия, — когда ты успел там побывать?

—Это было на образовательной ярмарке, почти двенадцать лет назад. Моему дяде пришла мысль открыть школы в Канаде ввиду тесного сотрудничества наших государств и схожести законов. Он и родители поехали туда на разведку, так сказать. Меня только приняли в MIT. Я много времени проводил в Северной Америке и воспользовался этой возможностью, чтобы повидаться с родителями. Именно тогда Рон представил меня Гарби Эмнту.

—Как Рон? — снова удивилась его собеседница, — откуда он его знал?

—Тогда он не сказал, да я и не поинтересовался. Мне только семнадцать стукнуло, и, понятное дело, я не уделил этой встрече должного внимания. Даже не вспомнил о ней. Гарби вспомнил.

—Это когда ты с ним встретился позже?

—Встречи как таковой не было. Гарби уже много лет ведёт закрытый образ жизни. Мы общались по телефону, а потом по видеочату. Но мне показалось, что он ждал моего звонка. Не могу объяснить почему, просто осталось такое впечатление… Впечатление, что все эти годы он ждал моего звонка, — Джон замолчал, уставившись на плетёную корзиночку с ломтиками хлеба на середине подноса.

Лия помахала ладошкой перед его лицом, пытаясь вернуть собеседника из прошлого в настоящее.

—И о чём вы говорили?

—О многих вещах. Гарби Эмнт — очень эрудированный специалист в области человеческой психологии. Именно он повлиял на выбор темы моей диссертации. Это произошло так легко и естественно, будто он знал всё о моих интересах и увлечениях.

—Если он был знаком с Роном, то мог его порасспросить насчёт тебя, прежде чем с тобой говорить.

—Нет, — мотнул головой Джон, — дядя любил меня, но редко интересовался моими научными изысканиями.

—И что было потом?

—Потом? Да ничего… Мы продолжали общаться. Благодаря ему я опубликовал много успешных работ. Предлагал ему стать соавтором в некоторых из них, ибо его вклад был весомый. Он отказался… Я защитился и на некоторое время потерял с ним связь. Занялся научными разработками с коллегами. Мы работали сразу над несколькими весьма многообещающими проектами…

— Джон, — перебила его Лия и, вытянув руку, коснулась пальчиками его ладони, — мне кажется, вас с ним связывало нечто большее, нежели обычная научная деятельность. Не мог же ты так привязаться к человеку, лишь обсуждая тонкости человеческой психологии. Думаю, было затронуто что-то личное…

— Да, — он взял её руку в свою и принялся сосредоточенно разглядывать путаные линии на её ладони, — он меня поддержал как никто другой, когда погибли мои родители. Рон был хорошим организатором. Он сделал наше существование комфортнее в материальном плане, но не в психологическом. Гарби же показал мне, как быстро вернуть смысл жизни, сломленной трагедией. Он не только помог мне восстановиться, но и научил, как уберечь моих брата и сестру от тяжёлой душевной травмы. За это я ему всегда буду благодарен.

— А Рон?

— А что Рон?

— Он ему тоже был за что-то благодарен?

Джон, прищурившись, вгляделся в глаза девушки напротив него, пытаясь угадать, что скрывается за её вопросом. Потом, чуть отодвинувшись от стола, он выпустил её руку, свёл пальцы вместе, положил их на стол перед собой и выжидательно посмотрел на неё. Этот его взгляд означал, что он желает, чтобы она перехватила эстафету беседы.

— Поиграем в «тепло-холодно», Джон? — быстро отреагировала она, опасаясь очередной затянувшейся паузы

— Изволь, — довольным тоном согласился он.

— Я пытаюсь понять, что связывало Гарби Эмнта и Рона. Они были друзьями?

Джон поднял руку и плавно подвигал ладонью из стороны в сторону, что можно было интерпретировать как «прохладно».

— Вряд ли Гарби был его психологом. Хотя, честно говоря, мелькнула у меня такая мысль. Гарби вообще работает как личный консультирующий психолог?

— Работает. Очень избирательно. У него весьма эксклюзивный набор клиентов. Но дядя не был одним из них.

— Что же остаётся? Не коллега, не друг, не врач… Обычный знакомый? — неуверенно предположила Лия.

— Тепло. Не совсем обычный. Как я выяснил позднее, они учились вместе. Рон получил степень бакалавра на факультете экспериментальной психологии в Оксфорде. Лишь потом он увлёкся экономикой и предпринимательством. Однако приобретённые знания ему очень пригодились в становлении карьеры. Гарби как-то обронил, что из дяди вышел бы превосходный психолог, если б его не понесло в джунгли бизнеса.

— И твой дядя поддерживал отношения с Гарби все эти годы?

— Думаю, да. В разной степени интенсивности. Гарби всегда присутствовал в жизни Рона. Ненавязчиво, словно стоял за портьерой, скрытый от глаз зрителя, но каким-то образом влияя на разыгрывающийся спектакль.

— Таинственный режиссёр-постановщик, — пробормотала Лия, вдруг вспомнив свой давний разговор с Крисом и Эди.

— Что? — переспросил Джон.

— Ничего, — затрясла головой девушка, — а Рон не догадывался, что Эмнт мало-помалу прибирает к рукам его бизнес?

Её собеседник посмотрел на неё с восхищением.

— Вот сейчас очень жарко стало, Лия, — ухмыльнулся он, — как ты пришла к такому выводу?

— Это ж очевидно! Ты сам подвёл меня к нему. Честное слово, Джон! Иногда мне кажется, ты столь невысокого мнения о моих интеллектуальных способностях!

— Неправда. Из того, что я тебе сказал, никак не следует подобный вывод. Но ты опираешься не на сказанное мной, а на совокупность всех фактов, которыми с тобой делился не только я, и которые теперь сложились в твоём воображении в определённую картинку. А я просто не предполагал, что ты уже располагаешь всеми элементами пазла. Возможно, я сейчас выложил перед тобой последний, и ты умело решила с его помощью головоломку.

— Которую ты разгадал уже давно?

— Не так уж давно. И боюсь, не все составляющие ещё найдены. Я смотрю на пазл и вижу, что на нём изображено, но некоторые детали рисунка отсутствуют. И то, что дорисовывает моё воображение, может отличаться от действительности.

— А как так получилось, что именно Гарби стал вашим психологом-консультантом в школах?

— Его порекомендовал Алистер, возможно, не ведая, что я сам хорошо знаком с Эмнтом. Или, наоборот, преследуя определённую цель. Я тогда удивился его выбору, думая, что Гарби вряд ли спустится с высот своей популярности, чтобы давать оценку поведения и психического состояния наших абитуриентов. Я ему позвонил, рассказал об инциденте, который произошёл с Брайденом, попросил совет... Он сам предложил свои услуги. Я вначале обрадовался этому...

— И, наконец, с ним встретился? — прервала его нетерпеливая Лия.

— Нет... Когда он оценивал Брайдена, меня не было в Лондоне. Он мне прислал свои выводы о состоянии мальчика и рекомендации.

А потом… — молодой человек замолчал, вспоминая события недавнего прошлого, — тоже было не до встреч. Мы занимались проектами, затем произошедшее со Стивеном выбило меня из колеи. А когда у тебя дома Джейми упомянул имя Гарби, я понял, что именно он является ключевой фигурой. И если поставить его в центре преступлений, то становятся понятны их мотивы. И это принесло мне неимоверное облегчение. С одной стороны… А с другой… я не хотел торопиться с выводами, наверное, надеясь, что человек, перед которым я столько лет преклонялся как перед учёным, лишь косвенно увяз в этой афере.

— Значит, тогда в развалинах ты уверовал, что увяз он конкретно. Именно это тебя так шокировало? Белый ферзь — это Гарби, ведь так?

— Нет, не он, — по тону друга Лия почувствовала, как тяжело ему даётся каждое слово, — белый ферзь — это я.

— Что?! — девушка нагнулась вперёд, как бы проверяя, не ослышалась ли она, — как — ты? Почему?!

— Играя с дядей, я соответственно всегда играл белыми. Подозреваю, произошло нечто неординарное. Это навело Рона на мысль, что я как-то замешан в финансовых аферах, и… повергло в замешательство. Именно поэтому в последнее время он со мной ничем не делился, а наоборот, наблюдал за мной. И возможно, именно поэтому не заявил в полицию, когда подозрения о наличии афер получили своё подтверждение.

— Не понимаю, — Лия затрясла головой, — каким образом ты в этом замешан?

— Видишь ли, я был чересчур откровенен с Гарби. И, пожалуй, неосторожен.

— Ты рассказывал ему о Роне и школах?

— Мы обсуждали потенциалы и таланты детей. Только потом я осознал, что по крупицам он вытянул из меня очень многое о структуре и составе наших школ. О Роне он и так всё знал, но дядя никогда и ни с кем не делился своими мыслями и стратегиями в бизнесе. Кроме меня… Гарби не интересовали наши банковские счета и налоговые отчёты. Зато он всегда увлечённо обсуждал настроения людей, причины их разочарования и триумфа. Он искусно прощупывал связь между незначительными событиями в жизни определённого человека и мотивацией его дальнейших поступков. А ведь это именно то мастерство, которое я стремился отшлифовать в себе.

— Ну хорошо, — его собеседница приложила ладони к лицу, собираясь с мыслями, но тут же отняла их, — твой дядя тебя подозревал. Но не поверю, что он считал тебя своим врагом. И раз он тоже так хорошо разбирался в людях, то мог бы сам свести концы с концами.

— Полагаю, он-таки их свёл. Поэтому и отправил конверт с собранной информацией на моё имя. Как некую гарантию собственной безопасности.

— Однако она ему не помогла! Почему?

Джон сжал губы и пытливо посмотрел на свою собеседницу.

— Продолжай игру, Лия. Мне интересно, сможешь ли ты прийти к тем же заключениям, что и я.

— Уф, — обхватив щёки ладонями, девушка упёрлась локтями в стол и недовольно наморщила веснушчатый нос, — твой дядя был умным, проницательным человеком, который привык продумывать свои действия до последнего шага. Это я по тебе сужу, ты же сам говорил, что дядя сильно повлиял на твой образ жизни.

Джон одобрительно кивнул.

— Всё верно.

— Раз в конверте была информация о липовых сделках, он рассчитывал, что если с ним что-нибудь случится, то ты догадаешься, как правильно ею распорядиться. Значит, там должен быть намёк на организатора афер, — Лия вопросительно посмотрела на оппонента.

Он снова кивнул.

— Действительно, в конверте был листок бумаги с двумя последовательностями чисел, которые я разгадал лишь после того, как заподозрил, что именно Гарби Эмнт пытался дискредитировать дядю и вынудить его продать свою долю акций. Вот только… последовательности написаны не рукой дяди, а напечатаны. Все остальные коды и пометки он писал от руки. Почему-то это не даёт мне покоя…

— И что это за последовательности?

— Их студенческие номера, когда они учились в Оксфорде. Дядин я легко проверил, а чтобы узнать, кому принадлежал второй, мне пришлось съездить в Оксфорд. Я догадывался, конечно, чей это номер…

— Но продолжал надеяться на непричастность кумира, — закончила за него Лия, — иначе ты попросил бы Джинджи проверить номер, вместо того чтобы ехать самому.

— Пожалуй, — неохотно признал он.

— Получается, отправляя конверт, Рон знал наверняка, что Гарби замешан и использует тебя. Он хотел тебя предупредить.

— Ему было достаточно только намекнуть на причастность Эмнта. До остального я бы додумался сам. Правда, подозрения — это далеко не доказательства.

— А почему Рон просто с тобой не переговорил? Зачем такие сложности?

— Думаю, не успел. Он долго собирал информацию. Когда же увидел картину преступления в целом, поспешил отправить письмо, чтобы обезопасить себя и, наверное, выиграть время, рассчитывая справиться без постороннего вмешательства. Я проверил дату отправки. Его убили на следующий день.

— А ведь твой дядя наверняка позаботился о том, чтобы донести кому надо, что в случае его смерти афера всплывёт на поверхность, и Гарби как минимум попросят дать объяснения.

— Наверняка.

— Почему же его убили?

Подождав пару секунд в надежде на лёгкий ответ, Лия вздохнула и продолжила рассуждение.

— Предположу два варианта. Первый: его убийство — несчастный случай. Попал под горячую руку Трэвиса Кларка в минуту невменяемости... Ага, холодно! — ответила она за собеседника, заметив, как тот протестующе шевельнул бровями, — тогда второй вариант: опять же орудием убийства являлся Трэвис, но курок спустил не Гарби Эмнт.

— Тепло, даже очень, — похвалил Джон, — продолжай.

— Серьёзно? — удивилась Лия, — ещё один злой гений?!

— Может, не совсем «гений»... да и «злой» — неверный эпитет. Думаю, тут стоит притормозить и обсудить природу произошедших убийств.

— Джинджи упоминал убийства бизнесменов. Их объединял птичий облик убийцы, — девушка передёрнула плечами и невольно обвела глазами сидящих поблизости пассажиров, — так же, как и убийство Ванса Гиссера. Однако убийство Рона отличается от них...

— Верно, как и то, что произошло со Стивеном и с... — Джон не договорил, отвлёкшись на звякнувший телефон.

Прочитав входящее сообщение, он нахмурился. Потом поднял глаза на девушку и продолжительно смотрел, как ей показалось, сквозь неё.

— Что-то важное? — спросила она, не дождавшись объяснения.

— Да, — отодвинув тарелку с обедом, к которому так и не притронулся, Джон встал из-за стола, — мне надо сделать один телефонный звонок. Если я не приду через полчаса, возвращайся в каюту, запри дверь и никуда не выходи до моего прихода, — последнее было сказано особенно строгим тоном.

— Полчаса?! — взбунтовалась Лия, вскочив вслед за ним.

— Как раз успеешь пообедать, — прервал её протест молодой человек.

Отойдя на пару шагов, он бросил через плечо слова Грина:

— Не выключай телефон.

Уже у выхода из ресторана Джон обернулся и ещё раз посмотрел в сторону покинутой им девушки. Отметив, что та, покорившись судьбе, села опять за стол, он толкнул дверь и вышел.

Ненадолго остановившись у настенной карты корабля, он сверил что-то с сообщением на экране телефона. Потом кликнув по аватару Джейми, быстрым шагом двинулся вглубь длинного коридора, проворно огибая в узком пространстве встречных пассажиров.

Выскочив в относительную тишину лестничного пролёта, Джон с облегчением услышал в трубке голос друга.

— Джейми, что ты выяснил о номере? — спросил он вместо приветствия, — мне снова пришло с него сообщение.

— И высветилось имя твоего дяди?

— Это был его номер до гибели, я его не удалил.

— Так как за телефон перестали платить, его номер вернули в базу и выдали новому клиенту телефонной компании.

— Случайно или по просьбе клиента?

— Случайно.

— Как имя клиента?

— Оно тебе ничего не даст. Я с ним связался. Его телефон пропал два дня назад. В полицию владелец не сообщил и, по-моему, не собирается. Ты догадываешься, чьих это рук дело?

— У меня есть пара версий.

— Ты что-то скрываешь от меня, ведь так, Джон? С тобой определённо кто-то играет! И играет не по-доброму. Чего он добивается? Хочет запугать?

— Думаю, этот игрок преследует иную цель. В своём последнем сообщении он настаивает на встрече.

— Где?

— Я сейчас туда иду.

— Постой-постой! — голос Джейми зазвучал встревоженно, — он назначил тебе встречу на лайнере? Прямо сейчас?

— В том-то и дело, что лишь через час. Он словно даёт мне возможность осмотреть место действия. Вопрос: почему? Если б я получил сообщение с другого номера, скорей всего, действовал бы иначе. Либо проигнорировал бы, либо пошёл бы в назначенный час из любопытства. Но сообщение, можно сказать, с того света намекает на некую угрозу. Это меня смущает.

— Смущает, что кто-то приглашает на опасное свидание и просит к нему подготовиться? Чего ж тут непонятного? Нашему игроку не чужд азарт, он любит усложнять собственные задачи. Вот только непонятно, какова его задача? Убить тебя?

— Не вижу причины.

— Тогда что?

— Не знаю. Я в растерянности. Причём, у меня такое чувство, что разрешить загадку нужно быстро, от этого могут зависеть жизни других людей.

— Тебя стало плохо слышно. Что там за шум?

— Ветер, — Джон повысил голос и прикрыл ладонью телефон, чтобы защитить его от брызг, — я перезвоню.

Инкогнито назначил ему встречу в определённом отсеке центральной палубы, описав место так, что ошибиться было невозможно. Отсчитав на лестнице нужный уровень лайнера, молодой человек вышел наружу и медленно двинулся вдоль борта к самой крайней точке кормы. По правую руку за толстым стеклом просматривались полукольца скамеек над открытым акватеатром. Скамейки, залитые дождём, пустовали. По левую — шумел океан, время от времени закидывая ветром на палубу брызги солёной воды. Гладкий пол под ногами блестел светом маленьких прожекторов, подвешенных на одинаковом расстоянии друг от друга по периметру корабля. Быстро темнело. Ни в театре за стеклом, ни на мокрой дорожке по эту сторону от стекла не было ни души.

Осторожно сняв цепочку с табличкой CLOSED, Джон прошёл в закрытый отсек и остановился в его середине, осторожно оглядываясь и крепко держась одной рукой за бортовой поручень. Телефон пришлось спрятать в карман, но даже туда уже проникла влага. Вытянув шею, молодой человек глянул за борт. Сквозь туман брызг далеко внизу были видны пенные усы морской воды, расходящиеся в стороны от корпуса лайнера.

Слева показалась узкая, почти призрачная линия берега. Значит, скоро лайнер замедлит ход, и они бросят якорь в Саманском заливе. А в небе справа сверкали нешуточные молнии. Через час гроза будет над ними, что делало указанное анонимом место особенно… гм-м… неуютным для свидания.

Вернувшись к двери и укрывшись за ней от пропитанного мелким дождём ветра, Джон прислушался. Где-то вдали громыхали ударные инструменты оркестра. Персонал лайнера старался заглушить звуки непогоды и отвлечь капризных пассажиров от временных неудобств, сопряжённых с грозой. По коридору без устали сновали люди в униформе, которых, казалось, было больше, чем самих пассажиров.

Выбранный молодым человеком обратный маршрут проходил вдоль застеклённых салонов. Они были пусты, и свет в них максимально приглушили. В одной из комнат Джон заметил мужской силуэт. Приостановившись у порога, он всмотрелся в устало опущенные плечи и неподвижный профиль. Глаза мужчины тускло мерцали и смотрели в одну точку — маленькую мраморную пепельницу на журнальном столике. Сделав ещё несколько шагов, Джон вошёл в соседний салон. Теперь его отделяла от незнакомца лишь стеклянная стена. Что-то необычное привлекло внимание британца в унылом облике человека напротив. Впрочем, нет, не столько в нём, сколько во всей этой застывшей диораме за стеклом. Он не сразу сообразил, в чём дело. Мысли его смешались, время превратилось в бесконечно тянущиеся мгновения. Дым. Образ мужчины был подёрнут дымовой завесой.

И кудрявая струйка дыма поднималась от непотушенной сигареты, балансирующей на краю пепельницы. Необычным являлось то, что сигарета была оставлена с противоположной от мужчины стороны. Должно быть, её оставил его собеседник лишь мгновение назад, а сам внезапно исчез, словно растворился в воздухе, превратившись в этот сизый сигаретный дым. Джон продолжал пристально наблюдать за мужчиной, пока тот, наконец, не оторвался от пепельницы и не посмотрел на него. Разглядев выражение его невидящих глаз, молодой человек жалостливо покачал головой. Подобный пустой взгляд, без намёка надежды, без искры жизни был ему знаком. Так смотрят люди, утратившие интерес к собственному существованию, безвольные и ослабевшие. При других обстоятельствах Джон обязательно подошёл бы к этому человеку, поговорил бы… отговорил бы от намерения, последствия которого необратимы. При других обстоятельствах, но не сейчас. Ему тоже приходилось расставлять приоритеты. И в текущий момент для него приоритетной была другая жизнь. Сочувственно кивнув на прощание человеку за стеклом, Джон удалился.

Когда он вернулся в ресторан, Лия сидела перед уже убранным столом, задумчиво вглядываясь в темноту за окном. Увидев, что к её отражению в стекле присоединилось ещё одно — такое знакомое и родное, девушка радостно обернулась.

— Обед унесли проворные стюарды, — весело информировала она его, — закажем ещё?

— Закажем чуть позже, из каюты.

Джон потянул рукой за спинку её стула, давая понять, что им пора уходить.

— К чему такая спешка? — удивилась Лия, когда на выходе Локхарт подхватил её под локоть и ринулся к лифту.

— Мне надо отлучиться, Лия, — он, казалось, её не слушал, — ненадолго. Ты будешь одна. Справишься?

Его спутница не ответила, лишь внимательно вглядывалась в его профиль, пытаясь угадать, о чём её друг так напряжённо размышляет. Он всегда переходил на короткие отрывочные фразы, когда его голова была занята чем-то особенно важным. Она чувствовала, что происходит нечто серьёзное, а самое обидное было то, что с ней, похоже, не собирались делиться. Терпеть это было выше её сил. Поэтому лишь только они переступили порог каюты, Лия выдернула свою руку из его, демонстративно щёлкнула внутренним замком двери и, подбоченясь, загородила собой путь к отступлению.

— Мне известно о вашем инвестировании в антикварные магазины, — перешла она в атаку.

— Откуда? — удивился Джон.

— Эди доложил.

— Так он тоже здесь? Отлично!

Лия изумлённо захлопала глазами. Её заявление его абсолютно не расстроило, а новость о присутствии Грина даже, кажется, обрадовала. Почему?!

— Будь добр, объясни! — потребовала она. — Зачем вы способствовали антикварному бизнесу, и что отличного в присутствии Эдмонда? Я думала, ты его недолюбливаешь.

— Недолюбливаю. Однако в этот раз он может нам пригодиться. Это он установил программку на твоём телефоне?

— Да.

— Я так и думал.

Джон потёр ладони друг о друга, поднёс их к губам и принялся измерять маленькую комнату шагами. В его глазах горел огонёк азарта. Нахмурившись, Лия следила за жестами молодого человека. Они однозначно говорили о необычайно интересной шахматной партии, которая разыгрывалась в его голове.

Девушка начала проявлять нетерпение.

— Имей в виду, — предупредила она, — если ты всё не расскажешь, я увяжусь за тобой!

— Дорогая моя, поверь, если я начну рассказывать, ты сама заткнёшь мне рот. Ты же так стремишься сохранить иллюзию хорошего конца, — ехидно ответил он, но, спохватившись, смягчил тон, — я же пытаюсь минимизировать его драматизм. А что касается антикварных магазинов, их покупки относятся всё к тем же липовым сделкам. В какой-то мере… Тот, что в Лондоне, дядя купил по собственной инициативе… как он думал. Ты же помнишь, старинные вещи были его слабостью.

— Что значит «как он думал»? Кто-то ему это посоветовал?

— Сомневаюсь, чтобы Рон пошёл на такое расточительство даже ради любимого хобби. Однако если кто-то преподнёс эту мысль как выгодное капиталовложение, он мог дать согласие. Рон подумывал о покупке недвижимости под новую школу. Antique Magnifique в хорошем районе. Что Грин тебе, скорей всего, не сказал, так это то, что дядя приобрёл не только помещение под магазин, а всё здание целиком. На первом этаже находились антикварная лавка, турагентство и ещё какой-то салон. На этажах выше жили владельцы и их квартиранты. По условиям контракта, им дали шесть месяцев, чтобы они съехали.

— И что же случилось потом?

— Каким-то образом сделка сорвалась. Средства пропали, а антикварный магазин получил нового хозяина.

— Когда это было?

— Судя по записям, которые мне оставил Рон, почти два года назад.

— И твой дядя ничего не заподозрил?

— Заподозрил. Поэтому-то и стал проверять другие сделки, которые, как ему пророчили, принесут прибыль.

— Кто пророчил? Гарби?

— Вряд ли Гарби стал бы этим заниматься. А вот адвокат по его науськиванию мог. Уверен, Гарби имеет сильное влияние на многих представителей так называемой элиты, не только в Англии…

— Это ты о каком адвокате говоришь? — навострила уши Лия, — из конторы отца? Какое они могут иметь отношение к закупкам в Лондоне?

— А ты не знала, что у них филиалы в других странах, помимо Северной Америки? Дядя пользовался услугами Лондонский фирмы, пока её не перекупила Norman Law Group.

— Такое ощущение, что эпицентр происходящего находится в Hearts Education! — неуместно хихикнула Лия, — адвокаты ради того, чтобы обанкротить вашего дядю, открывают рядом с вами и вашими компаньонами конторы; работники и ученики под воздействием некоего дурмана сходят с ума; антикварные лавки растут, как грибы, где бы вы ни открыли школу, — однако её смех сошёл на нет, когда она увидела серьёзное выражение лица собеседника, — ты действительно считаешь, что дело вашей семьи — конечная цель злого гения? Неужели ради ваших школ он совершал все преступления? Верится с трудом!

— Ты же сама когда-то нарисовала диаграмму преступлений с нашей компанией в середине, забыла? И потом… видишь ли, процесс достижения цели приносит не меньше удовлетворения, чем сама цель. Возьмём, к примеру, эдельвейс, — перестав кружить по комнате, Джон остановился перед девушкой и глазами указал на кулончик у неё на груди, — недоступный высокогорный цветок. Чтобы его сорвать, человек должен пройти хорошую подготовку, купить надёжное снаряжение, позаботиться о страховке. На это могут уйти годы. Когда же человек, наконец, добирается до цветка… Он либо срывает его как награду за потраченные силы и время, либо…

— Либо что? — поторопила его с ответом Лия.

— Либо к нему вдруг приходит осознание, что цветок никогда не являлся его конечной целью, что цветок — лишь ориентир, указывающий направление и побуждающий двигаться вверх. Когда ты достигаешь определённых вершин, меняется твоё мировоззрение и восприятие. Ты иначе смотришь на задачи, поставленные до восхождения. Теперь они либо требуют иного подхода, либо утрачивают статус задач.

— К чему ты клонишь, Джон?

— К тому, что наш злой гений достиг той заветной вершины понимания, к которой стремятся многие смертные.

— Но ведь он не получил заветное! Не добрался до цветка!

— Добрался... но не сорвал. Ему оставалось лишь протянуть руку. Он этого не сделал. Это даёт мне надежду...

— Надежду на что?

— На не самый плохой конец, — отшутился Джон и вдруг заторопился, — мне надо идти, Лия. Запри дверь изнутри. В случае опасности, вызови стюарда.

Опустив руку в её портмоне, молодой человек извлёк оттуда сотовый.

— Я возьму его с собой, а свой оставлю здесь.

Он демонстративно положил свой телефон на журнальный столик в гостиной. Однако его подруга, полная переживаний и подозрений, даже не обратила на это внимания.

— Какие дела у тебя могут быть на лайнере? Почему мне нельзя с тобой? В случае какой опасности?!

Вопросы градом посыпались на молодого человека. Он проигнорировал их все, впервые за время их знакомства. Взявшись за плечи девушки, он мягко отодвинул её от двери, которую она сторожила. Лия с трудом поборола в себе желание повиснуть у него на руке и удержать.

— Джон, ты же вернёшься? — вырвалось у неё в отчаянии.

— Не сомневайся, — ободряюще улыбнулся на прощание её друг и вышел из каюты.

Как только за ним закрылась дверь, в оконное стекло ударил порыв ветра, и Лию окатила волна тревоги. Её сердце застучало так часто и громко, что ей на мгновение почудилось, что её окружил табун скачущих лошадей. Чтобы успокоиться, девушка присела на край кровати и постаралась выровнять беспокойное дыхание. Глаза остановились на прикроватной тумбе. На ней из-за краёв керамического стаканчика робко выглядывал la fleur du diable. Лия вздохнула. Она совсем забыла о цветке. Он бы погиб, если бы Джон о нём не позаботился. А ведь бедное растение не виновато в чувствах, которые оно в ней вызывало.

Лия встала, чтобы подойти к цветку. Кто знает, быть может, его аромат вытащит на свет божий иные ассоциации, другие воспоминания, отводящие подозрения от дорогого ей человека. Сладковатые ноты, которые она ощутила в двух шагах от тумбы, и впрямь напрягли память. Было что-то ещё, что никак не хотело приобрести чёткий контур в её воображении. Это что-то раздулось, словно пузырь, ощутимо надавив на мозг. Нет, скорее, как волдырь, который, если лопнет, превратится в открытую рану. Лия остановилась, покачиваясь на пятках взад-вперёд, не решаясь сделать следующий шаг. Всё её существо наполнилось непонятным предчувствием.

Раздавшийся стук в дверь её не удивил. На каком-то подсознательном уровне она ожидала его. Он прозвучал точно эхо мысленно отбитого ею «Марша Тореадора».

На непослушных ногах она подошла к двери и распахнула её настежь. На пороге стоял мужчина и лукаво смотрел на неё. Не представился, ждал, пока она сама назовёт его имя. А девушка открывала и закрывала рот, как рыба, выброшенная на берег. Не потому, что не хватало воздуха. А потому, что снова сомневалась…

— Марокканский гарбен, — наконец, выдала она, так как это название как нельзя более точно описало её собственное ощущение: жар во всём теле и липкие от пота ладони.

Сжав руки в кулак, девушка отступила внутрь комнаты.

— Мне всегда импонировало это сравнение, — ухмыльнулся незнакомец и учтиво поклонился, — очень рад, Лия, узнать тебя заново. После стольких лет…

— Разве мы когда-то встречались?

Аккуратно прикрыв за собой дверь, Гарби вошёл в комнату и огляделся. Потом не спеша направился в гостиную. Устроившись за столиком у окна, он повелительным жестом пригласил Лию сесть напротив него. Она села, не сводя пристального взгляда с его лица. Наконец-то у неё была возможность как следует рассмотреть его глаза. Чёрные, притягательные. Её одолевало желание наклониться ближе, чтобы заглянуть, погрузиться в их глубину.

— Позволь для начала поздравить тебя со столь оригинальным выбором места для финальной развязки. Насколько я люблю драматические концовки, однако ты умудрилась приятно меня удивить, — обведя одобрительным взглядом штормовой пейзаж за окном, Эмнт перевёл его на девушку, — и, да, Лия, мы уже встречались. А ты всё никак не можешь меня вспомнить, правда? Не расстраивайся. Ты и не должна была… без моего на то разрешения.

Он говорил неторопливо, чётко произнося слова глубоким красивым голосом. Его певучий британский акцент приятно ласкал ухо. И если б не сопутствующие их встрече обстоятельства, Лия закрыла бы глаза и с удовольствием вслушивалась бы в его журчащую речь. Но сейчас она не могла её оценить. Внутри всё тряслось от волнения. С минуты на минуту должен был вернуться Джон. Он обещал. Что будет, когда он застанет здесь возможного виновника смерти его дяди?

Беспокойно заёрзав на стуле, Лия глянула на входную дверь. Когда её глаза снова встретились с глазами собеседника, она прочла в них снисходительную улыбку.

— Давай начнём с самого начала, моя девочка. Времени у нас вдоволь. Поверь, нам никто не помешает, — при этих его словах у Лии упало сердце и больно свело желудок от множества страшных подозрений и мыслей.

— У меня возникла маленькая дилемма, — продолжал Эмнт, — и я очень рассчитываю на твоё содействие. Скажи мне, когда ты смотришь на меня, кого ты видишь?

Удивлённая вопросом, Лия пригляделась к его чертам. У Гарби было очень приятное лицо. Умное, мужественное. Не сказать, что красивое, но исходящий от него шарм затмевал общепринятое понятие о красоте. Немного узкий вырез глаз, тёмные брови. Висков едва коснулась седина. Уголки его рта были приподняты вверх. Создавалось ощущение, что он постоянно посмеивается. Малозаметная морщинка повторяла линию губ на подбородке, словно отражение его улыбки, показывая иную сторону его настроения и придавая образу некую двуликость. В его раскрепощённой, немного ленивой позе чувствовалась недюжинная сила. Впечатлительная девушка сразу ощутила невероятную энергию, волнами исходящую от гостя. Обжигающую, мощную. И этот его аромат… Аромат… Аромат?

Лия выпрямилась. Она не чувствовала ничего! Дымный парфюм возник моментально в её воображении, когда она увидела Эмнта в дверях. Но теперь… Она подалась вперёд. Нет, определённо, никакого парфюма! Лишь намёк на дым дорогих сигарет.

— В замешательстве? — прокомментировал её состояние Гарби.

Казалось, ему доставляло небывалое удовольствие следить за её невольными телодвижениями, чем неожиданно он напомнил ей Джона.

— Да, — призналась она.

Лия вдруг поняла, что с этим человеком ей следует быть предельно откровенной. Только тогда стоит рассчитывать на милосердие.

— Вы избавились от единственной ниточки, связывающей вас с моей мамой!

Девушка довольно отметила искру досады и даже скорби в чёрном омуте его глаз. Проведя ладонями по поверхности стола, Эмнт вытянул руки перед собой.

— Я в тебе не ошибся, девочка. Как это будет горестно, если твой дар пропадёт зазря!

Гарби хитро посмотрел на собеседницу и тут же недоумённо поднял густую бровь, заметив, что та не сводит глаз с его рук.

— Откуда у вас этот ожог? — спросила Лия.

Он посмотрел на большой палец своей правой руки. Шрам от давнего ожога протянулся от запястья к пальцу, обезобразив его навсегда. Пошевелив пальцами, Гарби горько усмехнулся.

— Этот ожог — наказание за мою самонадеянность… с очень неприятными последствиями.

Его глаза действительно на миг наполнились искренней грустью, и Лия увидела в них нечто настолько родное и близкое, что чувство страха, которое она испытала при встрече с Гарби, отступило.

— Что общего было у вас с моей мамой? — задала она самый, как ей казалось, важный для неё вопрос.

— Запахи, — ответил он, не задумываясь, — да, именно запахи. Я всегда уделял им особое внимание, но, к сожалению, не обладал нужной интуицией, чтобы их правильно сочетать, как это делала твоя мать, и даром их ярко воображать, как это удаётся тебе. Согласись, Лия, для тебя запахи не просто пропитывают этот мир, они его строят. Всё, что тебя окружает, — Гарби обвёл рукой комнату, — распадается на тысячи ароматов. Большинство людей попросту дышат, втягивают в лёгкие весь букет запахов, не задумываясь о том, какое влияние каждый отдельный аромат оказывает на их самочувствие и мыслительный процесс. И даже если б они захотели, далеко не любой сможет расщепить запах на составляющие, как это делаешь ты. Запах — он аморфен, почти иллюзия. В нём, как и в музыке, гениальное сочетание нот рождает нужные эмоции, создаёт настроение. Успокаивает или возбуждает. Тревожит, вызывает панику или, наоборот, поднимает дух, настраивает на подвиг. Причём, один и тот же аромат вызывает у разных людей абсолютно разные эмоции, ибо связан с их индивидуальным восприятием мира, неким событием, воспоминанием, спрятанным в особой зоне мозга. Но если изучить человека, то вместе с запахом можно проникнуть в эту зону, и тогда ты получаешь власть над его эмоциями и страхами. Тогда ты можешь им управлять.

— И вы хотели, чтобы мама помогала вам в этом?! — с негодованием воскликнула Лия.

— Да, я этого хотел. И она помогала. Её увлекла моя теория. Однако когда дело дошло до практики, наши взгляды разошлись. Она обозвала мои методы... м-м-м... негуманными.

— И стала вам угрожать!

— Анита? Угрожать мне? — рассмеялся её собеседник, — нет, девочка, твоя мать никогда мне не навредила бы. Однако она отказалась со мной работать, и это было для меня хуже любых угроз. Но что задело меня сильнее, так это то, что она высказала намерение повлиять на тебя, дабы отбить у тебя желание заниматься парфюмерией. Она боялась, как бы я не попытался привлечь тебя к своей научной деятельности, — Гарби с сожалением покачал головой, — тогда мы сильно повздорили. Я сказал, что она идёт против самой природы... и что не ей, а тебе решать, как распоряжаться своим талантом.

— А в чём именно заключалась ваша «научная деятельность»? — осторожно спросила Лия.

— Если ты читала мою последнюю статью, то ты знаешь, что я пытался понять, какое воздействие оказывают ассоциации и воспоминания на мотивацию поведения человека. Особенно детские воспоминания. Я много работал с детьми, прослеживал процесс их формирования как личностей и уверен, что именно первые шесть лет нашей жизни имеют самое ощутимое влияние на решения, которые мы принимаем, уже будучи взрослыми. И если заполучить доступ ко всем этим мелочам, которые вызывали у нас восторг или слёзы, когда мы были детьми, то можно легко манипулировать нашими решениями. К сожалению, это трудно выполнимо. Более поздние ассоциации доступнее, но менее эффективны. Однако их воздействие на психику можно усилить с помощью внешних факторов.

— Таких как наркотики? — тихо высказала предположение девушка.

— Это — примитивный вариант, — поморщился Гарби, — наркотики не столько побуждают к действию, сколько подавляют волю. Это не совсем то, что нужно было мне.

— Страх тоже подавляет.

— Отнюдь. Правильно вызванный страх — это всплеск адреналина. Это сгусток энергии, которую ты можешь направлять на нужное тебе дело. А запахи — мощнейшее средство, усиливающее страхи, а значит, увеличивающее количество выпускаемой энергии.

— Но как узнать, какой запах вызывает страх? Ведь это так индивидуально!

— О да. Выявить нужный запах — самая сложная задача. Здесь мне очень пригодилась бы твоя интуиция, — он играючи подмигнул девушке и рассмеялся, — к счастью для меня, люди болтливы. Правильными вопросами у них можно выведать всё. Даже то, что, казалось бы, они давно забыли.

— Семейные психологи на этом собаку съели, — понимающе кивнула Лия, — интересно, они вам сами рассказывают о своих клиентах или… вы вытягиваете из них нужное правильными вопросами?

— Психологи — те же люди, — пожал плечами Эмнт, — со стандартными желаниями, порывами и фобиями.

— А какова была роль мамы?

— Именно Анита продемонстрировала мне, как сочетание отдельных запахов может взбудоражить, перевернуть твой чувственный мир, спровоцировать взрыв страстей, исковеркать представление о привычных вещах, поменять твою действительность. Я испытал это на себе. И понял, что любой, даже самый безобидный запах способен подтолкнуть человека на необдуманный поступок… Простой наглядный пример: эфирное масло ветивера, — вкрадчивым тоном закончил он, — благодаря ему мы все оказались здесь. Удивительно, не правда ли?

—Так это вы подбросили мне книгу?! — подскочила на месте Лия.

—Какую книгу? — он смотрел на неё смеющимися глазами.

—Ту, которую вы или ваши подчинённые подсунули сначала Витторио! А потом, по недосмотру, надо полагать, забыли от неё избавиться. И она навела следствие на антикварные лавки и… на Невила Брикста.

—Навела… следствие… — весело передразнил её Гарби, — поверь, ни в одном полицейском отчёте ты не найдёшь и слова упоминания об антикварных лавках.

—Но полиции известно о Бриксте, пусть даже с моих слов! Что если она захочет его допросить? Он, наверняка, что-то знает, а иногда и мелочи достаточно, чтобы…

Лия умолкла, расширенными глазами наблюдая за Эмнтом. Игнорируя её «весомые» аргументы, он, как умелый актёр, менял свой сценический образ. Плечи ссутулились, голова осела между ними. Подбородок опустился, и чёрные глаза теперь смотрели из-под сдвинутых бровей. Сходство с Невилом Брикстом было ошеломляющим. Изменить слегка причёску, цвет волос, расширить ноздри, подправить прикус — вот вам и антиквар. Лишь глаза никак не походили на те индифферентные карие, которые они с Джоном наблюдали у хозяина антикварного магазина в Торонто.

Заметив недоумение на её лице, Гарби довольно кивнул.

—Да, почти идеально! Но «почти» в счёт не идёт, — выпрямившись, он снова превратился в знаменитого психолога.

—Так вы прибыли в Сан-Хуане под личиной Брикста? Думаете, полиция не отследит ваши передвижения?!

—Именно так я и думаю, — невозмутимо ответил он, — видишь ли, о том, что существуют два Невила Брикста, знаешь только ты.

—Вовсе нет! Я многим об этом говорила! Есть улики!

—Нет улик, — категорически отмёл он её возражения, — лишь твои слова.

—Ну а книга? Я отослала её в полицию!

—Книга, о которой говорила только ты, только ты её видела, и которая в итоге оказалась у тебя? Любой прокурор рассмеётся тебе в лицо.

—А Витторио… — уже совсем неуверенно пролепетала она.

—Бедняга, очухавшийся после комы? Вряд ли его состояние позволит ему выступать в суде, — усмехнулся Гарби, — нет, Лия, ты — единственное звено, которое может приковать моё имя к происходящему. Благодаря тебе оно всплыло на поверхность. Однако слухи и подозрения, подобно запахам, аморфны и невесомы. Их невозможно будет использовать против меня.

—Но в маминых дневниках есть упоминание о вас.

—Уверена, что обо мне? — ухмыльнулся он и достал из внутреннего кармана куртки последний дневник Аниты.

Лия в гневе вскочила на ноги.

—В-вы что же! Украли дневники мамы?!

—Полагаю, у меня на них больше прав, чем у тебя, — осадил он её, — признайся, ты и половины не поняла из написанного. А из того, что поняла, выделила лишь моё существование и этим ограничилась. Забыла о дневниках и начала копать под меня. Я не в обиде на твою зашоренность. Понимаю, что ты была инструментом в умелых руках.

—Как это — инструментом?

—Ну же, девочка, подумай. Да, запах меня выдал. Связал с Анитой. И это всё. На этом ты застряла, стушевалась. А потом превратилась в пешку в коварной игре против меня. Ну, может, не пешку, — ретивую лошадку, которая зигзагообразно прыгает под мотив чужой дудки.

—И кто же играет на дудке? — Лия с трудом выдавливала из себя слова.

—Ты знаешь, кто… или догадываешься. Но всё ещё сомневаешься. Поэтому я и пришёл…

—Пришли, чтобы убить меня? — почувствовав слабость в ногах, девушка плюхнулась обратно на стул.

—Убить? — искренне удивился Эмнт, — о, Лия, я не чудовище. И потом я не привык уничтожать свои собственные инвестиции.

—В каком смысле?

—Кто, по-твоему, оплачивал твоё обучение на парфюмера?

—Я же выиграла стипендию!

—Правильно. А деньги на стипендию откуда берутся?

—Из фонда университета…

—Который держится на пожертвованиях заинтересованных лиц, — закончил он за неё, — главный контрибьютор имеет право участвовать в выборе кандидата на стипендию.

—И вы — главный контрибьютор?

—Я трачу средства на благое дело. В твоём случае, впрочем, было легко. Тебе дали бы стипендию и без моей настоятельной просьбы. Тебе следует ценить свой дар, взращивать его, а не тратить на бессмысленную борьбу с преступностью. Этих поймают, им на смену придут другие. Они — отходы, а ты и подобные тебе — конечный продукт. Только он важен. Остальным приходится пренебрегать.

Увидев смесь испуга и отвращения в глазах собеседницы, Гарби снова рассмеялся.

—Не беспокойся. Я лечу тех, кто возомнил себя Господом Богом. Сам на его роль не претендую. Слишком большая ответственность. Люди, чьё «честное» имя ты взялась отстаивать, мне не интересны. Мне глубоко наплевать, что с ними стало. Если мои помощники решили, что они мешают, и сами от них избавились, что ж… пусть так. Но есть личности, которые неприкосновенны. Люди, работающие на меня, это чётко знают. Знают, чем грозит любая допущенная ими ошибка… и что с ними будет, если они переступят черту дозволенного, — голос Гарби вдруг стал холодным и суровым.

—А человек-птица? — робко поинтересовалась Лия, — неужели и он у вас в подчинении?

—Человек-птица?.. Гм-м… А знаешь, ты права. В его облике действительно есть что-то птичье. Да, он — своеобразная личность и, пожалуй, с чрезмерным энтузиазмом относится к своим обязанностям.

—А он… м-м-м… — девушка пыталась подобрать тактичные слова, — нормальный? Или вы его тоже в Бродмуре нашли?

—Нет, он вполне нормальный. Со своим видением мира… Его судили за убийство, но оправдали…

Лия уловила удовлетворение в его голосе.

—Вы лжесвидетельствовали ради него?!

—Я подарил ему второй шанс. Он сам выбирает, как им воспользоваться.

—Но он же убийца! И продолжает убивать!

—Каждому предоставляется выбор. Я не отдаю приказы, я оставляю на их усмотрение. Если они оступятся и сгинут, что ж… на всё воля случая, — злорадство, прозвучавшее в голосе собеседника, заставило Лию съёжиться.

—А Брикст? Какую альтернативу вы предоставили ему?

—Я продлил его жизнь. В Бродмуре он бы долго не протянул. А так просуществовал вполне сносно несколько лет.

—Значит, он тоже расходный материал? Как и те бизнесмены, которые погибли? Сколько их? Пять, или, вернее, уже семь, если считать МакНила и бразильца.

—Семь? — снова ухмыльнулся он, — нет, девочка, больше, чем семь, гораздо больше… Полиция уже вряд ли обратит на них внимание. Они бы и на этих не обратили, если б не твоё вмешательство, — он говорил, посмеиваясь, совсем не угрожающе, с некоторой отцовской снисходительностью.

—Но зачем? Зачем их убили?

—Курице, переставшей нести яйца, отрубают голову, — просто ответил Гарби, словно разговор действительно шёл о домашней птице.

—А как же Рональд? Ведь он был вам близок!

—Нет. Мы никогда не были близки, но уважали друг друга за личные качества. Когда его сестра разработала прекрасный учебный план по образованию детей и развитию их таланта, Рональд сразу просёк, как извлечь из этого выгоду. Да, он оценил труд сестры, но в действительности ему было наплевать на самих детей и на надежды, которые возлагали на них их родители. Думаешь, это моя вина, что Hearts Education покатилась по наклонной? Нет! Упадок начался после гибели её основателей. Потому что спонсоры и финансовая база — это не то, на чём держалась система образования. Она держалась за счёт харизмы, страстности и вдохновения матери Джона.

В этом месте Лия встрепенулась. Имя её друга было произнесено с особенной теплотой.

— Их школы начали терять свой дух. Я лишь ускорил процесс распада.

— Почему же, наоборот, вы не помогли Рону вернуть утраченный дух? Сами говорили, что у вас богатый опыт работы с детьми…

— Он отказался, — резко прервал её собеседник, — что было весьма досадно, потому что на тот момент у них в школах учились очень одарённые дети.

— Которых вы с удовольствием вовлекли бы в исследования ваших гениальных теорий!

На Лию вдруг снизошло озарение. Она, наконец, увидела картинку пазла, о котором говорил Джон.

— «Бы» нет в моём лексиконе, девочка, — посмеялся Гарби, — я их вовлёк. Не всех… и не тем способом, каким хотел изначально. Увы, Рональд не оставил мне выбора.

— И вам ни капельки его не жаль?

— Я сильно разочаровался в нём, узнав, что он настойчиво пытается приобщить к бизнесу племянника. Это совсем не его профиль. Джону следует заниматься людьми, а не ломать голову над финансовыми проблемами. Конечно, он и с ними справится, но какой бестолковый расход таланта! Я напрямую говорил это Рональду, но тот лишь попросил меня не совать нос в их семейные дела. А ведь он видел талант племянника и хотел его использовать «для дела». Благодаря своим способностям правильно разговаривать с людьми Джон легко находил бы для него спонсоров, легко убеждал бы и вкладывал в головы нужные идеи. Однако я очень сильно сомневаюсь, что Джон позволил бы себя втянуть в болото политических интриг, если б Рональда не убили. Своей преждевременной кончиной он вынудил-таки племянника заняться нелюбимым делом. Но нет худа без добра. Теперь Hearts Education вернёт себе репутацию школ, которые на первое место ставят человеческий потенциал, а не платёжеспособность.

— Так вы поэтому оставили их в покое? Думаете, Джон предоставит одарённых детей в ваше пользование?

— Поживём — увидим, — ушёл от ответа Гарби и загадочно улыбнулся, — в принципе, я уже доволен результатами. Твоё активное вмешательство сыграло мне на руку. Удалось удачно схоронить концы в воду, — и он многозначительно глянул на чёрную мглу за окном.

От слова «схоронить» Лие стало не по себе.

—Если вы не собираетесь меня убивать, зачем рассказываете мне о своих преступлениях?

—Во-первых, ты не сможешь даже доказать, что сей разговор имел место. Меня тут нет и быть не может, ибо в данный момент я даю речь на закрытом заседании ассоциации психологов в Европе. Моё присутствие там подтвердят те, чьи показания оспорить не осмелятся. И, во-вторых, о каких преступлениях идёт речь? На моих руках крови нет.

—А на совести?

Гарби расхохотался.

—Со своей совестью я живу в полном согласии. Каждая смерть мотивирована и объяснена. Нет ни одной бессмысленной. Лишь пара незапланированных. Впрочем, в операции такого масштаба всегда приходится мириться с сопутствующим ущербом.

—А Витторио? — попыталась всё же надавить на его совесть Лия, — он же хороший, безобидный человек. За что его?!

—Тут моя вина лишь косвенная — недооценил своих подопечных. В его голосе послышалось раздражение. Потом он развёл руками.

—Что ж, нельзя всего предусмотреть. Приходится одних заменять другими, более лояльными, и при этом не менее талантливыми.

—А кого должен был заменить Брайден?

Лия сама удивилась своему вопросу. Её до сих пор волновала судьба бывшего студента НЕ.

—О, девочка, ты зришь в корень, — похвалил её за что-то Эмнт, — и при этом отмахиваешься от очевидного, поразительно!..

Проигнорировав недоумение собеседницы, он продолжил:

—Брайден, к сожалению, не прошёл испытание. Хотя задатки у него превосходные. Психика слабая. Укрепить можно. И нужно. На это уйдёт время. А я ищу стойких, дерзких, но не карьеристов, — и он многозначительно посмотрел на собеседницу.

—Я никогда не буду работать на вас!!! — взвилась она.

—Вижу, что не будешь. Жаль. Я не хочу совершать одну и ту же ошибку, — он с грустью провёл рукой по мандале на обложке дневника её матери, — поэтому не буду настаивать. Если передумаешь, сама свяжись со мной. Я прятаться не собираюсь. Я достиг той точки, когда материальный достаток не является даже второстепенной целью, и того уровня, до которого тем, кто мне опасен, не дотянуться.

—Вы себя тоже считаете неприкосновенным? Думаете, закон не доберётся до вас?

—Уверен. До скукоты уверен. Видишь ли, Лия, поступки людей, их мотивы легко можно предвидеть, закономерность их мыслей чётко прослеживается. Именно поэтому мне было так интересно с Анитой. Её импульсивность, взрывной непредсказуемый характер, спонтанные смелые идеи зацепили меня. Она притягивала, как магнит. Твой отец никогда не смог бы постичь её и достойно оценить. У него не хватило бы воображения. Ему повезло, что она была в его жизни. Она и потом ты…

Гарби умолк, прислушиваясь. Через щель входной двери просочился противный режущий ухо звон.

— Что это? — Лия с опаской приподнялась на стуле, — пожарная сигнализация?

— Я бы сказал, фанфары в честь правильно разыгранной партии, — рассмеялся её собеседник и встал.

С минуту он пристально разглядывал взволнованное лицо девушки.

— Подумай над моим предложением, Лия. Не каждому выпадает шанс до предела раскрыть свой талант. Шанс понять себя и научиться через запахи познавать сокровенные тайны людей, вместе с запахами проникать в их подсознание, обнажать их пороки и скрытые желания. Ведь органы обоняния обмануть нельзя. Они помнят всё. Каждую ноту вдыхаемых нами ароматов. И тут же посылают импульсы в мозг. Эти импульсы — прочные нервущиеся нити, управляющие послушными марионетками — людьми.

В пальцах Гарби, как по волшебству, блеснул светом лампы маленький янтарный бутылёк.

— Любопытное свойство любого запаха — это то, что он может быть опасен для одних и абсолютно безобиден для других.

Открыв бутылёк, он медленным движением разлил содержащуюся в нём жидкость по поверхности стола. Маслянистая на вид, она текла лениво, быстро испаряясь, не оставляя ни единого следа.

Сладкие ноты шампанского не застали Лию врасплох. Почему-то она сразу догадалась, что они будут доминировать. К ним примешались ноты дыма и запах чего-то горелого. Во рту мгновенно пересохло. Дыхание спёрло, потекли слёзы. Лицо словно обожгли языки пламени. Лия начала задыхаться.

Гарби внимательно наблюдал за её реакцией. Потом, слегка наклонившись, протянул руку и встряхнул девушку за плечо.

— Сосредоточься, Лия, — его глубокий обволакивающий голос вибрациями достиг её мозга, — эфирное масло дьявольского цветка абсолютно безвредно! Это не оно вызывает твои симптомы, а связанные с ним ассоциации. Ты забыла, но тело твоё помнит. Запах гари, едкий дым, жар огня! Пожар!

Он щёлкнул пальцами, и в голове девушки словно что-то взорвалось. Из тайных закромов подсознания посыпались забытые, заблокированные воспоминания, стало казаться, что голова под их напором разлетится на куски. Лия сдавила ладонями виски в надежде сохранить голову в целости. Громкий стон вырвался из её груди. Она сползла со стула и повалилась на пол. Сквозь брызнувшие из глаз слёзы она видела, как Гарби неторопливо встал из-за стола и некоторое время смотрел на неё сверху. Она видела, как он взял со стола дневник её матери и вырвал из него страничку.

— Вот, — его голос с трудом пробивался сквозь звон «фанфар» в холле и ушах, — пожалуй, это предназначено тебе.

Он разжал пальцы, и страничка мягко приземлилась рядом с ней. Оторвав от неё глаза, Лия вновь подняла их. Гарби в комнате уже не было. А через секунду и вся комната распалась на клубы тумана. Только звон остался. Пронзительный, оглушающий. Звон пожарной сигнализации. Клубы тумана превратились в дым, разъедающий глаза и душу.

* * *

Когда она очнулась, каюта всё ещё была пуста. Джон не вернулся, сигнализация стихла, а сквозь динамик уверенный голос капитана успокаивал пассажиров. Говорил что-то о незначительных повреждениях и вынужденной эвакуации, согласно требованиям устава. Упоминалось название порта, к которому они вот-вот причалят и длинная вереница извинений и сожалений об испорченном отдыхе.

Лия попыталась встать, но, почувствовав слабость во всём теле и головокружение от возобновившейся качки, снова осела на пол. Медленным заторможенным движением она подняла с пола брошенный недавним гостем листок — единственное, что осталось ей от дневников матери. Почему-то сейчас это её не удручало. А написанное на листке не удивило — она предугадала, какую именно запись оставил ей Гарби. Она читала её много раз и уже знала наизусть. Только теперь написанное приобрело смысл и конкретную форму. И наполнило её сердце такой бездонной печалью, что, наверное, она снова расплакалась бы, но слёз не было. Она быстро заморгала, силясь выдавить из глаз хоть слезинку. Ничего. «Наплакалась на год вперёд», — с грустью пошутила она про себя. И встала. Всё вокруг подёргивалось мелкой рябью, зрение не желало фокусироваться. Она с трудом разглядела цифры электронных часов на прикроватной тумбе и с удивлением отметила, что горшок с дьявольским цветком исчез, а с момента появления в её дверях Гарби прошёл всего лишь час. Она же насчитала столетия…

Пошатываясь, девушка двинулась к выходу. Но едва она протянула руку к двери, чтобы открыть её, как она сама распахнулась. Увидев Джона, живого и невредимого, Лия вдруг ощутила в полной мере, какая тяжесть сдавливала до сих пор её сердце. С возгласом облегчения она бросилась к нему на шею, крепко стиснув в объятиях, точно проверяя, не мираж ли он.

— Что случилось? — зашептала она, — почему нас эвакуируют?

— Ничего особенного, в каюте одного пассажира произошло возгорание, сработала пожарная сигнализация.

— И всё?

— Этого вполне достаточно.

Отстранившись от молодого человека, Лия пригляделась к чертам его лица. Он снова не договаривал, она чувствовала это.

Локхарт ласково провёл тыльной стороной ладони по её щеке.

— Почему ты такая бледная? — его голос звучал озабоченно, — что стряслось?

— Ничего особенного, качка.

— Гм-м…

Некоторое время они смотрели друг другу в глаза. Оба понимали, что каждый из них что-то скрывает, но ни один из них не рискнул вызвать другого на откровенность.

— Куда мы плывём? — решилась прервать неловкое молчание Лия.

— В Саману — ближайший порт. Маленький городок, сплошные отели и резорты. Там есть военный аэропорт, можно нанять самолёт…

Джон не договорил. В конце длинного холла показался стюард. Он стучал в каждую дверь, проверяя, все ли подчинились приказу об эвакуации. Ему никто не открывал. По-видимому, на их этаже лишь они ещё не покинули свою каюту. Стюард вежливо извинился и попросил их поторопиться: корабль уже причаливал к берегу. Скороговоркой добавил, что персоналу понадобится некоторое время, чтобы устранить последствия пожара и проверить остальные помещения на безопасность. После этого они смогут возобновить своё запоминающееся морское путешествие.

— Думаю, с нас морских путешествий пока хватит, — улыбнулся Джон, провожая взглядом удаляющегося стюарда.

Лия согласилась. Чувствовалось, что она ещё в несколько заторможенном состоянии.

— Тебе надо подышать свежим воздухом, на палубе морская болезнь переносится легче, а на берегу пройдёт совсем.

Подхватив с кровати её портмоне, Джон сунул в кармашек позаимствованный телефон и протянул его девушке.

— Я сам соберу вещи, а ты подожди меня внизу. Пассажиров ожидают у конференц-зала на главном уровне. Найдёшь?

Лия молча кивнула, машинально перевесила ремешок портмоне через плечо и двинулась к пожарной лестнице.

Когда она скрылась из виду, Локхарт аккуратно запер дверь в каюту и поспешно подошёл к столику в гостиной, где чуть больше часа назад оставил свой телефон. На мгновение его внимание привлёк лист бумаги на полу, судя по всему, вырванная из записной книжки страница. Он поднял её и быстро пробежал глазами по короткому абзацу.

«Там, где нет стержня, образуется пустота… Пустота не терпит промедления. Ненасытная, она жаждет наполнения. Только наполнить, удовлетворить её невозможно…»

Подумав с минуту над текстом, Джон отложил его в сторону. Потом взял со столика свой телефон. Когда он его включил и ввёл пароль, на экране высветилось окошко записывающего приложения. Остановив аудиозапись, молодой человек кликнул на её начало. И замер, вслушиваясь в разговор, происходящий в его отсутствие. Запись давно кончилась, а он всё ещё стоял не шевелясь и сосредоточенно рассматривал светлеющее небо за окном. Грозовой фронт уходил, и вечернее солнце торопилось воспользоваться последними часами дня, чтобы сгладить теплом и светом его последствия.

Мотнув головой, словно отгоняя неприятные мысли и сомнения, Джон уверенным нажатием пальца стёр аудиофайл. Немного подумав, он снова взял в руки подобранный ранее лист бумаги, бережно сложил его и сунул себе в карман.

* * *

Лия не торопилась. Меньше всего на свете ей сейчас хотелось толкаться среди незнакомых людей и выслушивать их жалобы на недальновидность и неорганизованность туркомпании. Однако избежать толчеи оказалось нелегко. Длинная очередь пассажиров тянулась от трапа по правому борту, пересекала насквозь ресторан на центральной палубе, окольцовывала конференц-зал и разветвлялась по лестничным пролётам, собирающим пассажиров со всех уровней лайнера.

Потоптавшись у основания лестницы за спиной необъятной дамы, загородившей собой весь дверной проём, Лия развернулась и прошла дальше по лестнице на самую нижнюю палубу.

Там уже никого не было. Через минуту судно характерно задрожало и замерло. Сквозь динамики голос капитана повторил извинения, оповестил о возможности вернуться на корабль через несколько часов и пожелал всего хорошего тем, кто этой возможностью воспользоваться не желает.

Подойдя к борту, Лия наблюдала, как поток пассажиров хлынул по трапу вниз. У его подножия толпу сдерживали делегированные представители туркомпании, стараясь внести хоть какой-то порядок в продвижение живой массы людей. Девушка внимательно присматривалась к каждому пассажиру, ожидая увидеть того, кто, по сути, являлся причиной всей этой суматохи. Она не сомневалась, что именно Гарби каким-то образом вызвал пожар. Зачем? Понятное дело, чтобы поскорее покинуть корабль и не дать ей возможность заявить о присутствии на нём убийцы.

Через несколько минут от напряжения у неё заболели глаза. Вздохнув, Лия отвернулась от толпы и пошла в противоположную от трапа сторону. Ей хотелось попрощаться с океаном. Что-то подсказывало девушке, что ей не скоро захочется повторить столь увлекательный вояж.

Быстрым шагом она шла по краю палубы. На корме стояли накрытые чехлами шезлонги. На них и между ними холодно поблёскивали лужи, отражая в себе неровный потолок с прикреплёнными к нему спасательными жилетами. В душу нечаянно закралось опустошающее чувство одиночества. На долю секунды Лие показалось, что она осталась одна-одинёшенька не только на судне, но и во всём мире, что некое стихийное бедствие безвозвратно стёрло с поверхности Земли следы человеческой цивилизации, оставив лишь эти никому теперь ненужные шезлонги и бесполезные жилеты.

Обругав про себя своё богатое воображение, которое уже принялось рисовать постапокалиптические миниатюры, Лия пошла дальше. Неожиданно из-за очередной колонны, ей в глаза ударил свет. Сумерки, опустившиеся с одной стороны лайнера, отступили под напором оранжевых лучей солнца. Оно предстало перед девушкой во всей красе, умытое, полное, ласково объятое остатками грозовых туч, которые осели вдоль линии противоположного берега залива.

Облокотившись о бортовой поручень, Лия сощурила глаза, чтобы их не резало из-за солнечного света. Перед глазами сразу же поплыли странные фиолетовые круги, внутри которых распускались круги оранжевые, превращая их на секунду в пурпурные кольца. Потом оранжевый цвет смешивался с пурпурным, образуя грязноватое облачко, и снова распускался в самой середине огненным кругом. Но вот очередной круговой цикл завершился, а новый солнечный круг не родился. Бурое облачко в глазах расползлось по краям, а в центре осталось скучное серое пространство. Солнце вместе с остатками грозы скрылось за горизонтом, без сожаления оставив видимый мир во власти тусклых, непонятных, неразборчивых красок.

Глубоко вздохнув, Лия оторвалась от созерцания заката и повернулась к носу корабля. Перед её глазами всё ещё плавали пятна, содержащие теперь сумеречные оттенки. Постепенно пятна слились в определённую человеческую форму. Девушка даже не остановилась. Человек впереди её совсем не страшил. Наоборот, теперь он её притягивал. Она ощутила сильное желание подойти к нему, поговорить ещё, подольше. Спросить, почему он не покинул корабль. Неужели она ошиблась, и у Гарби Эмнта не было в планах скрываться под шум ложной тревоги. Зачем же тогда он снова принял образ Невила Брикста? Или он попросту потешается над ней?..

Примерно в десяти шагах от цели она остановилась. Что-то в облике человека впереди не соответствовало имиджу самоуверенного психолога. Его коренастая фигура чётко вырисовывалась на фоне светлой ещё полосы неба над горизонтом, и на мгновение Лие показалось, что он намеревается прыгнуть за борт — уж слишком далеко он высунулся за бортовой поручень. Протянув к нему руку, словно предлагая помощь, она чуть ли не бегом кинулась навстречу. И вдруг прогремел гром. Необычайно громкий. Лия почти коснулась плеча Гарби, когда тот рухнул к её ногам. Закрыв рот ладонью, чтобы сдержать крик, девушка другой рукой вцепилась за борт и медленно опустилась на колени возле неподвижного тела, не силах отвести от него глаз.

— Лия! Ты в порядке? — прорвался сквозь туман её сознания голос Эдмонда.

А вот и он сам оказался рядом с ней.

— Он не успел тебя ранить?

— Что? — пролепетала слабым голосом девушка, не понимая, о чём говорит детектив.

— Я видел, он угрожал тебе. Чем? Ножом? Лия! Ты меня слышишь? Эй, очнись! Да ты в шоке!

Лия часто заморгала на щёлкающие у неё перед лицом пальцы.

— Он не угрожал… — попыталась выдавить она из себя, но её голос затерялся в криках и возгласах подоспевших стюардов.

Её быстро оттащили от тела, зачем-то накрыли термоодеялом и попытались влить в неё коньяк. Она возмущённо отмахнулась. Ей хотелось вернуться на место происшествия, но её туда не пустили.

Почти сразу послышался вой полицейской сирены. Лия подивилась их быстрой реакции и попыталась собраться с мыслями и продумать, что и как она будет рассказывать полиции, чтобы не наболтать лишнего. Но никто её не допросил… О ней словно забыли или намеренно игнорировали. Каждый раз, когда она выказывала желание объяснить, что произошло, её вежливо и настойчиво отодвигали на задний план. В итоге её просто-напросто сняли с корабля и оставили на причале в окружении ротозеев. Да и они скоро разошлись по своим номерам в отелях. Как и те редкие пассажиры, которые до последнего момента рассчитывали вернуться на корабль ещё сегодня.

Наступила ночь. Причал осветили красивые фонари и мигающие огни с полицейских катеров. И их вой… Он, казалось, сотрясал вибрациями лайнер, с которого Лия не сводила глаз, надеясь, что кто-нибудь из официальных лиц сойдёт вниз и уделит ей внимание. На душе скребли кошки. Девушку не оставляло ощущение, что она что-то упустила из виду, сделала что-то не так или, наоборот, сделала именно то, что от неё ожидали?..

— Никто не придёт, — раздался у неё за спиной голос Джона.

Так близко и так далеко… Лия медленно повернула голову в его сторону. Британец стоял совсем рядом и внимательно смотрел на неё. Возможно, он так стоял уже долгое время, а она не заметила.

— Когда ты сошёл с корабля?

— С тобой.

— Почему я тебя не видела?

— Полагаю, ты многое не видела.

Лия недоумённо развернулась к нему.

— Чего именно я не видела?

— Например, того, что тело давно увезли, и на корабле, кроме персонала, никого нет.

Девушка вновь перевела взгляд на лайнер. Он был погружён во тьму. И ни одного полицейского катера в округе. Откуда же этот вой сирен в ушах?! Она сжала виски ладонями, вновь почувствовав резкое головокружение.

— Ты всё ещё под действием сильного гипноза. Вызванные им видения искажают реальность. Потребуется некоторое время, чтобы последствия наркотика себя исчерпали.

Спокойный голос её друга подействовал на девушку умиротворяюще. Она вдруг ощутила сильную слабость в ногах и пошатнулась. Он её подхватил и крепко обнял.

— Прости, что позволил подвергнуть тебя такому жестокому испытанию, — прошептал он ей на ухо, — жестокому и, в то же время, необходимому.

— Хочешь сказать, мне убийство привиделось? — спросила она хриплым, но полным надежды голосом.

— Нет. Допускаю, однако, что твоё затуманенное сознание подкорректировало некоторые моменты происходящего.

Отстранившись от друга, Лия нахмурилась.

— То есть моё заявление о том, что Эдмонд Грин совершил намеренное убийство Невила Брикста, будет оспариваться в суде?!

— Ого! — Джон смотрел на неё с восхищением. — Да я ошибся! Гарби не удалось исказить твою действительность. Я рад.

— Выходит, тебе известно о том, что он приходил ко мне?!

— Да, — Джон на секунду замялся, — я догадывался, что он рискнёт появиться под занавес, чтобы расставить все точки над «i».

— Ага, «схоронить концы», как он выразился.

— И, пожалуй, у него это получилось. Ты хорошо разглядела того, кого застрелил Грин?

— Да.

— И ты уверена, что это именно Брикст? Настоящий Невил Брикст?

— Уверена. Хотя… что-то в нём меня удивило, что-то странное, — Лия наморщила нос, пытаясь вспомнить, — руки были в бинтах.

— Это — следствие пожара. Возгорание произошло в его каюте.

— Ах, вот откуда запах гари. Я-то думала, что всё ещё воображаю его… И запах успокоительных… тоже был… и другие… его запахи. Только ведь запах как улику не представишь, так?

— Так.

— Неужели ничего не укажет на Гарби?! А его помощники?! Тэрси, человек-птица и прочие!

— Скорей всего, они его знали как Брикста.

— Но ведь Гарби сам сказал, что спас человека-птицу от тюрьмы. Тот должен знать его лично!

— Даже если знал… Свидетелем он уже выступить не сможет.

— То есть как? — глаза Лии расширились, — он же был с нами на корабле…

— Ах, тебе известно об этом? — Джон не мигая смотрел на неё, — и как он там оказался, Лия? Как он узнал, что ты на корабле? Как узнал, что ты представляешь для него угрозу?

— Не знаю, — пробормотала она, — у него была моя маска… Вероятно, он нашёл её… Но ты прав, по ней он не смог бы выйти на меня.

— Вряд ли, — согласился её собеседник, — поэтому стоит задуматься над тем, кто из тех, кому ты сообщила о своих приключениях, мог поделиться ими с убийцей. Кто из твоих друзей, Лия, столь виртуозно рискует твоей жизнью? — голос Джона вдруг стал суровым.

Девушка вздрогнула и растерянно взяла в руки протянутую ей страницу из дневника её матери.

— Анита ведь здесь о нём пишет, не так ли?

Лия не ответила. Запас слёз восстановился, и она поняла, что сейчас снова расплачется.

— О нём, — жёстко подтвердил за неё Локхарт, — а ты всё ещё не хочешь признавать очевидное. Потому что веришь в него, потому что до сих пор любишь. Тепло? Осмелюсь также предположить, что Кристиан был в курсе всех твоих передвижений, догадок и сомнений.

Лия зябко обняла руками предплечья. Он впервые назвал её друга детства по имени, но таким тоном, что мороз прошёл по коже. Поэтому произнесённое им «тепло?» звучало, как издевательство.

— Нет, Джон! — затрясла она головой, — холодно!

Её собеседник вопросительно поднял бровь.

— Холодом сердце свело, — отчаянно зашептала она и с мольбой посмотрела на молодого человека, — прошу, не продолжай! Не желаю больше говорить об этом! Я хочу домой!

— Можем полететь прямо сейчас!

Он деликатно выдернул из её стиснутых пальцев только что переданную им страничку, без сожаления разорвал её на мелкие кусочки и снова протянул их ей на раскрытой ладони. Лия поднесла было к ним руку, но ночной ветер её опередил. Подхватил их, разметал по пристани и погнал дальше в только ему известном направлении.

Рука девушки, подрагивая, зависла в воздухе. Почему-то после столь бестактного жеста Джона и хулиганского поведения ветра на душе сделалось необыкновенно легко. Разорванные мысли её матери, такие тягостные лишь секунду назад, вдруг перестали угнетать, стали невесомыми и аморфными… как запах. «Почти иллюзия…»

Она медленно опустила руку на всё ещё раскрытую ладонь друга. Он её сжал и тихонько потянул девушку в сторону от причала.

— Я уже договорился насчёт самолёта. Он доставит нас до аэропорта рядом с Янтарной Бухтой. Оттуда доберёмся до Флориды. Придётся лететь с несколькими пересадками.

Джон продолжал говорить, сумев вовлечь спутницу в беседу, совершенно постороннюю, без единого намёка и напоминания о том, что с ними только что произошло. Он прекрасно понимал, что пройдёт не один месяц, прежде чем получится безболезненно вернуться к прерванному разговору. Она сама к нему вернётся, ибо ей так же, как и ему, не будут давать покоя незаполненные пробелы в пазле.

20 октября

Запрокинув назад голову, Лия неторопливо исследовала взглядом крону старого клёна рядом с их домом. В свете ласкового, но по-осеннему холодного солнца можно было различить каждую жилку его фигурных листочков, ярко-жёлтых или ещё наполовину зелёных, с коричнево-оранжевыми вкраплениями. А между листочками взгляд проваливался в глубину синего неба.

Настроение у девушки было приподнятое, несмотря на то, что полчаса назад громко кряхтящие грузчики вынесли из их дома последний предмет мебели. Они оставили дверь распахнутой, и сквозь её проём просматривалась пустая гостиная. У порога остался лишь её чемодан, а в руках — ключи, которые надо было отдать агенту по продаже недвижимости. Он обещал появиться с минуты на минуту. И Лия с благодарностью воспользовалась этими минутами, чтобы попрощаться и с домом, и с садом… и с клёном.

У обочины дороги припарковался потрёпанный городскими пробками седан. Вылезший из него человек в униформе облокотился о крышу машины и некоторое время рассматривал опустевший дом и его хозяйку, пока та не махнула ему рукой.

— Привет, Пол! Как мило с твоей стороны заглянуть, наконец, к нам в гости. Успел в последний момент!

— А я не верил, — хлопнув дверцей машины, Нейсон шагнул в сторону девушки, — вы в самом деле уезжаете? Совсем?

— Совсем, — весело подтвердила та.

— Ты, я вижу, этому рада.

— Да… сначала было грустно, а теперь… Внутри разрослось ожидание чего-то большего… Нового, прекрасного, вдохновляющего… Человек должен постоянно двигаться… вперёд и вверх! Ведь так, детектив-инспектор? — подмигнула она ему.

Подойдя к полицейскому, Лия аккуратно погладила пальчиком нашивки в виде двух золотых кленовых листочков на его плече. Потом с улыбкой заглянула в его глаза.

— Поздравляю с давно заслуженным признанием профессионализма!

— Спасибо, — сказал он и улыбнулся, — во многом это произошло благодаря твоей чрезмерно настойчивой и деятельной натуре.

— Сочту это за комплимент, — рассмеялась Лия, — но, по-моему, ты скромничаешь. Это не я, а ты убедил своё узкомыслящее и, к счастью, уже бывшее начальство поднять дела об убийствах за последние пять лет. Сколько их набралось? Три?

— Четыре. К сожалению, только в трёх мы смогли доказать причастность Ванса Гиссера и Торна Бика.[1]

При упоминании последнего имени девушка невольно поёжилась.

— Удивительно, что у него даже имя птичье! Наверное, нехорошо так говорить, но я рада, что его не придётся судить.

— Почему?

— А вдруг его оправдали бы?

— Ха-ха! — развеселился Пол, — не с такими уликами!

— Но улики-то появились лишь вследствие его гибели! Кстати, каково официальное заключение о причине смерти?

— Несчастный случай, — Нейсон недовольно поморщился, — его тело выловили в заливе. На лайнере обнаружили следы его присутствия в той части кормы, где проводились работы по устранению каких-то неполадок. Отсек был закрыт, чтобы избежать случайного падения.

— Не избежали, — хмыкнула Лия.

— Ответный удар судьбы, как выразились в прокуратуре.

— А ты в судьбу не веришь?

— Не верю! Не в этом случае. Да, отсек был закрыт лишь формально, но упасть там довольно затруднительно… без посторонней помощи. И в прокуратуре не дураки сидят, только почему-то глаза закрывают

---

[1] Beak — клюв (англ.).

на очевидное. Понятно ведь, что избавились от него! Специально заманили туда, где свидетелей не будет, и тюкнули чем-то по голове.

— Кто?

— Всё указывает на Невила Брикста. Но ведь его к ответу тоже уже не призовёшь.

— Это точно.

Пол пытливо всмотрелся в лицо собеседницы.

— Сдаётся мне, есть тут двойное дно. Уж слишком гладко всё вышло. Главные подозреваемые сгинули. О неправдоподобном образе антиквара я вообще молчу. С таким прошлым, и вдруг оказался великим комбинатором! Не верю! — повторил он.

— А другие имена при следствии не всплыли? — осторожно поинтересовалась Лия.

— Какие имена? — Пол покосился на неё с подозрением, — так я прав насчёт второго дна?!

Девушка неопределённо пожала в ответ плечами.

— Ладно, пусть об этом болит голова у Интерпола. Что мне не даёт покоя, так это участие в этом деле Грина. Знаешь, как было обидно пролететь столько часов до Доминиканы, а вместо подозреваемых наткнуться на их трупы и ухмыляющуюся физиономию этого негодяя, выдающего себя за героя. Чего он вдруг стал защищать твою жизнь? Откуда эти благородство и рвение? Какую цель он преследовал на самом деле, стреляя в антиквара?

— Утешь себя тем, что его временно лишили лицензии, и ему ещё долго придётся таскаться по судебным инстанциям, доказывая свои благие намерения, подтверждения которых с моей стороны он не дождётся! И плевать, что он выставляет меня безвольной жертвой, ссылаясь на моё нестабильное психическое состояние, не позволяющее мне бесстрастно оценить ситуацию.

Пол с умилением выслушал эмоциональное заявление девушки, а потом сокрушённо покачал головой.

— Прости меня, Лия... Что не воспринял всерьёз твои подозрения насчёт Брикста. Надо было установить за ним слежку...

— Полагаю, следствие тогда не закончилось бы столь гладко, — пробормотала его собеседница и затрясла головой в ответ на вопросительный взгляд полицейского, — это всё мои вечные сомнения, я сама ещё не до конца разобралась.

— М-да, я тоже чувствую, что это дело простирается далеко за границы моей юрисдикции, компетенции и... пожалуй, понимания. И я не буду притворяться умником. С меня пока хватит трёх успешно раскрытых дел об убийствах и... одного не совсем удачного и не совсем раскрытого покушения, — и Пол замер в многозначительном молчании.

Проигнорировав его намёк, Лия развела руками.

— Витторио, как ты сам когда-то сказал, в отпуске. Когда вернётся, неизвестно.

— Но ты ведь знаешь, где он?

Молчание.

— Ибо… если не знаешь, могу подсказать…

— Нет надобности, — покраснела Лия, — я догадываюсь…

— Что ж, — хлопнув в ладони, Пол поспешил сменить тему и кивнул на их дом, — и что вы планируете делать дальше? Твой отец, я слышал, вовремя бежал с тонущего корабля.

— Он не бежал! — возмутилась девушка, — он признался, наконец, самому себе, что их контора давно не руководствуется теми принципами морали, которые папа всегда считал неотъемлемой частью своей юридической практики.

— Как бы там ни было, он это признал и умыл руки в самый удачный момент, — бестактно продолжил полицейский, — на их контору подали в суд сразу несколько клиентов. Обвинения серьёзные: растраты трастовых денег, фальсификация дарственных, манипуляции с недвижимостью и прочее. Уверен, что капитала и вёрткости у адвокатов достаточно, чтобы покрыть судебные издержки и не загреметь при этом в тюрьму. Однако после подобной встряски им либо придётся жёстко сократить штат, либо вообще закрыть контору.

— Даже если и так, Дейв Норман не пропадёт. Подобные сложности, наоборот, заряжают его энергией. Он — борец. Именно за это его уважает папа.

Повернув голову, Лия проследила за ещё одной машиной, которая, развернувшись, заехала на их подъездную дорожку. Из неё вышел ожидаемый ею агент. Девушка со вздохом протянула ему ключи от дома. Тот их принял, торопливо проверил, запер дом, попросил её подписать пару бумаг и так же быстро уехал.

Лия взялась за ручку чемодана. Пол поспешил помочь ей его поднять и спустить с крыльца.

— Куда ты теперь?

— Поживу недолго у Стеллы. Потом мы вместе отправляемся в Лондон. Стелла останется, а я лечу дальше в Париж.

— Интересная работа?

— Очень! Приезжай в гости! Я успела познакомиться с начальником местного управления жандармерии…

— Чем, уверен, ощутимо скрасила его жизнь, — хохотнул Пол, — между прочим, я серьёзно, — добавил он, заметив осуждающий взгляд собеседницы, — а в Торонто ты уже не вернёшься?

— Иногда буду прилетать.

— Ты же мне позвонишь, когда прилетишь в следующий раз?

— Разве я тебе не надоела? — лукаво посмотрела на него Лия.

— За это время, пожалуй, успею соскучиться, — улыбнулся он ей в ответ, — и потом ранг инспектора — это не предел мечтаний. Сама говоришь, надо двигаться дальше.

— Всё правильно, — согласно кивнула Лия и, вытащив ручку чемодана, покатила его к пешеходной дорожке.

— Я провожу, — Нейсон перехватил у неё багаж, и они вместе двинулись по аллее в сторону резиденции Бруни.

Они шли прогулочным шагом, будто в их распоряжении было всё время этого занятого мира. Лия шумно загребала туфельками шуршащие осенние листья, а лёгкий ветерок их тут же подхватывал и озорно кружил ими в воздухе, вместе с теми, что медленно и величественно падали с деревьев, ярко-жёлтые или наполовину ещё зелёные…

23 октября

Красивый закат расчертил золотыми полосами остывающий парк, его присыпанные листьями лужайки и вытоптанные дорожки. На низком холме голое чёрное дерево, одинокое и дикое, выделялось на фоне угасающего неба и закатного оранжево-жёлтого пятна на нём. Чуть выше дерева висело лиловое с розоватыми бликами облако, а ещё выше в холодное голубое воздушное пространство врезалась сиреневая лента — след пролетевшего недавно самолёта.

Лия стояла у подножия холма, созерцая эту сюрреалистичную палитру, и с какой-то глубокой грустью изучала скукоженное, скрученное ветрами дерево наверху. Внезапно рядом с деревом вырос силуэт человека. Он спустился с холма и вплотную подошёл к девушке. Теперь она с той же грустью смотрела на него.

— Я пришёл попрощаться, ma chérie, — вполголоса поприветствовал её Крис.

— Знаю, — так же тихо ответила она, любуясь чертами его лица в этом необыкновенном вечернем освещении.

Они оба неловко умолкли. Казалось, они хотели сказать друг другу так много, но не могли проронить ни слова.

— Мне известно, что пожар произошёл по твоей вине! — вырвалось, наконец, у Лии, ибо она знала, что если не скажет ему это в лицо, то до конца жизни будет сомневаться и изводить себя сожалениями, — а папа ведь догадывался! Поэтому он тебя сторонился и был против наших отношений!

— У Тома хороший нюх. Он сразу заподозрил меня…

— Но почему, Крис?! Почему так вышло?

— Я использовал лабораторию Бруни для своих экспериментов. Отец отказался спонсировать моё «хобби», — молодой человек жёстко усмехнулся, — а мне нужны были реальные результаты, чтобы получить стипендию и не сидеть сложа руки в ожидании благословения небес. Что ещё мне оставалось делать?! У Витторио было всё, что мне требовалось для плодотворной работы. Я по-своему обезопасил свои результаты. Без ведома Бруни, понятное дело.

— Так он что-то заподозрил?

— Витторио?! Скажешь тоже! Он дальше своего носа не видит, пока его не ткнут этим носом, куда следует... Нет, не он... — немного помешкав, Норман продолжил, — Анита однажды стала свидетелем безобидного... м-м-м... инцидента, произошедшего с одним из лаборантов и, надо полагать, о чём-то догадалась. Она сама вряд ли додумалась бы. Но ведь у неё на тот момент был под боком всеведущий консультант, с которым она делилась всем. Так я познакомился с Гарби Эмнтом... — ухмылка сползла с лица Нормана, и он вздохнул, — тогда я понял, что надо умывать руки, а то мне их свяжут крепкими верёвками. Если б не глупое стечение обстоятельств, всё обошлось бы! А так я увяз по самые уши... Значит, тебе Том сказал? После стольких лет!

— Нет, я сама вспомнила. Я же была там. А потом Гарби каким-то образом заблокировал мои воспоминания.

— Да, это у него хорошо получалось, — хохотнул Норман, но смех получился невесёлым, — прости меня. Я не желал гибели твоей матери, и сам ничего не поджигал. Это был несчастный случай. Твой отец напрасно взъелся на меня. Доказательств моей вины у него не было.

— А у Гарби разве были?

— Нет, — Крис снова нервно рассмеялся, — ему они не были нужны. Он знал, что если я о чём-то и сожалел в своей жизни, так это о том, какую боль причинил тебе. Я боялся, что ты узнаешь. Это был тот крючок, которым он меня-таки зацепил.

— Зачем?

— Ему нужны были мои идеи. Все эти годы я корпел над его задумкой: доносить нужные запахи, усиленные и экипированные психогенными средствами его изобретения. Когда же я превзошёл его самого, он вознамерился отделаться от меня. Присвоить моё открытие, а меня заменить каким-то мальчишкой! — в глазах Нормана вспыхнул злобный огонёк, — не на того напал!

— И поэтому ты решил разоблачить его... за мой счёт.

Злобный огонёк погас, в его глазах отразилось тёплое солнце.

— Я бы не допустил, чтобы с тобой что-нибудь случилось, ma chérie. Поэтому-то и заставил Эди таскаться повсюду за тобой. Но признай, что всё было сделано весьма элегантно!

— Элегантно?! — вскипела Лия, — ты почти убил Витторио!

— Вот именно — почти! Я знал, что у него аллергия на соландру. Зато это подтолкнуло тебя в нужном направлении и, наконец-то, заставило серьёзно отнестись к происходящему.

— Это ты забрал книгу у Витторио и подкинул её в лавку Брикста?

— Да. Я очень рассчитывал, что ты столкнёшься там с Гарби. Я был уверен, что ты его не вспомнишь. Эмнт знал своё дело. Человеческая память для него — излюбленное поле деятельности. Но мне и не надо было, чтобы ты его вспомнила. Я хотел, чтобы ты донесла до полиции связь между этим псевдоантикваром и происходящим.

— Чтобы потом его смерть стала логичным и удачным завершением затянувшегося расследования?

— Согласись, она положила-таки конец многолетней афере, и потом Гарби был опасным убийцей. Может, он не убивал сам, но косвенно был всё же повинен в смертях всех этих бедолаг бизнесменов.

— А чем ты-то лучше него, Крис?! — чтобы сдержать рвущиеся наружу эмоции, Лия смяла ладонями подол короткого пальто, — в скольких смертях косвенно и напрямую повинен ты?!

— В науке приходится чем-то… или кем-то жертвовать.

— Это — преступление против человечества!

— Громкие слова, ma chérie. Человечество всегда будет работать над совершенствованием оружия против самого себя. А подобные разработки сопряжены с потерями. К сожалению, одними мышами мы ограничиваться не можем. И не надо смотреть на меня полными ужаса глазами. Я не хочу затеряться в толпе «мечтателей», Лия. А моя мечта требует дерзких решений.

— Ты хотел сказать безнравственных и жестоких?..

— Пусть так…

— Но ведь можно было бы иначе добиваться признания своего таланта!

— Думаешь?.. Как часто мы разбираем свои крылья на перья, чтобы описать ими красоту полёта. Чтобы убедить в его красоте других в надежде на их поддержку… А потом уже нет ни сил, ни возможности взлететь. Нет! Благодарю покорно. Я уже в школе знал, что мне не стоит рассчитывать на поддержку близких людей. Отец оказался на удивление близорук и твердолоб. За что несёт теперь наказание…

— Постой! — на Лию снизошло страшное озарение, — так это из-за тебя Дейв потакал Эмнту, выполняя все его прихоти и задумки?! Гарби шантажировал его тобой!

Рот Кристиана скривился в надменной ухмылке.

— Только не воображай, что отец делал это в силу своей глубокой привязанности ко мне. Он боялся за свою репутацию! Если бы прошёл слушок, что его отпрыск балуется реактивами во вред людям, прославленное его потугами имя «Норман» утратило бы свой гордый блеск. Что, в принципе, произошло и так…

— И ты оставишь отца в такое трудное для него время?

— Отец не сентиментален. Моё исчезновение близко к сердцу не воспримет. Тем более, что я уже оказал ему услугу, избавив от психологического прессинга в лице Гарби.

— Значит, всё завершилось удачно для тебя, — подвела итог Лия. Она теплее укуталась в пальто. Солнце спряталось, и в парке заметно похолодало. Или это ей только показалось, что температура воздуха вдруг упала?..

— В согласии с намеченным планом и давней мечтой? А в каком-нибудь крохотном кусочке твоей мечты я была? — девушка смущённо отвела взгляд, услышав, как задрожал её голос.

Крис вздохнул.

— Ты знаешь, как трепетно я отношусь к тебе, Лия. Пожалуй, ты — мой самый лучший и преданный друг. И мне льстила твоя безусловная любовь. Однако… я знал, что не могу ответить тебе тем же. Я не умею любить безоговорочно. Наверное, и тут сказывается влияние отца. Для меня любые отношения — контракт. К нему прилагаются обязательные условия. Если условие невыгодно для меня, я ищу обходной путь. В отношениях с тобой мне постоянно приходилось отчитываться перед своей совестью. А подобные душевные издержки мне в тягость. Дальше будет только сложнее. Вряд ли я дождусь твоего одобрения относительно рода своей деятельности. Конечно, я мог бы врать… завернуть всё в красивую обёртку и оправдать свои эксперименты тем, что моя формула будет использоваться, в основном, в медицинских целях. Но разве это моя вина, что мои идеи в военном секторе страны получили больше заинтересованности и финансовой поддержки?.. А скрывать свою связь с подобными организациями было бы чересчур трудоёмким занятием.

— Думаешь, государство закроет глаза на твои преступления? Их же легко изобличить по нотам шампанского! Своеобразная роспись художника, n'est-ce pas?

— Да, не удержался от дешёвого эффекта. Только ведь кроме тебя их никто не распознал… Неужели ты будешь свидетельствовать против меня, ma chérie? — он ухмыльнулся и покачал головой, — сомневаюсь…

— А как же Гарби? У него могут найти улики, указывающие на тебя.

— Гарби — уже история. Ничего у него не найдут. А из формулы я убрал все ноты. Газ без запаха и цвета, — похвастал он, — и эту новую формулу антиквар уже не заполучит.

— А кто заполучит? — упавшим голосом спросила Лия.

— Тебе лучше не знать, родная. Ты построила вокруг себя прекрасный мир из акварели и ароматных иллюзий. Живи в нём счастливо!

Норман умолк и долго смотрел ей в глаза. Потом склонился с явным намерением поцеловать, но что-то в выражении лица девушки его остановило. С преувеличенной небрежностью он пожал плечами и выпрямился.

— Прощай. Вряд ли мы ещё увидимся. Но сдаётся мне, тосковать ты будешь недолго.

Отвернувшись от неё, молодой человек двинулся обратно вверх по склону холма.

— Крис, — позвала Лия.

Он замедлил шаг и оглянулся.

— Ты должен знать… Тогда на лайнере вы убили не Гарби.

— Что?! — он стремительно развернулся, — это был Брикст. Было же опознание!

Лия кивнула.

— На самом деле убит Невил Брикст. Настоящий. Это не вымышленный персонаж. Гарби использовал его облик, и в нужный момент отдал его вам на заклание.

— Ты уверена?

— Абсолютно.

— Но у Гарби была отличительная черта — ожог на пальце после пожара в лаборатории, когда… — в этом месте он запнулся.

— Когда он пытался спасти мою мать? — с горечью закончила за него Лия, — да, ожог был на теле, только свежий. Гарби и это просчитал. Надо полагать, Эди не обратил на такую мелочь внимания?..

Норман некоторое время стоял, не двигаясь, уставившись в проткнутый травинками сухой лист у своих ног.

— Что ж, — выдавил он, наконец, из себя, — пожалуй, это лишь добавит адреналина… Au revoir, ma chérie!

Сунув руки в карманы и втянув голову в воротник куртки, чтобы спрятаться от студёного осеннего ветра, Кристиан зашагал назад к дереву. Два агата, два силуэта. Смолянистые очертания человека и дерева слились воедино. Они показались Лие в тот момент бесконечно одинокими в безразличной пустоте пространства.

27 октября

Снежинки растерянно плутали в воздухе, будто сомневались, имеют ли они право так свободно порхать, или октябрь — ещё не их пора. Они робко ложились на огромную голову Будды. Их тут же сдувало ветром, словно природа осознавала нелепость сей картины и гнала их дальше, на север. Снежинки сбивались в лёгкое облачко и послушно неслись по ветру, смешиваясь с массой таких же хрупких снежинок, которых становилось всё больше и больше.

Оторвав взгляд от внушительных форм каменной статуи буддийского бога, Лия перевела его на своего не менее крупного, хоть и заметно исхудавшего спутника. Он дожёвывал последний пончик. Потом с сожалением смял ладонью опустевший бумажный пакет и вздохнул.

—Чего тут катастрофически не хватает, так это хорошего кофе.

Лия поспешно протянула спутнику термос с чёрным кофе. Его любимый сорт.

—Ах, Renardeau! Спасительница! — с благодарностью воскликнул он и, отбросив пакет из-под пончиков, обнял замёрзшими пальцами сосуд с бодрящим напитком.

Лия ловким движением руки перехватила поднятый порывом ветра пакет, пока его не унесло вслед за снежинками.

—Там чуть-чуть, тебе пока много кофе пить нельзя, — предупредила она.

—Много кофе! — фыркнул он, — тут ничего много не бывает! Давно я так себя не ограничивал во всём.

—Учитель говорит, тебе это только на пользу.

—Я не спорю, что он разбирается в духовной пище… А вот в примитивной человеческой ничего не смыслит.

Залпом осушив термос, Витторио с сожалением перевернул его и проследил за одинокой кофейной капелькой, упавшей в бурую жижу грязи под их ногами.

—Как ты нашла меня, Лисёнок?

—Ох, Витторио, — покачала головой Лия и демонстративно потрясла в воздухе подобранным пакетом, — конспиратор из тебя тот ещё! Ты же Зои письмо написал с просьбой отправить тебе вещи и… м-м-м… примитивную человеческую пищу, и адрес указал.

—М-да… — сконфуженно хмыкнул Бруни и попытался оправдаться, — Зои обычно языком не треплет.

—Так у вас же сейчас Стелла живёт! У неё ни одно письмо не останется незамеченным.

—Скучает, наверное?

—На стену от тоски лезет.

—Я подозревал, что она не потянет семейный бизнес. Зря назначил её ответственной за него.

—Она старалась, — встала на защиту подруги Лия, — просто… это не её стезя. И за тебя она переживала. Даже со мной приехала.

—Да ну? — Витторио скептически скосил глаза в сторону девушки, — чего ж я её тут не вижу?

—Она в кафе Starbucks… там, внизу, — смущённо ответила Лия.

Она посмотрела через ограду, вдоль которой они не спеша прогуливались. За ней, сквозь мохнатые ветви елей, проглядывался крутой спуск с горы. Её подножия невозможно было увидеть из-за вихря размножившихся снежинок.

— Starbucks... — мечтательно произнёс Бруни, — думаю, меня отпустят повидаться с женой.

— А то они не знают, какие у тебя отношения со Стеллой, — рассмеялась его спутница, — они сразу смекнут, зачем ты отважился на долгий спуск, а потом — подъём.

— Чёрт бы побрал эту «прелесть изоляции от цивилизации»! Её ценишь только короткий промежуток времени.

— Сдаётся мне, Витторио, не готов ты ещё к слиянию со вселенной, — снова захихикала Лия.

— Не готов, — признал он, — я честно сказал об этом учителю. Попросил отпустить меня обратно... ну чтобы лучше подготовиться... А он возразил, что, мол, к цивилизации я тоже пока не готов. Хотя, глядишь, к весне совсем стройным стану. Стелла одобрит...

Лия удивлённо посмотрела на Бруни. Неужели он до сих пор рассчитывает на восстановление отношений со своей бывшей женой? Ей никогда даже в голову не приходило, что он всё ещё питает к ней нежные чувства. Они же такие разные... Впрочем, как она может судить об этом, когда сама столько лет надеялась на счастье с человеком, с которым её связывали лишь собственные фантазии?..

Заметив, что его любимица загрустила, Витторио тепло приобнял её за плечи и встряхнул.

— Скажу со знанием эксперта, Лисёнок, все перемены к лучшему!

— Пожалуй, — тихо согласилась та.

— А у тебя впереди интересная творческая жизнь. Не там, конечно, где видел тебя я, и не с тем, с кем рассчитывала быть ты. Но всё же признай, что и это к лучшему! И гони прочь сомнения. Они — та непосильная ноша, что мешает нам взлететь.

— Иногда они уберегают от падений... Открывают глаза на альтернативные пути. А это — одно из необходимых условий прогресса.

— Да ты, я вижу, повзрослела за этот год, Renardeau! — весело загоготал Витторио и легонько постучал кулаком девушке по плечу, — главное, не перегни палку. Мне будет очень не хватать твоих легкомысленных проделок!

— Думаю, на пару десятков лет легкомыслия мне хватит, — улыбнулась Лия и тут же снова стала серьёзной, — Витторио, я хотела тебя кое о чём спросить.

— Уверена?

— В чём?

— В том, что хочешь об этом спрашивать?

— Откуда ты знаешь, о чём именно я хочу спросить?

— Лисёнок, я всё же чуток постарше тебя. А значит, прозорливее и менее наивен.

— Уверен? — передразнила его девушка и рассмеялась, — а я-то надеялась, что не являюсь самой наивной в своём окружении.

Потом она вздохнула и ненадолго умолкла, размышляя о чём-то.

— Почему ты мне никогда не говорил о том, что случилось с мамой? Потому что знал, что Крис был к этому причастен?

— Наверняка не знал. Догадывался. Норман-старший быстро перехватил инициативу, и дело закрыли, толком не начав. Ярость Тома списали на перенесённое горе и нежелание мириться с действительностью. Но я ведь тоже не слепой, Лия, хотя Кристиан и считал меня простачком. Даже будучи желторотым юнцом, он смотрел на меня свысока. Меня это, скорее, забавляло, чем задевало. И потом я видел его способности и положительные качества. Он всегда был трудолюбив и упорен. Хорошо знал, чего хотел... чересчур хорошо... в отличие от нас с тобой. Мы с тобой — мечтатели.

— Да, он меня просветил на этот счёт, — пробормотала Лия.

— А! — Витторио экспрессивно взмахнул широкой ладонью, — не бери в голову! Именно мечтатели долетают до высот прекрасного. В то время как прагматики в бесконечном поиске решений своих насущных проблем не способны это прекрасное распознать, различить и, уж тем более, насладиться им.

Теперь они оба в молчании принялись созерцать красивый горный пейзаж, раскинувшийся перед ними.

— Значит, поэтому ты винил себя в том, что случилось с мамой? — через минуту торжественной тишины спросила Лия, — потому что подозревал, что творил Крис, и ничего не сделал, чтобы остановить его...

Заметив, как её спутник насупился, она с пониманием кивнула.

— Я хотела сказать, не успел сделать. А с Гарби Эмнтом ты был знаком?

— С кем? — удивился Витторио, — впервые слышу. Кто это?

— Мама с ним виделась.

— Правда?.. Гм-м... я не знал его имени. Сначала я думал, это один из её клиентов. Потом начал подозревать, что некий конкурент хочет переманить Аниту к себе. А ещё позже... — Витторио вдруг глубоко задумался.

— Ну, — поторопила его Лия и, не получив ответа, продолжила сама, — а потом решил, что связывает их нечто большее, чем деловые отношения, да?

— Нет... Я вспомнил о парфюме, о котором ты говорила... Я понял, почему он ассоциировался у меня с чем-то тревожным. Его создал Норман. Случайно застал его за этим делом.

— Крис?! — поразилась Лия, — не может быть!

— Я тоже тогда так подумал, он духами вообще не занимался. Потом догадался, что он пытался подражать стилю Аниты.

— Зачем?

— Видишь ли, — Бруни принялся жевать губы, растягивая слова в надежде подобрать подходящие, — думается мне, что он выполнял чей-то заказ. Он тогда отчаянно искал средства для учёбы, хотел быть независимым от отца. Я решил, что он таким образом решил подзаработать. А у Аниты на тот момент были весьма состоятельные клиенты. Возможно, это его вдохновило…

Лия ничего не ответила — теперь настал её черёд глубоко задуматься. То, что сказал Витторио, совсем не походило на Кристиана. Он бы побрезговал чужими идеями — всегда хватало своих. Но вот если бы кто-то спровоцировал его дерзнуть и воспроизвести формулу Аниты — это другое дело…

По-своему интерпретировав её молчание, Витторио смущённо соединил ладони в замок, сложил их на животе и неуклюже потоптался в запорошенной снегом грязи. Он, очевидно, пытался придумать более радостную тему, чтобы отвлечь свою любимицу.

— Кстати, насчёт вдохновения, — наконец, нашёлся он, — ещё до произошедшего со мной я разговаривал с твоим отцом… На профессиональную тему, — пояснил Витторио, заметив удивлённый взгляд спутницы, — он посоветовал открыть филиал моей компании в Лондоне. Сказал, что там я скорее преуспею, чем в Париже. Сначала я не понял, что он имел в виду. В конце концов, что Том смыслит в косметике? А потом догадался, что он намекал на тебя.

— Меня?

— Что для тебя будет лучше в Лондоне, а значит и творческому процессу будет способствовать. А это — прямая выгода мне, — подмигнул он ей.

«Ох, папочка, — мысленно посетовала Лия, — и тут ты пытаешься меня контролировать». Но почему-то на этот раз она на отца не обиделась. Наоборот, преисполнилась к нему благодарностью.

— Конечно, это случится нескоро… м-м-м… ближе к лету, ну, может, к следующей осени, если мой гуру будет ко мне снисходителен. Выдержишь в Париже-то?

— Будет нелегко, но я потерплю, — с притворной кротостью вздохнула Лия и вдруг разулыбалась, — между прочим, ты не угадал! Вопрос, который я хотела тебе задать, не касался моей матери!

— Серьёзно? То есть я сам спровоцировал щекотливый разговор? — Витторио беспечно пожал плечами, — не обессудь, я только учусь быть мудрым и прощупывать тонкие материи. И с моими темпами, по словам учителя, я освою эту науку на закате своего жизненного цикла. Так что за вопрос ты хотела задать?

— Газеты писали, что до случившегося с тобой ты снял огромную сумму денег со счёта в банке. Они полагали, чтобы расплатиться с карточными долгами…

Бруни громко фыркнул.

— Всегда знал, что эти газетчики раздувают сенсацию на пустом месте.

— Но ты же снял деньги! Стелла проверила. Зачем?

— Ты хорошо знаешь меня, Лисёнок, могла бы догадаться.

Он обернулся и обвёл рукой зимний ландшафт за их спинами. Сквозь снежную пелену вверху на склоне горы просматривались высокие стены недавно построенного буддийского храма.

— Моё вложение помогло его закончить. И кто бы мог подумать, что первым нуждающимся в его гостеприимстве окажусь я сам… Кто бы мог подумать…

— А кто надоумил тебя уехать из больницы?

— Шон.

— Шон?!! — Лия даже подпрыгнула на месте, — ах он!..

— Ну что ты… Он очень обходительный и умный молодой человек. И так ловко обстряпал дело о моей выписке из больницы… Я даже не в обиде, что он открыто флиртует со Стеллой. Впрочем, она ему скоро наскучит.

— Ты же понимаешь, что он становится особенно обходительным в «благородном» порыве поднять рейтинг своей газеты.

— Однако, согласись, делает он это искусно. Не вычурно и не вульгарно, как другие газетёнки. Он — одарённый журналист. И как умело подбирает материал! А то, что он уговорил тебя стать его иллюстратором, — для меня главный показатель его хорошего вкуса. Меня особенно впечатлила ваша последняя работа. Неплохой получился роман. Там автор не стоит. Но писал не Айзик, не его стиль… Я так понимаю, это — одна из тех уловок, когда реальную историю маскируют под литературное произведение, чтобы развлечь читателей и… м-м-м… предупредить… м-м-м… отдельных представителей общества… м-м-м… — Бруни многозначительно замычал, — только вот название мне пока непонятно… Маяк?.. Почему? Но иллюстрация человека-маяка интригует. С нетерпением буду ждать продолжения.

Витторио подмигнул девушке и снова с грустью заглянул в пустой термос из-под кофе.

— Я всё-таки попробую отпроситься в грешный мир. Подождёшь?

Бруни медленно, вразвалочку начал подниматься по крутой лестнице вверх, к храму. Временами он останавливался, чтобы перевести дыхание и, наверное, мысленно обругать скороспелую архитектурную особенность святилища. Потом снова начинал подъём.

Проводив его взглядом, Лия прошла ещё немного по тропинке, сошла по ступенькам на смотровую площадку, опустилась на каменную лавочку и тут же встала — даже сквозь толстую ткань пальто она ощутила холод камня. Подошла к загородке и застыла, подобно мраморным изваяниям языческих богов, выставленных по периметру площадки на почтенном расстоянии друг от друга.

Далеко вдали восходящее солнце пробежалось лучиками по контуру Скалистых гор. Где-то оранжевая, где-то розоватая их каёмка то взмывала к небу, то резко падала вниз, похожая на кардиограмму. И сердце девушки то замирало в восхищении, то билось часто-часто. А дыхание сбивалось от порывов холодного ветра. По-горному свежий, он проникал в каждый шов пальто, в каждую складку шарфа, в каждую дырочку вязаных варежек.

Сунув ладони под мышки, Лия повернула голову на приглушённый снегом звук шагов и придвинулась вплотную к подошедшему к ней человеку. Тот обнял её за плечи и прижал к себе.

— Спасибо, что приехал со мной, — Лия с благодарностью посмотрела на Джона.

Тот одарил её ответным взглядом серых глаз. В этом утреннем, ещё сумеречном свете они приобрели необычный холодный оттенок. Но их выражение, как и его объятие, согревало.

— Я бы не упустил шанс побывать в одном из самых красивых мест на Земле. Теперь ты не сможешь упрекнуть меня в том, что я никогда не бывал в Банфе, — его глаза устремились вниз, туда, где только начинала вырисовываться линия озера Луиз.

— Как им удалось получить разрешение на постройку здесь буддийского храма?

— Витторио сказал, что эту землю перекупили у лыжного курорта. Того, что находится ниже. Они планировали застроить весь склон отелями, но не рассчитали свой бюджет. А йоги, помимо того, что стали местной достопримечательностью, с радостью бегают вверх и вниз без навороченных подъёмных технологий.

— И Витторио с радостью бегает? — с иронией в голосе спросил Джон.

— Куда ему деваться! Заметил, какой он стал подтянутый без выпечки Зои? А знаешь, кто его надоумил сюда приехать?! Шон!

— Неужели, — полное отсутствие удивления в его голосе насторожило девушку.

Отстранившись от своего друга, она подозрительно сощурилась.

— Уж не ты ли подсказал ему эту идею?!

— Витторио хорошо знает Шона, доверяет ему. То же предложение, сказанное моими устами, вряд ли было бы воспринято всерьёз.

— Но зачем?..

—Видишь ли, как и в случае Стивена, я не был уверен, что наш злоумышленник не повторит попытку убийства. На тот момент я ещё не понимал, каким образом и с какой целью совершались преступления. А рисковать человеческой жизнью я не привык.

—Погоди-погоди! — Лия даже отошла на шаг назад, чтобы лучше разглядеть выражение его лица, — хочешь сказать, Стивен жив?

Прозвучавшее короткое «да» вывело её из себя.

—Да?! Это твой исчерпывающий ответ?! Ничего больше добавить не хочешь? Каких ещё сюрпризов мне ожидать от тебя, Джон?!

—Дорогая моя, я всегда буду стараться делать твою жизнь увлекательнее, — обезоруживающе улыбнулся он ей и вздохнул, — я не говорил тебе о Стивене по нескольким причинам. Во-первых, я хотел минимизировать число людей, знающих о его местопребывании. Не потому, что не доверял тебе, а потому, что не знал наверняка, делишься ли ты информацией ещё с кем-то, помимо Джинджи. И, во-вторых, состояние Стивена лишь недавно улучшилось, а до этого он балансировал между двумя мирами. Витторио идёт на поправку гораздо быстрее. Быть может, потому что тут воздух другой, — Джон снова глубоко вздохнул, — и дух другой…

—А где Стивен сейчас?

—Он долгое время находился в частной клинике в Бостоне. Недавно его отпустили домой. Он на той вилле на берегу Женевы, где мы с тобой были. Боюсь, он нескоро сможет вернуться к активному образу жизни.

—Так…

Лия сосредоточенно задумалась, силясь вспомнить, что ещё такое она упустила из виду и что от неё могли утаить.

—Брайден! — воскликнула она, — что стало с ним? Ему разрешили остаться в Англии?

—Увы, нет. Обвинения сняли, но студенческую визу не продлили. Он вынужден был вернуться в Штаты. Но я постараюсь пристроить его в нашу новую школу в Чикаго, которую, надеюсь, откроем к началу следующего учебного года, — поспешил успокоить Джон расстроившуюся было девушку

—Это здорово, Джон! Как вам удалось ускорить процесс? Ведь Стивен временно выпал из дела, так?

—Так, но мне помогает Джоанна. Мы нашли пару хороших спонсоров. Один из них — Литтен, учредитель Академии «Ричби», помнишь его?

—Я так понимаю, с ним ты теперь общаешься особенно тесно.

—Да. Скоро выпустим совместную статью на интересующую нас обоих тему.

—Я рада, что ты вернулся к своей научной работе, — улыбнулась Лия, — правда, не представляю, как ты умудряешься всё совмещать! Как тебе времени хватает?!

— Ты очень хорошо себе это представляешь, — с ухмылкой возразил он, — когда занимаешься любимым делом, твоё восприятие времени меняется, и появляются дополнительные источники сил и энергии. Ты же сама сочетаешь как минимум два абсолютно разных вида деятельности.

— Согласна, — кивнула она, — но я не трачу столько часов на перелёты! Это же так утомительно! А у меня язык не поворачивается сказать, чтобы ты ко мне не летал каждые выходные.

— Я тебя всё равно не послушал бы. И потом… это не столько утомительно, сколько досадно. Эти часы я лучше проводил бы с тобой.

— Я летать с тобой туда-сюда не буду! — шутливо запротестовала она, — лучше сменю работу. Витторио жаждет нанять меня к себе в Odore Del Vento. Если его энтузиазм не угаснет, он обоснуется в Лондоне. Учитывая, что Стелла Лондон ни на что не променяет, а Витторио надеется на восстановление их отношений, есть шанс, что он таки удовлетворит желание моего любимого папеньки, который, насколько я поняла, спит и видит тебя в роли зятя, — Лия весело пихнула молодого человека локтем в бок, — его ты очаровал раньше, чем меня.

— Разве? По-моему, я тебя сразу очаровал. Ещё в Вербье, — он смотрел на неё смеющимися глазами.

— О, это твоё завидное самомнение, Джон! — с наигранным возмущением воскликнула она, — а мне ещё ни разу не удавалось доказать твою неправоту. Впрочем, — добавила она чуть тише, — в данном случае я даже пытаться не буду. Кстати, Витторио одобрил твой вкус, обвинив тебя, правда, в плагиате.

Девушка сняла варежку и вытянула левую руку, чтобы полюбоваться искусно вырезанной золотой лисичкой, колечком обернувшейся вокруг её безымянного пальца. Игриво покусывая свой хвостик, в рассеянном утреннем свете лисичка сверкала бриллиантовыми глазками.

— Только он решил, что это — обручальное кольцо, — рассмеялась Лия.

— Гм-м…

Уловив замешательство в голосе друга, она изумлённо уставилась на него.

— Хочешь сказать, ты тогда был серьёзен?! И я вот так запросто согласилась выйти за тебя замуж?

— Это и вправду вышло подозрительно легко. Однако я не стал бы шутить на подобные темы.

— Но, Джон, — девушка растерянно захлопала глазами, — мы же ещё так мало знаем друг о друге!

— Мало?! — теперь бровь Локхарта удивлённо поползла вверх, — Лия, уже почти год мы только и делаем, что изучаем друг друга… м-м-м… весьма обстоятельно, я бы сказал.

—Нет, это не то… А как же романтические свидания?! Возмутительные опоздания и нервное ожидание?

—Романтики в наших отношениях хватает. М-м-м… и, пожалуй, всего остального тоже. А если ты жаждешь отношений в более привычном для общества смысле, мы всегда можем наверстать упущенное.

—Привычные для общества отношения?! Боже упаси! Нет-нет, Джон, я довольна нашими отношениями!

—В любом случае, признаю, что вечеринка по случаю дня рождения двойняшек была не самым подходящим моментом для такого важного поступка. У меня как-то само собой вырвалось, и я намереваюсь повторить своё предложение в более официальной форме… и с более традиционным кольцом.

—Не надо мне традиционного кольца! — Лия испуганно натянула варежку обратно на ладонь, — я же дала согласие. Пусть и в шутку на тот момент. Не искушай судьбу!

—Неужели ты мне отказала бы? — улыбнулся её спутник.

—Помилуй, Джон, не в моих привычках отказываться от самого увлекательного приключения моей жизни. Надеюсь, ты учитывал сию особенность моего характера, делая мне предложение. И не рассчитывал, что я сразу стану смирная и примерная! — быстро добавила она, энергично мотнув головой.

—Учитывал, не рассчитывал… Боже упаси!

Теперь он вытащил руку из перчатки и неторопливым движением убрал с её лица выбившийся из-под шапочки локон. Лия перехватила его пальцы и прильнула щекой к тёплой ладони.

—Je t'aime,[1] — неразборчиво прошептала она.

Впервые услышав долгожданное признание, молодой человек чуть наклонил к ней голову, словно проверяя, не ослышался ли он. Потом немного отстранился и долго изучал её лицо.

—Знаешь, с чем ты, Лия, ассоциируешься у меня? — вымолвил он, наконец, — с эдельвейсом. Пушистой горной звёздочкой.

—Столько же мороки, чтобы заполучить? — рассмеялась она.

—Столько же удовлетворения и счастья от обладания.

Оспаривать столь джентльменское высказывание было глупо. Поэтому Лия промолчала, сама в полной мере ощутив счастье и удовлетворение.

Снова задул холодный ветер. Девушка заботливо надела на руку друга снятую им перчатку и прижала её к груди, как самое ценное сокровище, которое у неё на тот момент было.

---

[1] Я люблю тебя (фр.).

23 декабря

Северо-Шотландское нагорье всегда отличалось особым микроклиматом. Умеренно морской, кого-то он радовал, а кого-то раздражал большим количеством осадков и сильными завывающими в трубах ветрами.

В этом году зима запаздывала со снегом. Зато температура упала ниже допустимых пределов, заставив население нагорья серьёзно задуматься над количеством запасённого на зиму топлива. И ветер дул с завидным усердием и постоянством. Дул утром и дул вечером. Резко меняя направление, он то забрасывал дворы охапками сухого вереска, то уносил их обратно на пустоши, прихватывая с собой прочий нужный и ненужный мусор. Только снега он не приносил. Декабрь давно перевалил за середину, а поля и леса оставались серыми и безликими. Рождественское настроение создавали лишь венки, сплетённые из еловых веточек и красных лент. В Арисейге они висели на каждой двери дома, лавки и церкви. Несмотря на то, что Рождество здесь официально не отмечалось, в настроении жителей городка присутствовало ощущение праздника. Они с досадой поглядывали из окон на унылые бесцветные пастбища, нагие деревья, и каждое утро читали прогноз погоды в надежде, что к непразднуемому семейному торжеству всё-таки будут ёлки, и в доме, украшенные игрушками, и на улице, припорошенные снегом.

Лия тоже смотрела в окно кухни, правда, думала она при этом не о ёлке и даже не о снеге. Все её мысли были сосредоточены на маяке.

На обеденном круглом столике перед ней лежал большой блок акварельной бумаги. Девушка застыла над ним с поднятой рукой, в которой слегка подрагивала кисточка. Композиция давно была построена, детали пейзажа прорисованы. Оставалось добавить красок. Именно над этим работало сейчас воображение юной художницы. Маяк на фоне сурового зимнего ландшафта должен был стать финальной иллюстрацией к новелле. Шон корпел над ней уже несколько месяцев. Каждую неделю он печатал по главе, умудряясь заканчивать каждую главу так, что читатель, неудовлетворённый и заинтересованный, многократно посещал веб-сайт газеты в уповании на продолжение или хотя бы для того, чтобы прочитать комментарии таких же нетерпеливых подписчиков.

И вот завершающая глава должна была выйти в канун Нового года. Шон торопил Лию с последними иллюстрациями. Чувствовалось, что ему уже поднадоела тема, и он рвался с января начать работать над новым проектом.

Последняя иллюстрация… была, пожалуй, главной и ключевой. Ведь ожидалось, что одна эта иллюстрация донесёт до читателя и зрителя где-то серьёзную, а где-то нехитрую житейскую философию произведения. Она должна была быть такой же многослойной загадкой, как и сама новелла. С поверхностным доступным слоем, который радовал бы глаз зрителя неглубокого и неискушённого, и множеством намёков на более сложную и тонкую интерпретацию заложенной в новелле мысли для тех, кто любит и умеет во всём выискивать умело завуалированный подтекст.

И всю эту многослойность возможно было передать лишь посредством правильно подобранных красок. Они взрывались, клубились, плескались, смешивались, переливались перед глазами Лии. Как волны неспокойного океана вдали, который яростно разбивал их о прибрежные скалы. А над неистовым танцем волн возвышался маяк — монумент спокойствию и постоянству. Лие казалось, что он стоял на этом берегу всегда. Даже в далёкие времена викингов. Стоял, влитой в берег и время, вечный, бессмертный, указывающий путь морским судам сквозь Лох-нан-Сеалл…

— А знаешь ли ты, что в Канаде тоже есть Арисейг? — вдруг задала вопрос Лия.

Её рука опустилась. Кисточка окунулась в стаканчик из-под йогурта и потом, тяжёлая от воды, заскользила по бумаге, оставляя на ней мокрые следы.

— Такая же милая маленькая деревенька, основанная вашими иммигрантами в Нова Скоша. Правда, без столетней истории, — кисточка перепрыгнула в ближайшую палетку и принялась весело скакать по цветным лужицам разведённой краски.

Тинвэ не ответила. Вытянув шею, она следила за плавными движениями руки подруги. Она стояла чуть в стороне, не шелохнувшись, подобно тому же маяку в окне, словно боялась случайным словом или неверным движением приостановить творческий процесс. Девушке безумно нравилось вот так стоять подле Лии и смотреть, как та легко, без принуждения и натуги, создаёт свои завораживающие иллюстрации. На ходу придумывая, меняя, добавляя интересные детали. Превращая ошибки в изюминки, несовершенство в уникальную роспись художника. В скульптуре такая гибкость и непринуждённость почти невозможны, ведь на создание каменного шедевра требуется больше времени, а значит, вероятнее, что ты всё хорошенько обдумаешь, не оставляя места прекрасным случайностям и притягательной оплошности.

— Ой! — от громкого возгласа подруги Тинвэ вздрогнула, не отрывая взгляда от кончика кисточки, которая теперь указывала на окно кухни.

—Это же Джон! — Лия наклонилась вперёд, чтобы рассмотреть появившуюся на горизонте точку, — точно он! Это его куртка! Разве он не поехал с сыном тётушки Бэт за дровами?

—Может, они что-то забыли и вернулись?

—Где забыли? На маяке? И это не Эдвард с ним. А кто?

Лия напрягла глаза и всмотрелась в невысокий силуэт человека, который вместе с Джоном неспешно шагал по насыпи. Теперь их было неплохо видно в прозрачном зимнем воздухе. Головы обоих скрывали капюшоны, защищая их от обжигающе холодного дыхания океана, который из окна тёплой кухни казался совсем чёрным и неприветливым.

Метнувшись в гостиную, Лия вернулась с биноклем в руках и снова зависла у окна.

—Не верю глазам своим! — воскликнула она, наконец, — это же Джинджи! Ты знаешь, что он тут делает?!

—Конечно, — ответила Тинвэ, удивлённая возмущённым тоном подруги, — вы с Джоном сами его пригласили. Наверное, он решил приехать пораньше. Ну, чтобы Рождество вместе отме…

—Нет, ты не знаешь! — прервала её Лия и аккуратно положила бинокль на столик между кисточками и ёмкостями для воды.

Упираясь кистями рук в бока, она с видом прокурора снова смотрела в сторону маяка.

—Бьюсь об заклад, они сейчас обсуждают наши преступления! А вернее, согласовывают, что можно нам говорить, а что нельзя.

—Ну и ладно, — пожала плечами Тинвэ, — что с того?

—Как это! — теперь осуждающий взор прокурора остановился на ней, — я хочу знать всё, а не выборочно! Сэт!

Сорвавшись с места, Лия снова галопом поскакала в гостиную, напрочь забыв о недоделанной иллюстрации.

—Сэт!

Развалившийся на софе юноша приподнял прикрывающую его лицо глянцевую брошюру журнала и вопросительно посмотрел на разбудившую его девушку.

—Мне нужно подслушивающее устройство! Такое, знаешь, чтобы на расстоянии подслушивать. Как оно называется? Акустическая пушка?

Лениво отбросив журнал в сторону, Сэт приподнялся на диване и хихикнул.

—И кого же ты собралась травмировать акустической пушкой?

—Джона, — ответила за неё Тинвэ из кухни, — и Джейми.

—За что?

—За конспирацию!

—А…

—А что? — смутилась Лия, — это как-то по-другому называется?

—Акустическая пушка — серьёзное оружие, обычно используется полицией, чтобы разгонять нежелательные скопления людей. А то, о чём ты говоришь, называется направленный микрофон...

—Ну ты меня понял, — перебила его нетерпеливая девушка, — у тебя есть?

—Да, знаешь ли, забыл захватить снаряжение шпиона. Не обессудь... Думал, Рождество всё-таки... вряд ли пригодится... Не учёл, что ты в гостях будешь.

Пропустив мимо ушей его насмешливый тон, Лия схватила с вешалки пальто и начала торопливо одеваться.

—Мог бы сразу сказать, что нету, и не знаешь, как оно делается.

—Кто не знает?! — подскочил на диване Сэт, — я не знаю?! Да будет тебе известно, что то, что показывают в кино, — полнейшая мистификация! Приличных направленных микрофонов ещё не изобрели. Параболические чересчур громоздкие, тебя заметят. Тем более, здесь ветра и океан — существенные шумовые помехи. Необходима высокая пороговая акустическая чувствительность, как гарантия того, что ослабленный внешними факторами звуковой сигнал превысит уровень собственных шумов приёмника...

Продолжения Лия не услышала. Когда она выскочила на улицу, ей в лицо ударил такой сильный порыв ледяного ветра, что она на миг потеряла способность дышать. Поспешно натянув на голову тёплую шапку и прикрыв нос шарфом, девушка побежала к насыпи, радуясь про себя природной аномалии, благодаря которой не пришлось проваливаться по колено в снег. Правда, иногда что-то сыпалось с неба. Только слишком мало, чтобы укутать замёрзшую землю. Лишь тонкий слой белой пыли то покрывал дороги, то ветром сбивался к обочине. Точно невидимый дворник-великан огромной метлой сметал в сторону снежную крупу.

У маяка было ещё холоднее. Теперь ветер постоянно дул с океана, не давая сделать глубокий вдох. Да и короткие вдохи получались лишь через двойной слой шарфа.

Остановившись у металлической двери, Лия на миг задумалась, стоит ли ей постучать или лучше ворваться внутрь с победным криком «Ага!», чтобы застать этих заговорщиков врасплох. Когда же, наконец, решившись, она вошла без стука и крика, то увидела лица, обращённые к ней, и три кофейные чашки на низком стеклянном столике в середине комнаты. Её явно ждали, а значит, заговорщики заранее обсудили, что именно ей не будут говорить. Безнадёжно вздохнув, девушка плотно закрыла за собой дверь, чтобы не выпустить наружу приятное обволакивающее тепло.

Во время осенних каникул Сэт с друзьями смогли устранить давние неполадки, и на маяк вернулось электричество. Жаль только, проводка осталась старой. Напряжения хватало лишь на электрический камин и пару маломощных торшеров. Поэтому внутри маяка царил прежний полумрак, а кофе готовили на газовой горелке. Зато там стало заметно теплее. Лия это сразу ощутила в своём шерстяном пальто и натянутом на нос шарфе. Поспешно сняв верхнюю одежду, она ещё раз окинула взглядом присутствующих.

Джинджи удобно устроился в старом плетёном кресле-качалке, которое ещё с лета принесли на маяк и забыли заменить чем-то более фундаментальным. Свет от ближайшего торшера почти не доходил до него. Поэтому лицо её друга скрывалось в полутени. Джон собрался было оккупировать другой затенённый угол, но заметив испепеляющее выражение глаз гостьи, опустился на хорошо освещённый старый диван и жестом пригласил её сесть рядом.

Всё ещё хмуря брови, Лия села, всем своим видом показывая, что раскусила их план и будет стоять до последнего, пока её не посвятят во все подробности расследования, от которого её так нагло отлучили.

— Только не воображайте, что я куплюсь на вашу мнимую готовность обсудить со мной итоги следствия, — сразу перешла она в атаку.

— Почему мнимую? — удивился Джинджи, — мы тебя искренне ждали. И специально выбрали маяк, чтобы поговорить без свидетелей. Мы знали, что ты увидишь нас из окна.

— Со мной могла прийти Тинвэ! Она вас тоже видела.

— Тинвэ? — Джон коротко хохотнул, — мою сестрёнку в такую погоду даже любимое хобби не заставит высунуть нос на улицу. Не говоря уже о преступлениях, о которых она слышать не хочет. Вот ты — другое дело…

— Ладно-ладно, — торопливо перебила его девушка, не желая выслушивать сомнительно лестные характеристики своей натуры, — так чем же вы соизволите со мной поделиться? Шон сообщил, что полиция произвела ещё один арест. Чей, не сказал, только загадочно мычал. Если б он был в досягаемости, вам пришлось бы расследовать ещё одно убийство!

— Во как! — рассмеялся Джинджи, — агенты Криша устали не знают. Я думал, в газеты эта новость не успела просочиться.

— Святая наивность! В связи с этой новостью Шон вдохновенно переписывает концовку новеллы, которую обещал прислать мне ещё сегодня. Он с тобой её согласовал? — обратилась Лия к Джону.

— Я не указываю ему, что и как писать, лишь слегка корректирую содержание, чтобы до читателей не дошло больше, чем следует, — уклончиво ответил Локхарт, — такова была наша с ним договорённость.

— Надо полагать, ваш давний совместный полёт оказался на удивление продуктивным, — съязвила Лия, — услуга за услугу, n'est-ce pas? Я видела в газете рекламу образовательных программ Hearts Education. Тинвэ считает, что вам это помогло поднять рейтинг школ. А популярность газеты Криша взлетела к небесам за какие-то несколько месяцев.

— Популярность его газеты выросла исключительно благодаря его необычному подходу к изложению новостей и уникальному оформлению. Она привлекает ту категорию читателей, которых интересует не только грамотная подача данных, но и их небанальная интерпретация. Наши школы выиграют не столько от увеличения заинтересованных в них лиц, сколько от того, что эти лица будут из числа таких вот любопытных людей. А об аресте я ничего ему не говорил, — опередил Джон следующий вопрос подруги.

Лия перевела вопрошающий взгляд обратно на Джинджи.

— А от Кристиана ты ничего не слышала? — вместо ответа огорошил тот её.

Жар, исходящий от накалившегося до треска камина, вдруг отступил, и Лия почувствовала, как ей опять стало по-зимнему зябко.

— Я с ним давно не общаюсь, — пробормотала она и мельком посмотрела на Джона, словно проверяя, верит ли он ей.

Джон недоумённо глядел на Джинджи. Похоже, вопрос Джейми и для него оказался неожиданностью. «Так уж ли это необходимо?» — говорили его глаза.

— О, да, мой друг, — кивнул ему Лин, — поверь, до тебя очередь тоже дойдёт. И благодарите меня, что я допрашиваю вас здесь, а не в нашем головном офисе.

— Ты умудрился заманить в ловушку нас обоих? — голос Локхарта звучал, скорее, восхищённо, чем раздосадовано.

— Я многому научился у тебя, Джон, — скромно улыбнулся его друг, — и тебя изучил неплохо. Знаю, когда ты скрываешь важные вещи. Неужели вы полагали, что наша дружба позволит мне закрыть глаза на ваше молчание. Если Шона удовлетворяют туманные намёки на истинное положение вещей, а недоговорённость воспринимается как некий таинственный шарм литературного произведения, закон требует конкретики, правдивости и лояльности. Он же карает за сокрытие улик и опасных преступников.

Голос Джинджи зазвучал непривычно строго. Лия виновато съёжилась и снова глянула на Джона, словно ища у того поддержки. Судя по его ухмылке, он получал явное удовольствие от неожиданного поворота их беседы.

— Улики мы не скрываем — у нас их нет, — ответил за них обоих Джон, — а собственные мысли и догадки имеем право держать при себе.

— Нет улик, говорите... гм-м... или уже нет? — сквозь узкие щёлочки глаз Джинджи зорко следил за их реакцией на его слова, —

вы же знаете, как хорошо я домысливаю то, что вы не договариваете. Сколько раз вы этим пользовались и на это рассчитывали.

Осуждающе вздохнув, Джинджи продолжил уже прежним доброжелательным тоном.

— Чтобы ответить на твой вопрос об аресте, — сказал он Лие, — давайте обсудим все убийства, которые сплелись в одну грандиозную аферу. Для этого мы здесь собрались, и я уверен, любой из нас хотел бы докопаться до сути каждого убийства. Воровство, мошенничество, денежные манипуляции — преступления, понять и оправдать которые возможно. Убийство — никогда! Самые простые и примитивные, но не менее серьёзные — это убийства преуспевающих бизнесменов. Всех, кроме твоего дяди, Джон. Его убийство — особенное. Тщательно спланированное, именно оно положило конец вышеупомянутой афере. Таково было его предназначение. Согласны?

— Согласны, — опять ответил за двоих Джон.

Лия крутила головой то в сторону одного, то в сторону другого собеседника, в полной мере осознавая, как мало она знает, по сравнению с ними.

— Нет! — взбунтовалась она, — не согласны! Что значит, спланированное?! Разве Рон не пал жертвой нервного срыва Кларка-старшего?! Ведь наш злоумышленник давил на психику Трэвиса с одной целью — чтобы подорвать финансовые мостки компании Hearts Education. Но переусердствовал, психика бухгалтера не выдержала. А Рону не повезло, что он оказался в тот момент с ним наедине. Этакий побочный эффект от используемого злоумышленником «приворотного зелья».

— Именно, — подтвердил Джинджи.

Встав на звук заворчавшей кофеварки, он снял её с горелки и профессиональным движением разлил содержимое по чашкам. По комнате разлился запах кофе. Обыкновенного кофе, но такого приятного, когда за стеной по-волчьи воет ветер.

Джинджи раздал чашки друзьям и вернулся в своё кресло, продолжая глубокомысленно молчать.

— Я так понимаю, что ключевое словосочетание здесь «побочный эффект», — внимательно следя за жестами друга, догадалась Лия и посмотрела на Джона.

— Именно, — эхом повторил тот, но быстро спохватился, сообразив, что если не пояснит далее, то сжимаемая напряжёнными ладонями кофейная чашка его подруги полетит ему в голову.

— Ты же сама предположила в своих показаниях, что кто-то саботировал операцию по раскрутке несчастного бразильца, вызвав у того приступ ярости, которого преступники не ожидали. При тебе они упомянули, что их зелье и в *этот раз* не сработало.

Значит, были другие инциденты. К сожалению, о них мы можем лишь догадываться…

— Например, сердечный приступ Стивена Клейтона и вспышка агрессии Трэвиса Кларка, — жёстким голосом начал перечислять Джинджи, увидев, что его друг не желает продолжать, — всё это — незапланированные и нежелательные побочные эффекты от используемого ими средства… Или всё-таки запланированные? Только не ими. Этакий способ испробовать некое химическое соединение на человеке. И достичь двух целей сразу: усовершенствовать собственное изобретение и поставить под угрозу разоблачения поднадоевшую преступную организацию… Ловко и смело… я бы даже сказал, дерзко! А в чьём стиле подобная дерзость?.. Гм-м…

Лия не сводила глаз со своего ментора. Тот как ни в чём не бывало отхлёбывал кофе и тихонько покачивался в кресле, смакуя вкус крепкого напитка.

— Кого арестовали, Джинджи?! — взвилась девушка, чувствуя, как от внутреннего напряжения у неё начала болеть голова.

— Между примитивными и изощрёнными убийствами прощупывается ещё одна линия преступлений, — бессердечно игнорируя её вопрос, Лин сверлил глазами свою подопечную, — скажи-ка, Лия, какое убийство, на твой взгляд, выпадает из общей картины?

Набрав в лёгкие воздух, Лия на миг задержала дыхание в попытке совладать с охватившими её эмоциями и волнением. Громко выдохнув, она закрыла глаза и сосредоточилась. Ответить ей было нетрудно, так как она сама потратила уйму времени, анализируя каждое событие, произошедшее с ней лично и со слов других.

— Убийство девицы из антикварной лавки Antique Magnifique, — уверенно заявила она, — Клэр, кажется…

— Почему?

— Слишком топорное, грубое! И запах грубый.

Её собеседники вопросительно смотрели на неё.

— В чемодане Тони была шейная подушечка, — смущённо пояснила Лия, — пропитанная слишком резким и вызывающим запахом. Я только потом поняла, чем он отличался от других — не было нот шампанского, и композиция примитивная, непродуманная. Словно наугад смешали сильные подавляющие ароматы.

— Гм-м… и всё же они возымели действие, — произнёс Джинджи после недолгого молчания.

Он словно что-то серьёзно обдумывал и вопрос задал лишь для того, чтобы потянуть время и сформулировать другой, более важный.

— В том состоянии, в котором находился Тони, любой ненавистный ему запах возымел бы действие.

Лия тоже замолчала, насупившись. Её друзья терпеливо ждали.

— Не понимаю, — сдалась она, наконец, — если учесть ваши намёки, случившееся с Тони не связано напрямую с прочими убийствами. Кто же всё это инсценировал? Ведь Клэр жива, так?

— Жива, — кивнул Джинджи, — видишь ли, жизнь актёров — не сахар. С работой напряг, особенно если ты — актёр посредственный, а по счетам платить надо.

— То есть для них это был всего-навсего левый заработок?

— Сомневаюсь, что им объяснили истинную причину спектакля. Просто попросили разыграть знакомого. Жестоко разыграть — да, но не все актёры щепетильны в выборе роли за щедрую компенсацию.

— Это ты всё у этих нещепетильных актёров выведал? — подивилась Лия.

— Поговорил по душам с некоторыми из них, — пожал плечами Джинджи, — инкриминировать им ничего нельзя.

— Получается, Клэр и игуана-управляющий — актёры. Появились, сыграли свою роль и исчезли с горизонта. И никого нельзя призвать к ответу за разыгранный ими спектакль?

— Ну почему же, — ухмыльнулся Джинджи, — любой преступник ошибается, даже умный и предусмотрительный. Всего предугадать нельзя. А этот злоумышленник не предугадал того, что ты и Шон возьмётесь следить за Тони. Да ещё так дотошно.

— Сдаётся мне, ты не шибко высокого мнения об этом злоумышленнике?

— У меня весьма конкретное мнение о любом злоумышленнике. Он, как и любой человек, заслуживает того, чтобы его выслушали и попытались понять. И если честно, его я понимаю. Я понимаю его мотивы. Не одобряю, не оправдываю, но понимаю.

— Каковы были его мотивы?

— Судя по его, я бы сказал, неуклюжей попытке повторить сценарий других преступлений, он был в курсе или хотя бы догадывался о том, как они совершались. Сомневаюсь, что у него был доступ к личной информации Тони. Скорей всего, он что-то слышал от Кларка-старшего… Например, историю о сундуке. И он, не особо заморачиваясь моральными принципами, ею воспользовался, чтобы избавиться от Тони. Мнимое убийство, затерявшееся среди прочих.

— Но зачем?

— Вряд ли Тони было известно об убийствах, а вот о денежных махинациях он мог знать со слов своего отца. И о том, кто из приближённых Рональда, по мнению Трэвиса, в них замешан. После гибели первого и заключения под стражу последнего финансовые преступления тоже оказались под угрозой разоблачения. Преступник хотел выиграть время и не допустить, чтобы доступная Кларку информация дошла до Джона раньше, чем он успеет подготовить себе достойный путь к отступлению.

— Уж не об Алистере ли вы говорите? — прозрела Лия.

— Верно. Как неопытный преступник, Бейли наследил повсюду. Его не только опознали нанятые им актёры, но и показали внешние камеры отеля, где останавливался Тони, в ночь происшествия.

— Так это он следил за Тони? Сам?

Лия разочарованно скривила рот, но тут же радостно и облегчённо выдохнула:

— Значит, это вы его арестовали? И никакого преступного синдиката не было?

— В деле Тони не было, — сухо подтвердил Джинджи.

— А с самим Тони вы говорили?

— Конечно. Когда мы знали, о чём конкретно его нужно спрашивать, на аккуратно продуманные вопросы мы смогли получить ответы. Он многое вспомнил из записей отца. К сожалению, его воспоминания в качестве доказательств вины Алистера не представишь. Однако они показали, где эти доказательства можно найти. Как оказалось, именно Алистер в сотрудничестве с адвокатами оформлял неприбыльные сделки и растасовывал деловую документацию компании. Не забывайте, что он был достаточно близким другом Рональда, многое о нём знал, включая, его слабости. Например, любовь к старинным вещам.

— Это он уговорил Рона приобрести антикварный магазин в Лондоне?

— Да, Алистер — мастак подбивать на рискованные дела. Не уверен, однако, что он причастен к прочим покупкам недвижимости. Джон лучше меня пояснит, как они осуществлялись. В любом случае, когда сделка по недвижимости в Лондоне сорвалась, а средства исчезли, Рональд начал подозревать Алистера. И Трэвиса. Последний, в свою очередь, зная о других сомнительных денежных операциях, тоже точил зуб на Алистера. Тони вспомнил его заметки о растратах, а также суммы и номера сделок. Имя Алистера мелькало неоднократно. Память у парня, в самом деле, отменная! Странно, что Трэвис не выдал Бейли во время следствия. Очевидно, что он сам увяз в афере и боялся, как бы его же показания не использовали против него. Плюс ко всему сказались неожиданные депрессия, невроз и прочее.

— Как удачно всё сложилось для Алистера!

— Весьма. Вечером в день своей гибели Рон позвал Трэвиса, чтобы якобы обсудить с ним проблемы компании. Так утверждает Кларк. Но судя по тому, где и в каком положении было найдено тело, он застал своего нанимателя врасплох. Более того, Трэвис явился в дом Рона в перевозбуждённом состоянии, так как кто-то, а именно Алистер, «пошутил», что его благоверная изменяет ему с его боссом. На мой взгляд, с Кларком обошлись довольно сурово. Он всю жизнь работал за троих, хотел доказать всему свету, что сможет своими силами построить себе капитал и крепкую семью. С семьёй вышел провал. Его любовь ещё со времён университета отказалась выйти за него замуж ввиду его бесперспективной, как она считала, должности бухгалтера. Когда же он преуспел и стал прилично зарабатывать, она смилостивилась и жестоко отбила его у жены. Впрочем, много времени у неё это не заняло. Кларк-старший так и не перестал питать к ней самые горячие чувства. Поэтому когда ему намекнули, что его возлюбленная изменяет ему с его же начальником, это явилось для него настоящим ударом. Возможно, этому предшествовали и другие инциденты. Судя по всему, Трэвиса долго накручивали, его нервы были взвинчены до предела. Но что послужило спусковым крючком, непонятно.

— Откуда вы знаете все эти подробности?

— От самого Трэвиса Кларка. Он теперь в состоянии вполне адекватно говорить о своём поведении. И вроде бы искренне раскаивается в том, что совершил. Хотя не может объяснить, что им двигало. Он уверен, что ревность — не повод для убийства. Однако в день убийства он мог думать и чувствовать иначе. Кларк признался, что когда он пришёл к Рону, дверь в дом была открыта, и он беспрепятственно поднялся на второй этаж. Там он ощутил запах духов своей жены, и что-то словно щёлкнуло в его голове. А потом — пустота, провал в памяти.

— Только запах духов? — осторожно уточнила Лия, — больше ничего?

— Ну, возможно, если б ты там была, то у нас имелся бы исчерпывающий список составляющих, — едко заметил Джинджи, — например, ноты шампанского…

Лия почувствовала, как у неё дрогнуло всё внутри. Она вдруг осознала, что ведь о нотах шампанского она Джинджи ничего не говорила, только Джону. И вот, сама того не желая, она выдала свято хранимую ею тайну. Теперь Джинджи быстро сложит кусочки пазла в картинку, которую она до сих пор представляла себе смутно.

— А пистолет? — Лия сделала попытку увести разговор в иное русло, — если Кларк, как он утверждает, не планировал убийство, зачем тогда он принёс пистолет? Ведь он у него был! Так писали газеты.

— С пистолетом вышла интересная история. У самого Трэвиса зарегистрированного оружия не было. И всё же он его действительно принёс. Он сам сказал, что помнит, как вытащил пистолет из кармана куртки. Пожалуй, это последнее, что он помнит. А вот как тот туда попал, не знает. Самозарядный пистолет, Glock 23, распространённый в американской полиции.

— Но ведь все пистолеты должны быть в базе данных!

— Этот аккуратно обработали, серийный номер стёрли. Получается, с одной стороны, Кларк тщательно готовился к убийству, а с другой — совершил его в порыве невменяемости. Противоречие. Вывод?

— Кто-то готовил это убийство за него?

— Да, я тоже так решил. Убийство и, возможно, самоубийство. Ведь если бы Джон не остановил тогда Трэвиса, тот наложил бы на себя руки. Но кто? Кому нужно было убивать Рональда?

— Алистер? — робко предположила Лия, — чтобы тот не обвинил его в мошенничестве.

— Алистер, конечно, мерзавец и пройдоха, но не убийца. И меня очень смущает пистолет. Не у всех есть доступ к подобному оружию, — Джинджи многозначительно посмотрел на девушку.

— Что? — не поняла она, — у меня доступа к подобному оружию нет! Или ты намекаешь, что я знаю кого-то, у кого он есть?

Лия задумчиво нахмурила лоб.

— У тебя он есть! — выдала она, — у Пола. Но он появился уже потом… у Эди…

Она запнулась. В голову вдруг пришла страшная мысль. Чтобы её заблокировать, девушка быстро затараторила:

— А ещё доступ есть у всех детективов бывшей папиной конторы. Например, у Ванса мог быть! О! Точно! Ванс Гиссер! Он же работал на Брикста. А Брикст — организатор аферы. Рон грозил ему разоблачением, и он его убил с помощью Кларка. Ведь по официальной версии Брикст виновен в убийствах предпринимателей, разве нет?

Девушка говорила быстро и с убеждённостью, на какую только была способна, понимая, однако, что вряд ли изменит, очевидно, уже давно сформированное мнение друзей о том, кто на самом деле виноват в смерти Рональда.

— Брикст… — задумчиво произнёс Лин, к глубокому сожалению Лии, пропустив мимо ушей её ссылки на «официальную версию», — думаю, настала пора поговорить об этом пресловутом Невиле Бриксте… Экстраординарная личность! Владел небольшим бизнесом в Лондоне, хорошо разбирался в своём деле, обладал вкусом и чутьём, а главное — любил свою работу. Коммуникабельностью никогда не отличался. Друзей особо не было, привязанностей тоже. Влюбился раз, но так сильно, что чувство это повлекло за собой трагедию всей его жизни. Психика оказалась слабой. Сильное эмоциональное потрясение расстроило её совсем. Угодил в Бродмур, соответственно, потерял бизнес. Так как считался малоопасным преступником, вскоре был переведён в обычную клинику, а затем выписан по рекомендации лечащего

его психотерапевта. Вернулся в Торонто в родительский дом. Вяло принялся раскручивать антикварный бизнес там. И вдруг, ни с того, ни с сего в нём забила ключом колоссальная энергия. Сначала он приобрёл недвижимость в Сан-Хуане. Ну ладно, на одну лавку у него могли найтись средства — кое-какие накопления у Брикста имелись. Непонятно только, почему ему пришло в голову открывать магазин там. Следующие два он приобрёл почти одновременно — в Чикаго и Лондоне. И как интересно получилось! Лондонский ему был преподнесён в дар Рональдом МакНилом. А в Чикаго подобный подарок сделал другой любитель старины — Стивен Клейтон.

—Как?! — глаза Лии округлились.

Она перевела взгляд на Джона.

—Ты об этом знал?

Тот лишь неопределённо мотнул головой.

—Дарственные были сфальсифицированы, так?

—Так и не так. Подписи на них настоящие. Думаю, здесь словчили адвокаты. Алистер пока отказывается сознаться в сотрудничестве с ними, но вряд ли он будет долго молчать под тяжестью выдвинутых ему обвинений. Стивена, к примеру, вынудили сделать несколько щедрых подношений, а под конец ещё и переписать акции на чужое имя.

—Чьё?

—Всё того же Алистера. На его имя уже было переписано двадцать процентов. И эти, пожалуй, Рон продал ему добровольно, ещё до того, как начал его подозревать. С акциями Стивена у него оказался бы контрольный пакет. Мы подозреваем, что Алистер является ответственным за почти все денежные махинации, будучи своеобразным финансовым директором преступной организации. Насколько глубоко он был посвящён в детали других преступлений, нам ещё предстоит выяснить.

—Джон, — Лия вновь повернула голову к Локхарту, — когда ты сказал, что заключил мир с Бейли, что ты имел в виду?

—Я узнал, кому перешли наши акции. Он не стал отрицать и, действительно, настаивал на том, что дядя сам согласился их ему продать, чтобы поправить дела. Думаю, на момент нашего с ним разговора Алистер уже чуял скорое разоблачение, поэтому добровольно предложил мне выкупить эти двадцать процентов. Наверняка, ему нужны были деньги, чтобы наименее безболезненно удалиться со сцены.

—И ты не заявил на него в полицию?

—У меня против него ничего не было, кроме собственных подозрений и домыслов. Ведь документы, которые должен был подписать Стивен, исчезли.

—Как же тогда вы изобличили его? На основании чего арестовали?

— Нашёлся незаменимый свидетель, — усмехнулся Джинджи, — который, вдруг вспомнив свой гражданский долг, сделал заявление о том, что являлся слепым, глухим и обманутым оружием в операции вселенского масштаба. И что он полностью раскаивается и признаёт ответственность за нанесённый вред представителям общества, которому он преданно служил и будет служить верой и правдой, ибо свято верит в спр-р-раведливость и здр-р-равомыслие верховного суда.

— Неужто Марио? — быстро отреагировала на его рычание Лия, — вот плут!

— Да, это о нём. Унёс с собой документы, но не вернул их своему работодателю — сохранил, а потом предоставил нам как доказательство своих благих намерений. Скорей всего, произошедшее со Стивеном его сильно напугало и насторожило. И он, недолго думая, заложил своих коллег, лишь бы спасти собственную шкуру. Без его показаний было бы трудно подкопать под Norman Law Group. Дейв Норман построил незыблемую, казалось бы, империю. Жаль, что она прогнила изнутри. С показаниями Бейли, которые мы надеемся получить в ближайшем будущем, их контора пойдёт ко дну. Против них, как ты знаешь, уже заведено множество уголовных дел, а вот от Hearts Education официально не поступило ни одного заявления, — Джинджи посмотрел на Джона, — я понимаю, что ты хочешь минимизировать вовлечение своей семьи в это разбирательство. Однако меня удивляет то, как быстро остыл твой энтузиазм относительно наказания виновников гибели твоего дяди. Ещё весной ты пылал жаром мести.

— Я хотел не мести, — тихо поправил его Локхарт, — а справедливости. С той поры многое изменилось в моём понимании и представлении о произошедшем.

— Изменилось понимание справедливости?

— Скорее, пришло осознание, что каждый уже получил по заслугам, и нет более нужды гоняться за призраками прошлого.

— Служители закона твоё мнение, пожалуй, не разделят, — хмыкнул Джинджи и вновь переключился на Лию.

— Это всё денежные преступления. Ни Норман-старший, ни Алистер не несут прямой ответственности за убийства бизнесменов. Они, конечно, замешаны косвенно, но лишь потому, что тоже являлись объектами давления и, пожалуй, шантажа. Хотя насчёт Алистера не уверен… тот ещё аферист. Чую, он ворочал средствами по собственной инициативе. Но не поверю, что Дейв Норман добровольно стал рисковать честью компании, на которую потратил столько лет и сил, и которая уже приносила небывалые прибыли. Им явно пытались манипулировать. Каким образом? Мы можем порассуждать на эту тему, но так уж ли это важно?.. Оставим их в покое. Давайте лучше вернёмся к другим злодеяниям. Признаюсь, когда ты настаивала на связи между убийством Рональда и антикварной лавкой, я тебе не поверил. Поэтому я не особо усердствовал, выясняя насчёт источников дохода Брикста. Сообщил тебе интересные детали его прошлого и отложил тоненькое на тот момент досье антиквара в сторону, позволив тебе пофантазировать на тему возможных секретов в его жизни.

— Но потом ты к нему вернулся?

— Да. Сразу же, как только получил твоё письмо о случившемся с Витторио. Столько совпадений просто не могло быть! Я решил копнуть глубже и досконально изучил биографию Невила, особенно последние пять лет его жизни после заключения. Я выяснил много интересных деталей и подивился активности антиквара. Доселе ведущий тихий малоподвижный образ жизни, он неожиданно превратился в заядлого путешественника. Курсировал между своими магазинами с завидной частотой. А чуть позднее я выявил странную вещь. Четвёртого июня в Торонто ввиду некой аварии перекрыли кусок Кинг-стрит. С раннего утра там сновали рабочие, долбили асфальт и издавали другие неприятные уху шумы. В частности, время от времени вырубали электричество. Ближе к вечеру из одного дома выскочил человек и начал нецензурно ругаться с рабочими, требуя вернуть ему тихую спокойную жизнь. Один из работяг записал смешную сцену на сотовый и сразу выложил на YouTube, — Джинджи вытащил телефон и через несколько секунд продемонстрировал своим друзьям отрывок вышеупомянутого видео.

— Это же Брикст! — воскликнула Лия, — он что, в пижаме выскочил? Судя по всему, ментальных проблем у него было больше, чем нам казалось.

— Не сомневаюсь, — усмехнулся Джинджи, — но обратите внимание на время съёмки.

— 6:12 pm... C'est impossible![1] — Лия заметно разволновалась, — четвёртого июня я была у него в лавке в Итобике. И видела его там! Они закрывались, значит, было ровно семь вечера. Из центра в Итобику так быстро не доберёшься!

— Тем более с перекрытыми дорогами и в пижаме, — со смешком согласился её друг, — это подтверждает твои слова о существовании двух Брикстов. Когда я установил для себя этот факт, дальше стало проще...

В этом месте Джинджи сделал паузу и выжидающе уставился на своих друзей.

---

[1] Это невозможно! (фр.).

— Продолжить не желаете? Учтите, что у меня опыта в детективной деятельности побольше вашего. Заполнить пробелы я могу и сам — дело времени. Но хочу дать вам шанс облегчить свою совесть.

Следующая минута прошла в полной тишине, которую нарушал только ветер и странный прерывающийся звук, словно кто-то забрасывал дверь маяка пшеничной крупой.

Лин со вздохом покачал головой и продолжил сам.

— Когда подняли дела об убийствах бизнесменов, обнаружили, что Невил Брикст находился именно в том городе и в то время, где и когда убийства совершались. Он пользовался, в основном, двумя авиакомпаниями, поэтому отследить его передвижения не составило труда. Полагаю, хотя доказать не могу, что он также находился на месте действия во время выманивания у тех средств. Живые жертвы шантажа и вымогательства в полицию не заявили, арестованные по делу оказались лишь исполнителями и не владели данными, либо умолчали о них. Никакой документации по ведению учёта поступающих средств на тот момент найдено не было. Казалось бы, тупик… И тут, опять же благодаря тебе, Лия, у меня в руках оказывается другой бесценный свидетель. Извини, пришлось воспользоваться действием на него твоих чар.

— Джи! — девушка в возмущении подпрыгнула на диване, — это не твои методы!

Затем она придвинулась на край дивана, с трудом скрывая любопытство.

— И что же тебе рассказал Габриэль? Ведь это он — твой бесценный свидетель?

— Он, — подтвердил Джинджи, — Габриэль поведал мне о том, как по дурости попался на крючок — принял деньги на раскрутку бизнеса у некой тёмной личности. За услугу — иногда пользоваться помещениями его ресторана и отеля для деловых встреч. Какого рода были эти встречи, Габриэль узнал случайно: подслушал или подсмотрел. И струхнул. Попытался выплатить долг, даже подумывал закрыть бизнес, но понял, что его же потом и призовут к ответственности за… м-м-м… не совсем нравственные дела, творящиеся на территории его ресторана. В такие же силки попались владельцы других похожих забегаловок, таких как, например, «Виктория». Им всем помогли встать на ноги, отстроить клубы-рестораны, но отстроить в соответствии с планами вкладчиков. Особенно они не пожалели средств в Сан-Хуане — место оказалось уж больно заманчивым для ночного клуба и удобным для их деятельности. К тому же, там постоянно крутились состоятельные люди, готовые за короткий миг удовольствия рискнуть своей репутацией и, как следствие, состоянием. Я не оправдываю преступников, но в каком-то смысле их жертвы наказаны за собственную порочность.

— Кто же решал их судьбу?

— В каждой точке находился исполнитель и своеобразный подстраховщик. В день операции появлялся человек-птица — он устрашал жертву и устранял её, если считал, что она ставит их деятельность под угрозу. Если же дело доходило до следствия, то появлялся важный свидетель, чьи показания направляли это следствие в «нужную» сторону. И имя этого важного свидетеля — Ванс Гиссер. В Сан-Хуане роль подстраховщика на случай, если что-то пойдёт не так в правовом аспекте, исполнял Мигель — старший комендант местной полиции, а роль исполнителя взял на себя Элиос Тэрси. Последний ещё являлся управляющим антикварного магазина. Он признался, что все жертвы так или иначе проходили через его руки. По инструкции его нанимателя, жертве предлагался товар в соответствии с его вкусом: курительная трубка, портсигар, элемент одежды и прочее. Указания поступали по телефону. Самого Брикста Элиос охарактеризовал стандартно, в общих чертах его описание соответствует вашему. При личных встречах они говорили лишь об антикварном бизнесе. Всё остальное — только по телефону. Голос похож. Сомнение, что говорит кто-то другой, у Тэрси не возникло. Но интересно другое. Один лишь раз его работодатель отошёл от отработанной стратегии и выдал указание не по телефону, а через посредника. Мы сделали фоторобот посредника.

Снова включив телефон, Джинджи продемонстрировал им оцифрованный портрет подозреваемого.

— Вижу, вы его узнали, — прокомментировал выражение их вытянутых лиц Лин, — фуражка скрывала половину лица и отвлекала, и всё же в наброске можно узнать Эдмонда Грина. С натяжкой. Уверен, он рассмеётся нам в глаза, если мы попытаемся настаивать на сходстве. Очная ставка с Элиосом… м-м-м… тоже мало что даст. Одно слово против другого. Однако здесь любопытен сам случай. Догадались, в котором преступлении антиквар отошёл от правил? Правильно, в случае Витторио. А почему? Тоже правильно, потому что Невилу Бриксту или тому, кто играл его роль, смерть Витторио не была нужна, — отвечал за своих друзей Джинджи, полностью игнорируя их упорное молчание, — более того, именно это преступление, как яркая красная стрелка, указала на причастность антиквара к происходящему. Ещё одна попытка его разоблачить.

— Ещё одна? — удивилась Лия.

— Да, первой попыткой было убийство Рональда МакНила.

— Я запуталась, Джи, — затрясла головой девушка, — в случае Витторио всё более или менее понятно. Но причём здесь Рональд?

Даже если кто-то особым набором ароматов и другими, менее невинными средствами вызвал у Кларка приступ агрессии в адрес своего нанимателя, и Кларк убил Рона подброшенным ему пистолетом, а потом, осознав, что натворил, всё ещё под действием «приворотного зелья» пытался покончить с собой, как это указало бы на причастность Гарби?!

В наступившей тишине ветер засвистел особенно пронзительно. Он проникал внутрь через щели откуда-то сверху, и донизу доходило его дыхание, заставляя трепетать огонёк невыключенной газовой горелки.

— Я рад, — медленно произнёс Джинджи, — что один из вас, наконец-то, произнёс имя нашего таинственного злоумышленника.

— О-о-о, — простонала Лия, осознав, что натворила.

Она повернулась к Джону, который за всё время их с Джинджи диалога по собственной инициативе не проронил ни слова. Теперь она поняла, почему. Тема была щекотливой для него тоже. Он боялся, что под тяжестью сильных эмоций у него вырвется то, что он желал сохранить в тайне.

— А ты почему молчишь?! — наехала она на него.

— Потому что ты и без моей помощи обо всём сейчас расскажешь.

— Мне твоя помощь нужна не для того, чтобы говорить, а для того, чтобы в нужный момент промолчать, — в сердцах упрекнула его Лия.

— Это не тот случай, когда следует умно молчать, — сурово осадил её Джинджи, — для нас всех важно понять произошедшее до конца. Пусть даже без вещественных улик! Понимание — вот то сокровище, за которым мы гоняемся. И не тешьте себя иллюзиями о всеобщей наивности и моей неосведомлённости. Думаете, мне было трудно узнать, почему имя Гарби так поразило вас обоих в тот вечер?

Заметив немой вопрос в глазах собеседников, Лин кратко пояснил:

— С твоими работами, Джон, я знаком. А стоит грамотно погуглить имя Эмнта, как сразу всплывают твои статьи и ссылки на его публикации. Связь с твоим дядей тоже несложно было установить.

Потом он повернул лицо к Лие.

— А ты ведь не ожидала, что Пол расстанется с дневниками твоей мамы, не сняв предварительно с них копии?

Подняв руку, чтобы пресечь протесты и возгласы возмущения девушки, он кивнул Джону.

— Твоя очередь. Объясни нам, почему мнимый антиквар не виновен в смерти Рональда.

Сделав глубокий вдох, Джон некоторое время молчал, возможно, подбирая правильные слова для ответа.

— Если мои собственные выводы и догадки верны, то Гарби мой дядя нужен был живым, — вступил он, наконец, в разговор, —

полагаю, он и поставил весь этот спектакль с одной целью — доказать Рональду, как не прав тот был, отказавшись когда-то от его услуг, род которых я сейчас поясню. Да, наверное, Гарби был бы не прочь владеть школой и иметь лёгкий доступ к таланту детей. Только… видите ли, доступ-то у него был всегда.

— Это как? — поразилась Лия.

— В нашем откровенном разговоре с Алистером я потребовал, чтобы он передал мне все документы компании, которые от меня до сей поры скрывались, включая архивы с момента основания Рональдом Hearts Education. В них я нашёл письма мамы, адресованные каждому работнику с момента найма. В том числе там был файл, содержащий её переписку с Гарби. Да, — опередил Джон очевидный вопрос друзей, — они были знакомы. Хотя я мог и сам догадаться о такой возможности. Раз дядя хорошо знал Эмнта, поддерживал с ним какую-никакую связь, то почему бы и его сестре не завести с ним знакомство? Тем более, что у них были общие интересы — выявление и развитие потенциала в детях. Да, идея программы образования была мамина, но, как оказалось, Гарби внёс существенный вклад в разработку психологических тестов, с помощью которых можно было бы выявлять и категоризировать способности ребёнка. Когда Гарби отошёл от научных публикаций, он полностью посвятил себя именно этой теме, много путешествовал, особенно по странам третьего мира, богом забытым деревням. Очень редко, но ему удавалось находить детей, которые, несмотря на тяжёлый быт и зачастую неблагополучные семьи, выделялись среди своих сверстников. Потенциал-то есть у каждого, но не у любого в душе горит огонь желания развиваться, работать над собой, творить, несмотря на сложности и, казалось бы, безысходность ввиду материального положения. К сожалению, чем взрослее ребёнок, тем труднее это желание выявить. Поэтому когда Гарби удавалось разглядеть в детях способность быстро и качественно развиваться, он рекомендовал этого ребёнка к нам в школу.

— Гм-м… — Джинджи подался вперёд, поставил пустую кофейную чашку на столик и хитро сощурился на своих собеседников, — что-то мне подсказывает, что в экзотических и богом забытых деревнях Гарби выискивал не только смышлёных школяров. Его передвижения по миру я тоже пытался отследить.

Откинувшись обратно на спинку кресла и сильно качнувшись в нём, Лин открыл файл в своём телефоне.

— Лето, 2004 года… далёкий пригород Аделаиды, Австралия. Ни о чём не говорит?

— Это когда мы с мамой ездили на конференцию по парфюмерии! — оживилась Лия, — уже больше восьми лет прошло, надо же! Я тебе рассказывала о ней на лайнере, помнишь?

Джон кивнул.

— Вот как? — Джинджи отложил телефон и свёл руки вместе, как это часто делал Локхарт, — а мне рассказать не желаешь?

— Да там ничего особенного не произошло, — стушевалась вдруг девушка, — просто обсуждалось необычное растение.

— La fleur du diable? Или, официально, миллару?

— А ты откуда о нём знаешь? — не поверила своим ушам Лия.

— Следы его масла нашли в веществе, которым была пропитана книга по парфюмерии. Надо отдать должное Нейсону. Как только Пол узнал, что за книгу ты ему прислала, он сразу связался со мной, и я порекомендовал ему квалифицированных химиков. Но даже им далеко не сразу удалось идентифицировать каждую составляющую используемого соединения, которым была пропитана книга, хоть ты и подсказала названия нескольких ингредиентов. Конечно, как улику, эту книгу использовать нельзя, но она помогла мне направить следствие куда следует. Я проштудировал кое-какую литературу по редким растениям. Редким и весьма опасным, если знать, как ими пользоваться.

— Я вижу, ты времени зря не терял, — хмыкнула Лия, — тогда ты должен знать, что миллару был найден в единственном экземпляре.

— Да, но если целенаправленно его искать, то тебе может и повезти. Джинджи опять взмахнул рукой с телефоном.

— Shaitaan ka chehara, — зачитал он с него, — кто из вас говорит на хинди?

Сорвавшись с места, Лия подскочила к Джинджи и заглянула в его телефон.

— Это же список растений, который нашли у Витторио! Ты перевёл названия с санскрита!

— Это было нетрудно — у нас работает много индусов. Я удивляюсь, что ты меня не опередила.

— Не успела, — девушка сокрушённо покачала головой и вернулась на своё место.

— Shaitaan ka chehara, — повторила она, — что это значит? Цветок дьявола?

— Дословно переводится как лицо дьявола. Уверен, это одно и то же. Мы ещё не вышли на поставщиков, но не сомневайтесь — выйдем.

— Это из того сырья, что поступало в лабораторию, которую Витторио приобрёл в Дели?

— Да, и в ней ещё сохранилось оборудование. В этом случае преступники даже не стали заморачиваться зачисткой улик. Коих, впрочем, было немного. Однако нам удалось найти свидетелей, чьи показания помогли прижать к стене бывшего бухгалтера Бруни.

— Эдика? — удивилась Лия, — его нашли?

— Да, нашли. Он особо и не скрывался. От него мы узнали, как преступники распределяли средства Бруни.

— Афера лопается по швам у нас на глазах, — потёрла руками Лия, — как-то уж всё сразу всплыло на поверхность.

— Не всё и не сразу. Я не трачу время на подробный отчёт по работе наших сотрудников. Но… ты права. У меня тоже возникло ощущение, что мы словно протаранили несущую стену вроде бы с умом возведённого здания, и оно вдруг рухнуло у нас на глазах. Только пока ещё не понял, повезло ли нам со стеной, или так было задумано гениальным архитектором. Ага… — Джинджи вслед за Лией потёр руками, заметив, как его друзья обменялись быстрым взглядом, — вы, я вижу, больше склоняетесь к последнему. Что ж, я, пожалуй, тоже. Поэтому возвращаемся к нашему архитектору.

Лин посмотрел на Лию.

— Вполне вероятно, что именно на той конференции в Австралии Гарби впервые встретился с твоей матерью. Тебе ничего такого не вспоминается?

Лия отрицательно мотнула головой. Ей не хотелось признаваться, что тогда на конференции объектом её внимания был некто совсем другой. Лишний раз упоминать Кристиана она боялась.

— Также предположу, что раз Гарби посещал парфюмерную конференцию, а он посещал — я это проверил, значит, уже тогда он серьёзно заинтересовался запахами и их влиянием на человеческую психику. Впрочем, это и так следовало из его последних работ. А если на тот момент он решил от теории перейти к практике, то Анита стала бы для него прекрасным подспорьем.

Сделав короткую паузу, во время которой Джинджи внимательно присматривался к реакции Лии, он вполголоса продолжил:

— Прости меня, сестрёнка. Придётся затронуть болезненную для тебя тему.

— Я этого ожидала, — с готовностью кивнула та головой, несмотря на то, что всё внутри у неё сжалось то ли от страха, то ли от боли, которые хоть и притупились за последние месяцы, но всё ещё жили в дальнем уголке души.

— Началось это в Австралии или позже, но Гарби и Анита определённо знали друг друга очень близко. Это следует из дневников твоей матери. Вообще-то, если знать стиль Аниты, можно с лёгкостью расшифровать подтекст написанного ею. А если пообщаться с человеком, с которым она делилась сокровенным, то загадочные метафоры приобретают имена реальных людей. Например, твоя мама поэтично говорит о пустыне как о состоянии человека, когда тот потерян или разрывается между своим хорошим началом и приобретённой безнравственностью. В этот сложный для человека период многое зависит от близких ему людей. Его либо поддержат, и он выберется из пустыни, либо бросят в одиночестве, и он с ней сольётся. Заманчивая когда-то романтика пустынного пейзажа меркнет, и «пустыня» превращается в «пустоту». Анита очень эмоционально описывает этот переход. Красиво и, в то же время, с горечью: «…Если упустить момент, — писала она, — когда человеку нужней всего была поддержка, не получив ни поддержки, ни понимания, ни мудрого преподнесённого вовремя совета или предостережения, он либо сгорает, рассыпаясь прахом и смешиваясь с песками пустыни… либо вдруг, наоборот, воспрянет духом. Человек с сильным стержнем пойдёт своим путём и самостоятельно покинет пустыню. Человек со слабыми моральными устоями озлобится и захочет стать самой пустыней, чтобы отомстить и доказать собственное превосходство, растлевая и поглощая души других».

Лин снова умолк, давая собеседникам возможность переварить услышанное и задать ожидаемый им вопрос.

Лия судорожно сжала ладонями край дивана с такой силой, что старая ткань обивки, натянувшись, жалобно затрещала. В голове она снова и снова прокручивала содержание дневников своей матери.

— Откуда… — подала она, наконец, голос, который прозвучал неожиданно хрипло и с едва различимой дрожью, — этих слов не было в дневниках мамы…

Её голос оборвался, когда она увидела, как Джинджи вытащил из кармана брошенной на пол куртки недостающий дневник её матери.

— Откуда? — повторила она уже совсем осевшим голосом.

— Ты забыла, сестрёнка, — мягко ответил её ментор, — что наши матери были лучшими подругами, которые делились друг с другом, если не всем, то очень многим. Они обе в какой-то степени увлекались литературой. Анита давала моей матери читать свои дневники, написанные, как вы заметили, в необычном стиле. Этот, — он потряс в руке дневником, — последний, который читала мама. Она знала, что Анита уже начала следующий, и ей не терпелось обменять его на уже прочитанный. Но она не успела… — Джинджи вздохнул, с состраданием глядя на девушку, которая слушала его, не шелохнувшись, только ладони продолжали безжалостно оттягивать сиденье дивана.

— В этом дневнике Анита весьма доходчиво говорит о своих подозрениях насчёт одного молодого человека, который так восхищал её своими познаниями, и вдруг восторг сменился насторожённостью и подозрительностью, а потом — разочарованием и страхом за его будущность. Моя мама, конечно же, интересовалась, о ком пишет её подруга. И та с ней поделилась, по секрету, разумеется. Однако после несчастья, произошедшего с Анитой, мама не могла молчать и рассказала о подозрениях подруги Тому. Дневник не вернула, так как там были другие мысли и чувства, которые, как ей казалось, Анита хотела бы скрыть от своего мужа. Она отдала его мне лишь потому, что я спросил её напрямую, есть ли у неё хоть что-то, что пролило бы свет на случившееся с Анитой.

— Так ты знал, кто был виновником пожара?

— Да, твой отец мне поведал, а мама потом подтвердила. А ты… тоже теперь знаешь? Откуда?

Лия заметила, как Джинджи быстро переглянулся с Джоном. Тут же повернувшись к Локхарту, она вопросительно подняла брови.

— Значит, и ты был в курсе! И ничего мне не сказал!

— Я боялся, что ты мне не поверишь, ведь у меня были свои причины недолюбливать Кристиана. Я видел, как ты мучаешься от бесконечных сомнений, а ему не хватило порядочности или, быть может, мужества их развеять. Ты ведь до сих пор надеешься, что им двигали нежные чувства по отношению к тебе, правда?

Лия, которая уже сожалела о том, что напросилась на откровенный разговор, грустно затрясла головой.

— Нет, — сказала она и глубоко вздохнула, — я знаю, что именно двигало им тогда, семь лет назад, и после, когда он начал вплотную работать с Гарби Эмнтом. Никакие силы не заставили бы его плясать под чужую дудку на протяжении стольких лет. Я уверена, что Гарби увлёк его своей теорией, и ему по-настоящему нравилось выполнять его заказы, кроме, возможно, рутинных, типа одеколона, созданного мамой. Думаю, Гарби решил проверить его: сможет ли он воссоздать работу мамы, ведь мама отказалась с ним сотрудничать. У Криса не было её таланта столь виртуозно подбирать запахи, но он быстро обучался…

В этом месте Лия перевела дыхание. Потом закрыла глаза и тихо продолжила:

— Тогда, в день пожара, он привёл меня в лабораторию, хотел похвастать каким-то своим изобретением. Он сказал, что оно откроет ему путь в любой университет мира. В лабораторию мы не попали. Перед нами туда вошла мама с человеком, которого я знала как её клиента. Я общалась с ним мало. Почему-то маме не нравилось, когда он пытался заводить со мной беседу на вроде бы любимую ею тему — запахи… Я не удивилась, увидев их обоих у лаборатории Витторио. Мама часто пользовалась ею, чтобы делать индивидуальные заказы, — Витторио ей разрешал. Я хотела пойти за ними, но Крис остановил меня, сказал, что не хочет мне ничего демонстрировать при свидетелях. Он развернулся и пошёл прочь от лаборатории. И тогда… раздался громкий хлопок, шипение, звук разбитого стекла, и потом, почти сразу, завыла пожарная сирена.

Руки Лии невольно потянулись к ушам, а глаза зажмурились.

— Увидев побледневшее лицо Кристиана, я осознала, что произошло что-то очень плохое. Я бросилась в лабораторию, дверь была заперта. Сзади подоспел Крис и открыл своим ключом. Внутри стоял дым, едкий, противный, удушливый…

Отняв руки от ушей, Лия поймала ладонью пробежавшую по щеке слезу и долго её рассматривала.

— А в дыме я различила знакомые, но забытые ноты шампанского, столь несуразные и приторно-сладкие. Наверное, при взрыве разлились реактивы. С тех пор этот запах вызывает у меня слёзы. И это не аллергия, как я думала… это ассоциация с пожаром. И, наверное, с чувствами, которые я в тот момент испытала, — девушка всхлипнула, хоть и силилась скрыть эти самые чувства, нахлынувшие на неё вновь.

— Нам необязательно продолжать, — услышала она голос Джона совсем близко.

Он склонился к ней и успокаивающе сжал её плечо.

— Ну уж нет! — дёрнув плечом, она вытерла слёзы, — мы ведь все хотим знать правду. Я уже почти всё рассказала, в отличие от вас двоих. Я сейчас отмучаюсь, и настанет ваш черёд!

Снова вздохнув, но уже легче и ровнее, Лия уставилась на свой нетронутый кофе в чашке, которую она предусмотрительно отставила в сторону, чтобы не пролить во время своего волнительного повествования.

— Ноты шампанского — последнее, что мне удалось вспомнить, — продолжила она, — наверное, произошло что-то потом… Ведь Гарби каким-то образом заставил меня забыть всё, связанное с этим событием и… с ним. Недаром его глаза… как чёрные гипнотизирующие воронки… до сих пор преследуют и страшат меня. Но я не могу вспомнить эту часть… и чувствую, что это не так уж существенно теперь… Кристиан сказал, что пожар в лаборатории — несчастный случай, и я ему верю, — твёрдым тоном заявила Лия.

И всё же она мельком глянула на Джинджи. Тот подтвердил коротким кивком.

— Насколько я поняла, уже тогда Крис работал над реактивами, которые каким-то образом влияли на поведение или самочувствие людей. И не хотел, чтобы его разработки попали в чужие руки, поэтому он защитил их своеобразным устройством на тот случай, если вдруг кому-то взбредёт в голову залезть к нему в шкаф. Наверное, мама хотела что-то показать Гарби, и устройство сработало. Не сильно заботясь об этичности своих экспериментов, Кристиан проверял свои формулы на обычных людях. Мама стала свидетельницей одного такого теста и, возможно, именно тогда начала менять своё мнение относительно Криса. А догадавшись, что именно Гарби столь пагубно влияет на своего протеже, восстала против его желания вовлечь когда-нибудь в свою экспериментальную деятельность и меня. И всё равно, несмотря на где-то аморальную сторону задумок Эмнта, мама тянулась к нему, не прерывала общение, раз даже в последний день своей жизни она была вместе с ним.

Девушка снова умолкла. Друзья её не торопили, понимая, с каким трудом ей даётся признание правды о близком когда-то человеке.

— Полагаю, Кристиан добился своего — получил прекрасного спонсора в лице Гарби, который оплачивал его дорогостоящее обучение... Своеобразное инвестирование. Эмнт намеревался вернуть потраченное в виде изобретений, над которыми они работали вместе. Крис стал по-настоящему блестящим биохимиком. Только ведь для тестирования его идей ему нужна была хорошо оснащённая лаборатория. Использовать лаборатории Витторио он уже не мог...

Лия задумалась. Неприятная и тревожная мысль закралась ей в голову.

— «Агава»... — тихо пробормотала она, — Кристиан долгое время работал в «Агаве». Она как-то связана с происходящим?

— Напрямую, — кивнул Джинджи, — чего тебе Норман, скорей всего, не сказал, так это то, что юридическим лицом, владеющим «Агавой», являлась Norman Law Group, и, я уверен, это бесило его страшно. То есть официально права на продукцию, изготовляемую под крышей лабораторий «Агавы», принадлежали его отцу. Бьюсь об заклад, что где-то существует бумага, заверенная самыми уважаемыми юристами, по которой права на определённые изобретения выдающихся молодых химиков передаются Гарби Эмнту.

— Неужели он стал бы так рисковать?

— Риск минимальный. «Агава» — законный бизнес. Помимо выпуска фармацевтической продукции, они занимались исследованиями в области химии и фармакологии. Некоторые из них даже спонсировались государством. Но, по-видимому, Гарби не хотел ждать результатов, полученных официальным путём, поэтому, помимо законно оформленных лабораторий, стали возникать нелегальные, такие как в Дели, Сан-Хуане и Париже. Нанимали туда, скорей всего, людей талантливых, но стеснённых в средствах, либо находящихся в разладе с органами порядка. Гарби — мастер выискивать именно такие дарования...

В голосе Джинджи появилась нотка сарказма. Не сводя глаз с Лии, он нажал пальцем на свой телефон.

— У меня есть карта всех передвижений Кристиана, желаешь ознакомиться?

Опустив плечи, словно на них вдруг кто-то тяжело надавил, девушка кивнула и взяла протянутый ей сотовый.

Карта представляла собой точки земного шара с датами, когда наблюдаемый объект там находился, и поражала густотой этих точек. Лия отметила, что Норман неоднократно возвращался в Австралию, вероятно, в надежде найти вдохновивший его когда-то цветок. Он также много путешествовал по Индонезии, Малайзии, Индии и странам Южной Америки. Неудивительно, что у него так редко выдавалась свободная минутка, чтобы ответить на её письмо или позвонить. Но что ранило её больнее всего, так это дата, когда он посещал Чикаго. С двадцать пятого по двадцать седьмое апреля этого года. Именно тогда, когда она разговаривала с ним из Амстердама, и когда он бессовестно соврал о своём пребывании в Нью-Йорке.

— То массовое отравление формальдегидом в центре Стивена… — упавшим голосом промолвила она, — произошло по вине Кристиана?

— Мы лишь можем с уверенностью утверждать, что кто-то умышленно покрыл столешницы веществом уникального состава, чтобы усилить концентрацию формальдегида. Причастность Нормана доказать не можем.

В голосе Джинджи звучала досада.

— Уверен, однако, что это благодаря ему у Стивена началась дисфункция сердца. Я говорил с его лечащим врачом. Он подтвердил, что Клейтон в последнее время часто жаловался на сердце, был нервным и чем-то обеспокоенным. Это, надо полагать, — следствие запугивания подручными Гарби. Происшествие в их центре — пример такого устрашения. Но дело обстояло не настолько плохо, чтобы подобные инциденты привели его организм в столь жалкое состояние. Врач убеждён, что виной был некий катализатор, который больной мог принять незадолго до инцидента. Он привёл несколько примеров. Но в крови ничего не нашли. Правда, проверять стали слишком поздно. Когда же я спросил, можно ли подобные средства ввести в организм через дыхательные пути, он рассмеялся мне в лицо и сказал, что биологическое оружие — не его специализация…

Джинджи мрачно замолчал. Лия боялась посмотреть ему в глаза, почему-то ощутив острое чувство вины. Поэтому она снова уставилась на остывший кофе в своей чашке.

— Но ведь в день, когда со Стивеном произошло несчастье, Криса не было в Чикаго, — тихо пролепетала она, всё ещё на что-то надеясь.

— Ему и не надо было там быть, — усмехнулся Джинджи, — ведь в его распоряжении находился верный помощник. В показаниях Джоанны сказано, что третьего мая к ним наведывался человек в штатском с полицейским удостоверением, якобы по вопросу случая в их центре. Её удивило, что тот не поленился проехать несколько часов до их загородной виллы, вместо того чтобы просто позвонить. Она его впустила и отлучилась, чтобы позвать мужа. Когда они вернулись, то обнаружили, что страж порядка улетучился. Фоторобот мы тоже составили, но, думаю, показывать его вам нет надобности: он отдалённо напоминает Эдмонда Грина. Бумаги, которые Марио принёс на подпись, хранились в секретере. Секретер старинный. Чтобы добраться до ящичков, надо открыть панельку. Панелька с внутренней стороны была пропитана той же субстанцией, что и столешницы в центре Стивена. Каждый раз, когда дверца открывалась, внутрь поступал кислород, и происходила странная химическая реакция, при которой в воздух выпускался газ, оснащённый одним из упомянутых врачом средств. Очень маленькая концентрация. Но ведь Стивен постоянно работал за секретером, и кто знает, сколько раз на дню открывал панельку. В итоге в его организм попала достаточная доза, способная спровоцировать сердечный приступ. Но это стало известно лишь после дотошного следствия. Изначально всё выглядело вполне невинно. Стивен сильно переживал из-за событий в центре, ведь он был ответственным за безопасность сотрудников, и теперь ему приходилось отдуваться. Сердце не выдержало нагрузки. Для вас решающим фактором могло быть ваше внезапное появление в такой напряжённый для него момент. А для Гарби — вроде бы тоже возможный исход психологического давления. Только ведь Эмнт не дурак. Думаю, уже после случая с Роном он заподозрил неладное. Если допустить, что он хотел лишь обанкротить Рона, используя для этого добрую волю Алистера и забитого страхами Кларка, то случившееся с последним не входило в его планы. Взрыв ярости Трэвиса был вызван особенно сильным галлюциногеном, одним из тех, с которыми любил экспериментировать Норман. Гарби предпочитал психологический прессинг, усиленный запахами. Наркотики — не совсем его стиль. Такое наглое вмешательство в столь долго разрабатываемый им план должно было его покоробить. Недаром Гарби начал подыскивать замену Кристиану уже тогда.

— Когда тогда? — Лия нервно заёрзала на диване.

Джинджи взглядом предложил Джону ответить за него.

— Помнишь тот вечер в январе, — начал Локхарт, — когда ты впервые увидела Брикста, якобы следившего за мной?

— Что значит «якобы»? Я точно видела, что он следил за тобой.

— Я долго думал над этим. Если Брикст — это Эмнт, зачем ему следить за мной? Он и так знал обо мне всё. А вот мой спутник мог представлять для него интерес.

— Твой спутник? — растерянно повторила Лия, силясь вспомнить подробности далёкого зимнего вечера.

— Со мной тогда шёл молодой парнишка — выпускник нашей школы. Тоже одарённый химик. Однако своенравный и амбициозный. Гарби к нему присматривался. Подозреваю, что оставил его в покое по простой причине: не хотел менять шило на мыло.

— Но ведь Гарби проследил за тобой до бара? Уже после моего звонка. Зачем?

— Из простого любопытства. Он же психолог, исследователь. Любое неожиданное действие со стороны наблюдаемого объекта вызывает в нём интерес. Он будет пытаться найти ему объяснение.

Сделав короткую паузу, во время которой он скрупулёзно изучал трепещущий огонёк горелки, Джон продолжил.

— Следующим объектом его внимания стал Брайден.

— Об этом я догадалась, — кивнула Лия, — только не понимаю, за что Гарби так жестоко наказал его?

— С чего ты взяла, что Гарби причастен к тому, что произошло с Брайденом?

Джон участливо следил, как в который раз за этот вечер у девушки опустились плечи. Он поспешил избавить её от ответа, продолжив своё повествование.

— Если ты помнишь, к нам в школу приезжал профессор по химии из Оксфорда, работы которого так увлекли Брайдена. Я ему позвонил, чтобы выяснить, были ли какие-нибудь инциденты во время его визита. Ведь с Курвишем он общался особенно часто. Оказалось, профессор этот — хороший знакомый Гарби. Он признался, что Эмнт попросил его оценить учеников Hearts Education и посоветовать ему одарённого химика. Гарби продолжал искать замену Кристиану. Подозреваю, что об этом стало известно Норману…

В этом месте Джон снова умолк. Он не хотел продолжать, уверенный, что Лия сама правильно домыслит.

— Зачем? — дрожащим голосом произнесла она.

Ей вдруг показалось, что между длинными завываниями ветра она расслышала глухой удар грома. А то, что отдалённо напоминало пшеничную крупу, ещё яростнее и отчётливее застучало по жести двери, отдаваясь тревожной дробью в сердце.

— Ведь он сам хотел уйти. Неужели лишь из мести?..

Её друзья не ответили, продолжая с сочувствием глядеть на неё.

Взяв себя в руки, Лия выпрямила спину и поочерёдно глянула на своих собеседников.

— Значит, тогда, когда я видела Гарби у дома Брайдена, он приходил к мальчику, чтобы понять, что с ним произошло? И Алистера уговорил порекомендовать его как психолога, чтобы получить лёгкий доступ к Курвишу? Но не для того, чтобы давить на него, а чтобы дать правильную оценку, рекомендацию… чтобы помочь?..

Получив в знак согласия очередную порцию молчания, девушка вычеркнула одну не дающую ей покоя деталь из длинного списка подобных и вздохнула с облегчением.

— Продолжайте. Теперь я тоже хочу знать всю правду! Особенно о том, что случилось с Роном и потом — с Кларком.

Джинджи жестом попросил Джона продолжать рассказ.

— Пожалуй, в том, что двигало участниками в этом конкретном деле, ты разбираешься лучше меня, и мне не терпится услышать, наконец, твоё новое видение произошедшего. Просвети нас, наконец.

Джон начал не сразу. Он не сводил глаз с Лии, и в них она всё ещё читала смесь сопереживания и горечи.

— Говори смело, — подбодрила она его, — я уже смирилась с тем, что Кристиан виновен в том, что произошло с Витторио, Стивеном и Брайденом. И что помогал ему в этом Эдмонд. Чую, сейчас вы меня убедите в их причастности к убийству Рона. Я хочу понять, почему. Зачем Крису это было надо?!

— Чтобы избавиться от дамоклова меча в лице Гарби Эмнта, — ответил Локхарт, — и заниматься тем, чем Кристиан всегда хотел заниматься: разработками всемирного масштаба, чтобы чувствовать свою собственную значимость, а не быть тенью Эмнта; чтобы быть контролирующим, а не контролируемым. Он ловко перенял тактику Гарби в манипулировании. У него не было навыков или знаний в области психологии, но он был умён и умел предсказывать линию поведения близких ему людей.

Помолчав, Джон откинулся на спинку дивана, чтобы комфортнее было вести долгий монолог. Старый диван возмущённо заскрипел пружинами, заставив молодого человека вернуться в исходное положение.

— Я расскажу, как я понимаю и вижу мотивы поведения людей, во-влечённых в эту историю. Вы можете меня прерывать, если сочтёте мои измышления ложными или где-то неверными. Для нашей семьи всё началось пять лет назад, когда погибли мои родители. Рон продолжил семейный бизнес, но в рамках тех правил и требований, в которых он привык работать в мире предпринимательства. Хоть он и соглашался с мамой, что инвестирование в потенциал человека в долгосрочном времени окупается, тратить средства на тех, кто в текущий момент не мог позволить платить за обучение, он не захотел. То есть в услугах Гарби он больше не нуждался. Думаю, это сильно задело последнего. Когда же Эмнт понял, что мой дядя хочет превратить уникальную, но не приносящую большие доходы школу в самую обычную «элит-ную» и набирать только тех, кто в состоянии платить, но платить не за созданную с таким трудом систему обучения, а лишь за имя, он взбесился. Он решил наказать дядю за его меркантильность, как он думал. Не убить, а разорить и отобрать школу. Возможно, таким жестоким способом он хотел показать, что деньги непостоянны. За один короткий момент из-за одной допущенной ошибки можно потерять всё. А вот талант, наоборот, — ценность, алмаз, который надо бережно огранить и вставить в подходящую оправу, чтобы другие могли видеть его сияние. Если это то, что двигало им, тогда Гарби смерть Рона действительно была не нужна. Даже если Рон узнал что-то о нём и грозил разоблачением, Гарби с удовольствием принял бы вызов и растянул игру с более опасными для него правилами. Вот это было бы в его духе!.. Когда я узнал от Джейми, что Гарби был тем независимым экспертом, благодаря которому Кларка поместили в Бродмур, я отправился туда сразу же, как только вернулся в Лондон. По записям я узнал, что Эмнт несколько раз навещал Кларка. По-моему, он сам пытался разобраться, что же произошло с Трэвисом в день убийства. Чем была вызвана агрессия? Ведь он её не планировал. Подавленность, депрессия — да. Они превратили Кларка в марионетку, и Гарби оставалось лишь дёрнуть за нужную ниточку. А ещё мне кажется, что Трэвису была отведена та же роль, что и Стивену. С его помощью Эмнт хотел присвоить акции компании. Подняв старые контракты, я выяснил, что дядя передал Трэвису пять процентов акций, когда предложил ему стать его личным бухгалтером. Сейчас я уже всё оцифровал, привёл в порядок документы и теперь ясно вижу распределение акций. Если бы Кларк переписал на Алистера свои пять процентов, то с акциями Теда Калма, на которого, как я узнал, Гарби тоже имел громадное влияние, у них оказалось бы тридцать пять процентов. И Гарби в руки попал бы контрольный пакет. Месть — что надо. Дядя рвал бы и метал, узнав, что решения теперь принимает тот, от кого он когда-то отмахнулся.

— Минуточку, — перебил его Джинджи, — слишком много «я узнал». Каким образом?

Заметив, как Джон вдруг смутился, Лия злорадно ухмыльнулась.

— Вижу, не у меня одной совесть нечиста, n'est-ce pas, mon cher? Твой двойной агент работал не покладая рук.

— У тебя помимо меня есть другие двойные агенты? — удивился Джинджи, — кто?

— Летиция Калм, — ответила за молчаливого друга Лия, — вот интересно, как она узнала насчёт распределения акций? Ведь это она сообщила тебе относительно крота в вашей компании, и потом она же, получается, доложила, что этот крот ещё и держатель ваших акций. Поражаюсь её осведомлённости! Каким образом ей удалось это выяснить? Сомневаюсь, что её отец был настолько посвящён в дела компании.

— Она не призналась, — вымолвил, наконец, Джон, — подозреваю, что Тиша с самого начала была в курсе, кто является кротом, и, скорей всего, работала с ним сообща.

— А ей какая была от этого выгода? — поинтересовалась Лия.

Локхарт сжал губы и лишь выразительно смотрел на неё.

— Aaa-oooh là là, — протянула она и сконфуженно умолкла.

Однако любопытство быстро взяло верх над чувством такта.

— Je suis désolé,[1] — на всякий случай извинившись, Лия всё-таки продолжила:

— А кто из них кого бросил? Раз Летиция переметнулась на твою сторону.

— Зная её мстительную натуру, надо полагать, это была инициатива Алистера. Скорей всего, он уже начал задумываться об отступлении, и лишний груз в виде любовницы ему был ни к чему. Более того, как оказалось, я зря клеветал на Теда Калма. Когда он пытался перекупить остатки наших акций, он действовал по науськиванию Алистера, вещавшего устами Летиции. Это его Тиша снабжала информацией обо мне, а не отца. Я не сразу догадался, что «папочкой» у неё может быть кто-то другой…

Джон затряс головой, словно отгоняя неприятные воспоминания.

— Это всё уже не имеет значения. Летиция с отцом раскручивают новый бизнес в Ванкувере, и я искренне желаю им успехов. Забудем о них. Есть ещё несколько деталей, с которыми я хотел бы поскорей разделаться и также оставить в прошлом.

Наклонившись, Джон упёрся локтями в колени и поднёс сложенные вместе ладони к губам. Тишина длилась несколько минут. Похоже, все прислушивались к нарастающему гулу океана. Ветер теперь не выл, а будто огромным тяжёлым одеялом с остервенением бил внешнюю стену маяка.

— Я расскажу вам о своих наблюдениях в день смерти Рона, — заговорил, наконец, Джон, — и к каким выводам я пришёл уже потом, когда понял, кто к ней причастен. Когда я вошёл в дом дяди, я увидел Трэвиса у подножия лестницы с пистолетом в руке, с потерянным взглядом, в нём сквозило отчаяние. Пистолет он направил на себя, глаза смотрели прямо в дуло. Тогда я решил, что он хочет себя застрелить, но теперь допускаю, что я ошибся. Как сказал Трэвис, последнее, что он помнит, — это запах духов и то, как он вытащил пистолет. Вероятно, эти два события совпали по времени. Пистолет, небольшой по размеру, мог быть завёрнут во что-то пропитанное определённым составом и провоцирующими ароматами.

— Но ничего, кроме пистолета, найдено не было, — возразил Джинджи.

— Я знаю. И это навело меня на мысль, что там был ещё кто-то, кто помог Трэвису нажать на курок, ну или просто хотел проконтро-

---

[1] Сожалею (*фр.*).

лировать, чтобы тот совершил то, что от него ожидалось, а потом ликвидировал «лишние» улики. Очень вероятно, что этот человек либо ждал, когда Трэвис покончит с собой, либо собирался «помочь» ему спустить курок ещё раз. Это совпадает с моим собственным ощущением… Я не могу это доказать, но и не могу отделаться от наваждения, что кто-то ещё присутствовал в доме, когда я вошёл и обнаружил дядю. Кто-то, помимо Трэвиса. И этим кто-то, скорей всего, был Эдмонд Грин… или же Ванс Гиссер, которого впоследствии послали в Бродмур завершить дело до того, как Гарби выяснит, кто является истинными виновниками произошедшего.

— Постой-постой, — прервала его Лия, — хочешь сказать, что Гиссера в Бродмур послал не Гарби?!

— Ванс не преданная собака. Выполнял поручения любого за хорошую оплату. За неверность, пожалуй, головой и поплатился.

— То есть тогда в Амстердаме он следил за Витторио не по поручению Гарби, а по просьбе Криса?

— Да, раз самый верный его помощник в это время, наверняка, уже был в Чикаго вместе с ним, чтобы позже обстряпать дело со Стивеном.

— Что ж, теперь мне понятно, отчего так разволновался Эди, прослышав об участи Ванса. Ведь на его месте рано или поздно мог оказаться он сам.

— Всё верно, — кивнул Джон, — полагаю, что именно тогда они с Кристианом решили ускорить ход событий ещё одной диверсией. Возможно, они не предполагали, что Гарби начнёт действовать столь радикально, и надеялись, что у них есть время завершить свой план по его уничтожению «законным» путём. Они вряд ли до конца понимали конечную цель Эмнта. Однако знали, что всё вертится вокруг Hearts Education, и полагали, что убийство её основателя как минимум пошатнёт платформу построенного Гарби «картеля». Надо отдать должное Грину. Он проделал колоссальную детективную работу по выявлению деталей преступной деятельности пособников Эмнта и сбору информации о них самих.

— Это вы из его записной книжки поняли? — обиженным тоном спросила Лия, — между прочим, у меня на неё прав было больше!

— Между прочим, дорогая моя, Грин, ни секунды не сомневаясь, разделался бы с тобой, заметив её пропажу. Несмотря на видимое расположение к тебе Нормана-младшего и его собственное расположение к Кристиану, с тобой он вряд ли стал бы церемониться. Кстати, я до сих пор не понимаю, чем Кристиан его удерживал? Ведь платил ему не он, а его отец, только вряд ли платил достаточно, чтобы покрывать всё, на что решался Эдмонд ради его сына.

— Эдмонд — не простой работник конторы, — пояснила Лия, — он всегда был близким другом семьи, и у него особенная привязанность к Крису, которого он чуть ли не с рождения знает. А под «близким другом семьи», скорее, понималось «близкий друг жены Дейва», то есть матери Криса. Нет, тут не подразумеваются романтические отношения. Кажется, он её дальний родственник, и в своё время она помогла ему встать на ноги.

— Интересно, — вступил в их диалог Джинджи, — знал ли об этом Эмнт? Наверняка знал и учитывал готовность Грина пойти на рискованный поступок во имя благополучия своего любимца. Я ведь правильно понял: Эдмонд расправился с Невилом Брикстом, чтобы раз и навсегда покончить с кабалой, в которую угодил Норман? Не ведая, что антиквар был лишь подсадной уткой. Сдаётся мне, что участь несчастного Брикста была предрешена задолго до того, как у Эдмонда и Нормана созрел сей коварный и опасный план.

— Несомненно, — поддержал его Джон, — отметьте интересное совпадение: Брикст покинул Бродмур пять лет назад, как я догадываюсь, по рекомендации Гарби. Примерно в то же время Эмнт разругался с дядей и принялся за разработку своей грандиозной аферы. Я уверен, что путь к отступлению он начал продумывать одновременно. В Невиле он увидел человека легко управляемого, со слабой уязвимой психикой, к тому же, очень похожего на него внешне. То, что Брикст занимался антиквариатом, оказалось бонусом. Идею находить подход к людям через предметы старины, пожалуй, подсказал Гарби Рон. Он и многие из его окружения увлекались антиквариатом. А вещи с длинной насыщенной историей обладают таким же богатым запахом, на который никто не обратит внимания. Я изучил списки погибших бизнесменов. Канадские мне были незнакомы, но один из Англии когда-то являлся компаньоном Рональда. Его убийство произошло за полгода до гибели дяди. Именно тогда Рон заподозрил, что что-то неладное происходит вокруг него. Возможно, убийство и подстегнуло его серьёзнее отнестись к казавшимся вначале нелепым подозрениям. Тогда он обнаружил, что деньги фонда без его на то благословения тратятся на закупку недвижимости. Он заподозрил Трэвиса Кларка по нескольким причинам. Во-первых, тот начал вести себя неадекватно. А во-вторых, дядя когда-то обеспечил его доверенностью заключать сделки в его отсутствие.

— Вот как? — удивилась Лия, — получается, Трэвис всё-таки согрешил! Когда вы об этом узнали?

— Об этом было известно почти сразу. Это же использовалось в суде как доказательство вины Кларка. Только тогда он всё отрицал по настоянию адвоката, ибо самой доверенности найдено не было, да и о сделках стало известно лишь потом. Теперь он стал разговорчивее и сам во многом сознался. Алистеру нужна была подпись моего дяди лишь на самых ответственных документах. Например, покупка недвижимости в Лондоне требовала непосредственного присутствия Рона. Дарственная же была частью контракта, ловко замаскированная адвокатами. А вот на менее важных документах по закупке недвижимости стоит подпись Кларка. Однако, опять же, благодаря «профессионализму» адвокатов, три незначительные, на первый взгляд, сделки нанесли существенный удар по состоянию нашей семьи. Всё ещё надеясь на здравый смысл бухгалтера, Рон решил посмотреть, что представляют собой приобретённые без его ведома объекты. Когда он увидел, где и на что были потрачены деньги, тогда, пожалуй, он и заподозрил, что за всем этим стоит именно Гарби Эмнт. Гарби вытягивал из дяди средства так ловко, что Рон, матёрый предприниматель, понял это, когда потерял почти половину. Уверен, тут дело не столько в умелых финансовых операциях, сколько в их психологической обработке. Я не читал документацию, конфискованную у Алистера, но догадываюсь, на что шли отобранные у бизнесменов средства, — Джон скосил глаза в сторону Джинджи.

Тот ухмыльнулся и весело мотнул головой.

— А я ведь оставил эту новость напоследок — хотел удивить вас! У Алистера в самом деле конфисковали много документов. Копии, оригиналы надеемся изъять у Norman Law Group. Документы любопытные, но, в целом, бесполезные. Не знаю, о чём догадываешься ты, но, наверное, догадки твои верны. Все заработанные на шантаже и финансовых манипуляциях средства, за исключением некоторых сумм, прикарманенных Алистером и предназначенных для оплаты услуг исполнителей и прочих, пошли на благотворительность в виде вложений в уже существующие школы в бедных районах или на застройку новых школ там, где у государства не хватало финансовых сил, чтобы обеспечивать детей минимальным образованием. Правда, регионы были выбраны весьма оригинально и неожиданно. Головой не ручаюсь, но, кажется, лже-Брикст, то есть Гарби, не брал себе ни цента. Во всяком случае, в документах это, как и то, откуда средства брались, никак не отражается. У нас есть только даты поступлений, сами суммы и их распределение. По датам можем догадаться о некоторых сделках, вот, пожалуй, и всё… Единственная польза от записей — они помогли нам выявить многих, вовлечённых в это дело. Только вот выявить и доказать причастность — не одно и то же…

— Ха! — Лия хлопнула себя по коленке и рассмеялась, — в этом деле я уже готова верить во что угодно! С пониманием дела обстоят хуже. Чего добивался Гарби? Зачем отбирал средства? Неужели лишь для того, чтобы ублажить проснувшегося в нём доброго самаритянина?

— Я могу отвечать только за наши средства, которые у меня получилось отследить, — охотно продолжил Джон, — полагаю, в других случаях сценарий и намерения были схожи. Видишь ли, все эти липовые сделки, которые не давали мне покоя, были не совсем липовыми. Гарби на самом деле хотел открывать школы для одарённых детей. Не удивлюсь, узнав, что в тех необычных, казалось бы, выбранных наугад регионах он разглядел и выявил когда-то талантливых детей. Возможно, он также хотел показать Рону, что он может продолжить дело его сестры ему наперекор и за его спиной…

Вздохнув, Джон снова опустил локти на колени и уткнулся носом в сложенные ладони. Было видно, что принятие того, чем он собирался поделиться следующим, далось ему нелегко.

—Это мой дядя впоследствии отменил застройки школ. Всех трёх. Не адвокаты, как мы думали изначально. Он… Его можно понять. Кто-то направил его средства на дело, которое он не одобрил бы и на которое пожалел бы денег. И всё же мне трудно оправдать его бессердечное решение разрушить надежды детей и родителей.

—Но ведь отменой сделок Рон так и не вернул потраченные на них деньги!

Снова выпрямившись, Джон кивнул.

—Не вернул, но, как оказалось, и не потерял. Деньги всё это время оставались в трастовом фонде, открытом на имя нашей компании. Гарби, наверняка, имел к нему доступ, благодаря своему влиянию на Нормана-старшего и некоторых других высокопоставленных особ. Контракты были составлены так, что дядя не мог забрать свои же деньги. Если б он подал в суд на адвокатскую контору, скорей всего, он либо проиграл бы, либо судебная тяжба растянулась бы на многие годы. Это сейчас, когда на них со всех сторон посыпались обвинения, их репутация и доверие к ним пошатнулись. Поэтому, при желании, теперь я смог бы забрать деньги из фонда.

—А желание есть? — робко поинтересовалась Лия.

—Желание есть, — улыбнулся он ей в ответ, — закончить то, что начал Гарби. Я ещё раз объездил все три региона, где планировалось строить школы, разговаривал с родителями и даже с детьми… Конечно, часть приобретённых участков, такие, как тот, на котором стоит хибара на краю пропасти, использовать будет нельзя — их добавили, чтобы оправдать высокую цену. Они отойдут обратно государству. Я уже подписал с властями договор на застройку новых школ в безопасных и одобренных строительными компаниями районах. Деньги пойдут из упомянутого трастового фонда, а также из другого, открытого недавно нашими бывшими учениками.

—Ой, Джон, — захлопала в ладоши Лия, — я так рада!

—Ты была права насчёт дочки Матео Гарза, очень смышлёная девочка.

—А как же Альваро Бусто? — заволновалась Лия, — его вернут обратно?

Джон вопросительно посмотрел на Джинджи.

— К сожалению, с Альваро Бусто история гораздо сложнее, — тут же отреагировал тот, — как оказалось, клуб «Виктория» давно был под наблюдением у Интерпола. Четверо из погибших бизнесменов, включая бразильца, посещали притоны, располагающиеся в подвальных помещениях ресторана. После третьего инцидента ресторан был взят на заметку. Бордель не прикрыли, ибо подозревали крупный шантаж и пытались прощупать связь. Альваро не депортировали, как он всем рассказывал. Он сам сбежал… от страха.

— Почему? Ему угрожали?

— Альваро Бусто тоже оказался завсегдатаем «Виктории». А когда ему начали задавать вопросы официальные лица, он струхнул и принял неразумное и эгоистичное решение вернуться на родину. Под угрозой обвинения в аморальном поведении он наплевал на будущее семьи.

— А что за история с наркотиками?

— Ну это уже потом его поспешный отъезд оброс слухами. Ни с какими наркотиками он связан не был. Но так как он отказался сотрудничать с властями, то и путь назад ему, пожалуй, теперь отрезан.

— А с чего вдруг Интерпол заинтересовался «Викторией»? Ведь дыма без огня не бывает. Их кто-то навёл на неё? Как в случае Ванса Гиссера, да?

Джинджи заметно замешкался.

— Джон, — обратился он к другу, — я должен попросить у тебя прощения, ибо не во всём был с тобой… м-м-м… прозрачен. Частично оправдывает меня то, что и ты многое от меня утаил и продолжаешь утаивать.

— Любопытно, — Локхарт вновь откинулся на спинку дивана и в этот раз даже не обратил внимания на истошный скрежет пружин, — хочешь сказать, я чего-то не учёл?

— О! — Лия в предвкушении даже хлопнула раз в ладоши, — обожаю такие моменты! Давай, Джинджи, пошатни его непоколебимую уверенность в понимании абсолютно всего. Мне это ни разу не удавалось, а посмотреть ой как хочется!

Умерив свой пыл под строгим взглядом друга, девушка спрятала обе ладони меж колен, продолжая, однако, подпрыгивать в нетерпении на краешке дивана.

— Видишь ли, Джон, — начал объяснять Джинджи, — ты так убивался из-за произошедшего с дядей и из-за того, что не можешь уловить смысла в его смерти, что я решился на не совсем правомерный поступок. Отослал тебе одно важное вещественное доказательство…

По цилиндрической полости маяка снова разлилась тишина. На этот раз, казалось, даже ветер замер, будто ощутил напряжённость момента.

— Что ты сделал? — наконец, переспросил Джон.

— Конверт от твоего дяди с перечисленными сделками и координатами… Я подбросил его в Арисейг, зная, что ты туда скоро отправишься. Штамп на почте за прошлый год было нетрудно поставить. Изначально эти записи были адресованы не тебе… прости, — ещё раз извинился Лин и умолк.

— А кому? — резким тоном потребовал ответа Локхарт.

Было видно, что признание друга задело его за живое.

— Одному работнику в Интерполе. Имя называть не буду. Он тоже учился с Рональдом в колледже, где, будучи студентами, они баловались криптографией, используя тот же шифр, которому Рон обучил после и тебя. Они общались нечасто, но регулярно. Твой дядя отправил ему конверт сразу же по возвращении из Пуэрто-Рико. Там ещё было письмо, в котором он делился своими подозрениями о происходящем. Ему было известно о смерти более чем одного бизнесмена, Джон. Он уже видел размах преступной организации, которую Гарби создал буквально за три года. Эмнт недооценил твоего дядю. В своём письме Рональд достаточно детально описал процесс выманивания денег у своих собратьев. Он ссылался на адвокатскую контору, «Викторию» и некоторые другие учреждения. То есть о шантаже Интерполу было известно давно, но причастность Гарби я лично подтвердил для себя лишь после вашей реакции на его имя.

— То есть ты умышленно упомянул его тогда в разговоре?

— Да. В своё оправдание хочу добавить, что о письмах Рона мне самому стало известно далеко не сразу. Ведь я взялся за расследование лишь по твоей просьбе и по собственной инициативе, неофициально. Когда стало известно об участии Ванса, я связался с Интерполом и только тогда вышел на старого знакомого Рональда. Записи самого Рона мне позволили тебе отправить в надежде, что ты увидишь в них то, что ускользнуло от нас. Но слишком посвящать тебя в расследование не разрешили.

— За мной следили?

— Только в Лондоне. В других странах было сложнее. Приходилось вовлекать гражданских. Например, о вашем визите в Утвадо они узнали от Гарзы.

— Но ведь слежка началась гораздо раньше, сразу после смерти дяди. Меня подозревали?

— Да, было очевидно, что в произошедшем замешан некто, кто знал о Рональде очень много. Ты, как наследник, оказался первым, на кого пало подозрение.

Беспокойно постукивая пальцами по подлокотнику дивана, Джон нетерпеливо прервал друга следующим вопросом:

— Те последовательности чисел — студенческие номера, которые были в конверте. Их ведь не дядя послал?

— Нет, — ухмыльнулся Джинджи, — это я их подкинул. Мне было интересно, попросишь ли ты меня узнать относительно второго номера или сам не поленишься отправиться в Оксфорд.

— Зачем? — удивилась Лия, — чего ты добивался?

— Я хотел знать, стоит ли мне рассчитывать на содействие с твоей стороны, Джон, в расследовании, направленном против Гарби Эмнта. Я подозревал, что ты к нему относишься с большим уважением, и я убедился, что ты сто раз подумаешь, прежде чем выдать мне улику, обличающую его.

— А Рон хоть раз упоминал в своём письме Гарби? Как вы иначе вышли на него?

— Он написал его имя в P. S. Однако не упомянул его в самом письме. Скорей всего, он был не уверен, причастен ли тот, до самого конца не уверен. Но точно подозревал его, а может, даже и боялся. Неспроста он зашифровал письмо и больше никак не пытался связаться с властями. А вот тебя из Штатов вызвал. Почти сразу же, как отправил письмо. Почему? Опасался за твою жизнь?

— Нет, — хмуро ответил Джон, — Рон подозревал меня тоже. Вряд ли он считал, что я делюсь с Гарби информацией намеренно, но решил себя обезопасить и держать меня под боком, чтобы иметь возможность присматривать за мной. Выходит, он тоже сомневался во мне до самого конца, ни разу со мной не поговорил, не посвятил, а я так рассчитывал, что его письмо — доказательство его веры в меня…

Он невесело усмехнулся и взмахнул рукой, выразив этим жестом всю свою горечь. Теперь уже Лия придвинулась к нему и ласково потрепала его ладонь.

— Не буду тебя злить предложением продолжить в другой раз, — бодрым голосом сказала она, — тем более что сейчас настанет черёд Джинджи отдуваться и оправдываться.

— А что я, по-вашему, тут уже полчаса делаю? — шутливо изобразил тот негодование, — и, по-моему, я уже во всём признался, в отличие от вас.

— Да ну?! — по-лисьи сощурилась на него девушка и театрально всплеснула руками, — а давайте-ка, друзья, поговорим лучше на тему манипуляции. Ведь она сыграла не последнюю роль в обсуждаемой нами истории.

— Ты уверена, что хочешь говорить об этом? — серьёзно спросил её Джон, — не пожалеешь?

— Я?! — подивилась его вопросу Лия, — почему это я должна жалеть? Это вы — главные манипуляторы, не я!

— О, Лия! — не уступив ей в артистичности, Джинджи повторил движение её рук, — мы все пытаемся манипулировать друг другом! Кто-то делает это неосознанно, давит на жалость, на совесть, кто-то зажимает в угол своим авторитетом, запугивает. Все мы манипулируем, ибо хотим чувствовать себя у руля ситуации. Иллюзия контроля даёт нам временную передышку, убаюкивает тайной надеждой защитить либо себя, либо близких от любой угрозы. Каждый выбирает свой способ манипуляции. Чуткие делают это мягко, деликатно, незаметно, путём интеграции маленьких незначительных мелочей в нашей жизни. Иногда, конечно, приходится прибегать к более радикальным средствам…

— Ты нам тут зубы не заговаривай! — перебила его Лия и погрозила ему пальцем, — маленькие незначительные мелочи — на самом деле хорошо продуманные действия, направленные на корректировку жизненного пути. Как, например, та фотография в газете.

— Какая фотография? — в лицах её друзей читалось недоумение.

— На главной и, очевидно, ложной, странице Hot News! Фотография неизвестного на носилках, чтобы привлечь моё внимание и заставить беспокоиться за его судьбу, — Лия ткнула обвинительным перстом в Джона, — и позвонить ему!

— А-а-а, — протянул Джинджи и рассмеялся, — это, действительно, мелочь. До сих пор удивляюсь тому, насколько люди верят жёлтой прессе.

— А Вербье? — воскликнула Лия, — неужели и это вы подстроили?!

— Нет, — Джон покачал головой, — встреча в Вербье была счастливой случайностью. Столь удивительное совпадение меня на самом деле поразило! А всё остальное в этой истории… гм-м… да, согласен, череда от простых до очень сложных примеров манипулирования человеком. Возьмём, к примеру, названия магазинов Невила Брикста. В Лондоне и Чикаго — самые обыкновенные, непримечательные магазины с одинаковым названием Antique Magnifique. Вокруг них ничего особенного не происходило. Думаю, их создали с одной целью — пошатнуть финансово дядю и его компаньона. Последний — Breekst's Antiques, однозначно указывал на своего владельца. Словно кто-то хотел притянуть к нему всеобщее внимание. Значит, Гарби уже начал сворачивать свою деятельность. Он бы исчез, оставив закону на растерзание настоящего Невила Брикста, в единственном числе которого никто, кроме Лии, не сомневался. А вот первый магазин, открытый в Сан-Хуане, носил имя «Эдельвейс» — напоминание об Аните? Или уже тогда Гарби рассчитывал использовать это название как знак свыше?

— Как он мог предугадать, что через несколько лет это название вынудит меня поехать в Сан-Хуан? Он — умный человек, но не ясновидящий, — скептически хмыкнула Лия.

— Не ясновидящий, но умеющий предвидеть разные жизненные обстоятельства. Он, наверняка, предусмотрел несколько возможных комбинаций. Ему оставалось лишь делать ходы в соответствии с разыгрывающейся партией. Например, когда он смекнул, что ему готовят ловушку в виде ещё одной диверсии, он решил использовать её для достойного конца аферы, которая ему лично после смерти Рона уже не была столь нужна, а катилась по инерции на вовлечённых в неё людях-колёсиках. Очевидно, он получал неимоверное удовольствие от этой опасной игры, где он делал высокие ставки на особенности человеческой психики. Мне даже немного льстит тот факт, что он использовал мои же модели поведения человека.

Заметив на лице друга довольную ухмылку, Лия возмутилась:

— Если ты хвалишься своими способностями предсказывать поступки людей, почему не уберёг Брикста от смерти?!

— Если честно, я не ожидал, что Эдмонд отважится убить сразу двух зайцев. Однако уверен, даже с учётом его излишней жестокости, это была наименее болезненная комбинация.

— Комбинация?! Неужто это всё — игра для тебя тоже?

— Увы… Не я её начал. Пришлось играть по чужим правилам, чтобы избежать тотальную потерю фигур.

— И ты уверен, что смерти Брикста нельзя было избежать?

— К сожалению… Его смерть была предопределена много лет назад. Без малого пять лет его целенаправленно подводили к самоубийству. Я прочитал это в его глазах там, на лайнере. Похожее выражение я наблюдал у Трэвиса Кларка в день убийства дяди. Похожее, и всё же не такое. Если у Трэвиса разум был затуманен дурманом, у Брикста взгляд был ясен, а в нём виделось лишь одно решение проблемы всей его жизни. Без всяких сомнений, он попытался бы покончить с собой, если б Грин его не опередил… Сам того не ведая, Эдмонд сыграл на руку врагу.

Трое друзей умолкли, словно по обоюдному согласию решили отдать дань уважения несчастному антиквару.

— А кто «второй» заяц, убитый Эди? — спросила через минуту Лия, — уж не Торн ли Бик?

— Молодец, — похвалил её Джинджи, — не купилась на «официальное» заключение.

Лия презрительно фыркнула.

— И так было ясно, что прокурор спешил закрыть дело. Только вот не знаю, почему? То ли из благородного порыва не судить убийцу опасного преступника, то ли кто-то свыше стал настаивать на скорейшем завершении дела, чтобы следствие не докопалось до истины.

— Ты слишком усердствуешь с выискиванием тайного умысла, — улыбнулся Лин, — всё гораздо прозаичнее. На месте действительно не нашли следов присутствия других людей — дождём всё смыло. А свидетелей… м-м-м… не оказалось. У прокурора просто не было другого выхода, несмотря на уйму подозрений, которые обосновать не получилось.

— Не было свидетелей? Ага, — Лия снова заёрзала на диване, нерешительно поглядывая на Джона, — а как этот Бик вообще оказался на корме?

— Думаю, он заранее присмотрел удобную брешь в бортовом ограждении. Экипаж лайнера удивительно халатно отнёсся к столь серьёзной поломке. Гарби знал, для кого готовил следующий несчастный случай Бик, — Джинджи бросил многозначительный взгляд на Лию, — видать, его давно уже стали раздражать методы подчинённого и его чрезмерная самостоятельность. Полагаю, он виду не показал и даже сам предложил помочь заманить тебя в ремонтный отсек. И таким образом устроил ловушку Бику, причём, пустив всё на волю случая…

— Не совсем, — возразил Локхарт, — как я уже говорил, Гарби детально прикинул возможные сценарии и продумал каждый из них до мелочей.

Он повернулся к Лии.

— Мне на телефон пришло сообщение с просьбой встретиться на корме. Я понял, что это место чем-то особенно и судьбоносно. Теперь я уверен, что сообщение прислал мне Гарби, чтобы я придумал способ избавиться от Торна Бика до того, как тот попытается избавиться от тебя, как от свидетеля. На самом деле вариантов у меня было мало. Я мог лишь надеяться на то, что Эдмонд мне посодействует.

— Уж не обратился ли ты к нему с подобной просьбой? — Джинджи заметно напрягся в своём кресле, от чего оно скрипнуло и качнулось.

— Ну что ты, Джейми, я с законом дружу, — посмеялся над искренней озабоченностью друга Локхарт, — и я не стал бы действовать столь явно…

— Телефон! — просияла Лия, — вот зачем ты взял мой сотовый! Ведь Эди отслеживал по нему все мои передвижения. А человека-птицу он, наверняка, знал и, наверняка, тот представлял для него опасность. Не верю, что Эди пошёл на мокрое дело, чтобы защитить меня.

— Там на корме стояло рабочее оборудование, — продолжил Джон, — прекрасное место для игры в экстремальные прятки — любое неверное движение, и либо напорешься на лезвие пилы, либо оступишься и упадёшь в ничем не защищённую брешь в борту. Я пришёл за пять минут до назначенного свидания. Думал спрятаться, но понял, что это может усугубить моё положение. Поэтому я просто прошёл насквозь и вышел с другой стороны лишь формально закрытого отсека. Я знал, что Грин следует за мной. Думаю, он сначала пришёл в замешательство, когда увидел лишь меня без Лии. И всё же слежку не оставил. Я не видел, что произошло. Но полагаю, что Гарби рассчитывал, что Бик придёт в назначенное место ровно в назначенный час, за это он его и ценил — за исполнительность и обязательность.

— Так ты даже не подглядел, что там происходило? — подивилась его выдержке Лия.

Уж она бы наплевала на опасность и спряталась, пусть даже за усыпанным лезвиями станком.

— Я выждал, — спокойно пояснил Джон, — а когда шагнул обратно, столкнулся с Грином. Думаю, он догадался, что я заманил его в западню, хотя я сам ещё не понимал, в какую именно.

— Странно, что он и тебя не укокошил за компанию, — усмехнулся Джинджи.

— Каким бы ни был Грин негодяем, он всё-таки не безнадёжный преступник. И далеко не глуп. Он быстро сообразил, что доказать я ничего не смогу, и даже пытаться вряд ли буду. И тут я отдаю должное его самообладанию. Я лишь на мгновение увидел в его глазах замешательство и ярость. Он быстро взял себя в руки и даже пожелал мне приятного вечера.

— Как мило с его стороны, — хихикнула Лия, — а пожарная сигнализация? Она тогда же сработала?

— Да, и озадачила нас обоих. Понятное дело, мы не стали интересоваться друг у друга, чьих рук это дело, и быстро разошлись.

— Теперь понятно, почему ты позвонил мне с телефона Лии.

— Ты позвонил Джинджи?! — тут же наехала на Джона девушка, — ему, значит, всё рассказал. А я узнала лишь сейчас!

— Ты невнимательно слушаешь, дорогая, — урезонил её молодой человек, — Джинджи тоже только сейчас узнал, что произошло на корме. Я счёл целесообразным умолчать детали до конца разбирательства.

— Зачем же ты тогда ему звонил?

— Я обязан был рапортовать о возможном уб… м-м-м… возможном несчастном случае.

— Так вот почему полиция так быстро приехала!

— Да, — кивнул Джинджи, — береговая охрана следовала за вами на некотором расстоянии.

— Почему? Кто их просил?

— По официальному распоряжению Интерпола. Извини, но я позволил себе оформить твоё письмо как свидетельство убийства гражданина Бразилии. У Штатов с ними и так натянутые отношения. Поэтому все показали небывалую ретивость и желание сотрудничать.

— Тогда почему они не опросили главного свидетеля?! — возмутилась Лия.

— Тебе этого действительно так хотелось бы? В тот момент? — поддел её Джон.

Девушка смутилась.

— Не особо, — признала она, — а позднее?

— А позднее набралось столько прочих улик и неожиданных свидетелей, что твои показания были необязательны, — пояснил Джинджи и с улыбкой добавил, — по многочисленным просьбам, прокурор не стал тебя беспокоить.

— Надо полагать, и тут папочка вмешался! — насупилась Лия, — не знала, что у него есть такие высокопоставленные знакомые.

— Много у кого найдутся высокопоставленные знакомые, — очень уж неопределённо согласился с ней её друг и быстро перевёл разговор на другую тему, — расскажи лучше, что ты узнала у Витторио? Слышал, он сбежал-таки из храма и теперь пытается исправить последствия некомпетентного руководства компанией Стеллой.

— А Витторио ничего не знает, — развела руками Лия, — догадывается, что кто-то каким-то образом распоряжался его средствами, использовал его имя. Подозревает адвокатов, но дело возбуждать не собирается. Тем более что после того, как Стелла пыталась разобраться в бухгалтерии, в его документах чёрт ногу сломит. Витторио сейчас в активном поиске нового бухгалтера. А так как в целом не предусмотренные им затраты оказались не катастрофические, ему в данный момент наплевать, на что злоумышленники использовали его капиталы.

— А сама догадываешься?

— Думаю, что благодаря имени Витторио покупалось очень ценное сырьё и специфическое оборудование для разработки и производства психогенных препаратов. Не для продажи, разумеется, как я предполагала раньше. Для экспериментов над человеческой психикой. И я так понимаю, погибшие бизнесмены являлись не только курицами, несущими золотые яйца, но и своеобразными подопытными кроликами, — Лия вопросительно посмотрела на своих друзей, ожидая подтверждения своим догадкам, — прошу, только не говорите, что Кристиан виноват во всех прочих смертях тоже!

— Здесь мы ничего утверждать не можем, — пожал плечами Лин, — кроме того, что убил их Торн Бик, а почему?.. Кто знает, возможно, ты права, и на бизнесменах действительно тестировали некоторые препараты. Но кто, Крис или Гарби? Только они могут нам сказать наверняка. Но вот досада! Вряд ли они скажут. И прижать их нечем!

Или всё-таки есть, чем? — Джинджи лукаво пригляделся к реакции друзей, — давайте вернёмся к столь интересующей вас теме манипуляций.

Повернувшись к девушке, он нагнулся вперёд. Лицо его, прежде находившееся в тени, хорошо осветилось торшером.

— Лия, — вкрадчиво начал он, — неужели тебя не возмутило то, как бесчеловечно тебя вовлекли в последнее убийство? А вовлёк тот, кого ты, как я понимаю, будешь защищать с пеной у рта, несмотря на все его неблаговидные и эгоистичные поступки.

— О чём ты говоришь! — воскликнула Лия, — да, Крис, конечно, пытался мной манипулировать… только в деле Витторио! Теперь я понимаю, что он намеренно повёз меня к тому дому во Франции, чтобы заинтересовать. А потом книгу подбросил в лавку Брикста, и дневники мамы, чтобы они указали на связь между антикварными лавками и Гарби. Но как он и Эдмонд могли предвидеть, что я поеду в Сан-Хуан?! Этого даже я не знала, всё получилось так спонтанно!

— Так ли уж спонтанно? — теперь уже Джон смотрел на неё испытующе, — не забывай о запахах. Ведь Кристиану нравилось их использовать, и он знал, как ты восприимчива к определённым ароматам. Он знал о тебе гораздо больше, чем ты думала… больше, чем ты писала о себе. Ведь Эдмонд следил за тобой!

Лия безнадёжно вздохнула и, наконец, сдалась. По-видимому, её друзья лучше неё самой проанализировали каждую мелочь в её поведении и все сопутствующие обстоятельства. Похоже, им было известно даже о том, что она так старательно пыталась скрыть. Сама она давно призналась самой себе, что побила все свои прошлые рекорды по глупости и наивности, так легко поверив в неожиданное расположение к ней Нормана, его внимание и настойчивые попытки сблизиться. И этот его новый парфюм с запахом океана, и предложение поехать отдохнуть, особенно после столь изнуряющей каторги на предвыборной кампании его дяди и последующего банкета. Теперь она уже не сомневалась, что это он попросил дядю Робби «развлечь» её непосильным заданием. В голове одно за другим всплывали воспоминания, чётко указывающие на прочие средства манипуляции, толкающие её в одном конкретном направлении: привлекательные и желанные курортные зоны Сан-Хуана.

— И последней каплей явилась записка на тумбочке в палате Витторио и закладка из парфюмерной книги, — добил её Джон.

— Но книгу подложил мне в шкаф Гарби.

— Думаешь, Гарби отправился к тебе домой и подбросил книгу? Сам? Сомневаюсь, — посмеялся Лин, — уверен, он её «случайно» оставил на видном месте с закладкой, у которой было особое предназначение. Когда книга опять попала в руки Нормана, тот не смог совладать с искушением, чтобы вторично не использовать её. Помнишь, ты говорила, что не могла найти ключ? Скорей всего, у тебя его позаимствовали, чтобы потом было легче проникнуть в дом. Ведь у вас не было удобного окошка в подвал, ключ от которого, доступный всем, валялся под ступенькой лестницы, — съязвил Джинджи.

—А слова, оставленные в палате, они подобрали из цитат в записной книжке Витторио, вдохновлённые цитатой на обратной стороне закладки. Причём, наверняка, гордились своей находчивостью, — закончил Джон со смешком.

—Не будьте циниками, — рассердилась на них Лия, — хотите сказать, что Гарби смог предвидеть мои действия в Сан-Хуане?

—Возможно, он наблюдал за тобой, уже будучи там.

—Но я видела его в аэропорту?

—Это был Брикст, который приехал по настоянию Гарби.

—Разве это не Гарби, наоборот, приехал под его личностью?

—Кто тебе сказал? Гарби всегда путешествовал своим путём и пользовался лишь своими документами.

—Наверное, я так поняла из нашего с ним разговора, — пошла на попятную девушка.

—О котором ты мне не говорила? — нахмурился Джинджи.

—О, Джи! Прекрати меня подлавливать!

—А что мне остаётся делать, если вы не сообщаете мне факты по доброй воле?

Лия тяжело вздохнула.

—Он говорил со мной на лайнере. Сказал, что доказать его присутствие там я не смогу, и что мои слова ничего не будут значить в суде.

Джинджи кивнул.

—В этом он прав. Он очень хитро путешествует. Где возможно, использует наземный транспорт или частные самолёты, и потому не всегда получается установить его местопребывание в определённое время. Но на тот знаменательный день, когда вы оба плыли по Атлантическому океану, у него действительно железное алиби. Правда, подтвердили его алиби те, для которых он является семейным психологом или коллегой. К сожалению, как мне тонко намекнуло моё начальство, этот аргумент против правдивости их показаний использоваться не может. Не в той прослойке человеческого общества…

—Разве перед законом не все равны? — ехидно усмехнулась Лия.

—Все, и мы в поте лица работаем над тем, чтобы виновные предстали перед законом. Только путь от подозрения до утверждения вины — словно бег с препятствиями. Все мы — люди. Кто-то трясётся за собственную жизнь, кто-то боится за близких, а кто-то держится за кошелёк и обустроенный быт. Каждому есть, что терять. И тут вопрос в том, насколько каждый из нас готов рискнуть тем, что дорого, и выступить в суде. Но если б даже с нами делились знаниями и фактами неофициально, это уже помогло бы сдвинуться с мёртвой точки и попробовать найти доказательство вины иным обходным путём. Ну или сделать так, чтобы подозреваемый в особо тяжких преступлениях оказался изолирован от общества и находился под контролем соответствующих органов.

—Это как? — испугалась Лия.

—Есть такие государственные учреждения, где часто закрывают глаза на моральный облик работника, если этот работник им ценен. Это не значит, что о его неблаговидных подвигах забыли и списали их с его биографии. О нет! За ним постоянно будет вестись наблюдение. И выбраться из такого учреждения о-о-оч-чень затруднительно. Именно поэтому ты от Нормана так давно ничего не слышала…

Джинджи с минуту помолчал, давая возможность девушке усвоить им сказанное.

—Не переживай так уж сильно, — подбодрил он Лию, увидев, как скисло её личико, — поверь, для Кристиана — это лучший исход. Он ещё нескоро поймёт, в какую ловушку угодил. И кто знает, может, ему будет вполне комфортно в закрытых лабораториях, где ему дадут почувствовать себя богом… м-м-м… пока он не прозреет. С другим нашим подозреваемым дела обстоят гораздо сложнее. Пожалуй, Кристиан — единственный человек, который мог бы засвидетельствовать причастность Гарби к происходящему. Судя по всему, он очень много знал о своём менторе и имел доступ к некоторым его вещам. Должно быть, в какой-то момент Гарби начал по-настоящему ему доверять. Я сужу по тому, как хорошо Норман был осведомлён о происходящей афере. Впрочем, он и сам достаточно умён, чтобы прикинуть её масштабы и средства осуществления. Поэтому он оказался бы исключительно полезным свидетелем против Эмнта. К сожалению, выдав Гарби, ему придётся признаться в собственных грехах. А они по серьёзности и наличию улик перевесят преступления, в которых мы могли бы обвинить Гарби. Так что Норман отпадает. Вот если б нашёлся другой свидетель, способный говорить убедительно и веско…

Джинджи задумчиво посмотрел на Джона. Тот спокойно выдержал гипнотизирующий взгляд друга. Было видно, что Локхарт давно принял для себя определённое решение и вряд ли его изменит.

—Что ж, — понуро опустив голову, Джинджи с преувеличенным сожалением покачал ею, — придётся снова действовать в обход обстоятельствам. Этим, пожалуй, займусь прямо сейчас.

Он встал и отвесил им прощальный поклон, как он всегда это делал, приложив руку к сердцу.

—Как это сейчас? — разволновалась Лия и тоже вскочила, — Рождество на носу! Его даже преступники отмечают! Не все, конечно.

Только ведь и у вас на работе не все празднуют. Вот пусть те, которые не празднуют, и занимаются поимкой этих святотатцев!

— Сестрёнка, — спокойно прервал её словесный поток друг, — я очень благодарен вам за приглашение, но, увы, не могу позволить себе застрять здесь до Нового года. Я приехал именно сегодня в надежде успеть в уходящем году расставить все точки над «i». Теперь я должен спешить обратно, чтобы попасть на станцию до того, как её занесёт снегом.

— Каким ещё снегом?!

— По прогнозу сегодня обещали рекордное количество осадков.

— Ха! Они уже с неделю их обещают, — фыркнула Лия.

Чтобы продемонстрировать некомпетентность синоптиков, она подошла к двери и распахнула её настежь.

Лицо девушки моментально обдало колючей волной. Казалось, что морозный подвижный воздух вдруг наполнился острыми микроскопическими иголочками. Ветер с весёлым присвистом ворвался внутрь маяка, взметнув к потолку забытые на столе старые письма, почти загасил огонь горелки и пошатнул оба торшера. Один удержал Джон, другой подхватил Джинджи, после чего молодые люди дружно устремили взгляд сквозь дверной проём.

Был разгар дня, но снаружи точно наступили сумерки. На горизонте множились тучи, по черноте сравнимые с самим океаном. Они напирали и выталкивали с небесного простора более редкие и тонкие облака, стряхивающие с себя те самые иголочки — замёрзшие частички воды.

Закрыв дверь и смахнув с лица капли, в которые превратились въедливые льдинки, Лия со вздохом повернулась к своим друзьям. Джинджи, как всегда, оказался прав.

— Вечерние рейсы поездов отменили, — сообщил он, — через час — последний, мне надо на него успеть.

Подхватив с пола куртку, он быстро её надел и, подойдя к девушке, крепко обнял её.

— Не расстраивайся, сестрёнка. Верю, мы скоро свидимся. А зная твою неугомонную тягу к приключениям, ожидаю, что это произойдёт даже скорее, чем я предполагаю. Разве что кто-то приложит титанические усилия и отвлечёт тебя от сомнительной романтики мира преступлений.

Отстранившись от девушки, Джинджи тепло пожал руку подошедшему к нему другу.

— Удачи тебе, Джон, в столь непростом деле. Провожать меня не надо. Я пойду быстро, а вы, наверняка, захотите воспользоваться возможностью без свидетелей расставить точки над своими буквами «i», — подмигнул он им, — счастливого Рождества!

Взявшись за ручку двери, он помедлил. Когда он повернул к ним своё лицо, на нём играла лукавая улыбка.

— И, кстати… с годовщиной вашего случайного знакомства! — бросил Джинджи, по-особенному растянув слово «случайного», и проворно выскользнул за дверь.

В воцарившейся тишине снова запел ветер, и даже стало казаться, что ему кто-то где-то аккомпанирует на расстроенной волынке. Молодые люди, оставшись наедине, долго смотрели на закрытую дверь маяка и прислушивались.

— Что он имел в виду? — прервала песню ветра Лия.

Джон не ответил. Когда она заглянула ему в лицо, то увидела, что он беззвучно смеётся.

— Ты не поняла?

— Он намекнул, что наше знакомство не было случайным, да? Ты об этом что-нибудь знал?!

— Нет. Но сейчас вспомнились кое-какие подробности. Моего… гм-м… внезапного желания поехать на лыжный курорт, — не сдержавшись, Джон всё-таки расхохотался, — уверен, что и твой выбор места для зимнего отдыха был умело скорректирован.

— Кто бы мог подумать, — Лия неодобрительно покачала головой, — Джинджи оказался обычной свахой! Ведь представить тебя отцу он мог и без моего участия. У них прекрасные отношения!.. Какое разочарование. А я ведь искренне верила, что случайное обстоятельство нашей встречи — это самое настоящее рождественское чудо.

— Пожалуй, так оно и есть. Не забывай, что наше столкновение на лыжном спуске на самом деле было случайным. Этого подстроить или предвидеть Джейми никак не мог. Его сообщение о том, что ты находишься на том же курорте, я прочитал лишь после того, как мы с тобой расстались. И потом… любое чудо — это плод чьего-то долгого кропотливого труда и следствие сильного желания. Когда мы не видим всей проделанной работы, результат зачастую воспринимается нами как умом непостижимое волшебство.

Поразмыслив немного над его словами, Лия улыбнулась.

— Ты прав. На свете столько существует чудес, природу которых давно уже объяснили учёные, а мы продолжаем ими по-детски восхищаться, им удивляться и радоваться, когда нам удаётся их углядеть. И всё равно я не удовлетворена, — закончила она после короткой паузы, — Джинджи ушёл, а у меня ещё столько вопросов!

— Спроси меня.

— И ты ответишь?

Её искреннее удивление вперемешку с недоверием насмешили его.

— Я всегда отвечаю на твои вопросы, Лия. И да, — поторопился он опередить её ехидное замечание, — я часто ухожу от прямого ответа, если чувствую, что он положит начало неприятной и, главное, ненужной, дискуссии. Однако сейчас я согласен с Джейми, нам лучше закруглить острые углы, чтобы они нас больше не травмировали.

— Тогда скажи мне, что станет с Трэвисом? Ведь для меня всё началось именно с него. Я увидела, что ты сомневаешься в его виновности вопреки всем обстоятельствам и уликам. И меня это зацепило! Кто же всё-таки стрелял в Рона?

— Я не знаю, — честно признался её друг, — есть надежда, что после интенсивной психотерапии Кларк-старший сам вспомнит, что с ним произошло, и расскажет нам.

— А что с ним будет до тех пор?

— В свете нового оборота дела, уверен, мы сможем предоставить доказательства умышленного расстройства его психики и подадим на апелляцию. Но какое-то время ему придётся ещё провести в больнице.

— А потом? Ты примешь его обратно на работу?

— Я пошёл бы на это. Только сам Трэвис вряд ли захочет — слишком много тяжёлых воспоминаний. Скорей всего, он вернётся в Штаты к сыну. У Кларка двойное гражданство. В Америке он начнёт жизнь с чистого листа.

— А кто станет вашим новым поверенным?

— Я был бы рад, если б эту работу взял на себя Том, но, насколько я понял, он вполне счастлив в Монреале. Думаю, Тимоти Дювино подойдёт на эту роль, когда окончит Гарвард.

— Тимоти?! Ну конечно! — в громком возгласе Лии послышалось удовлетворение, — вот кого я видела тогда у вас на собрании акционеров. Ты поэтому увёл меня? Не хотел, чтобы я знала, что он тебе помогает? Почему?

— Наоборот, я не хотел, чтобы Тимоти знал, что мы с тобой знакомы. Я даже мою связь с Томом скрыл от него, ибо не имел ещё чёткого представления о том, кто находится в стане врага, кому доверять, а кому нет. Я боялся дискредитировать твоего отца и подставить вас под удар. Тимоти — перспективный адвокат, но ему не хватало на тот момент опыта и житейской мудрости, чтобы быстро соображать, что и в присутствии кого можно говорить, а что — нельзя.

— А что-нибудь важное произошло тогда на собрании?

— Думаю, да… Я неожиданно осознал, что кампания, направленная на разорение нашей семьи, вдруг приостановилась и начала сворачиваться.

— Как ты это понял?

— По тому, как неслаженно и несогласованно стали вести себя адвокаты и Тед Калм. Подозреваю, что Алистер, войдя в раж, собирался подгрести под себя остатки нашего состояния. Когда на встрече с Тедом и адвокатом я узнал, что наши акции распродаются посторонним лицам, я понял, что Бейли намеренно и умело утаивает от меня информацию о распределении акций. И он, наверняка, желал бы скрывать её как можно дольше.

— Как же он тогда допустил, чтобы адвокаты сами тебе сообщили об этом?

— Это была инициатива Теда Калма, а он находился под влиянием их домашнего психолога, то есть Гарби. Это убедило меня в том, что Гарби не собирался больше вредить нашей семье и хотел повернуть процесс вспять. Сам он ушёл в сторону, оставив Алистера черпать воду из безнадёжно протараненной лодки.

— Ты поэтому не хочешь свидетельствовать против Гарби? Из-за его доброго расположения к тебе?

— Не только ко мне. Да, у него неприемлемое мною понятие о «нужных и важных» людях. Но надо отдать ему должное: жизнь людей, попавших в эту категорию, он будет отстаивать до конца. Возьмём, к примеру, то, как он обошёлся со своим же работником Торном Биком. Несколько лет тот преданно работал на Эмнта, и Гарби, наверняка, ценил его. Пока человек-птица не перешагнул-таки черту дозволенного, не покусился на неприкосновенную личность. Как только это произошло, его сразу же «пустили в расход»…

Заметив, как напряглась его собеседница, Джон коротко, чуть слышно выдохнул. Он допустил оплошность. Фрагмент прослушанной им записи сам сорвался с языка. А Лия невнимательностью и плохой памятью не страдала и быстро улавливала суть.

— Всё верно, — ответил он на немой вопрос в её глазах, — я слышал, о чём вы говорили тогда в каюте с Гарби. Прошу, не суди меня строго. Я должен был знать…

— Я не сужу! И не в обиде! — личико Лии посветлело, — ведь это значит, что у нас есть доказательство присутствия Гарби на судне! Ты записал наш с ним разговор, да?! Где эта запись?! Ты пошлёшь её Джинджи?

Заметив, как её собеседник плотно сжал губы, Лия нахмурилась.

— Ты уничтожил запись, не так ли?

— Да.

— Почему?

— Видишь ли… На самом деле она ничего не доказала бы. Возможно, мы могли бы добиться вызова Гарби в суд. Растянули бы дело на долгие месяцы, а то и годы неприятных допросов, которые подпортили бы жизнь не только ему, но и нам.

— Ну и что?! Зато так было бы справедливо!

— Не уверен…

— Почему ты защищаешь его?!

—Наверное, по той же причине, по которой ты не перестаёшь защищать Кристиана, — Джон открыто посмотрел ей в глаза, — ты веришь, что он не безнадёжный преступник, что в нём есть хорошее начало. Ты веришь в это… вопреки тому, что думают о нём другие, даже вопреки тому, что думала о нём твоя мать. Если б он пришёл к тебе и попросил прощения, ты, не задумываясь, простила бы…

—А ты, Джон? — в голосе девушки вдруг зазвучала мольба, — ты простил бы его за то, что он сделал? Ведь это он — истинный виновник несчастья, обрушившегося на вашу семью!

Она увидела, как отяжелели его скулы. В нём происходила некая внутренняя борьба.

—Гарби всё начал, и виноват он не меньше, — признал он, наконец, — он, который хвалился мастерством взращивать таланты, не включил в свою программу урок нравственности и человеколюбия. Возможно, потому, что сам не владеет этим предметом на должном уровне. Только ведь без этих важных навыков он, в конечном итоге, будет получать либо одарённых эгоистов, либо подавленных своим же талантом рабов. Гарби это скоро осознает и станет человечнее.

—Вот оно что, — чуть слышно произнесла Лия, — ты надеешься на перевоспитание преступника без заключения того под стражу…

—Я — какой-никакой учёный, — усмехнулся он, — я не надеюсь, я предсказываю. А прав я или нет, покажет время.

—Бедное время, — девушка вздохнула, — как часто мы на него ссылаемся и уповаем, рассчитывая, что оно объяснит, научит, вылечит… А ведь под ним мы на самом деле подразумеваем очень сложный процесс собственного развития и самосовершенствования, формирование понимания и принятия. Например, с момента моего здесь появления прошёл лишь час, а мне…

Она на миг задумалась и разулыбалась.

—А знаешь, мне действительно стало легче… После того, как поделилась с вами.

—Это потому что ты частично винила себя в произошедшем. А вина давит и съедает хуже страха. Я рад, что ты от неё освободилась. Страх тоже уйдёт…

—Точно?

—Подумай сама… Истребить страх невозможно, ведь у нас не один страх, а огромное их множество. Мы учимся преодолевать каждый по отдельности. Как? Мы изучаем наш страх и находим лучший способ защиты от него. Раньше люди боялись морозов, пока не научились строить тёплые дома. Теперь мы даже любим смотреть на пургу из окна, потому что уверены в своей безопасности. И даже распахнув дверь навстречу непогоде, мы не будем напуганы, чувствуя за спиной надёжную стену убежища.

Подойдя к двери, Джон с силой толкнул её. Ему пришлось её придержать, так как мощный воздушный поток надавил на неё с другой стороны. Прогретая камином комната выдохнула наружу облако пара, мгновенно растаявшее, и через него проступила чернота океана. А в океане чувствовалась такая мощь и энергия, что нельзя было отвести глаз от его подвижной и волнующейся массы.

Лия быстро выключила свет и горелку. Схватила своё пальто и бросила куртку Джону. Они покинули маяк. Дверь с лязгом захлопнулась за ними, оставив молодых людей во власти зимы.

Смотровая площадка перед маяком казалась почти белой, отражая свет последних облаков сверху. А позади облаков скопились тучи, которые, казалось, заполонили собой всё воздушное пространство над океаном. Вроде бы жуткое зрелище, от которого замерло сердце, а потом часто забилось. От волнения, предвкушения, но не от страха.

— Так же и со страхом перед другими вещами, — продолжил Джон. Ему пришлось кричать, чтобы заглушить шум ветра и волн.

— Мы всю жизнь ищем защиту, убежище.

— А как же страх потерять, Джон? — тоже повысив голос, спросила Лия, — ведь потом может возникнуть страх потерять защиту? И самим потеряться в страхе…

— Именно тогда приходит на выручку маяк, — улыбнулся он и устремил взгляд вверх, туда, куда тянулся силуэт их недавнего убежища, — порой далёкий, но досягаемый, он манит, притягивает, спасает. Он — символ надежды, важная веха пути. Он — олицетворение присутствия духа в любой борьбе или нелёгком путешествии.

— Уж не ты ли надиктовал Шону концовку романа? — рассмеялась девушка.

Достав телефон, она начала читать с него, время от времени согревая дыханием пальцы:

— «…Маяк — исключительное изобретение человека. Нет, скорее человечества. Образ учителя и спасителя в одном строении с длинной историей, идея надежды и веры в одной метафоре с глубокой философией. Но будьте осторожны… не спутайте маяк с блуждающим огнём, который заведёт вас в ловушку и погубит. Лучше немного подождать, дрейфуя в океане, в жизни… В ожидании спасительного света, в ожидании чуда…»

Лия убрала телефон в карман и задумчиво уставилась вдаль.

— Как это в тему, — сказала она, — и о маяке, и о чуде… Надеюсь, Шон оставит эту часть неизменённой.

Следующие несколько минут они стояли у края обрыва, не решаясь взяться за ледяной поручень ограды. Хотя воздух как будто бы потеплел, но недостаточно, чтобы отогреть покрытый мёрзлой коркой металл. И ветер неожиданно начал стихать. На смену его шуму пришёл далёкий грохот. Неужели на самом деле гром?..

— А так ли уж обязателен маяк? — вдруг выдала Лия.

Оторвав глаза от завораживающего грозового пейзажа, Джон внимательно пригляделся к девушке. Засунув ладони в варежках под мышки, она всматривалась в линию горизонта. Тучи неотвратимо двигались на них с северо-запада. Их сплошная масса, прогнувшись под тяжестью осадков, касалась поверхности океана. Тучи клубились, напирали друг на друга, спеша донести долгожданный снег в шотландский городок. Донести его и занести им всю округу.

«Самое время возвращаться домой», — подумал Джон, но потом снова перевёл взгляд с туч на девушку.

Её лик был необыкновенно светел на их фоне.

— Тебя смущает, что в твоей жизни его нет?

Лия повернула к нему своё личико. На нём играла такая же светлая улыбка.

— Нет, Джон, меня это совсем не смущает. Ибо я не стремлюсь к берегу и готова дрейфовать в своём океане ещё… м-м-м… неопределённое количество времени.

Весело подмигнув другу, она ухватилась за его ладонь, и сама потянула в сторону их дома, где у тёплого уютного очага их с нетерпением ждали Сэт и Тинвэ, полные предвкушения грядущего зимнего праздника.

Через минуту побережье затянуло матово-белой пеленой. Это начинался снегопад. Фигурки молодых людей растворились в снежной мгле. В ней вскоре исчез и маяк. Словно погрузился в спячку. До тех пор, пока снова не станет для кого-то ориентиром и… быть может, чудом.

Ольга Чилина родилась в Узбекистане, в городе Ташкенте, в семье математиков. Следуя по стопам родителей, она окончила механико-математический факультет Национального университета Узбекистана, после чего была принята в магистратуру в Университет Торонто (University of Toronto). Получив степень в математике и затем в статистике, Ольга начала карьеру преподавателя.

Прежде чем приступить к работе в Университете Торонто, Ольга прожила некоторое время в Бостоне, штат Массачусетс, где ей выпала прекрасная возможность посещать курсы рисования в Музее изобразительных искусств. Чуть позже, уже в Торонто, воодушевлённая талантливым учителем, она увлеклась акварельными иллюстрациями. В настоящий момент Ольга преподаёт статистику в Университете Карнеги Меллона (Department of Statistics and Data Science, Carnegie Mellon University) в городе Питтсбург, штат Пенсильвания.

Насыщенная студенческая жизнь, увлекательные путешествия, общение с любознательной молодёжью и мудрыми педагогами со всего света послужили источником вдохновения и положили начало творчеству Ольги. В своих произведениях она стремится не только привлечь внимание читателя захватывающим сюжетом, но и поделиться яркими фантазиями и удивительными хитросплетениями человеческих отношений.

www.ingramcontent.com/pod-product-compliance
Lightning Source LLC
Chambersburg PA
CBHW050922030726
47503CB00007BB/2415